该项目系首都师范大学"211"规划项目
本著作得到首都师范大学文学院"211"工程项目出版资助

首都师范大学文艺学学术文库

文体观念与文化意蕴

中国古代文体学美学论集

贾奋然◎著

Wenti Theories and Their Cultural Implications: Studies of Wenti Criticism and Aesthetics in Ancient China

中国社会科学出版社

图书在版编目（CIP）数据

文体观念与文化意蕴：中国古代文体学美学论集/贾奋然著．—北京：
中国社会科学出版社，2016.3
ISBN 978 - 7 - 5161 - 7537 - 8

Ⅰ.①文… Ⅱ.①贾… Ⅲ.①中国文学—古典文学—文体论—文集
②美学—中国—古代—文集 Ⅳ.①I206.2 - 53②B83 - 092

中国版本图书馆 CIP 数据核字（2016）第 018047 号

出　版　人	赵剑英
责任编辑	史慕鸿
责任校对	石春梅
责任印制	戴　宽

出　　版	中国社会科学出版社
社　　址	北京鼓楼西大街甲 158 号
邮　　编	100720
网　　址	http://www.csspw.cn
发 行 部	010 - 84083685
门 市 部	010 - 84029450
经　　销	新华书店及其他书店

印刷装订	三河市君旺印务有限公司
版　　次	2016 年 3 月第 1 版
印　　次	2016 年 3 月第 1 次印刷

开　　本	710 × 1000　1/16
印　　张	17.25
插　　页	2
字　　数	252 千字
定　　价	66.00 元

目　录

《文心雕龙》"言意之辨"论[*]

"言意之辨"由来已久，它是关于语言如何在思维中运行以及能否充分传达思维成果的探讨。中国先秦至汉、魏的"言意之辨"多侧重于从哲学、玄学等层面追问言意关系，突出关注的是言能否尽意，即语言能否充分而精确地传达人类对于外部世界及自身的认识，强调由"知"而"识"的真理性追求。至西晋陆机《文赋》、南朝刘勰的《文心雕龙》，古典"言意之辨"开始实现哲学、玄学的诗学转化，即运用言、意矛盾与统一的悖论营建充满艺术想象的诗意空间，以显现人类心灵的感悟和存在的意义。至此，从这场旷日持久的"言意之辨"在诗学领域中显出了其独特的意义和价值，极大地影响了后世文艺理论的发展。

一　哲学、玄学领域的言意之辨

在刘勰之前，在先秦哲学与魏晋玄学领域中有关言、意关系的争论大致可分为三种情况，即"言尽意论"、"言不尽意论"及"立象尽意论"。

"言尽意论"的提出者被认为是以孔子为代表的儒家学说的倡导者。《论语·卫灵公》云："子曰：辞达而已矣。"① 孔子肯

＊ 本文原载《中国文学研究》2000 年第 1 期，今据原文修订，增加小标题，并增加有关引文注释。

① （魏）何晏等注，（宋）邢昺疏：《论语注疏》卷十五，上海古籍出版社1990 年版，第 140 页。

定"辞达"，即语言文辞可以充分表达人的思维内容，但孔子并没有表现出对语言文辞狂热的激情和崇拜，认为辞虽可以达，但仅仅是达而已。这句话的语气隐含着孔子对言意关系中"言"和"意"有所偏重的价值取向，即以意为主，以言为辅，言仅仅是达意的工具和媒介，特别是不能以对"言"的刻意追求而妨碍或掩饰了"意"的传达。《左传》襄公二十五年记载，孔子曾有"言以足志，文以足言"，"言之无文，行而不远"①之说，主张文辞应当有所修饰。但文饰的目的不在于对语言本身的诗性追求，而在于"足志"，即充分、贴切及完美地传达主体志向，特别是政治抱负。"辞达"显示了主体对于言辞的恰如其分的控制和使用，既不可使"质胜文"，又不可使"文胜质"，"文质彬彬"②才是言意关系的理想状态。言足以尽意，则言意关系处于和谐统一的状态，言是意的物化或外化形态。一旦圣人之意见于文辞，则言教可以行矣。《论语·述而》曰："子所雅言，《诗》，《书》，执《礼》，皆雅言也。"何晏注曰："雅言，正言也。"③雅言承载圣人之旨，可以实施于礼教。孔子将"言意之辨"纳入其政治、伦理学的范畴，而"言尽意论"则保证了孔子"礼教"实施的可能性。

　　"言不尽意"论是以老庄为代表的道家学说的重要命题。老、庄学说贵"无"，以"道"为万物之本源。"道"是"无状之状"、"无物之象"，"视之不见"、"听之不闻"④的，是语言无法传达的。老子说"信言不美，美言不信，善者不辩，辩者不善"⑤，虽是疾伪之言，但显示了对语言传达心意的可信度的怀疑。庄子对言、意关系作了更为精要和仔细的辨析，这主要体现于以下的言论中。

---

　　① （晋）杜预注，（唐）孔颖达等正义：《春秋左传正义》卷三十六，上海古籍出版社1990年版，第623页。

　　② 《论语·雍也》，《论语注疏》卷六，第53页。

　　③ 《论语·述而》，《论语注疏》卷七，第61页。

　　④ （魏）王弼注：《老子道德经·十四章》，中华书局1985年版，第10—11页。

　　⑤ （魏）王弼注：《老子道德经·八十章》，第73—74页。

可以言论者，物之粗也；可以意致者，物之精也；言之所不能论，意之所不能察致者，不期精粗焉。①

荃者所以在鱼，得鱼而忘荃；蹄者所以在兔，得兔而忘蹄；言者所以在得意，得意而忘言。②

世之所贵道者书也，书不过语，语有贵也。语之所贵者意也，意有所随。意之所随者，不可以言传也。……（轮扁）问桓公曰："敢问，公之所读者何言耶？"公曰："圣人之言也。"曰："圣人在乎？"公曰："已死矣。"曰："然则君之所读者，古人之糟粕已夫！"③

由此，庄子区分了道、意、言三个层次。"道"是"无"，"不期精粗"，既不可意致，也不可言论，而只能悟之于"言意之表"；"意"、"言"为"有"，"意"是"物之精"，"言"是"物之粗"，因而"言不尽意"。言辞是道之末、意之辅，被定位为"得意"之"荃"、"蹄"。但是，庄子对于语言能否成为交流、沟通的可靠工具深表怀疑。在他看来，圣人之意也只能"应之于心"，圣人之言不过是"糟粕"；言辞会有断"道"的危险，它将会遮蔽人们对"道"的领悟。这些惊世骇俗之言充分显示了庄子具有弃言、废言的冲动。

与老庄"言不尽意论"相仿的是《易传》中提出的"立象以尽意"论。《系辞上》中说："子曰：'书不尽言，言不尽意。'然则圣人之意，其不可见乎？子曰：'圣人立象以尽意，

---

① 《庄子·秋水》，（清）郭庆藩：《庄子集释》卷六，中华书局1961年版，第572页。

② 《庄子·外物》，《庄子集释》卷九，第944页。

③ 《庄子·天道》，《庄子集释》卷五，第488—490页。

设卦以尽情伪，系辞焉以尽其言。'"①这里，《易传》在言、意之间加入了"象"这样一个中介范畴。"意"虽难以言传，但却可以"立象尽意"，象是指卦象，《系辞上》说："圣人有以见天下之赜，而拟诸其形容，象其物宜，是故谓之象。"② 象模拟客观事物且蕴含意，近似文学中的"象"；言指卦辞、爻辞，用以明象。可见，《易传》虽假托孔子之言，谈到"书不尽言，言不尽意"的问题，但仍然认为圣人之意可以通过"立象以尽意"的方式言传，象、言都作为达意的工具。对此，魏代的王弼进一步阐释和设定了"言"、"象"、"意"的依次顺序和相互关系并引发了魏晋玄学影响深远的"言意之辨"。王弼在《周易略例·明象》中说："夫象者，出意者也。言者，明象者也。尽意莫若象，尽象莫若言。言生于象，故可寻言以观象；象生于意，故可寻象以观意。意以象尽，象以言著。故言者所以明象，得象而忘言；象者所以存意，得意而忘象。"③ 王弼将《周易》的言、象、意的特定含义（卦辞、卦象、卦意）推而广之，赋予言、象、意以普遍的意义并将之纳入玄学"崇本息末"的本体论哲学中进行辨析。在王弼的体系中，"意"为本，"象"、"言"为末，得意须以立象、立言为途径，但又不能拘泥于象、言的束缚，而要达到对象、言的超越。在王弼的言意之辨中，我们发现庄子思想影响的深刻烙印，但在意、象、言的差异性中，王弼始终强调的是"崇本息末"，而非"崇本"而"弃末"。这种意、象、言之间新的关系显示了意包含于言、象之中，又游离于言、象之外，具有意义生成的无限可能性，它超越了"言尽意论"所包含的单一的指称关系，也破除了汉代经院哲学烦琐、僵化的考据式思维方式及因拘泥于经学语言而导致的对于语言的无限信任和崇拜。

上述关于言、意关系的辨析生成于不同语境的特定领域，不

---

① （魏）王弼、（晋）韩康伯注，（唐）孔颖达等正义：《周易正义》卷七，上海古籍出版社 1990 年版，第 159—160 页。

② 同上书，第 152 页。

③ 楼宇烈：《王弼集校释》，中华书局 1980 年版，第 609 页。

同的视角、价值体系和文化背景决定了他们对言意关系的不同阐释。但不论是"言尽意"论、"言不尽意"论还是"立象以尽意"论，都仅仅从认识论角度将语言定位为达意的媒介、工具或外化形态，而忽略了语言的本体价值和诗性存在。"言意之辨"的诗学转化则发端于陆机《文赋》，至刘勰《文心雕龙》得以完成的。

二 "言意之辨"的诗学转换

刘勰关于言、意问题的探讨主要体现于《文心雕龙》的《神思》篇中，而在《隐秀》篇中逐步完成了"言意之辨"的诗学转换。

首先，刘勰"文"的创作角度提出了思、意、言三者之间矛盾性存在的客观必然性。《神思》曰："意授于思，言授于意；密则无际，疏则千里。"[①] 同样的问题，刘勰之前的陆机在《文赋》中也曾提出，陆机曰："恒患意不称物，文不逮意。盖非知之难，能之难也。"[②] 这里，刘勰所说的思、意、言的关系与陆机所说的物、意、文的关系大致是相同的，都包含着从物象、意象到语言物化的艺术创作过程的阐释。刘勰和陆机都意识到物、意、言之间差异性存在的客观性。从物象、构思到意象生成，从意象的心理形态到意象的物化形态，这其间客观存在着双重障碍，即物象与意象的差异，意象与物化形象的差异，这使作家常常感到"言不尽意"的痛苦。《神思》篇云："方其搦翰，气倍辞前；暨乎篇成，半折心始。"又云"或理在方寸而求之域表，或义在咫尺而思隔山河"，正是对这种情况的描述。而造成这种情况的原因是"意翻空而易奇，言征实而难巧也"（《神思》）。

① 范文澜：《文心雕龙注》，人民文学出版社 1958 年版，第 494 页。本文所引《文心雕龙》的文字皆出自此版本，后文只注篇名。

② （晋）陆机《文赋》，载（南朝梁）萧统编，（唐）李善注《文选》卷十七，中华书局 1977 年版，第 239 页。本文所引《文赋》文字均出自此版本，不再一一注明。

文思容易奇妙，而形之于文则难以工巧。换言之，人的思维语言可以"骛八极"、"游万仞"（《文赋》），"接千载"、"通万里"（《神思》），随万物神游，与风云并驱，具有超越性和无限性；而人的物化语言却具有相对滞后性，它必须遵循一定的审美形式规则，作为物质形态和交流媒介，它不具有无限自由性。对此，黄侃先生作了较好的解释，他说："寻思与文不能相傅，由于思多变状，文有定形；加以研文常迟，驰思常速，以迟追速，则文歉于意，以常驭变，则思溢于文。"① 如果说陆机仍然保留认识论文学观的痕迹，将语言视为认识对象的工具和表达意旨的媒介的话，刘勰已经超越了这一点，开始将语言工具论导向语言本体论。在他看来，语言并不仅仅存在于传达之中，也就是说语言不仅仅是传媒工具，它存在和伴随着整个思维的行程。刘勰《原道》曰："心生而言立，言立而文明，自然之道也。"黄侃先生释曰："盖人有思心，即有言语，既有言语，即有文章，言语以表思心，文章以代言语，惟圣人为能尽文之妙，所谓道者，如此而已。"② 人类作为"五行之秀"、"天地之心"（《原道》），心灵非虚无的物质实体，乃性灵所钟之所，心灵的诞生即伴随着语言的产生。所谓"思心"、"文心"实际上是以一定的语言概念为支撑的，思语或心语无限丰富了，就有了表达的需要，于是，物化于外部语言，就形成了文章，这是自然的道理。《原道》还说："辞之所以鼓天下者，乃道之文也。"文辞本身就是道之文饰，文辞之本源于道，既是道现，也是道本，因而具有鼓动天下的伟大力量。由此可见，刘勰将"言意之辨"推向了语言本体的辨析，即文思如何生成，内部语言能否充分而有效地转化为外部语言。如前所述，这种转化的障碍是显而易见的。现代心理学的成果也表明，内部语言往往具有片段性、简略性、压缩性、超语法性等特点，外部语言具有完整性、规范性，必须遵循一定的语法规则，这些导致了"言不尽意"存在的客观必然性。

① 黄侃：《文心雕龙札记》，中华书局 1962 年版，第 92 页。
② 同上书，第 3 页。

其次，刘勰通过阐释文学构思中物、意、言的互动和转化进程完成了"言意之辨"的诗学转化。在刘勰看来，从神思运动到意象生成，不是主体认识客体或客体图解主体的单向活动，而是心物交感、主客交融的双向往复的运动过程。《神思》曰："夫神思方运，万涂竟萌"，物象纷纭沓至，更替变换，主体异常兴奋，以情宛转而附物，"登山则情满于山，观海则意溢于海"，主体充满激情感知对象的生动性与丰富性。"神用象通，情变所孕"，当心神与物象交融时，总是伴随着主体的情感变化。"物以貌求，心以理应"，"物之貌"与"心之理"相互契合，孕育着意象的产生。在这个过程中，其实质是主体内部语言的运作。《物色》曰："写气图貌，既随物以宛转；属采附声，亦与心而徘徊。"在"随物宛转"与"与心徘徊"之中，已经伴随着刻画事物形貌和推敲音韵文采的潜在行动，并且，在内部语言外化的行程中，主体的心物交感仍然在延续。《神思》又云"神居胸臆，而志气统其关键"，在神思的运动中，从物象到意象的生成，赖于情志气性的统帅，其中包含较为理性化和系统化的潜在语言体系的牵引。由此可见，在刘勰的"言意之辨"中，"意"的规定不是纯客观的外物或抽象的主观情意，而是渗透了主体特定"意"的体验之"意象"。"意"的表层是具体的感性之象，"意"的深层则是含蕴于象中的主体心灵的体验和感悟。刘勰对于"意"的规定，已经超越了"意"的普遍意义，而使之上升为诗学或美学的范畴。

由"意"至"言"，则是内部语言的外部转化问题，在刘勰的诗学语境中，是指文学意象向文学语言的生成。对于言是否尽意的问题，刘勰首先肯定了言、意之间存在的客观差异，同时，他区分了言与意之间可能出现的两种情况，即两者的"密则无际"或"疏则千里"。不能否认，刘勰基本上肯定了语言的传达功能，并要求文人力图做到言意之间的"密则无际"。《征圣》曰："夫作者曰圣，述者曰明，陶铸性情，功在上哲，夫子文章，可得而闻，则圣人之情，见乎文辞矣。先王圣化，布在方册；夫子风采，溢于格言。"刘勰认为圣人之情可见乎文辞，布于方册，儒家"言教"也具有极为重要的"陶铸性情"意义。但是，刘勰又认为要做到言意之间的"密则无际"是很困难的，需要有很多条件，如创作前要做到"博见"（"积学"、"酌理"、"研阅"、"穷照"），临文时要做到"虚静"，以使"物沿耳目"、"万涂竟萌"，同时，要以志气为统帅，使"关键"和"枢机"通畅，博而能一，才有助乎心力等（《神思》）。即使是这样，也仍然可能出现"言不尽意"的情况，这是因为"思表纤旨，文外曲致，言所不追，笔固知止"（《神思》），思维中许多微妙之处，文辞之外的曲折情致往往只可意会，难以言传，正如"伊挚不能言鼎，轮扁不能语斤"（《神思》），这确实是太精微了。由此可见，语言在表达思维或内部语言的外部转化中确实具有无法避免的局限性，如何解决"言不尽意"的矛盾？对此，刘勰提出了"隐秀"这样一个重要的美学范畴，并运用言意矛盾进一步发掘了文学语言的诗性特征。

《隐秀》曰："隐也者，文外之重旨者也；秀也者，篇中之独拔者也。隐以复意为工，秀以卓绝为巧。"范文澜先生注曰："重旨者，辞约而义富，含味无穷。陆士衡云'文外曲致'，此隐之谓也。独拔者，即士衡所云'一篇之警策'也。"[①]"隐"是文辞之外所曲包和暗示的意义，所谓"复意"、"重旨"，"秘响旁通"、"伏采潜发"，犹如"爻象变体"、"珠玉潜水"（《隐秀》），是表层语言之下的深层含蕴，隐微、难以言表而又丰富、精彩，是显示人的诗意存在的真正个性化的审美语言。"秀"是篇中"独拔"、"卓绝"、"警策"之言，它是对表层语言的规定，要求言辞精约、生动、含蕴深厚，既要能以少总多，尽物之情貌，如"灼灼状桃花之鲜，依依尽杨柳之貌，杲杲为日出之容，瀌瀌拟雨雪之状"（《物色》）；又要具有"动心惊耳，逸响笙匏"的功效（《隐秀》），使"物色尽而情有余"（《物色》）。故刘永济先生《文心雕龙校释》中说："盖隐处即秀处也。"[②]

---

① 范文澜：《文心雕龙注》，第633页。
② 刘永济：《文心雕龙校释》，中华书局1962年版，第157页。

换言之，秀处也即隐处，秀处含隐，隐蕴于秀，"隐"与"秀"是对文学语言不可分割的双重规定。刘勰对于南朝宋初文坛颇有微词，他在《序志》中说："辞人爱奇，言贵浮诡，饰羽尚画，文绣鞶帨，离本弥甚，将遂讹滥。"刘勰认为当时的文人过于追求言辞华丽新奇，极尽铺张之能事，缺乏隐微曲包之意，与"辞约而旨丰，事近而喻远"之微言大义的"文之道"相距甚远（《宗经》）。因此，在刘勰看来，文学语言的诗性特征表现为生动、鲜明、独拔而又深文隐蔚、余味曲包、言有尽而意无穷。语言不是单纯指向对于客体的模拟、再现和认识，而更多地成为主体心意状态的诗意显现。然而，刘勰关于"隐秀"的范畴似乎不仅仅涉及有关语言和修辞的问题，它与艺术思维有着密切的关系。黄侃先生对此也作了较为精辟的阐释，他说："然隐秀之原，存乎神思，意有所寄，言所不追，理具文中，神余象表，则隐生焉；意有所重，明以单辞，超越常音，独标苕颖，则秀生焉。"[1]"隐秀"与"神思"有密切关系，它是内部思维语言外化的必然结果。作为诗学之"意象"，"意"与"象"处于不可二分的水乳交融状态，"意"是"象中意"，"象"是"意中象"，"意"蕴于"象"而以"象"显；意象之语言物化也表现出"明象"则"秀"，"言意"则"隐"，言辞秀外而隐内。言辞秀拔则含义隐微，言辞互动则形成了无限意义生成的空间。由此，在文艺领域中的有关"言不尽意"的问题被引向了对"言外之意"、"文外曲致"的追求，而言意之间的矛盾随着语言成规的突破，诗意语言所曲包的无限意义生成的可能性迎刃而解了。

三 "言意之辨"的诗学价值

刘勰将哲学、玄学中的"言意之辨"引向了诗学范畴，并在语言本体论的内部完成了"言意之辨"的诗学转换。在刘勰看来，语言存在的意义绝不仅仅局限于将自身作为认识对象的工

---

[1] 黄侃：《文心雕龙札记》，第197页。

具或达意之筌蹄，语言存在于人的思维中，又诗性地将人类的思维显现出来，它本身已经显示了人的诗意存在。虽然在刘勰之前，道家的哲学家和魏晋的玄学家们都没有将语言意义拘泥于文辞本身，而试图在文辞之外悟道、表意，但他们始终是站在"道本言末"的立场，唯恐语言会成为体道、得意之障碍而轻言弃言；"得意忘言"也使他们往往忽略了对语言的诗性特性的进一步挖掘。应该说，直到刘勰才真正确立和开拓了"言不尽意"的诗学价值和美学意义，极大地肯定了语言的潜在诗性能力。言与意的矛盾和差异恰恰为诗学语言提供了可以发挥其能动性的余地，"意"乃无限精微、深远难尽，而言则可含蓄蕴藉、余味曲包，以"情在词外"来包孕意的无限性。这样一种思维方式和语言策略极大地促发着人们不断突破语言作为载体的僵化陈规，而开掘着语言自身的隐喻、象征及意义的生产和呈现机制，使语言能显现万物存在，其本身成为存在的言说。而这正是刘勰在《文心雕龙》中对语言诗性特征确立的价值。

刘勰通过"言意之辨"开创的诗学理想及其对语言诗性特征的关注深刻地影响了后世的文艺创作和文学理论的发展。几乎与刘勰同时，钟嵘也在其《诗品序》中以"滋味"论诗，认为只有"使味之者无极，闻之者动心"之作，才是"诗之至"，并以"言已尽而意无穷"来释"兴"[1]，其论诗与刘勰相互呼应。诗学至唐、宋，司空图进一步标举"近而不浮、远而不尽"的"韵外之致"、"味外之旨"[2]，认为诗歌"醇美"之味在言外，并提出"不著一字，尽得风流"[3]的诗歌意境理论。宋代严羽更是将诗歌中的"言意之辨"推到了醒目位置，他在《沧浪诗话》中提出诗有"别材"、"别趣"，突出张扬诗歌的审美特性，认为

---

① 陈延杰：《诗品注》，人民文学出版社 1961 年版，第 2 页。

② （唐）司空图：《与李生论诗书》，载祖保泉、陶礼天笺校《司空表圣诗文集笺校》，安徽大学出版社 2002 年版，第 194 页。

③ （唐）司空图：《诗品》，《司空表圣诗文集笺校》，第 165 页。

诗以"吟咏情性"为目的，以"不涉理路，不落言筌"① 者为上。不论是司空图的"不著一字"，还是严羽的"不落言筌"都非弃言废言，而是强调要突破语言束缚，实现对"言外之意"的追求。这种诗学传统一直延续到清代王夫之、叶燮、王渔洋乃至近代的国学大师王国维。

中国古典诗学对"言不尽意"的超越及对"言外之意"的追求形成了中国传统较为独特的语言运思方式或艺术思维方式，而与西方以"摹仿说"为中心的古典诗学大异其趣。西方古典诗学更为强调语言的再现、写实功能，对于语言及其所传达的意义表现出较为充分的信任。而20世纪西方哲学、诗学的语言论的转向才使西方人真正将语言与意义的关系问题推向前台，开始关注语言内部的意义和语言的诗性特征，并将语言与主体及与外部实际意义剥离开来，表现出对于语言本体崇拜的倾向。显然，中国传统诗学关于"言意关系"的辨析将作为一份宝贵的文化遗产留给人们以许多有益的启示。

《文心雕龙》「言意之辨」论

---

① （宋）严羽：《诗辨》，载（宋）严羽著，郭绍虞校释《沧浪诗话校释》，中华书局1961年版，第26页。

论《文心雕龙》文体论中的"文德"思想[*]

　　《文心雕龙》开篇即云"文之为德也大矣",开宗明义地提出了"文之为德"的问题。刘勰原"文"于"道",此处,"文"包含了"方圆体分"之天地之文,"日月叠璧"之天文、"山川焕绮"之地文,"动植皆文"等宏大的"文"的观念,但刘勰最终落实到对"心生而言立,言立而文明"的由"心"到"言",由"言"到"文"的人文之"文"和文章之"文"的讨论,它与天文、地文、万物之文一样自然而生,体现着永恒变化的"道之文"①。

　　关于"文之为德"之"德",学界有着不同的意见,如周振甫先生说:"文是形、声、情本身所具有的属性,这就是文之为德,所以这个德是指属性。"② 王元化先生说:"德者,得也,若物德之德,犹言某物之所以得成某物。"③ 陆侃如、牟世金先生说:"德,这里指文所独有的特点、意义。"④ 詹锳先生说:"德即宋儒'体用'之谓,'文之为德',即文之体与用,用今日的话说,就是文的功能、意义。"⑤ 前贤关于"德"的解释虽然各自有所不同,但大体都认为"文之为德"包含着"文"的本体

---

　　* 本文原载《文艺研究》2009 年第 11 期。因版面限制,刊物只刊出本文的大部分文字,今补全并修订。

　　① 《原道》,载范文澜《文心雕龙注》,人民文学出版社 1958 年版,第 1—3 页。本文所引《文心雕龙》的文字皆出自此版本,后文只注篇名。
　　② 周振甫:《文心雕龙论文德》,《阴山学刊》1988 年第 3 期。
　　③ 王元化:《文心雕龙讲疏》,上海古籍出版社 1992 年版,第 27 页。
　　④ 陆侃如、牟世金:《文心雕龙译注》,齐鲁书社 1983 年版,第 2 页。
　　⑤ 詹锳:《文心雕龙义证》,上海古籍出版社 1989 年版,第 2 页。

特点和功用属性的含义，具体而言，所谓"文德"既是"文"本身的属性，也是这种属性在功能意义层面的体现。以《原道》全篇观，"文之为德"在根源上本于"道"，而在现实语境中则体现为圣人之"文"。《原道》云，"爰自风姓，暨于孔氏，玄圣创典，素王述训，莫不原道心以敷章，研神理而设教"，这就是说，从伏羲到孔子，圣人秉承自然之道，取法天地之文，制作出了"六经"，"六经"是完美地体现"道心"、"神理"的文章典范。《原道》赞曰："道心惟微，神理设教。光采玄圣，炳耀仁孝。"可见，刘勰所论之"文德"在现实层面和功能层面上是与他所推崇的儒家政治教化直接相联系的，文章的重要功用恰恰在于它能够使仁、孝等伦理道德发扬光大。《程器》有云："瞻彼前修，有懿文德。"此处"文德"指作家的道德修养对于为文的重要意义，虽与《原道》所论"文之为德"意义不尽相同，但也并非毫不相关，它们在功能层面上所强调的为文之道德意旨是贯通一致的。学界对于刘勰《文心雕龙》中的"文德"思想已经有所关注①，本文试图进一步从"文之为德"在功能层面上的含义探讨刘勰的"文德"思想在其文体论中的重要意义。

《文心雕龙》"论文叙笔"二十篇，共议论了三十四种文体，如果算上其中的亚文体，实际论到的文体有六七十种之多。这些文体大部分起源于先秦，成熟于汉代，繁盛于六朝。中国古代文体大都因实用性功能而类分，它们被施用于特定场合，面对特定群体，表现特定内容，实现特定目的，在社会政治生活中有着重

---

① 前人的研究成果主要集中在以下几个方面：其一，对刘勰的"文德"概念的阐释，如周振甫《文心雕龙论文德》（《阴山学刊》1988 年第 3 期）、张发祥《刘勰〈原道〉的"文德"说》（《浙江大学学报》1999 年第 1 期）；其二，较多的研究集中在对其《程器》篇的"文德"思想的研究，如张利群《刘勰〈程器〉中作者的"文德"批评新论》（《广西师范大学学报》2002 年第 2 期）、刘晟《"摛文必在纬军国"辨析——谈〈文心雕龙·程器〉"文德说"得失》（《贵州大学学报》2000 年第 1 期）；其三，通论刘勰的"文德"思想在《文心雕龙》中的其他篇目中的影响，如张可礼《〈文心雕龙〉"树德建言"的伦理思想》（《文史哲》2000 年第 1 期）、张福勋《刘勰论"文德"》（《集宁师专学报》2002 年第 2 期）。

要的意义①。无论是从文体的发生机制、本体内涵还是从文体的实际功效来看，许多文体都可以被称为具有道德意味的形式，道德内涵在文体的生成和发展中占据了举足轻重的位置。刘勰论文体依循"原始以表末，释名以章义，选文以定篇，敷理以举统"②的基本体例，深刻地揭示了这些文体在其历史的演化进程中所凝聚的深厚的道德含蕴和重大的道德功能，这使得刘勰的"文德"思想在文体论中再次得到了深刻的演绎。由此，我们也深刻地感受到刘勰在开篇即曰"文之为德也大矣"，此语确实具有统率全书的意义。

一 颂德与文体

中国古代文学与道德文化有着密切关系是不言而喻的，无论是先秦"诗言志"的开山诗论，还是唐、宋古文运动宣扬的"文以明道"，古代诗、文都被赋予了神圣的道德使命。古代众多文体也与道德发生着唇齿相依的关系，许多文体不仅在本体论层面上以道德为核心质素，而且在功能层面上要完成道德教化，这是值得今人注目的。刘勰在《文心雕龙》中论列的许多文体就属于颂德类的文体形态。

《颂赞》论颂体曰："颂者，容也，所以美盛德而述形容也。"颂这种文体从其发生而言就是用来歌颂帝王功德，并将这种功德告之于神明。刘勰云："容告神明谓之颂。"赞美盛德时必有舞与乐相伴，故曰"美盛德而述形容"。因此，颂最初是一种在祭祀仪式中颂美之乐歌，颂美的对象是天神、祖宗、君王之类。《颂赞》曰："昔帝喾之世，咸墨为颂，以歌《九韶》。"③刘勰追溯颂的源头至上古五帝时期的咸墨作《九招》，据《吕氏春秋·仲夏纪·古乐》："帝喾命咸黑作为声歌：《九招》、《六

① 详见拙文《六朝文体与儒家礼教文化》，《孔子研究》2003 年第 5 期。
② 范文澜：《文心雕龙注》，第 727 页。
③ 范文澜《文心雕龙注》曰："孙云唐写本，墨作黑。"又曰："孙云唐写本，韶作招。御览五八八亦引作招。"

列》、《六英》……帝舜乃令质修《九招》、《六列》、《六英》，以明帝德。"① 由此可知，《九招》是颂歌，用以颂扬帝喾的功德。至舜帝时期，又命人重修这些乐歌，以弘扬先帝功德。颂的完善体制被保存在《诗经》的"颂"中，《颂赞》曰："鲁国以公旦次编，商人以前王追录，斯乃宗庙之正歌。"《诗经·颂》分《周颂》、《鲁颂》和《商颂》三部分，内容大体也是颂神、颂圣、颂君王之功德。《周颂》中大量的颂歌是周公摄政后祭祀文王、武王、昊天、山神等之作，咏其宏大功德，并报告天下太平和君王之文治武功，祈求天地神灵和先圣先王的庇佑。《鲁颂》颂周公功勋以告神，郑玄《鲁颂谱》曰："初，成王以周公有太平制典法之勋，命鲁郊祀天，三望，如天子之礼，故孔子录其诗之颂，同于王者之后。"② 《商颂》也是追颂先王功绩而辑录，如《商颂·那》颂成汤功业，《烈祖》颂中宗之德，《玄鸟》、《殷武》颂高宗之业，《长发》颂商的远祖，包括契、相、成汤等，这些都是宗庙祭祀颂德之正歌。颂体之兴基于帝王鸿业之伟大，功德之卓绝，如挚虞《文章流别论》曰："古者圣帝明王，功成治定而颂声兴。于是，史录其篇，工歌其章，以奏于宗庙，告于鬼神。"③ 萧统《文选序》曰："颂者，所以游扬德业，褒赞成功。"④ 后世帝王泽惠功德渐衰，和美之《诗》颂就逐渐寝声了。班固《两都赋序》曰"昔成康没而颂声寝，王泽竭而诗不作"，⑤ 大体就此而言。因此，后世颂体不再单颂帝德，而是渐"浸被乎人事"，又"覃及细物"，这是颂的演化，但是刘

---

① （汉）高诱注：《吕氏春秋》，上海书店1986年版，第52页。
② （汉）毛公传，（汉）郑玄笺，（唐）孔颖达等正义：《毛诗正义》卷二十，上海古籍出版社1990年版，第761页。
③ （晋）挚虞：《文章流别论》，载（清）严可均校辑《全上古三代秦汉三国六朝文》之《全晋文》卷七十七，中华书局1958年版，第1905—1906。本文《文章流别论》文字皆出于此，后文不再注释。
④ （南朝梁）萧统：《文选序》，载（南朝梁）萧统编，（唐）李善注《文选》，中华书局1977年版，第1—2页。本文关于《文选序》的文字均出自此版本，后文不再注释。
⑤ （汉）班固《两都赋序》，《文选》卷一，第21页。

勰认为"褒德显容，典章一也"（《颂赞》），也就是说，无论颂体如何变化，诸如颂人、颂事、颂物，都应该颂美德行，显扬仪容。离开了这些质素，颂体就无复存在了。如刘勰批评马融之《广成颂》、《上林颂》，"雅而似赋，何弄文而失质乎！"《广成颂》、《上林颂》虽标颂名，而不具颂之实，铺陈、描摹太多，实则是赋体了。《颂赞》又云："颂主告神，义必纯美。"颂美之体，有美无刺，如果在颂体中"褒贬杂居"，那就是体例不纯之"讹体"了。刘勰云"容体底颂"，颂作为一种在祭祀中颂扬君德的文体，在中国古代社会的政治活动、宗教仪式中起着不可估量的作用，"揄扬以发藻，汪洋以树义"（《颂赞》），这是"颂"体的道德内涵所具有的审美力量。

《颂赞》论赞曰："勋业垂赞。"赞为颂的"细条"，也是一种与颂扬功勋美德相关的文体。但赞体也有不同于颂文之处，《颂赞》曰："赞者，明也，助也。"赞还有补充、说明的意义，即义有未明，借赞以阐明之，如史赞、画赞、图赞等皆属此类。因此，赞"义兼美恶"，不同于颂的有美无刺，"犹颂之变耳"。如"及迁《史》固《书》，托赞褒贬，约文以总录，颂体以论辞"。司马迁《史记》、班固《汉书》等史书中的赞语既有颂扬，也有贬斥，还有总结、归纳和说明之意。我们也发现，史赞中以颂美居多，如《汉书·叙传》述《成纪》曰："孝成煌煌，临朝有光，威仪之盛，如圭如璋。壸闱恣赵，朝政在王，炎炎燎火，亦允不阳。"[1] 此赞语被萧统《文选》"史述赞"[2] 类所选录，极力美颂了孝成帝之功绩。《文心雕龙》五十篇，每篇篇末亦有四言韵文之赞语，如《明诗》："赞曰'民生而志，咏歌所含。兴发皇世，风流《二南》。神理共契，政序相参。英华弥缛，万代永耽。'"这大约是仿效史书中的"史述赞"的写法，以赞总述每篇之旨，虽不是直接在功能意义上"颂德"，但符合刘勰在开篇所说的"文之为德"之广义的内涵，我们大体可以称之为

---

[1] （汉）班固：《汉书·叙传》，中华书局 1962 年版，第 4239 页。
[2] 萧统《文选》不选史类，但专标"史述赞"一类文体，选史书中的赞语。

"文赞"。画赞中的"颂德"之意更为鲜明，魏代桓范的《赞像》曰："夫赞像之所作，所以昭述勋德，思咏政惠，此盖《诗颂》之末流矣。"像赞即人物画像的所附的赞语，用以颂扬勋德，也是对人物画像的补充、说明。像赞"上章君将之德，下宣臣吏之忠"，但应该"实有勋绩"，值得赞美，"若言不足纪，事不足述"① 而为虚美之言，则有损赞之为德。萧统《文选序》也说："图像则赞兴。"刘勰推原赞的本意曰，"本其为义，事生奖叹"（《颂赞》），揭示了赞体所具有的颂德功能。

《诔碑》论诔曰："诔者，累也，累其德行，旌之不朽也。"诔文是一种表彰死者德行功业并致哀悼的文体。《文章流别论》曰"嘉美终而诔集"，《文选序》曰"美终则诔发"，可见，诔文用于德高望重之死者，颂扬其生时德行，使其美德永传后世。与颂不同的是，诔虽亦为颂德，但非告神之语，而是用于对于死者的悼念。诔文之兴，亦出于"周世盛德"。《诔碑》曰："读诔定谥，其节文大矣。"诔文在当时具有重要的实用功能，即要根据诔文所颂扬的死者的德行，为死者确定谥号，《说文》曰："诔，谥也。""谥，行之迹也。"② "读诔定谥"是周代悼念死者的重要仪式。诔文写作有着严格的礼教等级规范，《诔碑》曰："贱不诔贵，幼不诔长，其在万乘，则称天以诔之。"《白虎通·谥》曰："天子崩，大臣至南郊谥之者何？以为人臣之义，莫不欲褒称其君，掩恶扬善者也；故之南郊，明不得欺天也。"③ 诔文最初是上者表彰下者德行并致哀悼之辞，如果天子驾崩，只能以上天的名义作诔定谥。这是强调诔文颂扬死者功德时应实事求是，不能有虚美夸大之辞，曹丕曰"铭诔尚实"④，正是此意。后世诔文写作不再讲贵贱长幼之节，同辈互诔，门生故吏诔其师

论《文心雕龙》文体论中的「文德」思想

---

① （魏）桓范：《赞像》，《全上古三代秦汉三国六朝文》之《全三国文》卷三十七，第 1263 页。

② （东汉）许慎撰，（清）段玉裁注：《说文解字注》，上海古籍出版社 1981 年版，第 101 页。

③ （汉）班固等撰：《白虎通》卷一，中华书局 1985 年版，第 31—32 页。

④ （魏）曹丕：《典论·论文》，《文选》卷五十二，第 720 页。

友，开私谥之风，谥文定谥的功能也逐渐被取消了，这是谥文之流变。《谥碑》曰：“详夫谥之为制，盖选言录行，传体而颂文，荣始而哀终。”谥文的体制，既要叙述死者的事迹，又要颂扬其美德，并表达生者的哀思。如果死者尚幼，还没有成就功德，就不能用谥文表示悼念，而只能写哀体了，《哀吊》：“原夫哀辞大体，情主于痛伤，而辞穷乎爱惜。幼未成德，故誉止于察惠；弱不胜务，故悼加乎肤色。”哀体与谥体被区分于二体，是因为它们施用的对象不同，哀体用于“下流”、“夭昏”，即未成年人的夭折，因为他们尚不具有盛德，因此，悼念时只能表达一种容颜早逝的痛惜之情。

二 铭德与文体

古人对德行的颂扬不仅体现在颂、赞、谥等文体中，也体现在铭、碑、封禅等更多的文体之中。由于颂德的对象、场合、功用等的差异，虽同为颂德，颂、赞、谥被刘勰区分为不同的文体。铭、碑、封禅之体也以颂德为主要内容，但却有了铭刻德行，永记不忘的意义。古文对前人勋德的颂扬，如果仅以口诵的方式，只足以宣示时人；如能形诸文字，附之于丝帛，则能稍久流传；但若能铭刻于金石器物之上，则能穿越时间隧道，永传后世。

《铭箴》论铭曰：“铭者，名也，观器必也正名”，“铭题于器”，“铭实器表”，可见铭文是一种刻在器物上的文字，铭文中的一部分就是用来记述德泽功业的。《铭箴》曰：“盖臧武仲之论铭也，曰‘天子令德，诸侯计功，大夫称伐’。”刘勰此处引用的臧武仲论铭之语出自《左传·襄公十九年》，铭文是春秋时期的贵族用来记载功德的文体，大意是说天子有德可以铭，诸侯举动得时而有功可以铭，大夫讨伐有功也可铭。蔡邕《铭论》曰：“钟鼎礼乐之器，昭德记功，以示子孙。”① 挚虞《文章流别

① （汉）蔡邕《铭论》，《全上古三代秦汉三国六朝文》之《全后汉文》卷七十四，第876页。

论》曰："德勋立而铭著。"又曰："后世以来之器铭之嘉者，有王莽《鼎铭》、崔瑗《机铭》、朱公叔《鼎铭》、王粲《砚铭》，咸以表显功德，天子铭嘉量，诸侯大夫铭太常，勒钟鼎之义，所言虽殊，令德一也。"可见，铭文大都刻于秤、斛等量器，钟、鼎等礼器，还有其他重要器物上，其中有一部分用来记功德。铭文也用于祭祖的仪式之中，据《礼记·祭统》载："夫鼎有铭。铭者，自名也。自名以称扬其先祖之美而明著之后世者也。……铭者，论撰其先祖之有德善、功烈、勋劳、庆赏、声名，列于天下，而酌之祭器，自成其名焉，以祀其先祖者也。显扬先祖，所以崇孝也。身比焉，顺也。明示后世，教也。"① 铭文刻于祭器之上，用以颂扬祖宗善德、功业、勋劳。"物不朽者，莫不朽于金石"②，将祖先功德铭刻于坚硬而重要的器物上，不易磨灭腐朽，则可使子孙后代世世相传，牢记不忘，并能激励后世，继续弘扬先祖之德。《铭箴》曰："铭兼褒赞，故体贵弘润。其取事也必核以辨，其摛文也必简而深，此其大要也。"刘勰总结铭文的特点是要褒赞功德，且特别强调铭文在颂扬功德时要做到"取事也必核以辨"，不要因为要做忠臣孝子，就虚美君王、先祖之德。这是直接针对"战代以来，弃德务功"（《铭箴》）的铭文写作流弊有感而发，铭德之文应该首先考辨核实先祖之功德，然后铭颂其德，才能真正地让先祖美德发扬光大，永传后世。

《诔碑》论碑曰："标序盛德，必见清风之华；昭纪鸿懿，必见峻伟之烈：此碑之制也。"碑文是一种刻于石碑上的文字，它也是一种以"标序盛德"、"昭纪鸿懿"为主要内容的文体。在本质意义上，碑文并不是一种独立的文体，它本身就是一种铭文，如刘勰所论"碑实铭器，铭实碑文"，所谓碑文是一种镌刻在石碑上的铭文。但是，刘勰为何将之与铭文分开，单列一体，

---

① 《礼记·祭统》，载（汉）郑玄注，（唐）孔颖达等正义《礼记正义》卷四十九，上海古籍出版社1990年版，第836页。

② （汉）蔡邕《铭论》，《全上古三代秦汉三国六朝文》之《全后汉文》卷七十四，第876页。

并将碑体与诔体并列而立呢？事实上，碑文的主要意义在于对于死者的哀悼，虽然也要歌颂死者的功德，但与铭文较为独立地记德、铭功或用于宗庙祭祀有所不同。早期的碑亦立于宗庙东西两柱之间，但仅仅用于祭祀前系牲口，"未勒勋绩"，后"自庙徂坟"（《诔碑》），才在碑上刻文，表示对死者的悼念。《诔碑》曰："是以勒石赞勋者，入铭之域；树碑述亡者，同诔之区焉。"因此，刘勰所论列的碑文主要是指丧祭仪式中衍生的述亡文体。碑文写作也有相对稳定的程式，文中往往先有较长的散体序文来记载逝者生平，其后才是颂扬功德的短小韵体铭文。东汉以后，碑文写作十分盛行，大量碑文的出现也使它能够脱离铭文而独立成体。而碑文不同于诔文之处也恰恰在于碑文像铭文一样，能够"以石代金，同乎不朽"，能够让死者功德永传后世。"铭德慕行，文采允集"，碑之为德，不仅能"石墨镌华"，让逝者德行永久保留，也能产生"观风似面，听辞如泣"（《诔碑》）的审美效果，深切悼念逝去的人。

《封禅》论封禅曰："封勒帝绩，对越天休。逖听高岳，声英克彪。树石九旻，泥金八幽。鸿律蟠采，如龙如虬。"封禅文是封建帝王举行封禅的盛大仪式中衍生的一种文体形式，它也是一种铭刻帝王功德并告于天地神灵的颂德类文体。《白虎通·封禅》曰："王者易姓而起，必升封泰山，何？报告之义也。始受命之日，改制应天，天下太平，功成封禅，以告太平也。"[①] 封禅是非常隆重的祭典，上封泰山，下禅梁父，将建国功业报告神明，这是帝王宣示德化的礼仪。据《史记·封禅书》："管仲曰：'古者封泰山禅梁父者七十二家，而夷吾所记者十有二焉。'"[②] 古代帝王大都有封禅的经历，如大舜巡岳，成康封禅，皆载之于典籍[③]，封禅之时，"勒功乔岳"（《封禅》），应是最早的封禅文，但文字不可考。刘勰《封禅》记录的较早的保留至今的封

---

① （汉）班固等撰：《白虎通》卷三，第141页。

② （汉）司马迁：《史记·封禅书》，中华书局1959年版，第1361页。

③ 《尚书·尧典》载舜帝封禅之事，成康封禅见于《管子·封禅篇》，《史记·封禅书》也记载了古代帝王封禅之事。

禅文是"秦皇铭岱"，据《史记·封禅书》载秦始皇封禅之事曰："上自泰山阳至巅，立石颂秦始皇帝德，明其得封也。"① 可见，秦始皇封泰山留下的封禅文就是铭刻于石碑上记录其封禅之事和歌颂其功德的文字，实际上是颂赞类文体或者广义的铭文和碑文。刘勰《颂赞》篇亦曰"秦政刻文，爰颂其德"，《铭箴》曰"始皇勒岳，政暴而文泽，亦有疏通之美"，其中包括了"秦皇铭岱"的文字。《诔碑》曰："上古帝皇，纪号封禅，树石埤岳，故曰碑也。"最早的碑文就是古代帝王封禅中立下的石碑上的文字，碑文逐渐用于丧祭之礼，记载死者功德和表达悼念之情则是稍后之事。刘勰《文心雕龙》单列"封禅"一体，使之与颂、铭、碑区分，大体因为封禅是专用于帝王封禅大典的文体，除了"颂德铭勋"、"镜鸿业"之外，还要"表权舆，序皇王，炳元符"，也就是说封禅文中还要追溯历代帝王封禅的历史，宣扬玄妙的符瑞，标明封禅的重要意义，劝导帝王封禅等内容，与单纯颂德的文体有所不同。萧统《文选》将封禅文归在"符命"一类，意谓天降瑞应，以帝王受命之符为封禅文的主旨。后世封禅文也并非全要刻于石碑，如"扬雄《剧秦》，班固《典引》，事非镌石，而体因纪禅"（《封禅》），扬雄的《剧秦美新》、班固的《典引》就不是铭刻在泰山石上的文字，与一般意义上的铭文和碑文不同。

三　戒德与文体

除了前文所述颂德、铭德类文体外，刘勰所论列的文体中还有戒德类文体，如铭、箴、诗、谐、谚等文体都包含着深刻的道德警戒意味。

《铭箴》论铭曰："故铭者，名也，观器必也正名，审用贵乎盛德。"② 铭文铭刻于器物之上，除了一部分用于铭德之外，

---

① 《史记·封禅书》，第 1366—1367 页。
② 范文澜《文心雕龙注》曰，孙云唐写本"盛"作"慎"。

还有一部分是依据器物的特性和功用，铭刻文字，用于谨慎德行。范文澜注引《毛诗·鄘风·定之方中正义》曰："铭者，名也，所以因器名而书以为戒。"[1] 刘勰《铭箴》揭示了铭文所具有的"弼违"、"招谏"、"鉴戒"的功用。刘勰举例说，从前黄帝轩辕氏曾在自己的车上和几案上刻有文字，提醒自己时时纠正过失；商汤王在盥盘上刻了"苟日新，日日新，又日新"的文字用以自戒；周武王有《席四端铭》书于席子的四端，用来自谏；孔子曾在周太庙中见到铜铸人像三缄其口，背上有铭文，告诫要慎言。这些都是较早的铭文，先圣们用以自我"鉴戒"，也用于戒劝他人。铭文将警戒之语铭刻于特定器物之上，既可永久地保存，亦可时时提醒人们谨慎为人，多多道德自律。远古先圣自觉以铭自戒，后世铭文"赞多戒少"、"弃德务功"，道德警戒的意义减弱，虚美器物或虚赞功勋之文增多，这是刘勰所批评的铭文写作中的流弊。

《铭箴》论箴曰："箴者，所以攻疾防患，喻针石也。"箴是一种以警戒为主的文体，是补阙防患的规劝之辞，犹如针石刺人，用以防治疾患。范文澜注引韦昭注《周语》曰："箴，箴刺王阙以正得失也。"[2]《文选序》曰"箴兴于补阙"，大体为此意。刘勰以铭、箴并列而论，是因为无论是箴文还是铭文都具有"警戒"的意义，但箴、铭又分二体，毕竟有"名用"不同："箴诵于官，铭题于器"，也就是说，箴文更多地用于对君臣的讽诵，是戒人；铭文则是刻于器物之上，以自戒为主。《铭箴》曰："斯文之兴，盛于三代。"据《左传·襄公四年》载，周文王的太史辛甲命百官作箴以纠正王的过失，其中的《虞人之箴》被保留下来，成为较早的体义完备的箴言之体。西汉扬雄曾仿《虞箴》作十二《州箴》和二十五《官箴》，东汉崔骃、崔瑗父子和胡广等人增补作，与扬雄所作合称《百官箴》，根据不同的官位配上不同的规戒内容，就像衣带上的镜子那样可以用作借

① 范文澜：《文心雕龙注》，第 198 页。
② 同上书，第 206 页。

鉴，这是对古人清明之风之追随。后代"矢言之道盖阙"，即说直话的风气不再流行了，"箴文委绝"，人们很少用箴言戒人，这是刘勰所感到心痛和遗憾的。"箴惟德轨"，每个人都应该牢记箴言中的警戒之言，要以此为镜，端正自己的行为，所谓"秉兹贞厉，敬言乎履"，箴言才能发挥其宏大的意义。"秉文君子，宜酌其远大"，不要"弃德务功"，放弃箴文的写作。

除了铭、箴具有典型的道德警戒的意味外，刘勰也论述到古代其他文体中所具有的一定的道德劝诫功能。《明诗》论诗曰："诗者，持也，持人情性；三百之蔽，义归'无邪'，持之为训，有符焉尔。"范文澜注引孔颖达《诗谱序正义》曰："然则诗有三训：承也，志也，持也。作者承君政之善恶，述己志而作诗，为诗所以持人之行，使不失队，故一名而三训也。"[1] 刘勰训诗为持，沿袭了儒家诗学观念，从道德功能和政治讽谏方面来界定诗在功能层面的含义。从诗的发生而言，最初的诗确实承载着政治实用功能，《明诗》曰"及大禹成功，九序惟歌；太康败德，五子咸怨"，诗既用以颂美功德，也用来讥刺过失，"顺美匡恶"，通过道德劝诫，使人的情性归于纯正。《谐谑》论谐、谶二体曰："会义适时，颇益讽诫。"谐辞、隐语在刘勰看来是"本体不雅"之体，"谐之言皆也。辞浅会俗，皆悦笑也"，谐辞是一些浅俗搞笑之辞；"谶者，隐也；遁辞以隐意，谲譬以指事也"，隐语是类似猜谜游戏的文字。但此二体"苟可箴戒"，发挥一些道德劝诫功能，也能有补于时用。刘勰例举了许多记载于《史记·滑稽列传》中的谐辞，认为这些谐辞虽然"谲辞饰说"，但是最终都达到了讽谏君王的目的，"辞虽倾回，意归义正"，是值得肯定的。隐语的功用也是不能忽视的，"大者兴治济身，其次弼违晓惑"，即大到治国大事，小到个人修身，隐语都能发挥规劝补正的功用。但是谐、谶二体如果"空戏滑稽"，则会"德音大坏"，"无益时用矣"。可见，刘勰对谐、谶的价值判断是以道德劝诫为重要标准的，这虽然有所局限，但显示了刘勰对

論《文心雕龍》文體論中的「文德」思想

---

① 范文澜：《文心雕龙注》，第68—69页。

于文体写作中的道德意义的强调。

四　立德与文体

古代文体中颂德、铭德、戒德类文体皆以显彰德行为主要内容，"文之为德"的意义主要表现在各种文体本体性内涵和功能性价值层面上。而从文章写作的动因而言，文人写作诸类文体皆以"立德"为重要目标，刘勰论"诸子"尤其显示了其通过特定文体写作来"建德树言"的思想。

《诸子》论诸子曰："诸子者，入道见志之书。太上立德，其次立言。百姓之群居，苦纷杂而莫显；君子之处世，疾名德之不章。唯英才特达，则炳曜垂文，腾其姓氏，悬诸日月焉。"刘勰列诸子为一体，遭后世批评，如纪昀评曰："此亦泛述成篇，不见发明。盖子书之文，又各自一家，在此书原为阑入，故不能有所发挥。"[1] 范注认为纪评"阑入"之说有误，刘勰论文以经书为源头，其他各类文章皆六经之支与流裔，论及诸子，则其必然。诸子是君子深入地洞察自然、社会之道，述道言志之文，也使得自己的名声、德行能够显耀于后世，达于不朽。古人有追求不朽的冲动，《左传·襄公二十四年》曰："太上有立德，其次有立功，其次有立言，虽久不废，此之谓不朽。"[2] "立德"、"立功"、"立言"，此谓三不朽。君子"立德"、"立功"之事迹载入史册，则有了众多颂德类、铭德类文体，而"立言"也是众多文人追求的"不朽之盛事"。刘勰认为文人首先要"立德"，其次要"立言"，子论写作能实现普通文人通过"立言"来"立德"的不朽冲动。《诸子》曰："嗟夫！身与时舛，志共道申，标心于万古之上，而送怀于千载之下，金石靡矣，声其销乎！"文人即使与时不合，但其志向、怀抱和性情却能在他的著作中得

---

① 范文澜：《文心雕龙注》，第310页。

② （晋）杜预注，（唐）孔颖达等正义：《春秋左传正义》，上海古籍出版社1990年版，第609页。

到呈现，他的思想能够穿越时间隧道流传千古。纪昀认为，此论虽述子论作者，但俨然刘彦和之自我感慨，有"隐然自寓"① 意味。就刘勰本人而言，他在仕途中并无显赫功德，因此，他更加迫切地想要通过"立言"来达到"立德"的目的。《文心雕龙·序志》曰："形同草木之脆，名逾金石之坚，是以君子处世，树德建言，岂好辩哉？不得已也！"刘勰写作《文心雕龙》就是要超越形体有限，使自己的声名、德行能够达于不朽。"立德何隐，含道必授"（《诸子》），这是君子处世之道，也是刘勰的处世原则，刘彦和通过《文心雕龙》的写作最终达到了他"立德"的至高追求。

五　修辞立其诚

"修辞立其诚"一语最早见于《周易·乾·文言》："子曰：'君子进德修业。忠信，所以进德也；修辞立其诚，所以居业也。'"② 这是儒家对于文章写作的基本要求，强调作家道德修养与文章修辞的关系，即要求文章写作应表现作家的真情实感和崇高的道德境界。刘勰强调君子"立德"、"立言"，"修辞立其诚"也是刘勰关于各类文体写作的最基本的要求，是其"文德"思想的重要表现。基于前人对此有过一些论述③，本文仅举几例加以进一步说明。

《祝盟》论祝曰："群言发华，而降神务实，修辞立诚，在于无愧。"祝是祭祀中向神祇祷祝，祈求福佑之辞。刘勰认为祝辞写作最重要的一点是要内心真诚，并用朴实的语言加以表现，诚恳而恭敬地祈求神的庇佑。但是仅仅心诚尚且不够，"牺盛惟馨，本于明德"，祭祀时祭品要馨香，最根本的问题仍在于祭者

---

① 　范文澜：《文心雕龙注》，第 326 页。

② 　（魏）王弼、韩康伯注，（唐）孔颖达等正义：《周易正义》卷一，上海古籍出版社 1990 年版，第 17 页。

③ 　张福勋《刘勰论"文德"》中谈论了刘勰议论奏启、章表、论说、诏策等文体时表现出来的文德观，见《集宁师专学报》2002 年第 2 期。

要有美德，美德和诚心是祝辞灵验与否的最根本的前提和保障。"立诚在肃，修辞必甘"，这是祝辞写作最根本的要求。"季代弥饰，绚言朱蓝"，刘勰批评西晋以来的作者单纯追求文辞华丽，丧失了诚信品格，背离了祝文写作最根本的准则。修辞不能立诚，这是祝文写作中的大弊病。

《祝盟》论盟体曰："信不由衷，盟无益也。"盟是诸侯会盟时向神明祝告之盟约，以保证盟誓双方能够信守约辞。刘勰强调盟体写作要点是"感激以立诚，切至以敷辞"，也就是说，盟誓双方都应该忠信诚实，才能立盟约之辞。如果盟辞不是发自内心，即使立下信誓旦旦之言，也是毫无意义的。盟约的实施就更需要道义来维持，"义存则克终，道废则渝始"，道义废弃了，盟约也就不能信守到底，这样的盟辞也是没有分量的。刘勰谈到夏、商、周三代盛时，没有盟誓，常有约誓，结言则退，这是因为当时之人都很讲诚信。周衰之后，人多无信，始刑牲歃血，盟誓以呈忠信，盟诅之体也逐渐兴起。可见，盟誓之兴恰恰是因人与人之间诚信、道义的缺失，所以需要"祈幽灵以取鉴，指九天以为正"，立下信誓之言。然而，"忠信可矣，无恃神焉"，如果有了"忠信"二字，人们就无需祈求神灵为证，盟与不盟也都不是要紧的事了。刘勰对盟辞的论述中包含了强烈的道德批评意味。

《封禅》曰："《录图》曰'潬潬噅噅，棼棼雉雉，万物尽化'。言至德所被也。《丹书》曰：'义胜欲则从，欲胜义则凶。'戒慎之至也。则戒慎以崇其德，至德以凝其化。"封禅文"以勒皇迹"，应以帝王"经道纬德"为基本前提。刘勰认为古代七十二君之所以能够封禅，是因为他们对于自己的行为举止戒慎到了极点，他们的至德能化育万物。帝王功德足以化育万物，才能行封禅之举和作封禅之文。封禅文中所谈论的天降福瑞，如"西鹣东鲽，南茅北黍"之类，也是"勋德"化育所至。若帝王勋德不足以凝化万物生民，空谈天降福瑞之类难以征实之物，或仅以好大喜功而行封禅之义，作封禅之文，则无补于世。

综述上文，刘勰在议论各类文体时充分表现了其"文德"

文体观念与文化意蕴

思想，"文之为德也大矣"，无论是颂德类、铭德类，还是戒德类的各类文体都直接表述着道德内涵和实现着道德功用，文人在写作各类文体之时，若能坚持"修辞立诚"的原则，则能通过"立言"达到"立德"的目的。

论《人物志》"才性论"对
《文心雕龙》的影响*

　　《人物志》是三国魏刘劭的一部讨论如何鉴察人物和选拔人才的著作，也是魏晋时期流传下来的较为系统地探讨才性问题的专论。《文心雕龙》是中国文论史上最全面、最系统的文学理论专著，它多方面地总结了前人关于文章写作和文学创作的经验，同时广泛地吸取了前人的文学和美学思想。比较二书，我们可以发现，刘勰《文心雕龙》议论才性，甄别风格，品鉴作品，无论从范畴、观念到方法，都与刘劭《人物志》有诸多相似之处，可以明显见出《人物志》的影响。虽然目前尚无文献可考证刘勰确实研读过刘劭的《人物志》，但是可以确考的是刘勰接触过刘劭的作品。刘勰在《文心雕龙》中两次评论过刘劭的《赵都赋》：《事类》曰："刘劭《赵都赋》云：'公子之客，叱劲楚令歃盟；管库隶臣，呵强秦使鼓缶。'用事如斯，可称理得而义要矣。"①《才略》曰："刘劭《赵都》，能攀于前修。"刘勰高度评价了刘劭的《赵都赋》，认为这篇赋用典相当精要确切，刘劭的写作才能可以和前代著名赋家媲美。既然刘勰极为欣赏刘劭的赋，那么，也可推论刘勰对于在魏晋以来影响极大的刘劭的《人物志》应该有所了解。以刘勰在定林寺博览群书，研读经史典籍，长达十年之久的经历，和他在撰写《文心雕龙》的包举

　　* 本文原载《中国文化研究》2009 年第 2 期。今据原文增加有关引文注释。
　　① 范文澜：《文心雕龙注》，人民文学出版社 1958 年版，第 616 页。本文引用《文心雕龙》文字均出自此版本，后文只注篇名。

洪纤、弥纶群言的气势和胸襟，他在写作《文心雕龙》的过程中受到刘劭《人物志》的潜移默化的影响是完全有可能的。当然，关于两书之间的影响和被影响的关系，我们还是必须通过具体行文所体现的范畴、观念和思想的比较来得到更为确切的明证。刘劭《人物志》的"才性论"的独特意义及其对于魏晋南朝审美思潮的影响，已经多有学者论述过①。但关于《文心雕龙》与《人物志》的直接关联性尚少有学者涉及。本文着力于就刘劭《人物志》中的"才性论"对刘勰《文心雕龙》的影响，及刘勰对刘劭"才性论"的继承、发展、转化的情况来探讨思想资源在文学观念形成中的重要意义。

一　才性与体性

关于才性的讨论较早出于政治上考鉴人才的需要，东汉实行"察举"、"征辟"制度取士，需要通过品鉴人物来选拔人才，因此汉代人物品评风气尤为盛行。对人物的品鉴开始侧重在对于人物的政治才能和道德品性之间的关系的评议，如汉代乡间举孝廉、贤良方正之类就是如此。这与先秦时期儒家在谈论人性问题时多指伦理道德之性有着一脉相承的关系，如孟子论"性善"，荀子论"性恶"，管子论"性有善有恶"等。才性理论发展到汉魏之际开始出现了新的风气，即衡量人才的标准从重视人物道德性情修养逐渐转变为看重人物的个性气质特征。这种新的风气首先从曹操"唯才是举"的政治选举标准中表现出来。其《求贤令》曰："夫有行之士未必能进取，进取之士未必能有行也。陈平岂笃行，苏秦岂守信邪？而陈平定汉业，苏秦济弱燕。由此言之，士有偏短，庸可废乎！有司明思此义，则士无遗滞，官无废业矣。"② 曹操明确提出重才不重德的选举标准，强调有才者未

①　如王晓毅《魏晋才性论新探》，《东岳论丛》1986 年第 3 期；李建中《才性刍议》，《四川大学学报》1990 年第 3 期；等等。

②　（晋）陈寿：《三国志·魏书·武帝纪》，中华书局 1959 年版，第 44 页。

必有德，不要因为德行而废滞人才。徐幹《中论·智行》顺应潮流也专门讨论了人才的才智与笃行的关系，其论曰：“或问曰：‘士或明哲穷理，或志行纯笃，二者不可兼，圣人将何取？’对曰：‘其明哲乎。’”① 徐幹倾向于重才智而轻笃行，显示了当时新的时代风尚。正如陈寅恪先生指出：“孟德三令，非仅一时求才之旨意，实标明其政策所在，而为一政治社会道德思想上之大变革。”② 曹氏集团的求贤举措不仅仅是政治策略，实际上已经是汉魏才性思想重大变革的先声。思想家刘劭顺时而动，他撰写的《人物志》真正从理论层面完成了魏晋才性理论由重德性向重个性的转化，在魏晋思想史中具有重要地位。

　　刘劭在《人物志》中首先对才性之“性”作了新的明确界定。《人物志·九征》曰：“盖人物之本，出乎情性。情性之理，甚微而玄，非圣人之察，其孰能究之哉？凡有血气者，莫不含元一以为质，禀阴阳以立性，体五行而著形。苟有形质，犹可即而求之。”③ 人物才性以“元一”为根柢，以“阴阳”为体别，以“五行”为形异，主要本于人物与生俱来的自然禀赋，而不是通过后天修养而生成的道德品性。虽然圣人是“兼德”的德才兼备者，绝大多数的“偏材”④ 不能完美地调和阴阳二气和兼备“五行”之质，他们的才性有所偏，但却有着各自擅长的治国专长，刘劭对这些不具“中庸之质”的“偏至之材”给予了高度的肯定。《人物志》用了大量的篇幅细致而周详地辨析了“偏材”，详尽地阐明了由于秉气“偏兼多寡”的不同而产生的不同性格气质类型和人才类型，并阐明了他们的不同特征和长短得失。如刘劭在《体别》篇中将人才根据个性特征分为十二种类型：强毅之人、柔顺之人、雄悍之人、惧慎之人、凌楷之人、辨博之人、弘普之人、狷介之人、休动之人、沉静之人、朴露之

　　① （魏）徐幹：《中论》，中华书局1985年版，第14页。
　　② 陈寅恪：《书世说新语文学类钟会撰四本论始毕条后》，见《金明馆丛稿初编》，上海古籍出版社1980年版，第45页。
　　③ （魏）刘劭：《人物志》，王水校注，上海三联书店2007年版，第9页。
　　④ 刘劭《人物志》中的“偏材”，可通“偏才”。

人、韬谲之人。《材理》篇辨析了九种性格偏颇的人：刚略之人、抗厉之人、坚劲之人、辩给之人、浮沉之人、浅解之人、宽恕之人、温柔之人、好奇之人。《流业》篇讨论了十二类臣才及其特长，其论曰："盖人流之业十有二焉。有清节家，有法家，有术家，有国体，有器能，有臧否，有伎俩，有智意，有文章，有儒学，有口辨，有雄杰。"①这些具体而微的对于才性类型的辨析都在个性层面上肯定了人才的价值，从而使得由曹操等人开创的重个性才能的理论落实到了更为系统的理论化和实证化的层面，标志着才性理论在汉末魏初的转型。

汉末魏初关于才性问题的讨论也在魏晋玄学中得到了充分的发展。魏晋玄谈的重要论题之一就是关于才性同异的名辩。据《世说新语·文学》："钟会撰《四本论》始毕"注引《魏志》"会论才性同异，传于世。四本者，言才性同，才性异，才性合，才性离也。尚书傅嘏论同，中书令李丰论异，侍郎钟会论合，屯骑校尉王广论离。文多不载"②。傅嘏与钟会等人曾讨论才性同异或离合问题，钟会集撰《四本论》，可惜亡佚，无从知晓具体内容。但名士们关于才性之间的同异离合问题的玄谈无疑在理论层面推进了才性论的发展。事实上，从汉代清议对人物才性的评议到魏晋名士品鉴士人才性，可以明显见出从道德实用向审美品鉴过渡的痕迹。刘宋时期刘义庆及其门徒编撰的《世说新语》大量记录了有关魏晋审美品藻的具体事例。如"世目李元礼'谡谡如劲松下风'"，"王戎云：'太尉神姿高彻，如瑶林琼树，自然是风尘外物。'"③ 山公曰："嵇叔夜之为人也，岩岩若孤松之独立；其醉也，傀俄若玉山之将崩。"④ 时人目王右军："飘如游云，矫若惊龙。"⑤ 魏晋审美品评的主要内容是对人物的容貌、才情、气质、风度等方面进行品鉴，这使得人物的风神气

① （魏）刘劭：《人物志》，第33页。
② （南朝）刘义庆：《世说新语》卷二，中华书局1954年版，第48页。
③ （南朝）刘义庆：《世说新语·赏誉》，第108—110页。
④ （南朝）刘义庆：《世说新语·容止》，第159页。
⑤ 同上书，第163页。

韵和个性特征得到生动的显现。

从刘劭论"才性"到刘勰论"体性",标志着汉魏以来的才性论从哲学、政治学、玄学、美学层面开始向文学审美论转化。随着文章的重要性日益为人们所认识,文人地位的逐渐提高,关于作家的创作才性问题越来越被人们所关注。实际上,刘劭《人物志》对"人流之业"的十二种人才类型的区分中已经论述到了与文章写作有关的才能,诸如"文章"、"儒学"、"口辨",刘劭曰:"能属文著述,是谓文章。"① 文章家就是具有文章写作才能的人。但刘劭毕竟是将重点放在议论各类治国人才的特点,而所谓"文章"之才只是治国才能中的一类,因而没能对之进行细致的区分和辨析。但刘劭对于"偏材"的个性气质的讨论已经极大地启发了后人关于文章写作中的创作才性论的关注。在刘勰系统讨论文章写作中的"体性"问题之前,曹丕已经提出了"文气说",首次将文章写作与作家个性紧密联系起来。《典论·论文》曰:"文以气为主,气之清浊有体,不可力强而致。譬诸音乐,曲度虽均,节奏同检,至于引气不齐,巧拙有素,虽在父兄,不能以移子弟。"② 曹丕在此所谓"气"是指"体气"而言,即作家独特的先天禀赋,这是自然赋予的独特才能,不能力强而致,也非后天习染所成,故虽父子兄弟不能相传。曹丕对作家个性的界定与刘劭的才性论相一致,淡化了具有普遍社会意义的德行,凸显了属于个体独一无二的先天才性与文章写作的关系,可以被视为一种创作主体的个性解放或主体意识觉醒的先声。

刘勰《文心雕龙·体性》则更为完备和系统地提出"体性说",其论曰:"夫情动而言形,理发而文见,盖沿隐以至显,因内而符外者也。然才有庸俊,气有刚柔,学有浅深,习有雅郑,并情性所铄,陶染所凝,是以笔区云谲,文苑波诡者矣。故

---

① (魏)刘劭:《人物志》,第34页。
② (魏)曹丕:《典论·论文》,载(南朝梁)萧统编,(唐)李善注《文选》卷五十二,中华书局1977年版,第720页。

辞理庸俊，莫能翻其才；风趣刚柔，宁或改其气；事义浅深，未闻乖其学；体式雅郑，鲜有反其习；各师成心，其异如面。"刘勰指出情理隐内，言文显外，主客相应，表里必符，作家的才能、气质、学问、习尚与其文体形态有着内在的对应关系，作品的文辞、风貌、用事、体式等都会打下了作家个性化烙印。刘勰的"体性"说全面地界定了作家的创作个性，与曹丕相同的是，刘勰承认先天禀赋与气质对才性形成的重要意义，而另一方面，刘勰又进一步强调后天习染对于才性的形成所具有的同样重要的意义，再度将先天之才气和后天之习染统一于作家创作个性之中，实现了更高意义上的才性理论的综合。从刘劭的"才性"论到刘勰的"体性"论，刘勰将刘劭关于政治才性的讨论转换到对于文学才性的讨论，如刘劭讨论士人的个性与政治才能之间的关系，刘勰则讨论文人的个性、写作才能及其写作风格之间的关系，由此我们可以见出两人对于才性问题探讨所具有"异质同构"的特点。刘勰《文心雕龙·体性》曰："才力居中，肇自血气；气以实志，志以定言，吐纳英华，莫非情性。"刘劭《人物志·九征》曰："盖人物之本，出乎情性。……凡有血气者，莫不含元一以为质，禀阴阳以立性，体五行而著形。苟有形质，犹可即而求之。"① 比较二论，我们不难看出刘勰论"情性"多半受到刘劭《人物志》文字的影响，人物本于"情性"，"情性"却与一个人的先天"血气"有着重要关系，但刘勰对于刘劭的"血气"论又有所发展，他认为单纯的"血气"尚不足以构筑人的"情性"，先天血气和后天情志的结合才能形成作家独具特征的"情性"，这种情性恰恰是作家独特的创作个性的根源。作家独特的创作才能和创作风格都来源于他们独特的情性，如"贾生俊发，故文洁而体清；长卿傲诞，故理侈而辞溢；子云沈寂，故志隐而味深；子政简易，故趣昭而事博；孟坚雅懿，故裁密而思靡；平子淹通，故虑周而藻密；仲宣躁锐，故颖出而才果；公幹气褊，故言壮而情骇；嗣宗俶傥，故响逸而调远；叔

论《人物志》"才性论"对《文心雕龙》的影响

---

① （魏）刘劭：《人物志·九征》，第9页。

夜俊侠，故兴高而采烈；安仁轻敏，故锋发而韵流；士衡矜重，故情繁而辞隐：触类以推，表里必符。岂非自然之恒资，才气之大略哉！"（《体性》）刘勰在这段文字中列举了汉、魏、晋时代的十二位著名作家，讨论他们的才性特点，诸如俊发、傲诞、沈寂、简易、雅懿、淹通、躁锐、气褊、俶傥、俊侠、轻敏、矜重都是不同的作家的情性之别，因此他们有着各自不同的创作才能和写作风格。

二 "偏材"与"偏美"

刘劭《人物志》将人才分为"兼德"、"兼材"、"偏材"三大类，《九征》曰："九征有违，则偏杂之材也。三度不同，其德异称。故偏至之材，以材自名；兼材之才，以德为目；兼德之人，更为美号。""兼德"是具有"中庸"之质的圣人，有着"阴阳清和"、"中睿外明"的特点，是人主之才；"兼材"，以德为目，德才兼备，大体具有"中庸"之质，有着若干种才能；"偏材"是具有某方面专长的人，故以才为名，其德与"中庸"无涉，是人臣之才。刘劭坚持德、才兼备的人才评价标准，但对于"德"的界定却是以"中庸"为最高标准，即"五常既备"、"五质内充"、"五精外章"①，能够调和阴阳，将金、木、水、火、土五种质素兼备于一体，才能达到完善之性。"偏材"秉"阴阳"之气而有所偏，体"五行"之质而有所长，虽不具完善的美德，却有着各自独特的个性才能。尽管"偏材"不是最完善的才性，但刘劭对之高度重视，在《人物志》中用了大量篇幅细致辨别了各种不同的偏才类型及其长短得失，并讨论了识鉴偏才的方法。"偏材"之性各自有所长短，所谓"善有所章"、"理有所失"，如"厉直刚毅，材在矫正，失在激讦。柔顺安恕，每在宽容，失在少决。雄悍杰健，任在胆烈，失在多忌。精良畏

---

① （魏）刘劭：《人物志·九征》，第9—11页。

慎，善在恭谨，失在多疑。……"① 偏才之性情有所偏，才能也就各有所偏，《材能》曰："夫能出于材，材不同量。才能既殊，任政亦异。……凡偏才之人，皆一味之美。故长于办一官，而短于为一国。"② 刘劭考辨"偏材"之性，其目的在于找到"偏材"之才能，如"强毅之人"的个性是"狠刚不和"，这类人的才能特点是"可以立法，难与入微"；"柔顺之人"的个性是"缓心宽断"，这类人才的特点是"可与循常，难与权疑"；"雄悍之人"的个性是"气奋勇决"，这类人才的特点是"可与涉难，难与居约"③。通过对于"偏材"的才性的考察，可以使用人者了解各类人才所适合的职位，使人适其职，职得其人，人尽其才，才尽其用。

刘劭对于人才类型的分类和对于"偏材"的考辨都极大地启发了文学创作中的文人才性的之"偏"的思考。刘勰在《文心雕龙》中单独列出《才略》篇，专门品论历代作家的各自不同的才性、才能，极有可能是受到了刘劭《人物志》议论人才的直接影响。《人物志》极看重"偏材"的意义，刘勰也强调"才性异区"，肯定"性各异禀"对于文学发展的重要意义。刘勰在《才略》中对从先秦、两汉到魏晋的重要作家的才性进行了品评，如贾谊"才颖，陵轶飞兔"；司马相如"洞入夸艳"、"理不胜辞"；扬雄"涯度幽远，搜选诡丽"；桓谭"长于讽论，不及丽文"；王逸"博识有功，而绚采无力"；张衡"通赡"；蔡邕"精雅"；曹丕"洋洋清绮"、"虑详而力缓"；曹植"思捷而才俊，诗丽而表逸"；左思"奇才，业深覃思"；潘岳"敏给，辞自和畅"；陆机"才欲窥深，辞务索广，故思能入巧，而不制繁"；陆云"朗练"、"布采鲜净，敏于短篇"；孙楚"缀思，每直置以疏通"；挚虞"述怀，必循规以温雅"；等等。文人性情各有所偏，"选用短长"，则能出奇制胜，以各自的个性风采驰

---

① （魏）刘劭：《人物志·体别》，第21页。

② 《人物志·材能》，第66页。

③ 《人物志·体别》，第22页。

骋于文坛。

刘劭在《人物志》中谈到才性的"兼"、"偏",这对刘勰也有很大的影响。《明诗》曰:"若夫四言正体,则雅润为本;五言流调,则清丽居宗。华实异用,惟才所安。故平子得其雅,叔夜含其润,茂先凝其清,景阳振其丽;兼善则子建仲宣,偏美则太冲公幹。然诗有恒裁,思无定位,随性适分,鲜能通圆。"(着重号为引者所加)在这段文字中,刘勰对诗歌的不同类型与诗才之间的关系进行分析。四言诗、五言诗由于在产生、发展过程中逐渐形成了不同的体制特点和规范要求,不同诗人才性各异,往往只擅长诗歌某一种类型,如张衡、嵇康擅长四言诗,张华、张协、左思、刘桢五言诗写得好;同样由于才性差异,不同的诗人写出来的诗有着不同的特点,如张衡四言诗具有雅正的特点,嵇康四言诗则以润泽见长,张华五言诗清新,张协五言诗华丽。刘勰认为,在诗歌的不同体裁类型写作中,通圆者少,偏美者众,这是普遍现象,像曹植、王粲这样能兼善四言诗和五言诗的才华横溢的诗人是十分少见的。刘勰《才略》也曾称赞王粲说:"仲宣溢才,捷而能密,文多兼善,辞少瑕累,摘其诗赋,则七子之冠冕乎!"王粲虽然诗、赋兼善,但是于诗、赋以外的其他文章类型的写作就不那么擅长了,如曹丕所言:"仲宣续自善于辞赋,惜其体弱,不足起其文,至于所善,古人无以远过。"[①]"体弱"、"不足起其文",这些恰恰是王粲才性有所偏的表现。

刘劭在《人物志》中讨论了才性与官职之间适应性的关系,不同的人有不同的个性才能,不同的职位也有着不同的才性需要,因此,刘劭强调"量能授官",统治者用人时应该用其所长,避其所短,使职得其人,才尽其用。这种人才理论启发了刘勰关于作家才性与文类之间的适应性的关系的思考。由于不同的文学体裁有着不同的思维特点和才性要求,诸如诗、文不同,文、笔有别,并不是每个人都能兼善众体,不同的文人往往只能

---

① (魏)曹丕:《与吴质书》,《文选》卷四十二,第591—592页。

在某些体裁形式中使自己的才性得到极致的发挥，文人偏美于某种体裁类型也是常见的现象。刘勰《文心雕龙·才略》大量列举了众多偏美之才及其所擅长的文类形式："刘向之奏议，旨切而调缓；赵壹之辞赋，意繁而体疏；孔融气盛于为笔，祢衡思锐于为文，有偏美焉。潘勖凭经以骋才，故绝群于锡命；王朗发愤以托志，亦致美于序铭。……琳瑀以符檄擅声；徐幹以赋论标美……路粹杨修，颇怀笔记之工；丁仪邯郸，亦含论述之美，有足算焉。……潘岳敏给，辞自和畅，钟美于《西征》，贾馀于哀诔，非自外也。……成公子安选赋而时美，夏侯孝若具体而皆微，曹摅清靡于长篇，季鹰辨切于短韵，各其善也。……庾元规之表奏，靡密以闲畅；温太真之笔记，循理而清通，亦笔端之良工也。孙盛干宝，文胜为史。"（着重号为引者所加）《文心雕龙·书记》曰："后汉书记，则崔瑗尤善。魏之元瑜，号称翩翩……至如陈遵占辞，百封各意；祢衡代书，亲疏得宜：斯又尺牍之偏才也。"（着重号为引者所加）刘勰盛赞偏才各有偏美，他们各自擅长写作不同的文章类型，并且使得才性得到淋漓尽致的表现，这有力地促进了各类文体的发展。刘勰因此提倡文人"惟才所安"、"随性适分"（《明诗》），"摹体以定习，因性以练才"（《体性》），即根据自己的才性特点来锻炼自己的写作才能，选择适合于自己写作的方向，从而谋求才性与文类或文风的吻合，这就是刘勰所确定的"文之司南"。如果不懂得"度材准性"，违背自己的才性强行追新逐奇，则不免闹出"削足适履"的笑话。曹植在《与杨德祖书》中批评孔璋则为一例。其论曰："以孔璋之才，不闲于辞赋，而多自谓能与司马长卿同风，譬画虎不成反为狗也。"[①] 孔璋的才能主要在写作章、表方面而非辞、赋方面，时人已有定评，但孔璋却不自量力，非要跻身于辞、赋之列，乃至要与司马相如媲美，这种悖才妄为之举，不免遭人讥笑。

从刘劭论"偏材"到刘勰论"偏美"，可以明显见出两者的

① （魏）曹植：《与杨德祖书》，《文选》卷四十二，第593页。

渊源演化关系，刘劭指出"偏材"各有长短，不如"兼德"完美，但却有着某方面的专才，应该得到重视。而对文学创作来说，偏才之性恰恰是创作个性和创作才能的表现，我们难以想象一个没有个性的人能够写出杰出的具有创造性的作品。刘勰以"偏美"界说偏才，可见，他已经充分估量了文人独特的才性在创作中的重要作用。

三 "八观"与"六观"

刘劭《人物志》不仅辨别了人物才性的类型，而且提出了识鉴才性的方法。他在《接识》、《八观》、《七缪》、《效难》等篇中分别提出了"八观"、"五视"等识人的方法，并讨论了在识鉴人才的过程中可能会出现的七种偏差，即"七缪"。刘勰《知音》则阐释了如何对文学作品进行鉴赏和批评，提出了文学鉴赏和批评的"六观"法，同样也讨论了文学鉴赏中出现的误区和由此带来的问题。对人物才性的品鉴和对作家作品的鉴赏，这两者之间的确具有诸多类似之处，细读二书，我们也可明显见出《文心雕龙》对于《人物志》的借鉴和发展。

刘劭《人物志》中谈论到识鉴人才的困难，《效难》曰："盖知人之效有二难。有难知之难，有知之而无由得效之难。"这揭示了识鉴人才是一件不太容易的事，这首先是由于人才本身的复杂性，"人物精微，能神而明"①，使人难以了解；其次，识鉴者本人的主观性也会影响到考察的准确性。刘勰《文心雕龙·知音》开篇就感叹："知音其难哉！音实难知，知实难逢，逢其知音，千载其一乎！"刘勰感叹的是文学鉴赏中的"知音难逢"，这同样是由于主客观两方面的原因造成的，首先是"音实难知"、"文情难鉴"，文学作品本身的丰富性和复杂性；其次是真正懂得欣赏作品的"知音"不易找到，"知实难逢"。

如何能成为识鉴人才的"伯乐"，如何能成为品鉴作品的

---

① （魏）刘劭：《人物志·效难》，第141页。

"知音"，这确实不是容易的事情。刘劭《人物志》谈到人物识鉴者应该避免的七种错误，《七缪》曰："一曰，察誉，有偏颇之缪。二曰，接物，有爱恶之惑。三曰，度心，有小大之误。四曰，品质，有早晚之疑。五曰，变类，有同体之嫌。六曰，论材，有申压之诡。七曰，观奇，有二尤之失。"① 识鉴者本人的判断能力、感情好恶、认识差异、性格类型都可能影响到人物考察的准确性和公允性。刘劭识鉴人才的"七缪"和刘勰论文学欣赏的误区多有相似之处。如刘劭认为"察誉有偏颇之缪"，造成这种错误的原因是"信耳而不敢信目"，即"人以为是，则心随而明之；人以为非，则意转而化之"②；刘勰也谈到文学欣赏"贵古贱今"、"信伪迷真"（《知音》）的情况，究其根源恰是刘劭所言"信耳而不敢信目"所致。刘劭曰："接物，有爱恶之惑"，具体表现是"亲爱同体而誉之，憎恶对反而毁之"，其心理根基是要"证彼非而著己是也"③；文学欣赏中也经常会出现这种偏颇的情况，譬如"崇己抑人"、"会己则嗟讽，异我则沮弃"，"慷慨者逆声而击节，酝藉者见密而高蹈，浮慧者观绮而跃心，爱奇者闻诡而惊听"。正是由于欣赏者"私于轻重"、"偏于爱憎"而导致了文学欣赏和文学批评不能"平理若衡，照辞如镜"（《知音》）。刘劭曰："论材，有申压之诡"，对才能的识鉴会因人物的地位、贫富等外部原因所蒙蔽，而不能客观地评价人物；刘勰也谈到世人对曹丕和曹植的评价受到二人的地位、处境的影响而不够公允，《才略》曰："俗情抑扬，雷同一响，遂令文帝以位尊减才，思王以势窘益价，未为笃论也。"无论是人才识鉴者还是作品鉴赏者，都应该尽量排除主观偏见，才能客观、公正地评价人才和作品。

为了全面地识鉴人才，刘劭提出了识鉴人才的"八观"法，"八观者：一曰，观其夺救，以明间杂。二曰，观其感变，以审

---

① 《人物志》，第 123 页。
② 同上。
③ 同上书，第 125 页。

常度。三曰，观其志质，以知其名。四曰，观其所由，以辨依似。五曰，观其爱敬，以知通塞。六曰，观其情机，以辨恕惑。七曰，观其所短，以知所长。八曰，观其聪明，以知所达。"①"八观"是从情性、情绪、禀性、心态、动机、行为、个性、智力等诸多方面对被品评者才性的全方位考察。值得关注的是，刘勰也提出了文学鉴赏和批评的"六观"法，《知音》曰："将阅文情，先标六观：一观位体，二观置辞，三观通变，四观奇正，五观事义，六观宫商，斯术既行，则优劣见矣。""六观"法是从作品的体裁、辞藻、用典、声律、风格及对于前代的因革等方面进行全面观照，以区分艺术作品的优劣得失。从刘劭的"八观"到刘勰的"六观"，都遵循着从不同层面圆照对象的方法，既评价对象的局部特性，也评价其整体特性。虽然我们仍然不能确考刘勰的"六观"直接借鉴于刘劭的"八观"，但两者之间具有的关联性是显而易见的。

"才性论"是文学理论研究中的重要问题。从刘劭识鉴人才的"才性"、"偏材"、"八观"到刘勰品鉴文学的"体性"、"偏美"、"六观"，我们可以明显见出两者之间的借鉴和发展的关系。刘勰将刘劭品鉴人才的"才性论"的思想资源成功地转化成为文学理论的范畴、观念和方法，显示了他作为一个杰出的文学理论家的卓识、气魄和才能。今天，我们对于两者之间的影响和被影响的关系的研究，能帮助我们进一步加深对于《文心雕龙》文学理论的理解。

① （魏）刘劭：《人物志·八观》，第101页。

论齐梁古今文体之争[*]

六朝是普遍讲究形式主义和修辞主义的时代，文体日趋骈化，文章日渐以吟咏情性为指归，但在重情、重采的时代潮流中却始终隐含着征实、尚用的文学潜流。正如许多批评家徘徊于纯文与泛文之间难以调和一样，他们也斟酌于古与今、质与文之间，试图追寻理想的文体和文体观念。六朝齐梁文坛"古今文体之争"正充分显示了不同文体形态和文体观念的冲突。

一　古今文体之争的形成

六朝古文体派的代表人物是齐、梁时期的裴子野。裴子野历仕齐、梁二朝，梁时曾任著作郎、中书通事舍人等职，并掌中书诏诰，后转鸿胪卿，领步兵校尉。裴子野为人谨严，不尚阿谀，平日"廉白自居"，"静默自守"，长于史学，撰史书多种，尤以《宋略》二十卷为时人所重。据史载，裴子野于普通七年受诏作《敕魏文》，深受高祖赏识，"自是凡诸符檄，皆令草创。子野为文典而速，不尚丽靡之词，其制作多法古，与今文体异。当时或有诋诃者，及其末皆翕然重之"①。据此可知，裴子野多写实用文体，为文质朴典正，多法古体，与尚"丽靡之词"之"今体"大异其趣。不仅裴子野尚古体，与流俗异，在他周围还聚集了一

---

　　* 本文原载《首都师范大学学报》2001 年第 4 期。《高等学校文科学报文摘》2001 年第 6 期摘录，今据原文修订，增加小标题，并增加有关引文注释。

　　① （唐）姚思廉：《梁书·裴子野传》，中华书局 1973 年版，第 443—444 页。

批好古尚实的文人，他们共同组成"古体派"的文学集团。史书中有大量关于"古体派"文学集团及其活动的记载。

> 子野与沛国刘显、南阳刘之遴、陈郡殷芸、陈留阮孝绪、吴郡顾协、京兆韦棱，皆博极群书，深相赏好，显尤推重之。时吴平侯萧劢、范阳张缵，每讨论坟籍，咸折中于子野焉。[①]

> 显博闻强识，过于裴、顾，时魏人献古器，有隐起字，无能识者，显案文读之，无有滞碍，考校年月，一字不差，高祖甚嘉焉。[②]

> 之遴笃学明审，博览群籍。时刘显、韦棱并强记，之遴每与讨论，咸不能过也。……好古爱奇，在荆州聚古器数十百种。……好属文，多学古体。[③]

> （顾协）举秀才，尚书令沈约览其策而叹曰："江左以来，未有此作。"……博极群书，于文字及禽兽草木尤称精详。撰《异姓苑》五卷，《琐语》十卷，并行于世。[④]

> （殷芸）励精勤学，博洽群书。[⑤]

> 棱字威直，性恬素，以书史为业，博物强记，当世之士，咸就质疑。[⑥]

---

① 《梁书·裴子野传》，第 443 页。
② 《梁书·刘显传》，第 571 页。
③ 《梁书·刘之遴传》，第 572—574 页。
④ 《梁书·顾协传》，第 445—446 页。
⑤ 《梁书·殷芸传》，第 596 页。
⑥ 《梁书·韦棱传》，第 225 页。

缵好学，兄缅有书万余卷，昼夜披读，殆不辍手。秘书郎有四员，宋、齐以来，为甲族起家之选，待次入补，其居职，例数十百日便迁任。缵固求不徙，欲遍观阁内图籍。①

阮孝绪年十三，遍通《五经》。……所著《七录》等书二百五十卷，行于世。②

据上述文献可知，古体派以裴子野、刘显、刘之遴等中书同僚为核心，其成员还包括殷芸、顾协、韦棱、韦睿、张缵、阮孝绪等人。这派文人有一些共同的特点：他们都励精勤学，博览群书，因相互倾慕而聚集，常一起讨论典坟古籍；尤好古文、古字、古器等古代经典；从事古文典籍的整理和疏解，所著多史传、策书、符檄、书记等实用性笔类文体，且多用散体、韵体写作；他们的著述、文才多得到高祖萧衍和当时身居高职的沈约的赞誉。

日本学者林田慎之助先生考证，古文派文学集团大约形成于天监十年前后③。这段时间正是萧衍称帝治梁之初，梁武帝承宋、齐两朝，治国兼取玄佛，杂糅儒、墨，颇重古制、古礼和古文。《梁书·武帝本纪》载，萧衍"修饰国学，增广生员，立五馆，置《五经》博士"。又载高祖著古文疏解凡二百余卷"正先儒之谬，开古圣之旨。王侯朝臣皆奉表质疑，高祖皆为解释"④。又萧衍《敕萧子云撰定郊庙乐辞》云："郊庙歌辞，应须典诰大语，不得杂用子史文章浅言；而沈约所撰，亦多舛谬。"⑤ 这表明萧衍有许多观点和喜好不同于流俗而与古体派文学集团的趣味相近，上有所好，下皆效焉，萧衍重视古风古韵之趣味有力地促成和支持了京城古体派文学集团的形成和发展。

---

① 《梁书·张缵传》，第 493 页。
② 《梁书·阮孝绪传》，第 739—742 页。
③ ［日］林田慎之助：《裴子野〈雕虫论〉考证》，《古代文学理论研究》第 6 期，上海古籍出版社 1982 年版。
④ 《梁书·武帝本纪》，第 96 页。
⑤ 《梁书·萧子云传》，第 514 页。

古体派的文学观点主要反映在其文学集团中心人物裴子野的《雕虫论》中。据考，《雕虫论》是裴子野《宋略》的辑佚文①，最早见于《通典·选举》四，后又见于《文苑英华》卷七四二《论文》，题为《雕虫论》。其论曰：

> 古者四始六艺，总而为诗，既形四方之气，且彰君子之志，劝美惩恶，王化本焉。后之作者，思存枝叶，繁华蕴藻，用以自通。……闾阎年少，贵游总角，罔不摈落六艺，吟咏情性。学者以博依为急务，谓章句为专鲁。淫文破典，斐尔为功，无被于管弦，非止乎礼义。深心主卉木，远致极风云，其兴浮，其志弱，巧而不要，隐而不深，讨其宗途，亦有宋之风也。②

裴子野批评时俗追逐藻饰，尚"雕虫之艺"，丧失了为文之根本旨趣。在裴氏看来，《诗经》既能表现四方风俗，又能抒发"君子之志"，发乎情而止乎礼义，美刺讽喻，劝恶扬善，为王化之根本，是正统的文学经典。而后世诗歌，从楚骚、汉赋至魏、晋、刘宋辞赋无不"箴绣鞶帨"、"繁华蕴藻"，过分追求华辞丽藻、修辞技巧，"思存枝叶"、"兴浮志弱"，丧失了深厚的思想内涵和社会意义，有悖风雅，无益教化。

裴氏之论显然是《诗大序》诗学观念的翻版，立足于经学视角，强调诗歌的政治教化功用，而忽略了诗歌的审美特性，这在文学和文学批评日渐脱离经学，逐步走向独立的南朝显得有些保守、落后，不合时宜。但值得肯定的是，裴子野关于时文"雕虫"之论具有强烈的现实批判意义，切中了刘宋大明以后文风的致命弱点，于是这种陈腐的文学论调作为反对流俗的声音就具有了合理性成分。

---

① ［日］林田慎之助：《裴子野〈雕虫论〉考证》，《古代文学理论研究》第6期。

② （南朝梁）裴子野：《雕虫论》，载（清）严可均校辑《全上古三代秦汉三国六朝文》之《全梁文》卷五十三，中华书局1958年版，第3262页。

文体观念与文化意蕴

今体派是以萧纲为代表的宫体诗派。据《梁书·庾肩吾传》载："初，太宗（萧纲——引者注）在藩，雅好文章士，时肩吾与东海徐摛，吴郡陆杲、彭城刘遵、刘孝仪，仪弟孝威，同被赏接。及居东宫，又开文德省，置学士。肩吾子信、摛子陵、吴郡张长公、北地傅弘、东海鲍至等充其选。"① 可见，萧纲在藩时，就不断扩充文学实力，在他周围已经聚集了一大批文学之士。而萧纲文学集团的正式形成则是在萧统病逝，萧纲继立皇太子入主东宫之后。

萧纲文学集团以萧纲为盟主，以徐摛、庾肩吾等人为核心，表现出鲜明的集团文学特色。《梁书·简文帝纪》载："雅好题诗，其序云：'余七岁有诗癖，长而不倦。'然伤于轻艳，当时号曰'宫体'"②。《梁书·徐摛传》："属文好为新变，不拘旧体。……摛文体既别，春坊尽学之，'宫体'之号，自斯而起。"③《周书·庾信传》载："时肩吾为梁太子中庶子，掌管记，东海徐摛为左卫率，摛子陵及信并为抄撰学士。……既有盛才，文并绮艳，故世号为徐庾体焉。当时后进，竞相模范。每有一文，京都莫不传诵。"④ 从上述文献可知，今体派文学集团追求新变，崇尚丽靡艳发之辞，讲究声韵婉转动听，多写艳情，文风轻靡，与"崇质尚实"的古体派相比较，迥然异趣。

今体派的诗学观点集中在萧纲成为太子之后，写给其弟湘东王萧绎的一封信中。其论曰：

> 比见京师文体，懦钝殊常，竞学浮疏，争为阐缓。玄冬修夜，思所不得，既殊比兴，正背风骚。若夫六典三礼，所施则有地，吉凶嘉宾，用之则有所。未闻吟咏情性，反拟内则之篇，操笔写志，更摹酒诰之作。迟迟春日，翻学归藏，湛湛江水，遂同大传。……若以今文为是，则古文为非；若

① 《梁书·庾肩吾传》，第 690 页。
② 《梁书·简文帝纪》，第 109 页。
③ 《梁书·徐摛传》，第 446—447 页。
④ （唐）令狐德棻：《周书》卷四十一，中华书局 1971 年版，第 733 页。

论齐梁古今文体之争

昔贤可称，则今体宜弃；俱为盍各，则未之敢许。又时有效谢康乐、裴鸿胪文者，亦颇有惑焉。何者？谢客吐言天拔，出于自然，时有不拘，是其糟粕。裴氏乃是良史之才，了无篇什之美。是为学谢则不届其精华，但得其冗长；师裴则蔑绝其所长，惟得其所短。谢故巧不可阶，裴亦质不宜慕。……近世谢朓、沈约之诗，任昉、陆倕之笔，斯实文章之冠冕，述作之楷模。①

在这段文字中，萧纲直接将批评锋芒指向"京师文体"，认为它们过于懦钝，浮疏，阐缓，束缚情性表达，不具动人的艺术魅力。萧纲明确批评对象是以谢灵运为代表的"元嘉古体"和以裴子野为代表的"古文体派"。萧纲批评谢诗过于冗长，不协声律，裴文质木无文，了无篇什之美，故所谓"京师文体"应包含这两派文体及梁代仿效谢康乐、裴鸿胪文者。萧纲特别批评了师法裴氏的古文体派，认为他们依经写诗的做法有悖风骚抒情传统。诗歌以吟咏情性为指归，如果模仿《内则》、《酒诰》、《归藏》、《大传》等类经、传来写，诗将非诗。为此，萧纲明确地划清了诗歌与经学的界限，这是直接针对裴氏依经论诗的复古论调而言。萧纲还极力赞美近世谢朓、沈约之诗，任昉、陆倕之笔为文章典范，肯定具有新变特点的"永明体"的审美价值。

古今文体两派之争皆针对时文之弊发表议论，但却各自为营，针锋相对。古体派认为宋齐时文匮采，具"雕虫"之气，而今体派则以为齐梁文坛沾染了儒经懦钝、阐缓的陈腐之气，此风横流则是可忍孰不可忍。萧纲直接标示"今体"与"古文"势不两立，宣告"若以今文为是，则古文为非；若昔贤可称，则今体宜弃"，痛斥复古之风，强烈主张新变。

两派之论将齐梁古今文体之争推向极致，虽然各执一词，不无偏激，但又各自具有合理成分。古体派批评时文形式主义泛

---

① （南朝梁）萧纲：《与湘东王书》，《全上古三代秦汉三国六朝文》之《全梁文》卷十一，第3011页。

滥,强调文学政治教化功用,但却混淆文学与经学的价值差别,忽略了文学的审美意义;今体派力图划清文学与经学的界限,追求文学形式美的价值,但却浮于轻艳,丧失文学深厚的思想力量和社会功用。

二 焦点之一:因革之争

值得注意的是古今文体之争产生于南朝儒学重振及多种话语形态并存的时代语境中。魏晋以来,玄风大盛,儒学呈衰微之势。但儒学并没有完全消歇,至刘宋时期再度兴盛。据《南史·宋本纪》载,文帝于元嘉十六年立儒、玄、史、文学四馆,明帝于泰始六年立总明观,分儒、道、文、史、阴阳五部学。可见,刘宋时期儒学与玄学、史学、文学、阴阳学等同被立为官学,齐梁二代承其风尚,梁武帝奉佛崇儒,儒、佛、玄在梁代极为兴盛。统治阶层意识形态领域多元并存的情形深刻地影响了当时的文学理论与创作,齐梁时代文学处于新变之中,各种新的文学观念不断产生,但人们遇到的最大问题却是如何在传统积淀与现代潮流之间加以抉择?在文学新变中,如何调和古、今,折中文、质,平衡雅、俗,寻求理想的文体表现方式?事实上,古今文体之争并不限于萧纲与裴子野为代表的古体、今体文学集团之间的冲突,它是贯穿于整个齐梁时代乃至进入几乎每个批评家视野中的文体观念形态冲突,而冲突的焦点则主要表现在因与革、雅与俗、文与质、繁与简、纯文与泛文等方面。而文体的因与革的问题对于处于新变时期的齐梁文学批评家而言,显得尤为紧迫与重要。

古体派尚古、崇古,以《诗经》"四始六艺"为文学经典,推崇汉儒解诗之法,主张诗歌应该"彰君子之志,劝美惩恶",有助风化。由于古体派恪守儒家的诗学传统,用政治的眼光看艺术,并依此为恒则,他们对后世诗体、诗风之变深表不满。裴氏甚至否定了以《楚辞》为代表的骚体文学传统,认为楚骚辞藻华艳,哀怨动人,是后世"雕虫"藻饰之根源。东晋至南朝雕虫文艺尤盛，如颜延之、谢灵运等人，摈落六艺，搜寻丽藻，热衷"主卉木"、"极风云"的山水诗，导致了"淫文破典，斐尔为功"的不良风气的出现。可见，以裴氏为代表的古体派拘于经学传统，对后世文体之变无不加以贬责，表现出强烈的以古为是、以今为非、以圣人是非为是非的因循守旧观念。

今体派则是激进新变主义者，他们将"今体"与"古体"对立起来，肯定"变"，并张扬"变"。萧纲《与湘东王书》非议古文，批评时文，全文主旨在求文变。萧纲论曰："以当世之作，历方古之才人，远则杨马曹王，近则潘陆颜谢，而观其遣辞用心，了不相似。"① 事实证明"变"是诗文发展规律，从扬雄、司马相如、曹植、王粲到潘岳、陆机、颜延之、谢灵运，他们的文体、文风无不在发生变化，各不相同。萧纲鄙视模拟仿效者，讽刺他们犹如"分肉于仁兽"，"卻克于邯郸"，东施效颦，终无所成。"决羽谢生，岂三千之可及；伏膺裴氏，惧两唐之不传。"② 孔子弟子三千皆不能及孔子，效谢师裴者也不过弃其精华，得其糟粕，蒆绝其长，唯得所短。故才人之文，往往"巧不可阶"，唯一出路在"创新"与"变革"，只有这样，才能立足文坛，成为文章之"英绝"者。

今体派既强调"变"，他们所创作的宫体文学就是新变产物。故萧纲《与湘东王书》有为宫体文学张目之意。萧纲在《与湘东王书》中论述诗歌以"吟咏情性"为指归，而在《答新渝侯和诗书》中则对诗咏情性作了较好的注脚。其论曰："双鬓向光，风流已绝；九梁插花，步摇为古。高楼怀怨，结眉表色；长门下泣，破粉成痕。复有影里细腰，令与真类；镜中好面，还将画等。此皆性情卓绝，新致英奇。"③ 可见，萧纲所谓"情性"之卓绝者是指与政教风化毫无关涉乃至完全相悖的个体性情，并

① （南朝梁）萧纲：《与湘东王书》，《全上古三代秦汉三国六朝文》之《全梁文》卷十一，第3011页。

② 同上。

③ 《答新渝侯和诗书》，《全上古三代秦汉三国六朝文》之《全梁文》卷十一，第3010—3011页。

拘于色欲闺怨的宫廷艳情。故萧纲所谓"今体"并非泛指一切新变体，而主要指带有萧纲文学集团色彩的宫体文学；而"京师文体"也非局限于裴氏复古主义文学集团和谢灵运之"元嘉古体"及师裴谢者，而是与"今体"相对的概念，指当时京城建康所有带有懦钝阐缓之气的作品①。

萧纲虽然称颂近世谢朓、沈约之诗，任昉、陆倕之笔为文章冠冕，述作楷模，但绝不甘心荫蔽于永明体之下，而是要求变革求异。据《梁书·虞肩吾传》载："齐永明中，文士王融、谢朓、沈约文章始用四声，以为新变，至是转拘声韵，弥尚丽靡，复逾于往时。"② 又萧纲批评学谢者但得其"冗长"，自言"性既好文，时复短咏"③。由此可知，萧纲倡导的宫体诗是在永明体新变之后之新变，它体制短小，较永明体诗歌声更为讲究声音圆转调谐，雕琢华艳辞藻趋极致，遂形成轻艳绮靡文风。

故古今文体之争在观念形态上表现为"因袭"与"革新"的不同，古体派"尚因袭不尚变"，今体派"尚变革不尚通"。处于新变时期的批评家颇能感受时代潮流冲击，大都肯定"变"，他们不像裴子野那样迂腐不化，抱住经学文学观念不放，但如何变，是通中求变，还是变中求通，是执著于经学规范文变，还是趋新求异，斟酌传统？却各不相同。

在萧姓之中，萧子显、萧绎都属于新变派。萧绎本人是皇室成员，也写过一些艳情诗。萧绎与萧纲二人都长于诗赋，趣味相投，常在一起诗文唱和，故萧纲视萧绎为文坛知己。《与湘东王书》中说："文章未坠，必有英绝领袖之者，非弟而谁？每欲论之，无可与语，思吾子建，一共商榷。"④ 萧纲盛情邀请萧绎共同商榷文章，倡导新文体。又《北史·文苑传序》曰："梁自大

① 参见傅刚《永明文学至宫体文学的嬗变与梁代前期文学状态》，《社会科学战线》1997 年第 3 期。

② 《梁书·庾肩吾传》，第 690 页。

③ （南朝梁）萧纲：《与湘东王书》，《全上古三代秦汉三国六朝文》之《全梁文》卷十一，第 3011 页。

④ 同上。

论齐梁古今文体之争

同之后，雅道沦缺，渐乖典则，争驰新巧。简文（萧纲——引者注）、湘东（萧绎——引者注），启其淫放。"① 《北史》将萧绎与萧纲并论，说他们开启了"淫放"之风，可见，他们二人确实有某些相同的文学趣味。萧子显与萧纲交往也比较密切，据《梁书·萧子显传》："太宗素重其为人，在东宫时，每引与促宴。"② 可知萧子显常出入东宫。萧子显存诗十八首，十之八九为宫体，《玉台新咏》收其诗十七首之多。

萧子显在《南齐书·文学传论》中鲜明地提出新变的主张，其论曰："五言之制，独秀众品。习玩为理，事久则渎，在乎文章，弥患凡旧。若无新变，不能代雄。"文章是供人赏玩之物，只有不断变化，才能更新人们的审美感受，故要称霸文坛，必须新变。从文学实践看，从"建安一体"、"潘陆齐名"、"江左风味"、"颜谢并起"到"休鲍后出"，皆为"朱蓝共妍，不相祖述"，只有"擅奇"，才能"标世"③。这些论断与萧纲倡"变"，俨然如出一辙。

萧绎也极力肯定古今文体之变化，他说："夫世代亟改，论文之理非一；时事推移，属词之体或异。"④ 文学和文学观念都随着时代变化而不断变化。萧绎在《金楼子·立言》中明显地区分了文与笔，并表现出重文轻笔倾向。其论曰："吟咏风谣，流连哀思者谓之文。""至如文者，惟须绮縠纷披，宫徵靡曼，唇吻遒会，情灵摇荡。"⑤ 萧绎强调"文"的摇荡情灵的审美特点，且应具藻采声韵，这与萧纲的观点颇为接近。萧绎又说："予幼好雕虫，长而弥笃，游心释典，寓目词林；顷常搜聚，有怀著述。"⑥ 直接标示喜好雕虫之文。据颜之推说："吾家世文

---

① （唐）李延寿：《北史》卷八十三，中华书局1974年版，第2782页。

② 《梁书》卷三十五，第512页。

③ （南朝梁）萧子显：《南齐书》卷五十二，中华书局1972年版，第908页。

④ （南朝梁）萧绎：《内典碑铭集林序》，载（唐）释道宣《广弘明集》，上海古籍出版社1990年版，第370页。

⑤ （南朝梁）梁元帝：《金楼子》卷四，中华书局1985年版，第75页。

⑥ （南朝梁）萧绎：《内典碑铭集林序》，载（唐）释道宣《广弘明集》，第370页。

文体观念与文化意蕴

章，甚为典正，不从流俗；梁孝元在蕃邸时，撰《西府新文纪》，无一篇见录者，亦以不偶于世，无郑、卫之音故也。"① 萧绎在蕃王宅邸，曾命萧淑辑录诸臣僚之文，撰成《西府新文》，但颜之推的父亲颜协因为文典正，没有文章被选入。《西府新文》今佚不传，据此事可推知，《西府新文》选录标准大约合乎萧绎为文观念，是流行的"新文"选本。

大体而言，萧子显和萧绎在创作理论和实践中都与萧纲的今体派接近，主张文体"新变"，但在主"变"的同时，没有极端地将"今体"与"古体"对立起来，与萧纲比较，在观念上显得通达一些。萧子显在《南齐书·文学传论》中说："吟咏规范，本之雅什，流分条散，各以言区。"他肯定了《诗经》为诗之源，后世诗体变化则为支流和条散。同时，萧子显高度评价汉代以来不同体式的诗歌创作：曹植、王粲"四言之美，前超后绝"，李陵"五言才骨，难与争鹜"，张衡、曹丕"七言之作，非此谁先"，司马相如、扬雄之赋为"升堂冠冕"……又说："学亚生知，多识前仁"，只有这样，才能"文成笔下，芬藻丽春"②。萧子显肯定"新变"，但不否定旧体的价值及其对新变的重要意义。萧绎也有重古体之论，《金楼子·立言》曰："诸子兴于战国，文集盛于二汉，至家家有制，人人有集。其美者足以叙情志，敦风俗；其弊者祇以烦简牍，疲后生。往者既积，来者未已。"③ 称颂古人文章能"叙情志"，"敦风俗"，也强调后世的创新发展。

萧统与萧子显、萧绎比较显得更为正统一些。据《梁书·昭明太子传》载："太子生而聪睿，三岁受《孝经》、《论语》，五岁遍读《五经》，悉能讽诵。""尝泛舟后池，番禺侯轨盛称'此中宜奏女乐'。太子不答，咏左思《招隐诗》曰：'何必丝与

① （北齐）颜之推著，（清）赵曦明注，（清）卢文弨补注：《颜氏家训》，中华书局1985年版，第91—92页。

② （南朝梁）萧子显：《南齐书》，第907—909页。

③ （南朝梁）梁元帝：《金楼子》卷四，第63页。

竹，山水有清音.'"① 萧统深受儒家思想影响，平日生活简朴，不近女伎声乐。他肯定文体古今之变的必然性，《文选序》论曰："若夫椎轮为大辂之始，大辂宁有椎轮之质？增冰为积水所成，积水曾微增冰之凛，何哉？盖踵其事而增华，变其本而加厉；物既有之，文亦宜然。随时变改，难可详悉。"② 文学的发展如同事物运动变化，是踵事增华、变本加厉的过程，故由质趋文是文学发展规律。从《文选》选文情况看，所选先秦、两汉之诗文明显少于魏、晋、齐、梁各代，表现出疏古重今倾向，且选文多为沉思、翰藻之作，具黼黻悦目之美，反映了时人普遍的审美趣味。但另一方面，《文选》也颇多选入经国实用文体，如诏、册、令、教、奏记、弹事、符命、史论等文类都与治国大业密切相关。诗体所选次文类，如述德诗、劝励诗、献诗、公宴诗、咏史诗等多表现忠君孝亲之情，符合儒家发乎情止乎礼义的诗学观念。据骆鸿凯先生统计，《文选》之篇载于正史者约有二百余篇③。《文选》不录艳情诗，陶渊明作《闲情赋》，涉及女色，被斥为"白碧微瑕"，他又说"杨雄所谓劝百而讽一者，卒无讽谏，何足摇其笔端？"④ 这表明萧统具有雅正为文的观念，追求藻饰但反对浮艳，重文学讽谏教化功用。萧统对齐、梁新变体没有表现出应有的热情，《文选》极少收录齐、梁时新兴咏物诗和艳情诗，这表明萧统更重古体诗。

　　刘勰与萧统观点接近，在古体和今体之间，他采取了"唯务折衷"的态度。《文心雕龙·通变》专门议论古今文体之变曰："夫设文之体有常，变文之数无方，何以明其然耶？凡诗赋书记，名理相因，此有常之体也；文辞气力，通变则久，此无方

① （唐）姚思廉：《梁书·昭明太子传》，第165—168页。

② （南朝梁）萧统：《文选序》，载（南朝梁）萧统编，（唐）李善注《文选》，中华书局1977年版，第1页。

③ 参见骆鸿凯《文选学》，中华书局1989年版，第336页。

④ （南朝梁）萧统：《陶渊明集序》，《全上古三代秦汉三国六朝文》之《全梁文》卷二十，第3067页。

之数也。"① 刘勰认为古今文体之变是"有常之体"与"无方之数"之矛盾统一。文体体制历代相袭，是有常之体；辞采气骨随时而变，是无方之数。因此，既要"参古定法"、"资于故实"，又要"酌于新声"、"望今制奇"，才能言古今通变之道。一方面，刘勰肯定文随时变，所谓"文律运周，日新其业"（《通变》），"时运交移，质文代变"（《时序》）；另一方面，刘勰又认为时人"厌黩旧式"，竞相"穿凿取新"（《定势》），"竞今疏古"，至"风末气衰"（《通变》）。故刘勰虽然强调"变"，但却不满于时人"新变"，而是强调通贯古今之变化，即所谓"参伍以相变，因革以为功"（《物色》）。故刘勰持论并非不偏不倚，而是强调执古驭今，执正驭奇。

三　焦点之二：文质之辨

古今文体之争还鲜明地表现为文质之论。文学由质趋文演化显示文学逐步脱离经学走向审美自觉的历程，但这种对文饰的追求在齐、梁间达到巅峰，乃至出现形式主义泛滥的倾向，由此衍生了齐梁古今文体的文质之辨。

古体派以"雕虫"隐喻时文，则是对当时片面讲究形式技巧，雕章琢句文风的尖锐批评。《梁书·裴子野传》："子野为文典而速……或问其为文速者，子野答云：'人皆成于手，我独成于心。'"② 裴子野"心手"之论颇似刘勰所说的"为情而造文"与"为文而造情"的不同，前者文成于心，心生言立，故文章质朴典正，为文迅速；后者刻意为文，雕琢词句，虽华辞丽藻却束缚情意表达，被裴子野斥为"淫文破典"。在《雕虫论》中，裴子野极力赞美《诗经》为文典正，又说"曹刘传其风力"，肯定慷慨任气、文风质朴的"建安风骨"，批评时文"兴浮"、"志

---

① 范文澜：《文心雕龙注》，人民文学出版社 1958 年版，第 519 页。本文所引《文心雕龙》文字皆出自此版本，不再一一注明。

② 《梁书》卷三十，第 443 页。

弱"。这样看来，古体派颇有呼唤文学主体性复归的意味，但裴氏所谓"心"更多的是儒教"止乎礼义"之情志，且一味以藻饰为"雕虫"和"枝叶"，则忽视文学的审美特质，特别是没有认识到追求藻饰对文学独立和发展的重要意义。

今体派极力张扬对"文"的追求，他们肯定永明体，并将对声韵藻采的追求推向极致。今体派创作的宫体诗描写与政教毫无关涉的艳情、宫怨、离别、相思等内容，形式上多为短制，语言华丽浓艳，在艺术技巧上较永明体更为精巧细密。这种对形式极度考究的诗体形式有力地促进了诗歌古体向近体的转化，但由于表现内容缺乏深厚的社会历史内涵，风格轻艳而颇遭后人非议。宫体诗的代言人萧纲论文曰："日月参辰，火龙黼黻，尚且著于玄象，章乎人事，而况文辞可止，咏歌可辍乎？不为壮夫，扬雄实小言破道；非谓君子，曹植亦小辩破言。论之科刑，罪在不赦。"[①] 萧纲以"文辞"、"咏歌"类比天文玄象，将对文辞采饰的追求抬至崇高位置，并对扬雄以辞赋为"童子雕虫篆刻"，"壮夫不为"[②] 之论，曹植"岂徒以翰墨为勋绩，辞赋为君子哉"[③] 之言十分不满。扬雄、曹植皆以辞赋闻名，但都发表了轻视辞赋之论，这种不约而同的巧合表明时人普遍具有儒道至上的情结，以儒道观文道，则有大道、小道的区分和对立，这是文学没能脱离经学的表现。萧纲则不然，他大胆地宣称"立身之道与文章异，立身先须谨重，文章且须放荡"[④]，将做人与为文截然二分，这种离经叛道的观念，使他能够脱离经学束缚，勇于张扬文学自身的价值。但他所倡导的宫体诗尚文不尚质，文辞浮诡，内容狭窄，缺乏感人的情感力量，这是不争的事实。

齐、梁批评家普遍重视文采，像裴子野那样一味推崇质实，

① （梁）萧纲《答张瓒谢示集书》，《全上古三代秦汉三国六朝文》之《全梁文》卷十一，第3010页。

② （汉）扬雄：《法言·吾子》，中华书局1985年版，第5页。

③ （魏）曹植：《与杨德祖书》，《文选》卷四十二，第593页。

④ （梁）萧纲：《戒当阳公大心书》，《全上古三代秦汉三国六朝文》之《全梁文》卷十一，第3010页。

不加区别地批评文饰者毕竟是逆时代潮流的极少数人，因此他们的声音显得微弱乃至被重采之潮所淹没。但是，如何看待文章藻饰与文学演化？如何处理表情达意与追求文采的关系？如何对抗文采泛滥现象？这是由重质向尚文转化时代的批评家不能不审慎考虑和斟酌的问题。

即使是被视为新变派的萧绎、萧子显等人也有尚质之论，他们不像萧纲那样极度求文，将尚质之事完全留在经学领地。萧绎在《内典碑铭集林序》中曰："繁则伤弱，率则恨省；存华则失体，从实则无味。或引事虽博，其意犹同；或新意虽奇，无所倚约；或首尾伦帖，事似牵课；或翻复博涉，体制不工。"① 古今文体各有偏至，或质实、简省、博涉但却过于拘制，没有韵味，体裁不工；或繁复、华丽、新鲜奇特但又丧失体格，骨力羸弱。因此，只有"艳而不华，质而不野，博而不繁，省而不率，文而有质，约而能润，事随意转，理逐言深"② 才是理想状态的文体。可见，在创作实践中不乏艳丽辞赋的萧绎，至少在理论形态上，还是提倡华实并用、文质相称的文学观念。萧子显也批评用典过繁、文藻过缛的风气，他说："言尚易了，文憎过意，吐石含金，滋润婉切。"③ 诗歌要易读易懂，具有声韵婉转之美，不能因为过分藻饰而妨碍文意的表达。

萧统则将文质并重观念贯之始终。《文选》选文重翰藻但却求典正，不收艳辞。萧统在《答湘东王求文集及〈诗苑英华〉书》中又明确标示"文质彬彬"的审美理想，其论曰："夫文典则累野，丽亦伤浮，能丽而不浮，典而不野，文质彬彬，有君子之致。"④ 为文过于典正则"野"，过于华丽则"浮"，只有典丽结合，才能避免粗野和浮华，写出文质彬彬之佳作。此论源自孔

---

① （梁）萧绎：《内典碑铭集林序》，载（唐）释道宣《广弘明集》，第370页。
② 同上。
③ （梁）萧子显：《南齐书·文学传论》，第908页。
④ （南朝梁）萧统：《答湘东王求文集及〈诗苑英华〉书》，《全上古三代秦汉三国六朝文》之《全梁文》卷二十，第3064页。

子所说的"质胜文则野，文胜质则史，文质彬彬，然后君子"①，孔子以文质结合论君子，而萧统则以文质相胜论君子之文罢了。刘孝绰也说："深乎文者，兼而善之，能使典而不野，远而不放，丽而不淫，约而不俭"②，表达了与萧统类似的文学观念。这表明即使是在普遍重文的时代，儒家文质并重的观念仍然具有深远的影响力。

钟嵘和刘勰的文质并举之论都具有批评时弊的意味。钟嵘《诗品》使用推源溯流方法，将五言诗人分成三大系统，分别以国风、小雅和楚辞为其源头。风、雅尚质，《楚辞》尚文，诗歌三源之分实际上隐含钟嵘文质结合的审美理想。钟嵘通过品评曹植的诗歌表述了自己的诗学观念："骨气奇高，词采华茂，情兼雅怨，体被文质"③，即要求"文"与"质"，"风力"与"丹彩"，"骨气"与"词采"的完美结合。而刘桢"气过其文，雕润恨少"，曹操"古直"，为质胜文者；王粲"文秀而质羸"，张华"巧用文字，务为妍冶"，"儿女情多，风云气少"，为文胜质者，他们都没有达到钟嵘所追求的理想境界。钟嵘对齐、梁以来追求文饰之风也发表了自己独到的意见。他批评南朝诗歌用事之风。钟嵘认为诗与经国文符不同，乃"吟咏情性"之作，应描写即目所见，"何贵于用事？"他批评颜延之、谢庄等人用典烦琐细密，"大明、泰始中，文章殆同书钞"。钟嵘还将射靶投向了诗歌声律论，反对沈约等人苛繁声律的"四声八病"说。钟嵘认为，讲究声病之弊犹如"襞积细微"，致使"文多拘忌，伤其真美"。古代诗颂，皆被金竹，虽然协调五音，但没有宫商之辨，四声之论；当代诗歌，"本须讽读"，只须"清浊通流，口吻调利"就足够了，不必拘于烦琐声律。故钟嵘倡导"自然英旨"和"直

---

① 《论语·雍也》，载（魏）何晏等注，（宋）邢昺疏《论语注疏》卷六，上海古籍出版社1990年版，第53页。

② （南朝）刘孝绰：《昭明太子集序》，《全上古三代秦汉三国六朝文》之《全梁文》卷六十，第3312页。

③ 陈延杰：《诗品注》，人民文学出版社1961年版，第20页。本文《诗品》文字皆出此版本，不再一一注明。

寻"的文学观念，反对过于拘于文饰而阻碍文意的表达。

看起来，刘勰与钟嵘不同，他积极肯定文采藻饰对写作的重要意义，对于时人为文讲究偶对、用事和声律的做法也持肯定态度。但在刘勰看来，声律、丽辞、事类与比兴、夸饰等一样都具有修辞学意义，它们只是语言文辞的修饰，而不是文章根本之所在。故刘勰《情采》篇说："情者文之经，辞者理之纬；经正而后纬成，理定而后辞畅：此立文之本源也。"刘勰虽然情、采并论，但却以情为经，以采为纬，要求以情驭采，对当时文坛"体情之制日疏，逐文之篇愈盛"的情况极为不满。《序志》曰："去圣久远，文体解散，辞人爱奇，言贵浮诡，饰羽尚画，文绣鞶帨，离本弥甚，将遂讹滥。"刘勰批评近人刻意为文，过度追求文采而导致文风讹滥。刘勰在《风骨》篇中大力提倡风骨，倡导清俊爽朗、质朴刚健文风。他说："若瘠义肥辞，繁杂失统，则无骨之征也；思不环周，索莫乏气，则无风之验也。"如果文章内容贫瘠，堆砌辞藻，缺乏饱满的思想情感就不具有风骨力量，不能成为"文笔之鸣凤"者，因此，刘勰主张"熔铸经典之范，翔集子史之术"，向具有风骨的经、子、史学习，树立文章的骨干，以拯救时弊。

综观齐、梁文坛关于古今文体的纷纭众论，我们仿佛听到众多声音的呐喊。文学发展由古体趋近体，由质趋文，由泛文趋纯文的进程是无法阻止的，而其间的矛盾冲突和痛苦裂变我们从批评家身上也可略见一斑。古体派推崇传统，强调文章质实自然的特征以及经世致用的社会价值；今体派张扬新变，极力推进文章文辞雅化并追寻纯审美化的艺术效果，它们各自表现出有利于文学沿着自身轨道发展的价值倾向。重情尚采虽为时人共识，而崇古尚质也不能不成为拯救时弊的药方，这使文学在走向自足的演化进程中不得不承受历史因袭重负而步履艰难，但却脚步稳健，这是文学演化的规律。应该说，齐、梁时代的批评家们在促进古今文体的转化中各自显露出他们卓绝的智慧和识见，他们在对理想文体和文体观念的追求中既显示了诗性观念的自觉，也表现出超越文体本身的精神价值的闪光。

六朝文体与儒家礼教文化[*]

　　六朝文体①种类繁多,《文心雕龙》共论述了三十四种文体,如果算上其中的亚文体,实际论到的文体有六七十种之多。《文选》分文体三十九类,其中赋分次文体十五类,诗分次文体二十三类,如果要计算文类总数的话,也不亚于《文心雕龙》。《文章缘起》共标有八十四题。这些文体大部分起源于先秦,成熟于汉代,繁荣于六朝,它们大都以实用而类分,被施用于特定场合,面对特定群体,表现特定内容,实现特定目的,在社会政治生活中占据重要位置,并与作为统治阶级意识形态的儒家礼教文化有着密不可分的关系。

　　中国古代最早有夏礼、商礼、周礼等。夏礼不可考;殷礼尊神,"先鬼而后礼";周人"尊礼尚施,事鬼敬神而远之"②,故周代礼乐大备,孔子称赞曰:"周监于二代,郁郁乎文哉!"③ 周礼的规定十分丰富,所谓"经礼三百,曲礼三千"④,它涵盖了社会生活各个方面的内容。《周礼·春官》小宗伯职:"掌五礼

---

　　* 本文原载《孔子研究》2003 年第 5 期。今据原文增改修订,并增加有关引文注释。

　　① "六朝文体"术语在本文中有特定限制,是指六朝文体批评中论列的古代文体类型,这些文类多发生于先秦,流行于两汉,至魏、晋、齐、梁时代仍然盛行或存在。

　　② 《礼记·表记》,(汉)郑玄注,(唐)孔颖达等正义:《礼记正义》卷五十四,上海古籍出版社 1990 年版,第 913—914 页。

　　③ (魏)何晏等注,(宋)邢昺疏:《论语注疏》卷三,上海古籍出版社 1990年版,第 27 页。

　　④ 《礼记·礼器》,《礼记正义》卷二十三,第 458 页。

之禁令。"① 即吉礼、凶礼、宾礼、军礼、嘉礼，合称"五礼"。儒家文化在周礼的基础上发展而来，其核心是强调"隆礼义"②，主张为政以礼，以礼治国，即通过建立种种礼仪制度来规范人们的行为，达到治理天下的目的。《礼记·乐记》曰："王者功成作乐，治定制礼。其功大者其乐备，其治辩者其礼具。"③《左传·隐公十一年》引孔子的话曰："礼，经国家，定社稷，序民人，利后嗣者也。"④ 这说明礼教成为儒家文化的根基和命脉。

我们发现，古代许多文类萌生、发展于礼制、礼教的需要中，不同礼仪有不同功用目的和实施领域，故由此生发的文类及其名称也各不相同，它们各自表现特定形式的礼仪内容。下文试图分别考察古代文类发生、发展与儒家礼教仪式的关系。

一 颂、赞、祝、盟、封禅等文类与吉礼

吉礼是祭祀上帝、祖先等神灵的礼仪，吉训为福，取事鬼神而致福之意。《左传·成公十三年》曰："国之大事在祀与戎。"⑤ 祭祀分为祭天神、地祇、人鬼三类。其中包括众多项目，如禋祀，祭祀昊天上帝；实柴，祭祀日月星辰；血祭社稷，祭祀土地谷物之神；宗庙祭祀，祭祀列祖列宗；祭祀五岳山川等。

颂体最初的含义是歌颂帝王功德，告于神明，与宗庙祭祀之吉礼有关。《诗大序》曰："颂者，美盛德之形容，以其成功告于神明者也。"⑥ 郑玄《周颂谱》："颂之言容。天子之德，光被

---

① （汉）郑玄注，（唐）贾公彦疏：《周礼注疏》卷十九，上海古籍出版社1990年版，第289页。

② 《荀子·儒效》，（清）王先谦著：《荀子集解》卷一，中华书局1988年版，第117页。

③ 《礼记·乐记》，《礼记正义》卷三十九，第669页。

④ （晋）杜预注，（唐）孔颖达等正义：《春秋左传正义》卷四，上海古籍出版社1990年版，第82页。

⑤ 同上书，卷二十七，第461页。

⑥ （汉）毛公传，（汉）郑玄笺，（唐）孔颖达等正义：《毛诗正义》卷一，上海古籍出版社1990年版，第20页。

四表，格于上下，无不覆焘，无不持载，此之谓容。于是和乐兴焉，颂声乃作。"① 古代诗歌皆可入乐，兼备歌舞，赞美盛德必有舞与乐相伴，故曰美盛德之形容。刘勰《文心雕龙·颂赞》曰："容告神明谓之颂。""颂主告神，义必纯美。"② 颂的体制最早保存在《诗经》的颂歌中，《诗颂》分周颂、鲁颂和商颂三部分，内容多颂神、颂圣，如《周颂》中的《清庙》、《维天之命》是周公祭祀文王之作。《鲁颂》颂周公功勋以告神，郑玄《鲁颂谱》曰："初，成王以周公有太平制典法之勋，命鲁郊祀天三望，如天子之礼，故孔子录其诗之颂，同于王者之后。"③《商颂》也因追颂先王功绩而辑录，如《商颂·那》祀成汤，《烈祖》祀中宗，《玄鸟》、《殷武》祀高宗，《长发》大祭，这都是宗庙祭祀之正歌。后世颂体或颂人事，或颂物类，非必为告神之乐章，乃颂体之流变，故挚虞"颂之所美者，圣王之德也，则以为律吕。或以颂形，或以颂声，其细已甚，非古颂之意"④。故"颂惟典雅，辞必清铄"（《文心雕龙·颂赞》），这种对颂体体制规范与其施用对象、场合等有关。

赞体为颂体之细条，最初为祭祀活动中的赞辞。刘勰《颂赞》曰："赞者，明也，助也。昔虞舜之祀，乐正重赞，盖唱发之辞也。"又据《尚书大传》："舜为宾客，禹为主人。乐正进赞曰：'尚考大室之义，唐为虞宾，至今衍于四海，成禹之变，垂于万世之后。'于时卿云聚，俊乂集，百工相和而歌《庆云》。"⑤ 这段文字记录了舜帝禅位给禹时赞辞告神的仪式，先由乐官郑重进赞，然后百官齐歌《庆云》之乐。又据《尚书·大禹谟》："益赞于禹曰：'惟德动天，无远弗届。满招损，谦受益。时乃

① 《毛诗正义》卷十九，第 702 页。
② 范文澜：《文心雕龙注》，人民文学出版社 1958 年版，第 157 页。本文引用《文心雕龙》文字均出自此版本，后文只注篇目。
③ 《毛诗正义》卷二十，第 761 页。
④ （晋）挚虞：《文章流别论》，载（清）严可均校辑《全上古三代秦汉三国六朝文》之《全晋文》卷七十七，中华书局 1958 年影印本，第 1905 页。
⑤ 转引自范文澜《文心雕龙注》，第 172 页。

天道.'"①《尚书·咸有一德》曰:"伊陟赞于巫咸,作《咸义》
四篇."② 这都是较早的赞辞.周、秦及汉均有掌朝贺庆吊之赞
导相礼之官,汉武帝时更名为大鸿胪,职掌传声赞导③.故古来
赞体,篇幅短小,为四言句式,"约举以尽情,昭灼以送文",
"乃数韵之辞"(《文心雕龙·颂赞》).后世之赞体逐渐脱离了
礼仪形式而具有"说明"之意,即义有未明,借赞以阐明之,
如史赞、画赞、图赞等皆属于此类.

　　祝体初为人们向神祇祷祝,以求福佑之辞.《说文》:"祝,
继主赞词者.从示从人口."④《尚书·洛诰》:"王命作册,逸
祝册,惟告周公其后."孔颖达疏曰:"使史官名逸者祝读此策,
惟告文武之神."⑤《周礼·春官·大祝》:"大祝掌六祝之辞,
以事鬼神示,祈福祥,求永贞."⑥ 六祝为六种祝祷:顺祝(求
丰年)、年祝(求福久)、吉祝(求福祥)、化祝(求消灾)、瑞
祝(求风调雨顺)、筴祝(求远罪疾).故古人在祭祀天神、地
祇、日神、月神、万物之神及列祖列宗时,不仅要虔诚贡奉祭
品,更要有美好的祝祷之辞以求福佑,于是祝文遂兴.如上古帝
王伊耆祭八神之辞⑦,虞舜祭田辞⑧,商汤祭天、求雨之辞都是
较早的祝体.军队在出征之前要祭土地神,祭上帝,祭所到之处
的神灵,也有祝辞.故刘勰《文心雕龙·祝盟》曰:"祝史陈
信,资乎文辞.""所以寅虔于神祇,严恭于宗庙也."祝体与其
他文体比较,在体制要求上也有不同:"群言发华,而降神务
实,修辞立诚,在于无愧.祈祷之式,必诚以敬;祭奠之楷,宜

　　① (汉)孔安国传,(唐)孔颖达等正义:《尚书正义》卷四,上海古籍出版
社 1990 年版,第 56 页.
　　② 同上书,卷八,第 119 页.
　　③ 《汉书·百官公卿表》应劭注曰:"郊庙行礼,赞九宾,鸿声胪传之也."
　　④ (东汉)许慎撰,(清)段玉裁注:《说文解字注》,上海古籍出版社 1981 年
版,第 6 页.
　　⑤ 《尚书正义》卷十五,第 228 页.
　　⑥ 《周礼注疏》卷二十五,第 382 页.
　　⑦ 其辞云:"土反其宅,水归其壑,昆虫毋作,草木归其泽."
　　⑧ 其辞云:"荷此长耜,耕彼南亩,四海俱有."

六朝文体与儒家礼教文化

恭且哀。"（《文心雕龙·祝盟》）诚、信、敬、实是祝文的基本文体规范。

《诗经》中的《载芟》、《良耜》也为祭社稷之乐歌。据王逸《楚辞章句》，屈原《九歌》也与祭祀之礼有关，王逸说："昔楚国南郢之邑，沅湘之间，其俗信鬼而好祠，其祠必作歌乐鼓舞，以乐诸神。屈原放逐，窜伏其域，怀忧苦毒，愁思沸郁；出见俗人祭祀之礼，歌舞之乐，其词鄙陋，因为作《九歌》之曲。上陈事神之敬，下见己之冤结，托之以风谏。"① 可见，《九歌》是屈原在民间祀神乐歌的基础上所作祭歌，除《礼魂》是送神之曲外，其余各篇每篇主祭一神，诗中呈现了祭祀盛况和人们对神的热烈礼赞。刘勰认为宋玉《楚辞·招魂》也为"祝辞之组丽"。应该说，屈、宋之作已经偏离了祝文有关祭祀的实用性而具有审美意义，它们大体可以视为祝体之流变。春秋时代，祝文应用范围很广，如宫室落成，要祝主人安居；身临战场，要祝自己平安；处于困境，要祈祷神灵保佑等。汉代祭祀活动与方士法术结合，祝祷之礼仪逐渐流于荒诞淫滥，祝的体制也出现流弊。后汉祝文渐与哀策文合流。

盟体也可视为祝之细类，是诸侯与诸侯之间会盟时向神明祝告之盟辞或盟约，以保证盟誓双方能够信守约辞。这也与宾礼和军礼有关。《周礼·秋官·司盟》："司盟掌盟载之法。凡邦国有疑会同，则掌其盟约之载及其礼仪，北面诏明神。"郑注云："载，盟辞也。盟者，书其辞于策，杀牲取血，坎其牲，加书于上而埋之，谓之载书。"② 《周礼·天官·玉府》："若合诸侯，则共珠槃玉敦。"郑注云："敦，槃类，珠玉以为饰。古者，以槃盛血，以敦盛食，合诸侯者，必割牛耳，取其血歃之以盟。珠槃，以盛牛耳，尸盟者执之。"③ 《释名·释言语》："盟，明也。告其事于神明也。"④ 刘勰《祝盟》曰："骍毛白马，珠盘玉敦，

① （宋）洪兴祖：《楚辞补注》卷二，中华书局1983年版，第55页。

② 《周礼注疏》卷三十六，第540页。

③ 同上书，卷六，第96页。

④ （汉）刘熙：《释名》，中华书局1985年版，第70页。

陈辞乎方明之下，祝告于神明者也。"可见，盟誓是诸侯之间的一种非常神圣庄重的仪式，盟誓双方掘地为坎，杀牲歃血誓于神，以神灵为誓词之证。夏、商、周三代盛时，没有盟誓，常有约誓，结言则退。周衰之后，人多无信，始刑牲歃血，盟誓以呈忠信，盟诅之体遂兴。故《左传·昭公十六年》曰："世有盟誓，以相信也。"[①] 盟体乃"祈幽灵以取鉴，指九天以为正"，以"忠信"为"大体"（《文心雕龙·祝盟》）。孔颖达疏云："杀牲歃血，告誓神明，若有背违，欲令神加殃咎，使如此牲。"[②] 即如果盟誓的任何一方背信弃义，违背誓言，就会受到神灵的惩罚，其下场有如被祭祀的牲口。但刘勰《祝盟》曰："信不由衷，盟无益也。"刘勰认为如果会盟双方彼此缺乏诚意和信任，单纯依赖诅盟之辞实际上是无济于事的。《春秋》隐公八年载"宋公、齐侯、卫侯盟于瓦屋"，《史记》载"齐与鲁盟于柯"、"汉高祖定山河之誓"，《后汉书》载"秦昭盟夷"、"臧洪歃辞"，《晋书》载"刘琨铁誓"，这表明盟体是盟誓告神仪式的重要组成部分。

铭体是将祖先功德或警戒之语铭刻于器物之上，用以鉴戒。据《礼记·祭统》载："夫鼎有铭。铭者，自名也。自名以称扬其先祖之美而明著之后世者也。……铭者，论撰其先祖之有德善、功烈、勋劳、庆赏、声名，列于天下，而酌之祭器，自成其名焉，以祀其先祖者也。显扬先祖，所以崇孝也。身比焉，顺也。明示后世，教也。"[③]《释名·释典艺》："铭，名。述其功美，使可称名也。"[④] 挚虞曰："且上古之铭，铭于宗庙之碑。"[⑤] 故铭文中的一部分与祭祖活动密切相关，它是铭刻于祭器或碑石上的文字，用以颂扬祖宗善德、功业、勋劳，使后代子

①《春秋左传正义》卷四十七，第828页。
② 同上书，卷二，第32页。
③《礼记正义》卷四十九，第836页。
④（汉）刘熙：《释名》卷四，第101页。
⑤（晋）挚虞：《文章流别论》，载《全上古三代秦汉三国六朝文》之《全晋文》卷七十七，第1905页。

孙铭记不忘并继续弘扬先祖之德。另外还有一种刻在器物上的铭文，已经脱离祭祖功用，纯粹用于警戒目的的，或自戒，或戒人，如黄帝《几铭》、商汤《盘铭》、武王《户铭》等，具有一定的教化意义，所谓"审用贵乎盛德"①。

　　封禅文与封建帝王封禅大典直接关联。《白虎通·封禅》曰："王者易姓而起，必升封泰山，何？报告之义也。始受命之日，改制应天，天下太平，功成封禅，以告太平也。……故升封者，增高也。下禅梁甫之基，广厚也。皆刻石纪号者，著己之功迹以自效也。"② 故封禅被认为是非常隆重的祭祀，上封泰山，下禅梁父，将建国功业报告神明，这是帝王宣示德化的礼仪。古代帝王虞舜等均有巡视大山之迹，载于典籍。如《尚书·舜典》载舜帝："肆类于上帝，禋于六宗，望于山川，遍于群神。……岁二月，东巡守，至于岱宗，柴。望秩于山川，肆觐东后。"③ 秦始皇、汉武帝、东汉光武帝等登泰山巡封，均有铭功的石刻文，这些"诵德铭勋"之文都被称为早期的封禅文。又据《史记·封禅书》载武帝封泰山："封广丈二尺，高九尺，其下则有玉牒书，书秘。"④ 玉牒之文通于神明，故秘而不宣，也可谓封禅文。司马相如之绝笔《封禅文》述封禅之典礼，铺陈汉朝功德，劝武帝封禅，确立了封禅文的完整体制，被称为封禅之"鸿笔"。后扬雄、班固拟相如《封禅文》作《剧秦美新》、《典引》，也为封禅文之佳作。故封禅文在体制上分为两部分：序言记事，叙述封禅大典的过程；主体部分则为颂体，所谓"表权舆，序皇王，炳元符，镜鸿业"。封禅大典是"禋祀之殊礼，名号之秘祝，祀天之壮观"（《文心雕龙·封禅》），"皇皇哉斯事！天下之壮观，王者之丕业"⑤，故刘勰将颂扬帝王勋业和记载封禅经过的封禅文视为大手笔，特别单列一体进行论述。纪昀评

---

① 《文心雕龙·铭箴》，孙云唐写本"盛"作"慎"。
② （汉）班固等撰：《白虎通》卷三，中华书局1985年版，第141页。
③ 《尚书正义》卷三，第33—36页。
④ （汉）司马迁：《史记》卷二十八，中华书局1959年版，第1398页。
⑤ （汉）司马迁：《史记》卷一百一十七《司马相如列传》，第3067—3068页。

曰："封禅为大典礼，而封禅文为大著作，特出一门，盖郑重之。"① 萧统《文选》将封禅文归在"符命"一类，意谓天降瑞应，以为帝王受命之符，《文选》收入司马相如、扬雄、班固的三篇封禅文，其目的在称颂封建帝王权势地位为天赐符瑞。

二 诔、碑、哀、吊、墓志、祭文等与凶礼

凶礼，主要是丧葬之礼，如丧服的礼制规定，埋葬和吊唁死者的礼仪，帝王贵族官僚死后的谥法等，也包括对天灾人祸，如饥馑、水旱、战败、寇乱等的哀悼。周代始兴之凶礼于两汉、六朝尤为盛行。

诔体是称颂死者德行之文，用于丧祭之礼，最初具有为死者确定谥号的功能。《周礼》大宗伯大祝作六辞，其六曰诔。汉代郑司农注云："诔，谓积累生时德行以锡之，命主为其辞也。"② 郑玄注《礼记·曾子问》云："诔，累也。累列生时行迹，读之以作谥。"③《说文》曰："诔，谥也。""谥，行之迹也。"④ 故诔与谥相因，"读诔定谥"（《文心雕龙·诔碑》）是非常重要的礼节仪式。诔文写作有严格的礼仪等级规范，《礼记·曾子问》曰："贱不诔贵，幼不诔长，礼也。唯天子称天以诔之。诸侯相诔，非礼也。"⑤《白虎通·谥》曰："天子崩，大臣至南郊谥之。"⑥ 诔文最初是上者表彰下者德行并致哀悼之辞，诸侯之间不能相互作诔文，如果天子驾崩，只能以上天的名义作诔定谥。这是因为"若使幼贱者为之，则各欲光扬在上者之美，有乖实事"⑦。"以为人臣之义，莫不欲褒称其君，掩恶扬善者也；故之

① 见范文澜《文心雕龙注》，第395页。
② 《周礼注疏》卷二十五，第383页。
③ 《礼记正义》卷十九，第377页。
④ （汉）许慎撰，（清）段玉裁注：《说文解字注》，第101页。
⑤ 《礼记正义》卷十九，第377页。
⑥ （汉）班固等撰：《白虎通》卷一，第31页。
⑦ 《礼记·曾子问》孔颖达疏，《礼记正义》卷十九，第377页。

南郊，明不得欺天也。"① 又《周礼·春官·小史》曰："卿大夫之丧，赐谥读诔。"② 刘勰《诔碑》曰："周虽有诔，未被于士。"可见，周代以前，士死无诔，读诔定谥之礼只施行于卿大夫之上的人。后世诔文为哀祭文，"巧于序悲，易入新切"（《诔碑》），与王室盛德无直接关联，关于诔文写作的各种限制也被逐步取消，同辈互诔，门生故吏诔其师友者，不乏其篇，开启士人私诔之风，这可视为诔文之流变。明代徐师曾曰："盖古之诔本为定谥，而今之诔惟以寓哀，则不必问之谥之有无，而皆可为之。至于贵贱长幼之节，亦不复论矣。"③ 故诔文之旨："论其人也，暖乎若可亲；道其哀也，凄焉如可伤"（《诔碑》）。

《文心雕龙》和《文选》皆录有"行状"体，这一文体是诔文定谥功能之前奏，大体也可视为诔文之流。刘勰《书记》篇云："状者，貌也。体貌本原，取其事实，先贤表谥，并有行状，状之大者也。"行状是门生故吏亲旧描述已故贤人生平事迹以供诔谥之文体。据《文章缘起》载，行状之体始自"汉丞相仓曹傅胡幹作《杨元伯行状》"④，后世因之。梁代任昉、沈约多有行状之作，《文选》收任昉《齐竟陵文宣王行状》，是任昉为齐竟陵王萧子良上求铭志或谥号之作。《文体明辨序说》"行状"类曰："盖具死者世系、名字、爵里、行治、寿年之详，或牒考功太常使议谥，或牒使馆请编录，或上作者乞墓志碑表之类，皆用之。"⑤ 可见，行状是上呈朝廷或史官，求赐谥、立传、铭志之辞。

碑体最初产生于封禅典礼中。刘勰《文心雕龙·诔碑》曰："碑，埤也。上古帝皇，纪号封禅，树石埤岳，故曰碑也。"帝王祭祀天地之时，竖立石刻加之于山岳之上，石刻之文即封禅

① （汉）班固等撰：《白虎通》卷一，第31—32页。

① （汉）班固等撰：《白虎通》卷一，第31—32页。
② 《周礼注疏》卷二十六，第403页。
③ （明）徐师曾：《文体明辨序说》，人民文学出版社1962年版，第154页。
④ （南朝梁）任昉撰，（明）陈懋仁注：《文章缘起注》，中华书局1985年版，第15页。
⑤ （明）徐师曾：《文体明辨序说》，第148页。

文，因刻之于碑石之上，又称为碑文。另外，宗庙也有碑，"碑在宗庙两阶之间"[1] 最初用于"丽牲"，也就是说祭祀前将牲口系在碑上，后将祖先勋绩铭之于碑。后世碑文逐渐用于丧祭之礼，人死之后，于其坟前立碑铭文，用以"标序盛德"、"昭纪鸿懿"，使后人"观风似面，听辞如泣"（《文心雕龙·诔碑》）。东汉以来，"碑碣云起"，碑文佳作并出，晋代"以孝治国"，丧祭之礼炽盛。《晋书·陆云传》载，陆云死，"门生故吏迎丧葬清河，修墓立碑，四时祠祭"[2]；《晋书·孙绰传》载，孙绰"少以文才垂称，于时文士，绰为其冠。温、王、郗、庾诸公之薨，必须绰为碑文，然后刊石焉"[3]。由此，可略见当时碑体之盛。

哀体是关于夭折者的悼伤之文，不用于寿终而亡者。《文心雕龙·哀吊》："哀者，依也。悲实依心，故曰哀也。以辞遣哀，盖不泪之悼，故不在黄发，必施夭昏。"挚虞曰："哀辞者，诔之流也。崔瑗、苏顺、马融等为之，率以施于童殇夭折、不以寿终者。建安中，文帝与临淄侯各失稚子，命徐幹、刘桢等为之哀辞。"[4] 故诔、碑、哀体皆为悼念死者之文体，但由于它们发生之初实施方式和写作对象各不相同，文体写作要求也有些差异。刘勰《哀吊》曰："原夫哀辞大体，情主于痛伤，而辞穷乎爱惜。幼未成德，故誉止于察惠；弱不胜务，故悼加乎肤色。"挚虞曰："哀辞之体，以哀痛为主，缘以叹息之辞。"[5] 哀辞不像诔文、碑体那样对死者大加颂美，因死者尚幼，还未成就德行事业，故哀辞之誉仅止于性情聪慧和容貌美丽，并要表现出爱怜痛惜之情。刘勰认为《诗经·黄鸟》为"诗人之哀辞"（《文心雕

① （汉）蔡邕：《铭论》，载《全上古三代秦汉三国六朝文》之《全后汉文》卷七十四，第876页。

② （唐）房玄龄：《晋书》卷五十四，中华书局1974年版，第1485页。

③ 同上书，卷五十六，第1547页。

④ （晋）挚虞：《文章流别论》，《全上古三代秦汉三国六朝文》之《全晋文》卷七十七，第1906页。

⑤ 同上。

六朝文体与儒家礼教文化

龙·哀吊》)。

吊体为凭吊之辞。《文心雕龙·哀吊》："吊者，至也。"吊辞有吊唁君子之辞，"君子令终定谥，事极理哀，故宾之慰主，以至到为言也"。君子临丧，宾客前往慰问丧主，并致以吊辞。《礼记·檀弓》曰："死而不吊者三：畏、厌、溺。"① 即凭吊礼仪只用于寿终而亡者，死于非命、压死或淹死之类非正常事件者不属于凭吊之列。两晋之时，宗室成员及功臣贵族死后，往往能得到帝王素服凭吊。名士之间凭吊之事也屡见不鲜。吊辞中也有"行人奉辞"（《文心雕龙·哀吊》），《周礼·春官·大宗伯》："以吊礼哀祸灾。"② 即当某一诸侯国遭致水灾、火灾、战败等灾难时，各国使节前往致辞慰问。故吊体之兴也与宾礼有关系。吊体之中也有发幽古之怀，追慕古人之作，如"贾谊浮湘，发愤吊屈"（《文心雕龙·哀吊》）。

三　诏、策、制、敕与人君之礼

《周礼·地官司徒》："惟王建国，辨方正位，体国经野，设官分职，以为民极。"③ 天子君临天下，分职授政任功，这是为人君之礼的基本要求。王言浩大，命喻自天，盈响四方，既表现王权之威严，又显示王恩之泽惠，故这类文体历来为封建文人所看重。诏、策、制、敕等文类直接生发于"王言"之中，它们各自实施于不同的领域，实现不同的功用。"敕戒州郡，诏告百官，制施赦令，策封侯王。敕者，简也。制者，裁也。诏者，告也。敕者，正也。"（《文心雕龙·诏策》）即敕用于告诫州郡长官，诏用于告示文武百官，制用于发布赦免命令，策用于封赐爵位。这类文体具有实际现实力量，它们成为权力与威严的隐喻。

---

① 《礼记正义》卷六，第119页。
② 《周礼注疏》卷十八，第274页。
③ 《周礼注疏》卷九，第137页。

四 章、表、奏、启与人臣之礼

天子戴珠饰皇冠听政，臣子佩玉觐见，君臣之义体现于朝会之中。为人臣之礼不仅体现于俯仰进退的行为举止和尊卑有等的排位秩序中，也表现于敷奏、陈请、辞让、谢恩之类的言辞中。周代礼仪文采繁盛，有一拜再拜，叩头触地的礼节，受到天子册封，臣子要发表敬辞、谦辞，这是具有陈谢之意的章表雏形。汉定礼仪，"章以谢恩"，"表以陈请"，章、表成为用文字表示辞让、谢意与陈请的文体。"昔晋文受册，三辞从命，是以汉末让表，以三为断。"（《文心雕龙·章表》）臣子三次上表辞让封赐，这是为人臣之礼，据《晋书·张华传》载，张华被进封为壮武郡公，上表辞让十几次乃受。故"章表之为用也，所以对扬王庭，昭明心曲。既其身文，且亦国华"（《章表》），是温雅谦和礼仪的体现。奏为上书进言之体，"陈政事，献典仪，上急变，劾愆谬，总谓之奏。"启体兼有表、奏之用，"陈政言事，既奏之异条；让爵谢恩，亦表之别干"。刘勰认为奏、启之体具有"肃清风禁"之功用，就像"皂饰司直"监督政教礼仪之偏差，"辟礼门以悬规，标义路以植矩"（《奏启》），维护礼仪规范。

五 誓词、檄文与军礼

军礼是征伐等军事活动中的礼仪规范，出师征伐前的仪式。古人出征之前，必须施行军礼。《周礼·秋官·士师》："誓，用之于军旅。"① 《文心雕龙·檄移》："出师先乎威声"，"夏后初誓于军，殷誓军门之外，周将交刃而誓之"。夏、商、周在出征之前都有宣训众人，显示军威之誓词，《尚书》中载有《甘誓》、《汤誓》、《牧誓》等誓词。春秋时，师出必有名，以使人相信征

① 《周礼注疏》卷三十五，第525页。

伐是符合礼仪和正义的举动，故檄文由此而生①。"凡檄之大体，或述此休明，或述彼苛虐，指天时，审人事，算强弱，角权势，标著龟于前验，悬鞶鉴于已然"（《文心雕龙·檄移》），标明自己是仁义之师，揭露对方暴虐，摧毁对方锐气，肯定征伐出于天时、地利、人和，以振奋军威，鼓舞士气，这是征战之前必行之义，而檄文正是这样一种礼仪之产物。

六 诗与礼制

　　《诗经》是现存最早的诗歌总集，也可以说，它代表了早期诗歌形式的发生。《诗经》是诗，也被人们视为早期文化典籍，因为它表现了无限丰富的社会生活内容。《诗经》中有一部分诗歌与礼制直接关联，有的表现典礼场面，有的直接用于典礼仪式中。上文论及《诗经》中的颂诗大部分是宗庙祭祀乐歌，它们被普遍运用于吉礼祭祖仪式中。大雅、小雅中也有许多直接表现典礼场面的诗，如《小雅》中的《鹿鸣》、《南有嘉鱼》、《彤弓》、《宾之初筵》，《大雅》中的《行苇》等描写飨燕饮食及宾射之类的嘉礼；《小雅》中的《六月》、《采芑》、《车攻》、《吉日》，《大雅》中的《灵台》、《江汉》等描写建造城邑征伐之类的军礼；《小雅·皇皇者华》、《小雅·庭燎》、《大雅·烝民》、《大雅·韩奕》等写到宾礼；《秦风·黄鸟》写到凶礼。后世诗虽然逐渐偏离实用性而具有了独立的审美意义，但仍然有部分诗作与礼制关涉。如《文选》选录的郊庙诗、献诗、公宴诗、赠答诗、挽歌诗之类仍然出于与礼教相关的实用目的而作，多数属于应制之作或出于社会交际需要的诗作。

　　以上我们对各种文类与儒家礼教文化的关系进行了逐一阐述，从文体产生的现实动因而言，六朝批评家所论列的众多文类在其发生之初都与礼教文化有着直接联系，它们或是礼仪形式的

① 《礼记·檀弓》曰："师必有名。"《汉书·高帝纪》曰："兵出无名，事故不成。"

组成部分，或直接表现典礼场面，或由于礼教需要而生发，这些文类最终成为礼教文化精髓精致化的文本形式。单一文类在其发生之初绝不是纯粹审美形式，文类之下隐藏着强权主义和礼教精髓，当某一种文类被推到重要位置时，它总是分享着权力与礼教的优越性，在特定时间、地点和环境下，甚至成为脱离文字文本的表演仪式。由于儒家礼制过多繁文缛节，并表现出等级森严的特点，故由此生发的文类与之相对应，也有了众多不同的名目。这些文类在发展、演化进程中，礼教文化的现实需要仍然占有一定比重，也就是说，它们始终没有完全脱离实用束缚而转化成为纯粹审美形式。故此，我们可以说六朝众多文体直接关涉统治阶级意识形态，它们是具有重大社会意义的文类形式。然而，随着礼制或礼教对文类限制逐渐松弛，文类就因其体制的大体相似性而难以区分了。如颂、赞、祝、盟、封禅和铭、诔、哀、吊、碑等两大系列文类，它们在发生之初各自服从于特定礼仪或礼制需要时，彼此之间的区分十分明显，而当这种需要日渐淡化时，它们之间的界限也就日渐模糊而容易被后人混为一体了。汉末至六朝，文人写作颇为讲究藻采情韵，故这些与礼教关联的实用文体也逐渐具有了美文特性，当它们脱离特定实用语境为后人欣赏时，它们的审美特性就更加凸显而成为具有纯粹审美意义的文本形式了。

六朝文体与儒家礼教文化

从互文性看汉魏六朝文人拟作现象[*]

拟作现象是汉魏六朝文人写作的一道独特风景线。文学创作的经典文本往往具有范型意义而成为后世文人争相模范的对象，它们所形成的体制规范成为一种心理积淀自觉或不自觉地制约着后人的写作过程。于是无数类似文本纷纭而生，它们巩固、发展和完善了经典文本具有创造性体制形态，使这样一种文本形式逐渐转化成一种为世人普遍认同的文学惯例。同时，文人在拟作中的叛逆和反模拟行为有可能导致新的范型出现，从而衍化生成新的文体样式，这导致了文类增生。后辈诗人在对前辈诗人师法与叛逆的张力中挣扎、焦灼，他们或被前辈诗人的固有体制所奴役，或如凤凰涅槃般获得新生，这既保持了文学的统一性，又促进了文学的更新发展。文人拟作构筑了具有"互文性"意义的宏大景观，它向我们显示了创新本身所具有的模拟特质和模拟本身同样具有的创新意义。任何文本都是建构在前文本的基础上，文本与文本之间相互关联，相互阐发，共同构成了具有连贯性的文学发展整体。

一　拟中之创：汉代文人拟作盛况

以诗、骚体为例，《诗经》和《楚辞》历来被人们认为是古

---

　　*　本文原载《求索》2004 年第 9 期，今据原文修订，增加小标题，并增加有关引文注释。"互文性"的概念最早由法国符号学家、女权主义批评者朱丽娅·克里斯蒂娃提出，她说："任何作品的文本都是像许多行文的镶嵌品那样构成的，任何文本都是其他文本的吸收和转化。"见朱丽娅·克里斯蒂娃《符号学：意义分析研究》，引自朱立元《现代西方美学史》，上海文艺出版社 1993 年版，第 947 页。

代抒情文学发展的两大源头。沈约《宋书·谢灵运传论》认为历代诗赋"原其飚流所始，莫不同祖《风》、《骚》"①。钟嵘《诗品》将五言诗的源头追溯至国风、小雅、楚辞三条主线，作为经典文本，诗、骚也确实成为汉魏文人拟作对象，文人拟作骚体痕迹尤为明显。

王逸《楚辞章句序》："屈原之辞，诚博远矣。自终没以来，名儒博达之士，著造词赋，莫不拟则其仪表，祖式其模范，取其要妙，窃其华藻。"② 骚体是屈原创造的诗体形式，在艺术形象的塑造上，屈原继承和发展了《诗经》的比、兴手法，同时大量运用想象、夸张手法铺陈描绘，在文体形式上，将民歌形式与散文笔法融合，构成错落中见整齐，整齐中见变化的句式，与澎湃的激情融合无垠，这种具有创造性的文体形式成为后人"拟则"、"祖式"的"模范"。宋玉是拟屈骚之大家，他的《九辩》为"闵惜其师而放逐"所作，从句式、句法到抒情方式都明显具有模仿《离骚》的痕迹。汉代刘向、王褒等人也沿用屈原《九章》、《九歌》体式和手法"依而作词"，号为楚辞。后人摹拟屈骚的方式各不相同，或得其体制，或拟其风貌，或窃其华藻，如枚乘、贾谊追随屈、宋的风格而趋于华丽，司马相如、扬雄沿着屈、宋的余波而得其奇伟，才能高的人从中学到了宏大的体制，心思巧的人猎取其中华艳的辞句，诵读的人玩味于写景之辞，初学的人则采摘其中有关香草的字句。③ 屈原《楚辞》对后世作家影响之深远是今人有目共睹的，虽然它一度被推崇为众人仿效的"范本"，但这种"范本"仍然不是独一无二的原创品，它是吸收和融化众多前文本之后的"摹本"，带有中原文化和巫楚文化所留下的痕迹。后世的众多拟作者虽然与楚辞之间有着明

从互文性看汉魏六朝文人拟作现象

① （南朝梁）沈约：《宋书》卷六十七《谢灵运传》，中华书局1974年版，第1778页。

② （宋）洪兴祖：《楚辞补注》卷一，中华书局1983年版，第49页。

③ 参见（南朝梁）刘勰《文心雕龙·辨骚》，载范文澜《文心雕龙注》，人民文学出版社1958年版，第47—48页。本文引用《文心雕龙》文字均出自此版本，后文只标篇名。

显的源头与支流的关系，但不同的文本向不同的方向延展，它们共同构成了与楚辞体有关的"互文性"整体，而文学的创化也深深地隐藏在这种模拟之中。

从古代文类演化发展的相承关系来看，汉赋就是直接受到楚辞影响而发展的文体类型。汉代文人无不追蹑屈、宋遗风进行辞赋创造，司马迁《史记·屈原列传》说："屈原既死之后，楚有宋玉、唐勒、景差之徒者，皆好辞而以赋见称。"① 可见，辞、赋本来是有区别的，但由于赋体上承于楚辞，故汉人多以辞赋并称。汉代司马相如一心师法屈原、宋玉的辞体创作，但却不甘心荫附于屈、宋之后，他颇能变化旧制，杼轴新裁，他创作的《子虚赋》、《上林赋》虚设主客问答形式，铺张扬厉，弘丽温雅，在表现内容和形式上都与楚辞相异，创立了汉赋模式，再次成为后世文人模拟之准的。汉代模拟大家当数扬雄。据《汉书·扬雄传》："（扬雄）实好古而乐道，其意欲求文章成名于后世，以为经莫大于《易》，故作《太玄》；传莫大于《论语》，作《法言》；史篇莫善于《仓颉》，作《训纂》；箴莫善于《虞箴》，作《州箴》；赋莫深于《离骚》，反而广之；辞莫丽于相如，作四赋：皆斟酌其本，相与放依而驰骋云。"② 扬雄实为拟作全才，无论经、传、史、文莫不仿作，但他仿作目的不在因循守旧，固守传统惯例，而是隐含着欲与经典比试高低，以求文章成名于后世的强烈冲动。据《汉书·扬雄传》："先是时，蜀有司马相如，作赋甚弘丽温雅，雄心壮之，每作赋，常拟之以为式。"③ 扬雄拟相如之赋，但多有超越和创新，如扬雄《长扬》拟相如《子虚》，假拟客、主，体虽大赋但更加骈化，出于模拟而具有独特的风貌，故世以"马扬"并称。

关于汉赋与楚辞之间的内在关联的关系，后世文人多有评说。《文心雕龙·时序》曰："爰自汉室，迄至成哀，虽世渐百

---

① （汉）司马迁：《史记》卷八十四，中华书局 1959 年版，第 2491 页。
② （汉）班固：《汉书》卷八十七，中华书局 1962 年版，第 3583 页。
③ 同上书，第 3515 页。

龄，辞人九变，而大抵所归，祖述楚辞，灵均余影，于是乎在。"刘勰认为至汉兴起，到成帝、哀帝的近百年的时间里，辞赋家的写作虽然有了许多变化，但创作的大体趋向，无不继承楚辞的传统，屈原的身影始终存在于作家的写作和他们的作品中。近人骆鸿凯《文选学》则更具体细致地评述了这种因循相袭的情况，其论曰："盖屈宋词赋，庐牟百代，虽有才士，罔或能新。榷举前文，以寻来历。贾谊《惜誓》，出自《九章》。长卿《大人》，孕乎《远游》。枚叔《七发》，自《高唐》得其法。汉代小赋，则《橘颂》肇其端。至于《鵩鸟》之体，本诸《天问》。《客难》、《解嘲》化自《渔卜》。《郊祀乐章》，源出《九歌》。而后世哀伤凭吊之文，又《大招》、《招魂》之支与流裔也。孟坚《幽通》，平子《思玄》，师《天问》之意，而文通《邃古》又法《天问》之形者也。"① 骆鸿凯认为屈原、宋玉的辞赋创作对后世的影响极为深刻，甚至可以从具体篇目中看出这种影响的印记。虽然我们无法细考贾谊、司马相如、枚乘、扬雄等人在创作这些篇目时是否真的有意或着力模拟屈、宋之作以为法式，但他们的一些作品在体式、语句、结构和藻采等方面与屈、宋之作有着难以逃避的相似性却是不争的事实。实际上，在文学发展史中，文人与文人之间的影响是绝不可避免的，无论这种影响是直接或间接，有意或无意，读者总能读出众多文本之间相互影响的痕迹。虽然许多后人都试图摆脱前人的影响，挣脱前人的羁绊，但前人却毫不留情地在他们的文本中刻下了自己不可磨灭的印记，这种文本之间的互文性无所不在地存在于每一个追求独创的文本中。

二 拟古咏怀:六朝文人的拟作风气

魏晋六朝，文人拟作之风日渐普遍和炽烈。魏晋摹古之杰首推陆机。陆机本人不讳模拟，其《遂志赋序》曰："昔崔篆作

---

① 骆鸿凯:《文选学》，中华书局1989年版，第320—321页。

诗，以明道述志，而冯衍又作《显志赋》，班固作《幽通赋》，皆相依仿焉。张衡《思玄》，蔡邕《玄表》，张叔《哀系》，此前世之可得言者也。……余备托作者之末，聊复用心焉。"① 西汉崔篆作《慰志赋》以明道述志，后世遂有《显志赋》、《幽通赋》、《思玄赋》、《玄表赋》、《哀系赋》等为相依仿作，陆机仔细揣摩这些作品，并由此产生拟作冲动，承流而作《遂志赋》以述己志。后人对此或加诟病，如明王士贞《艺苑卮言》云："陆病不在多而在模拟。"② 清人陈祚明《采菽堂古诗选》云："士衡诗束身奉古，亦步亦趋。"③ 但在陆机看来，拟作并非尾随人后模拟蹈袭，相依仿效之作也可能因写作者身世、遭遇、性格、情感差异而写出风貌各异的佳作来，即"穷达异事，而声为情变"，如"崔氏简而有情，《显志》壮而泛滥，《哀系》俗而时靡，《玄表》雅而微素，《思玄》精练而何惠，欲丽前人，而优游清典，漏《幽通》矣"④。陆机今存拟作作品很多，如乐府诗《苦寒行》、《短歌行》、《秋胡行》等拟曹操同题之作，《太山吟》、《梁甫行》、《门有车马客行》仿效曹植同题之作，最为著名的是《拟古诗十二首》，模拟对象是魏晋以前无名氏《古诗十九首》，为《文选》"杂拟"选录。据姜亮夫先生推断，《拟古诗十二首》为陆机入洛之前的模拟实习之作，"审其文义，多就题发挥，抽绎古诗之义"⑤，但也融汇了诗人身世际会之感，故国黍离之悲，其中不乏脍炙人口之佳句。

陆机之后，拟作者众，且多有名家。萧统于《文选》特辟"杂拟"一格，收录拟作佳文。王铄，字休玄，刘宋文帝第四子，"少好学，有文才，未弱冠，《拟古》三十余首，时人以为

文体观念与文化意蕴

亚迹陆机"①。陶渊明、谢灵运、鲍照、江淹、袁淑、王僧达等当时的著名诗人，皆有效拟之作，其中不乏上品。如鲍明远《拟古三首》，于拟古作中表现了诗人自身的人生体验和社会理想，《学刘公幹体》活用公幹的构思和题旨。陶渊明《拟古》九首实际上是借古人杯酒浇自己块垒，借以抒发内心慷慨愤郁之情，类似咏怀诗。谢灵运《拟魏太子邺中集诗八首并序》模拟以曹氏兄弟为代表的邺下文人集团各成员的身世、遭遇和情志，以人名为篇题，用第一人称手法写作，活现了建安文人的志向和情怀，全诗以古鉴今，也隐喻着诗人自己的经历和心态。

　　江淹是六朝拟古诸家中最负盛名者，他的拟古名篇《杂体诗三十首》，是模拟汉代《古离别》至刘宋时期汤惠休三十位诗人而作，诗前有序阐述拟作宗旨并标举自己的审美理想。《杂体诗三十首序》称："今作三十首诗，学其文体，虽不足品藻渊流，庶亦无乖商榷云尔。"② 江淹学效其文体的目的不在步尘其后，而具有品鉴文体和倡导多元化写作风格的意味。江淹认为五言诗在发生、发展和流变中，"谅非复古"、"既以罕同"、"颇为异法"，古往今来，不同诗家各具特色，"矣各具美兼善而已"。但时俗往往"贵远贱近"、"重耳轻目"，"各滞所迷，莫不论甘而忌辛，好丹而非素"，这导致了"邯郸托曲于李奇，士季假论于嗣宗"③ 现象的出现。江淹深感作者不应拘于一家一派，而应"通方广恕，好远兼爱"，兼容并蓄，广取博收，才能超越前人。他的三十首仿作精选原作者颇具风格特色的经典作品作为拟作对象，如拟曹丕《游宴》、嵇康《言志》、阮籍《咏怀》、潘岳《述哀》、陆机《羁宦》、左思《咏史》，这些篇目都能体现诸家的成就和特色。后来，萧统将江淹这三十篇拟作毫无割舍地完整编入《文选》，也显示了萧统对此做法的认同。后人盛赞江淹的

　　① （唐）李延寿：《南史》卷十四《宋宗室及诸王列传》，中华书局1975年版，第395页。

　　② 载逯钦立辑校《先秦汉魏晋南北朝诗》之《梁诗》卷四，中华书局1983年版，第1569页。

　　③ 同上。

拟作是因为江文通拟作往往形神俱备，惟妙惟肖，与原作难分泾渭。宋代严羽《沧浪诗话·诗评》曰："拟古惟江文通最长，拟渊明似渊明，拟康乐似康乐，拟左思似左思，拟郭璞似郭璞。"[①]这足以见出江淹对于诸家的艺术特色有了深刻的领悟，并能娴熟地运用诸种艺术手段进行创作，故拟作颇有以假乱真的效果，使读者不免产生幻觉，仿佛前辈诗人又返回到江淹的时代。但江淹的拟作绝非原作的翻版和复制，拟作所表露的是拟作者自身的情志。江淹在拟作中善于选取与原作者相通的审美情趣和能引起共鸣的情感契合点熔铸新篇，故既能得原诗之神韵，又能与之比试高低。如《张黄门协苦雨》选用的意象声韵皆取自张协《杂诗十首》，抒发的则是江淹自身的苦雨之情。通过这样的拟作方式，江淹与诸多前人唱和，并自觉倡导着一种具有"互文性"意义的多元化的开放型写作方式。

三　互文性：文人拟作的两种方式

汉魏六朝文人的拟作，或拟其体式，或拟其体貌。

拟体式者，虽然自觉地模拟某家某派以为法式，但并非亦步亦趋，不离窠臼，他们往往借前人旧题、体制、意象、声律、事典进行创化以抒发自我情志。这些文本虽然迭相祖述，但作者颇能运法于心，得鱼忘筌，夺胎换骨，点铁成金而创作出独具风貌并足以与前作媲美的拟作佳品。这正是刘勰所说"凭情以会通，负气以适变"（《通变》）、"虽旧弥新"（《情采》）、"体旧而趣新"（《哀吊》）的情况：拟作者根据自己的情气会通适变，虽然沿用了旧的体制来写作，但也创造出新颖的作品来。这样一种具有相似体式的文本的不断增值，往往能促成某种文体惯例或文类形式的形成。如张衡模拟班固《两都赋》作《二京赋》，左思摹《二京》而赋《三都》，为沿题祖式之作，既拟原作之声韵字句

① （宋）严羽著，郭绍虞校释：《沧浪诗话校释》，人民文学出版社 1961 年版，第 191 页。

和句式结构，也拟其意象和题旨，它们彼此之间共同阐发、相互说明，巩固和发展着大赋体的体式的基本形态。又如东方朔写了《答客难》，扬雄便撰就《解嘲》、班固继写《答宾戏》、崔骃续作《达旨》等，逐渐形成一种特殊的设论体裁。在这其中，最具有代表性的是七与连珠二体的拟作情况。

傅玄《七谟序》曰：“昔枚乘作《七发》，而属文之士若傅毅、刘广世、崔骃、李尤、桓麟、崔琦、刘梁、桓彬之徒，承其流而作之者纷焉：《七激》、《七兴》、《七依》、《七款》、《七说》、《七蠲》、《七举》、《七设》之篇。于是通儒大才马季长、张平子，亦引其源而广之。马作《七厉》，张造《七辨》……自大魏英贤迭作，有陈王《七启》、王氏《七释》、杨氏《七训》、刘氏《七华》，从父侍中《七悔》，并陵前而邈后，扬清风于儒林，亦数篇焉。”① 西汉枚乘所作《七发》设吴客分述音乐、饮食、车马、游观、田猎、观涛、要言妙道等七事启发楚太子，本属于“劝百讽一”的赋体之作，但由于汉、魏之际拟作者众多，逐渐形成定型的主、客问答形式，而从赋体中分化出来单独形成七体。汉魏以下文人，几无不作七，且多有独具风采的佳篇。如傅毅的《七激》汇聚了清丽简要之工巧，崔骃的《七依》具有广博典雅的巧妙，张衡的《七辨》，辞采绵密细致，崔瑗的《七厉》，意义纯正而完美，曹植的《七启》，显示了宏壮之美，王粲的《七释》，致力于辨明事理（《文心雕龙·杂文》）。据挚虞《文章流别论》说：“傅子集古今‘七’而论品之，署曰《七林》。”② 《文心雕龙·杂文》专列七体加以品论，《文选》特立“七”之名目，收入“七”类作品二十四篇。《隋书·经籍志》总集类录有《七林》十卷，为专收七体的文集。清人何焯说：“数千言之赋，读者厌倦，裁而为七，移形换步，处处足以回易耳目。”③ 可见，七体由于分设七事铺陈叙述，能给读者移步换

从至文性看汉魏六朝文人拟作现象

① 《全上古三代秦汉三国六朝文》之《全晋文》卷四十六，第1723页。

② （唐）欧阳询：《艺文类聚》卷五十七《杂文部》，上海古籍出版社1965年版，第1020—1021页。

③ （清）何焯：《义门读书记》卷四十九，中华书局1987年版，第947页。

形、耳目一新的新鲜审美感受，从而与动辄千言、铺陈一事的汉大赋相别，成为独立的文体形式。

据《文心雕龙·杂文》："扬雄覃思文阁，业深综述，碎文琐语，肇为连珠。"扬雄创作《连珠》二首，本为赋作，但在外部形式上具有明显特征：辞丽言约，犹如珠玉相连，大体先立理以为基，然后援事以为证，最后回归到本旨。后世拟者间出，"班固、贾逵、傅毅三子受诏作之。而蔡邕、张华之徒又广焉"①。其后，东汉潘勖《拟连珠》，魏王粲《仿连珠》，晋陆机《演连珠》，宋颜延之《范连珠》，齐王俭《畅连珠》，梁刘孝仪作艳体连珠。《文心雕龙·杂文》遂又列"连珠"为一体。《文选》亦列"连珠"之名目，录陆机《演连珠》五十首。连珠由于具有篇幅短小，文辞洁净，事理圆通，音韵流转等形式特点，也从赋体中分化出来独自成体。

此外，文人拟作中还有一种非自觉的情形：即写作者并不刻意模拟某家某派，但却不自觉地受到前人诗、文的熏陶和影响，在他们的文本中不自觉地留下了前人的印记，从而表现出历代体制、文风相承的情况，在后人看来，这些写作者之间具有内在的一贯性和承传性，这就是批评家所热衷于阐发的有关模拟的概念。《文心雕龙·通变》："暨楚之骚文，矩式周人；汉之赋颂，影写楚世；魏之策制，顾慕汉风；晋之辞章，瞻望魏采。"周诗、楚骚、汉赋、魏采、晋章之文风历代相承，并经历着演化和发展，它们之间有着内在的互为文本的关系。《诗品》将五言诗的源头追溯到《国风》、《小雅》、《楚辞》三大支干，又对所品录的大部分诗人源流因袭情况加以阐发，构筑了庞大的五言诗人和诗体因循相承的系统。钟嵘论诗人源流没有详加辨析，只是说某某源出于某某，如王粲"源出于李陵"，陆机"源出于陈思"；也多用"祖袭"、"宪章"等字眼，如应璩"祖袭魏文"，郭璞

---

① （西晋）傅玄：《连珠序》，载《全上古三代秦汉三国六朝文》之《全晋文》卷四十六，第 1724 页。

"宪章潘岳"①，这颇遭后世误解。清代《四库全书总目》的《诗品》提要云："惟其论某人源出于某人，若一一亲见其师承者，则不免附会耳。"② 实际上，钟嵘所说师承关系并不一定是指文人的具有自觉意识的模范或拟作，而是泛论诗人与诗人之间所具有的文风相承或相近的情况。这种情况的出现恰恰是任何诗人所无法逃避的文本的"互文性"特征的表现。诗人在写作中，受到前人诗作潜移默化的影响，并在自己的创作中自觉或不自觉地表现出类似的风貌，留下了前人的某些印记。钟嵘试图阐发一种具有内在连贯性的诗歌发展史，因而更为关注诗人与诗人之间的相互关联和影响的方面。《诗品》记载了南齐诗人吴迈远、汤惠休都擅长写"风人答赠"，汤惠休曾对吴迈远说："我诗可为汝诗父。"并拿这话去访问谢庄，谢光禄云："不然尔，汤可为庶兄。"③ 这段诗坛逸事生动显示了文人之间的影响并非都是具有明显亲缘关系的单向度上下相承关系，更多的情况可能是文人之间非自觉的相互影响的关系。单一文本总是与某一文本或某些文本纠缠在一起，它们构成了互为文本的关系。正如李怀民《重订中晚唐诗主客图说》所说："记室亦特就诗论诗，明其体格相近，非真见其一脉相传也。"④

---

① （南朝梁）钟嵘著，陈延杰注：《诗品注》，人民文学出版社 1961 年版，第 18—38 页。

② （清）永瑢、纪昀等：《四库全书总目》卷一百九十五，中华书局 1965 年影印本，第 1780 页。

③ （南朝梁）钟嵘著，陈延杰注：《诗品注》，第 69 页。

④ 见张伯伟《钟嵘〈诗品〉研究·钟嵘〈诗品〉集评》，南京大学出版社 1999 年版，第 205 页。

经典文体与文体的经典化[*]

中国古代的经典文体是诗与文，诗与文是历代帝王、士大夫和文人雅士青睐的正宗文体类型，这也反过来促进了古代诗歌和散文创作的繁荣，使得古代的中国成为诗、文大国。从中国文学的发生和演化而言，诗歌和散文也是两种最早产生和得以充分发展的文体类型，并很快就获得了主流文化的认同，作为经典文学形式被推崇。批评家也纷纷对它们加以阐发和演绎，文人雅士竞相在此类文体领域中挥洒才气，推动了诗、文体裁稳定、有序的发展。但是，在中国古代文学史中，诗、文之外的文体类型就不那么幸运了，如小说和戏曲从一开始产生就被主流文化所不容，被经典文体排挤，它们被挤压到边缘，发展受到阻碍，即使是在宋、元时代古典戏曲极为繁荣，明、清时代古典小说极为繁荣的情境下，它们在文学王国中所拥有的地位与其创作状况仍然极不匹配，被视为"邪宗"和"不登大雅之堂"。

古代诗、文的经典化是十分复杂的历史过程，受到众多因素的制约和影响，单一因素显然不能成为有效地阐释它们获得经典地位的理由，如诗、文创作的状况，经典文本的出现，批评家选文和对经典文本的阐发，目录学的发展和集部范围的确定，文体批评的出现，主流文化的认同、扶持和赞助，公众审美心理和接受认同，文体的社会功用和审美效果等，众多因素推拥着诗、文体裁走向了经典化。但是，其中关键因素则是主流文化的认同和支持，主流文化的态度制约了批评家关于文体观念的阐发和文体

---

* 本文原载《文艺理论研究》2013 年第 1 期，今据原文增设有关小标题。

批评范式的走向，也从制度和功利层面直接影响了文人的文体实践。反之，遭到主流文化排斥的文体形式则在发展空间上受到一定的限制，它们只有努力向主流文化所认同的价值观念靠拢，才能获得合法存在，从而为自己赢得正宗的地位。

一　诗歌体式的经典化：从古体到近体

诗歌是各民族最早发生的文体形式，是一种与人类生理节奏相吻合的自然吟唱，从民间口头吟唱到文人精致化创作经历了一个漫长的发展过程。中国古代第一部诗歌经典是《诗经》，共收集了自西周初年到春秋中叶大约五百年间的诗歌三百零五首，涉及政治、经济、军事、文化、民俗等多方面的社会生活内容。关于《诗经》的编集，汉代有史官"采诗"和孔子"删诗"的说法，班固《汉书·食货志》曰："孟春之月，群居者将散，行人振木铎徇于路，以采诗，献之大师，比其音律，以闻于天子。"[①]司马迁《史记·孔子世家》曰："古者诗三千馀篇，及至孔子，去其重，取可施于礼义……三百五篇孔子皆弦歌之。"[②]。这表明诗歌作为一种文体形式能够被保留下来，首先经历了官方的认同和文人雅化的过程。孔子《论语·为政》云："诗三百，一言以蔽之，曰'思无邪'。"[③]孔子对三千多首古诗的删订，是依据诗是否"可施于礼义"和"无邪"的儒家诗学观念作为标准的，在儒学逐渐成为主流意识形态的汉代，《诗经》被尊奉为儒家五经之一，诗歌类型也由此得到了主流文化和权力机构的认同。《论语·阳货》云："诗，可以兴，可以观，可以群，可以怨。迩之事父，远之事君。"[④] 这种对于诗歌社会功用的阐发与《尚书》中的"诗言志"观念共同建构了诗歌超越形式特点的价值

---

① （汉）班固：《汉书》卷二十四，中华书局1962年版，第1123页。
② （汉）司马迁：《史记》卷四十七，中华书局1959年版，第1936页。
③ （魏）何晏等注，（宋）邢昺疏：《论语注疏》卷二，上海古籍出版社1990年版，第15页。
④ 《论语注疏》卷十七，第155页。

定位，诗歌被赋予了深厚的文化内涵和强大的社会功效，适应了汉代以来帝王和主流意识形态对于文艺价值观念的期待。可见，《诗》被尊为经典势所必然，但它首先是儒家文化的经典，主流意识形态的经典，其次才是文学形式经典，诗歌形式经典。历代批评家在论及文学时，都要将文艺的源头追溯到《诗经》，并依据其所确立的风雅传统作为评价文艺价值的准则。在诗歌文体的演化过程中，从古体的四言诗、骚体、五言诗、七言诗，到近体的律诗、绝句，诗学观念发展也经历了从"言志"到"缘情"的变化，以及对滋味、兴象、格律的追求，诗歌审美特征被凸显，但是诗歌的发展始终没有脱离风雅比兴的主流诗学观念而走向纯形式主义，即使是在极度追求形式美的南朝，诗歌也没有完全摆脱经世致用的实用功能，如刘勰强调诗歌"感物吟志"，但也不放弃"持人情性"[①] 的功用，萧统《文选》所编选的诗歌类型，如述德、劝励、献诗、公宴、咏史、招隐、反招隐、军戎、郊庙都表征着重大的社会事件，也是当时诗人普遍写作的题材类型。

　　《诗经》是四言古体诗的经典文本，四言诗也因此具有了正宗地位。汉魏六朝，五言诗逐渐发展和繁荣起来，四言诗日趋衰微，但四言诗仍然被许多文人奉为诗歌的正宗体式。如挚虞《文章流别论》曰："古诗率以四言为体"，五言者"于俳谐倡乐多用之"；"雅音之韵，四言为正，其余虽备曲折之体，而非音之正也"。[②] 刘勰曰："四言正体，则雅润为本；五言流调，则清丽居中。"[③] 颜延之曰："四言侧密"、"五言流靡"[④]。四言诗之所以被视奉为诗歌"正体"，是因为四言诗音韵纯正，结构雍

　　① （南朝梁）刘勰：《文心雕龙·明诗》，载范文澜：《文心雕龙注》，人民文学出版社1958年版，第65页。

　　② （晋）挚虞《文章流别论》，载（清）严可均校辑《全上古三代秦汉三国六朝文》之《全晋文》卷七十七，中华书局1958年版，第1905页。

　　③ 《文心雕龙·明诗》，范文澜：《文心雕龙注》，第67页。

　　④ （南朝宋）颜延之：《庭诰》，（宋）李昉：《太平御览》卷五百八十六，中华书局1960年版，第2640页。

容，庄重典雅，特别是四言的经典文本《诗》在成为儒家经典后具有了不可动摇的崇高地位。五言诗发端于民间乐府诗，大都吟咏世俗情感，虽然也经过文人的雅化，但仍然受到民歌的深刻影响，因此被贬为音韵不够纯正的"流靡"、"流调"。但五言诗较四言诗，其优越性是显而易见的，如钟嵘《诗品序》所云："夫四言，文约意广，取效风骚，便可多得。每苦文繁而意少，故世罕习焉。五言居文词之要，是众作之有滋味者也，故云会于流俗。"① 五言诗比四言诗多一个音节，表情达意的空间更大，更容易表现出诗人的情致韵味，因此汉、魏以来写作五言诗的文人越来越多了。钟嵘《诗品》选录了自汉到梁的五言诗作者一百多人，对诗人的艺术成就进行品评，并将五言诗的源头追溯到《国风》、《小雅》、《楚辞》三大支干，从而将五言诗纳入诗的正宗体式。

中国古代诗歌发展史上最辉煌的篇章是唐诗，从齐、梁永明体的出现到唐代律诗的成熟，其间大约经历了近二百年的时间，终于确立了五言、七言古体和近体诗的基本范式，标志着中国古典诗歌样式的成熟。近体诗是在古体诗的基础上更为秩序化和审美化的结果，唐律无论是在声律、意象、用典、情韵等方面都达到了古代诗歌的巅峰。绝句和律诗形式工整规范，但唐人却能戴着镣铐自由舞蹈，唐诗意象生动，气势宏大，情韵悠长，自然天成，不露斧凿痕迹，这不能不让人感叹诗人技艺的完熟。唐诗，特别是盛唐诗被众多文人推崇，被主流文化认可，如南宋严羽在《沧浪诗话》中倡导"以盛唐为法"，明代前后七子公然提出"诗必盛唐"的主张，胡应麟《诗薮》对盛唐诗不遗余力地加以推扬，高棅《唐诗品汇》将盛唐诗推举为正宗诗歌，胡震亨作《唐音癸签》对唐诗的源流体制进行总结，清代彭定求等奉敕编纂的《全唐诗》共收入唐诗四万八千多首，诗人两千二百多人，这显示了唐诗逐渐被经典化的过程。而在唐诗之前，齐、梁宫体诗原本在唐律的形成中具有开拓性的意义，却屡屡遭到贬斥，被

---

① 陈延杰：《诗品注》，人民文学出版社1961年版，第2页。

定位为诗歌中的"异类"，《隋书·文学传序》评曰，"其意浅而繁，其文匿而彩"①，初唐诗人陈子昂也批评它"采丽竞繁，而兴寄都绝"②，齐、梁诗表现淫靡享乐的宫廷生活，内容空虚，思想贫乏，感情轻浮，诗风妖艳，这样一种靡靡之音，尽管形式华丽，音韵和谐，却终究不容于主流文化，其在诗体形式方面的开拓之功也随之被遮蔽了。唐人虽然继续致力于诗歌格律形式的完善和定型，但在诗风方面却一扫齐、梁诗绮靡轻艳文风，追求风骨兴寄的风雅传统，表现出刚健遒劲的文风和开阔恢弘的气势，唐律文质兼备的特点是其被推崇为经典的重要原因。

唐诗体式完备，造诣极高，是古代诗歌史上难以企及的高峰，鲁迅曾经发出过中国古代的"好诗"已经在唐代"做完"的感慨，他在《致杨霁云》中说："我以为一切好诗，到唐已被做完，此后倘非能翻出如来掌心之'齐天太圣'，大可不必动手。"③宋代以后的诗人面对唐诗的辉煌成就，不免产生了心理"焦虑"，他们惨淡经营，终究难以达到唐诗的高度，但却始终维护着诗歌的正宗地位。

二　散文体式的经典化：从散体、赋体到骈体

散文是中国古代与诗并列的另一大正宗文体④。从散文文体演化史而言，早期散文还是宽泛的文化学概念，包括记言、记事、抒情、论说等一切散体文章。散文最早产生于殷周时期的甲骨刻辞和铜器铭文，其中甲骨刻辞是占卜之辞，涉及狩猎、农业、祭祀、战争等方面的重要内容；铜器铭文用来铭刻祖先功

---

① （唐）魏徵：《隋书》卷七十六，中华书局1973年版，第1730页。
② （唐）陈子昂：《修竹篇序》，载四部丛刊初编集部《陈伯玉集》卷一，上海商务印书馆1936年版，第12页。
③ 《鲁迅全集》第12卷，人民文学出版社1981年版，第612页。
④ 本文所论的散文是广义的散文概念，包括散体文、赋、骈体文等不同的体式。

德，昭示子孙；这些文字都在统治者的政治生活中起着重要的作用。中国古代第一部散文集是产生于上古时期的《尚书》，其中的文章大都是帝王言辞的记载，或君臣关于国家重大事务的对话。《尚书》在汉代被推为儒家五经之一，其中的典、谟、训、诰、誓、命之体以其博大、渊雅而成为后世散文的源头和范式。春秋战国的诸子散文和历史散文大都单言奇句，语言朴实但气势宏大，是与社会政治、军事、外交、文化活动直接关系的宏言大制。可见，散文自其产生就直接关系着统治阶级的意识形态，这样一种文章体式在整个社会生活中有着举足轻重的地位，它在文章体式中获得正宗地位是毋庸置疑的。魏、晋以后，随着目录学发展和集部形态的确立，散文的范围逐渐缩小，经书、史书、子论等宏言大论逐渐从散文中分离出来，但此时的散文仍包容着众多的实用性文体类型，如公牍文、书牍文、箴铭文、哀祭文、碑志文、议论文等，这些散文体式或是庙堂之制、奏进之篇，或是文人抒情言志、交际往复的应酬之体，它们在社会政治生活中仍然发挥着重要的作用。文人写作散文也大都以发扬六经之旨，维系世道人心作为最高宗旨，即使是唐宋以后盛行的山水游记之类的散文体式，也被赋予了隐微的政治意味和人生哲理。"盖文章，经国之大业，不朽之盛事"①，这样一种关于文章体式的价值定位是散文能够获得合法地位，并得到主流意识形态认可的保障。

　　散文的经典化经历了非常复杂的历史过程，包括散体、赋体、骈体等不同的散文体式在不同的历史阶段被经典化、解经典化和再经典化的过程。散体文以先秦古文为代表，具有音韵天成，气势恢宏，意气贯通等特点，比较易于言志载道；两汉时期，穷声极貌，铺张扬厉的赋体大盛；魏、晋、六朝，骈俪偶对，声韵和谐，藻采华丽，隶事繁富的骈文兴盛；唐、宋以后，散体古文被再经典化，虽然赋体和骈体都在继续发展，但是它们

---

① （魏）曹丕：《典论·论文》，载（南朝梁）萧统编，（唐）李善注《文选》卷五十二，中华书局1977年版，第720页。

被边缘化的趋势已经势不可阻了，散体文再度占据了散文的正宗地位。

赋是两汉的经典文体，特别是大赋占据文坛主流地位。汉代帝王喜爱辞赋，言语侍从"朝夕论思，日月献纳"①，促成了汉赋繁荣之势。汉赋经典化有着众多复杂的原因。首先，汉大赋在题材上以敷陈京都之繁华，宫殿之巍峨，山川之秀丽，畋猎之壮观，娱游之盛大等为主要内容，在主题上夸耀汉代帝国的伟大气魄和汉代天子的巨大声威，具有为统治者装点升平，润色鸿业和歌功颂德的意味。因此，汉大赋充满了磅礴的气势，是"鸿裁之寰域"，"体国经野"②之大制。其次，从汉赋的结构而言，汉大赋一般开头由主客问答引出题旨，正文"极声貌以穷文"③，结尾"劝百风一"④。这样一种文体虽然大肆敷陈统治者的声色犬马，淫荡奢侈的生活，但"曲终而奏雅"⑤，表现出对统治者的劝诫，这是赋体能够进入"雅文之枢辖"⑥的重要原因。最后，从赋体的源流考察，汉人认为赋源出于诗，如班固《两都赋序》曰："赋者，古诗之流也。"又曰："或以抒下情而通讽谕，或以宣上德而尽忠孝，雍容揄扬，著于后嗣，抑亦雅颂之亚也。"⑦赋像诗一样，被赋予了美刺讽谕功效，它在汉代被推崇为经典文体势所必然。

但是，汉赋体制特征中也隐藏着其可能被解经典化的潜在危机。汉赋对宫殿、苑囿、游乐、畋猎等极尽能事地敷陈描摹，难免激起统治者好大喜功和极度奢侈的心理，如《汉书·扬雄传》云："往时武帝好神仙，相如上《大人赋》，欲以风，帝反缥缥有陵云之志。"⑧相如本欲讽谏武帝，却产生"欲讽反劝"的实

---

① （汉）班固：《两都赋序》，《文选》卷一，第21页。
② 《文心雕龙·诠赋》，范文澜注：《文心雕龙注》，第135页。
③ 同上。
④ 《史记·司马相如列传》，第3073页。
⑤ 同上。
⑥ 《文心雕龙·诠赋》，范文澜注：《文心雕龙注》，第135页。
⑦ （汉）班固：《两都赋序》，《文选》卷一，第21—22页。
⑧ 《汉书·扬雄传》，第3575页。

际效果。汉赋以"铺采摛文"为特征,《西京杂记》引相如言汉赋"合綦组以成文,列锦绣而为质"①,扬雄《法言·吾子》曰"雾縠之组丽",② 都是对汉赋穷极文辞之丽特征的描绘。对于文采的自觉追求本是汉代文学逐步走向审美自觉的标志,但是在儒学功利主义占主导地位的时代,这一特征被视为是汉赋的弱点而屡遭批评,如司马迁批评赋"虚辞滥说"③,班固也说:"竞为侈丽闳衍之词,没其风谕之义"④,扬雄终以赋为"童子雕虫篆刻"、"壮夫不为"⑤。随着汉代统一大帝国的衰亡,汉大赋就面临着自行衰亡的命运而让位于魏晋六朝的抒情小赋了。

赋体虽在汉代以后解经典化了,但仍然依附着各个时代的经典文体延续着微弱的气势。如南朝流行的俳赋是一种对偶精工,声律和谐,辞采华美,典故繁密的文体形式,这是骈文体制入赋体的结果。唐代律赋对赋的用韵要求提出了严格的规定,显示出律诗对赋的影响。宋代文赋则深受唐、宋古文运动的影响,文体特征以散文为主,间用骈偶。赋体虽然不断突破其自身文体特征演化出俳赋、律赋、文赋等形式,但最终难以为继,不能挽救其疲软趋势了,其文体特征也逐渐模糊,趋于解体的趋势。

骈文在魏、晋初步形成,至齐、梁间得到充分发展,占据了文坛主流地位。骈体是在赋"铺采摛文"特征的基础上进一步发展的结果,虽然赋过度追逐丽藻而屡遭批评,再加上其赖以存在的帝国文化根基的丧失而逐渐失去了主流地位,但骈文却以其对语言文字的极度审美追求而趋于大盛,这不能不让人要深究其根源。与汉代经学一统天下不同,魏晋六朝是儒学走向衰微的时代,文学逐渐脱离经学走向独立和自足,文人自觉地追求声韵藻采等语言形式美。如曹丕《典论·论文》明确提出"诗赋欲丽"的美学主张,陆机强调语言形式的"绮靡",《文赋》曰:"其会

① (晋)葛洪撰:《西京杂记》卷二,中华书局1985年版,第12页。
② (汉)扬雄:《法言·吾子》,中华书局1985年版,第5页。
③ 《史记·司马相如列传》,第3073页。
④ 《汉书·艺文志》,第1756页。
⑤ (汉)扬雄:《法言·吾子》,第5页。

意也尚巧，其遣言也贵妍。暨音声之迭代，若五色之相宣。"①
刘勰《文心雕龙》以"雕缛成文"作为文学观念的根本性表述，
专设《练字》、《声律》、《丽辞》、《比兴》、《夸饰》、《事类》、
《隐秀》等篇论文字之藻饰和修辞。骈文讲究语言偶对，声韵和
谐，辞采华美，隶事繁富等正集中体现了这样一种时代新风尚。
其次，骈文是贵族阶层审美趣味的表现形式。南朝宫廷贵族和门
阀士族是社会的特权阶层，他们有着深厚的家学渊源和较高的文
字素养，并有充裕的时间和充足的精力从事雅文写作，他们在文
章写作中刻意讲究藻饰、偶对、声律、隶事，显示了自觉将文字
写作推向雅化的努力。宫廷贵族和门阀士族自上倡导美文，文学
侍从自下呼应，遂使追逐美文成为社会主潮。再次，骈文是一种
"实用美文"，兼顾实用性和审美性的特点，既显示出文人的精
雅趣味，也能发挥一些经世致用的社会功用。南朝时期，一切文
体皆骈化，如皇帝诏令，官府公文以及文人奏折序论，日常应酬
之体，都以骈体出之。唐、宋之后，骈文趋于衰亡，文人不再用
骈文写作，但公牍文中却仍保留了骈文体式，宋人谢伋说骈文
"施于制诰、表奏、文檄，本以便于宣读，多以四字六字为
句"②，骈文偶对工整，声韵顿挫的体制特点决定了这样一种文
体形式比较适合于朝廷宣读，因而骈文在解经典化后仍在诏令、
章表等公牍应用文字中占有一席之地。但是，骈文在对形式的唯
美追求中隐含着危机，过分关注语言文辞的雕饰，往往会妨碍情
感义理的有效表达，因此随着南朝门阀士族阶层的衰亡和唐宋古
文运动的兴起，骈文不可避免地面临着衰亡的命运。

　　唐、宋"古文运动"大力推扬先秦、两汉单行奇句之"古
文"，并将古文写作推向了新的高度，散体文遂击溃骈体文，再
度强有力地占据了文坛正宗。其实，古文与骈文的对抗由来已
久，即使是在骈文大盛，古文被解经典化的齐、梁时代，仍然有
许多文人在坚持散体写作，为古文张目。如齐、梁时期以裴子野

---

① （晋）陆机：《文赋》，《文选》卷十七，第241页。
② （宋）谢伋：《四六谈麈》，中华书局1985年影印本，第1页。

为代表的"古体派"① 文学集团就坚持古文写作，其《雕虫论》批评骈文是"淫文破典，斐尔为功，无被于管弦，非止乎礼义"的"雕虫之艺"②。刘勰虽然肯定骈文形式，但对当时文坛"体情之制日疏，逐文之篇愈盛"③ 的形式主义文风极为忧虑，《序志》曰："去圣久远，文体解散，辞人爱奇，言贵浮诡，饰羽尚画，文绣鞶帨，离本弥甚，将遂讹滥。"④ 骈文写作过于讲究声律藻采，难以做到意气贯通，表现饱满的思想情感，这正是骈体本身所隐含的弱点，也是历来遭到文人批评之处。如隋代李谔《上隋高帝革文华书》中批评南朝骈文说："遗理存异，寻虚逐微，竞一韵之奇，争一字之巧。连篇累牍，不出月露之形；积案盈箱，唯是风云之状。"⑤ 骈文在走向衰微过程中也力图寻求自我发展的新途径，如运散行之体于骈偶之词，由美丽之文向有用之文转化，像唐代"燕许大手笔"⑥ 就突破了骈文的僵化格式，显示出骈散结合的倾向，中唐陆贽也采取了运单于偶，减少典故，加长骈句等方法对骈文进行了改造。但是所有这些革新都以骈文体制自我瓦解为代价，这预示着骈文衰微已呈不可挽回之势了。

唐、宋"古文运动"对骈文的打击是致命性的，其成功之处表现在三个方面：其一，明确提出了"文以明道"的文学观念，使得文章写作重新回到经世致用的轨道上来。韩愈说"修其辞以明其道"⑦，柳宗元说"文者以明道"⑧，欧阳修说"知古

---

① 古体派以裴子野、刘显、刘之遴等为核心，其成员还包括殷芸、顾协、韦棱、韦睿、张缅、阮孝绪等人。

② （南朝梁）裴子野：《雕虫论》，《全上古三代秦汉三国六朝文》之《全梁文》卷五十三，第3262页。

③ 《文心雕龙·情采》，范文澜：《文心雕龙注》，第538页。

④ 同上书，第726页。

⑤ 《隋书·李谔传》，第1544页。

⑥ （宋）欧阳修、宋祁撰：《新唐书·苏张列传》，中华书局1975年版，第4402页。

⑦ （唐）韩愈：《争臣论》，见（清）董诰《全唐文》卷五百五十七，上海古籍出版社1990年版，第2498页。

⑧ （唐）柳宗元：《答韦中立论师道书》，《全唐文》卷五百七十五，第2575页。

经典文体与文体的经典化

明道"①。古文家将"文"与"道"结合，赋予文章写作以崇高的社会使命和现实意义，而这正是骈文写作的弊病。其二，解放文体和革新形式。古文运动推行散体写作，破除了骈体写作的严格语言格式和格律规范，这使得文章写作从形式的羁绊中解放出来，散文再度成为能自由地言志明道、表情达意的平易自然的文体形式。其三，古文家善于吸收古文、诗赋和骈文之所长，创造了真正具有生命力和表现力的新文体。古文家虽然猛烈抨击南朝骈文，但却能弃其糟粕，取其精华。如韩愈的古文创作就吸收了骈文的合理修辞成分，行文散中有骈，骈散相间，真正做到了"惟陈言之务去"和"气盛则言之短长与声之高下者皆宜"②，清人刘熙载评价说："韩文起八代之衰，实集八代之成。"③ 柳宗元也强调吸收骈文之精华，善从骈文中"披沙拣金"④，古体写作极为讲究"炳蔚文彩"⑤。欧阳修认为"偶俪之文苟合于理，未必为非，故不是此而非彼也"⑥，其古文创作追求自然平易的文风，但也极重形式技巧的追求。在"古文运动"的推拥下，唐、宋散文创作呈现出繁荣局面，古体散文的正宗地位也被牢固地确立下来。清代骈文虽然也一度呈复兴之势，但已是回光返照，无力与古文平分秋色了。

三 小说和戏曲的经典化：从邪宗到正宗

　　小说和戏曲在中国古代文学发展史中一直处于边缘地位，它们长期被拒之于正宗文学大门之外，受到正统文人的轻视。鲁迅

　　① （宋）欧阳修：《与张秀才第二书》，载郭预衡主编《唐宋八大家文集·欧阳修文》上，人民日报出版社1997年版，第150页。

　　② （唐）韩愈：《答李翊书》，《全唐文》卷五百五十二，第2475页。

　　③ （清）刘熙载：《艺概·文概》，上海古籍出版社1978年版，第20页。

　　④ （唐）柳宗元：《披沙拣金赋》，《全唐文》卷五百六十九，第2550页。

　　⑤ （唐）柳宗元：《为韦京兆祭太常崔少卿文》，《全唐文》卷五百九十三，第2657页。

　　⑥ （宋）欧阳修：《论尹师鲁墓志》，载郭预衡主编《唐宋八大家文集·欧阳修文》上，第285页。

说："小说和戏曲，中国向是看作邪宗的。"① 这种说法是符合事实的。古代小说、戏曲较诗、文而言，是较晚产生的文体，但自其产生就一直受到正统文学的排挤和贬斥，没有得到主流文化认同，这使得小说和戏曲没能获得充分发展的空间，其文体特征也长期处于被遮蔽的状态。

"小说"一词最早见于《庄子·外物》，其曰："饰小说以干县令，其于大达亦远矣。"唐人成玄英疏云："夫修饰小行，矜持言说，以求高名令闻者，必不能大通于至道。"② 故"小说"指与"大达"、"大道"相对立的"小行"、"小言"，它一开始就被定位于二元对立的价值体系中，成为受鄙视和被贬责的对象。汉代班固《汉书·艺文志》列诸子十家，小说家居十家九流之末，是"不可观者"，云："小说家者流，盖出于稗官。街谈巷语，道听涂说者之所造也。孔子曰：'虽小道，必有可观者焉，致远恐泥，是以君子弗为也。'然亦弗灭也。闾里小知者之所及，亦使缀而不忘。如或一言可采，此亦刍荛狂夫之议也。"③ 小说是街谈巷议、道听途说之言，为"小道"、"小知"，不入主流，"如或一言可采"，以广视听，故略备一体。古代小说体式发展至魏晋六朝已经获得长足进步，出现了志怪小说和志人小说两大基本形式，但小说却在批评家的视野中处于"缺席"的状态。曹丕《典论·论文》分文"四科八体"，陆机《文赋》论文"十体"均不见小说的踪影；虞挚《文章流别集》、李充《翰林》搜罗古今文章，按体编排，对各类文体加以辨析，从辑佚文观，没有论列小说；萧统《文选》是现存最早的一部文学总集，共编辑三十七类文体，唯独将小说排除于文集之外；刘勰《文心雕龙》"体大而虑周"，穷尽古今所有文体且分而论之，即

---

① 鲁迅：《徐懋庸作〈打杂集〉序》，载《且介亭杂文二集》，人民文学出版社 2006 年版，第 81 页。

② （清）郭庆藩：《庄子集释》卷九，中华书局 1961 年版，第 925—927 页。

③ 《汉书·艺文志》，第 1745 页。

使对"艺文之末品"也逐一论列，但也遗漏了小说。① 后世史书大都沿袭《汉志》的做法，将小说归于子部。《隋志》后，史家又将小说中的一部分归属于史部"杂传"类，视小说为"史官之末事"②。直到清人纪昀将古代小说归为"叙述杂事"、"记录异闻"、"缀辑琐语"③，都表现了一脉相承的观念。中国古典小说虽至清代已达到巅峰，但却没有跨入文学之高雅殿堂，被尴尬地排挤于子、史的边缘，没有获得应有的地位。小说逐渐与诗、文平起平坐之时，已经到了近代梁启超的"小说界革命"，梁启超说："欲新一国之民，不可不先新一国之小说。故欲新道德，必新小说；欲新宗教，必新小说；欲新政治，必新小说；欲新风俗，必新小说；欲新学艺，必新小说；乃至欲新人心，欲新人格，必新小说。"④ 梁启超郑重地将小说与政治联姻，指出小说如诗、文一样，具有新国新民等重要社会功用，小说才逐渐获得合法地位，这是小说与主流文化相妥协的结果。

戏曲渊源于原始时代具有巫术特点的歌舞⑤，与先秦俳优表演，汉魏角抵、百戏，唐代参军戏有着密切的关系，至宋、元时蔚为大观，成为一种兼演唱、表演的艺术形式，王国维说："戏曲者，谓以歌舞演故事也。"⑥ 戏曲自从产生就在"瓦舍勾栏"等娱乐场合演出，曲词虽协韵入乐，但多俗语衬字，被文人雅士所轻贱。如王国维所言："独元人之曲，为时既近，托体稍卑，故两朝史志与《四库》集部，均不著于录；后世儒硕，皆鄙弃

① 详见拙著《六朝文体批评研究》，北京大学出版社 2005 年版，第 103—108 页。

② 《隋书·经籍志》，第 982 页。

③ （清）永瑢、纪昀等：《四库全书总目》卷一百四十，中华书局 1965 年影印本，第 1182 页。

④ 梁启超：《论小说与群治之关系》，见《饮冰室合集》2 之文集 10，中华书局 1989 年版，第 6 页。

⑤ 王国维《宋元戏曲史》云："后世戏剧，当自巫、优二者出。"参阅王国维《宋元戏曲史》，商务印书馆 1915 年版，第 4 页。

⑥ 王国维：《戏曲考原》，《王国维戏曲论文集》，中国戏剧出版社 1984 年版，第 163 页。

不复道。"① 戏曲地位卑微低下，被排斥在主流文化之外，文人雅士虽亦为之，但仅以"此谑浪游戏而已"②，贬为"词余"③。明人"何良俊以谓诗亡而后有乐府，乐府阙而后有诗余，诗余废而后有歌曲"。④ 曲被纳入诗的行列，但从诗到"诗余"⑤，再从"诗余"到"词余"，曲已被挤压到了极为边缘的位置。曲家若想提升戏曲的地位，就只能无限地向诗、文等正统文类靠拢，如李渔《闲情偶寄》说"填词非末技，乃与史传诗文同源而异派者也"⑥，李渔强调戏曲与史传诗文同源，"传奇一书，昔人以代木铎"，也可实现"劝使为善，诫使勿恶"，"药人寿世"，"救苦弭灾"⑦ 的诗教功用。到近代王国维提出"楚之骚，汉之赋，六代之骈语，唐之诗，宋之词，元之曲，皆所谓一代之文学，而后世莫能继焉者也"⑧，戏曲才逐渐与诗骚之文并列而成为文学之正宗，这经历了漫长的历史过程。

经典文体与文体的经典化

①　王国维：《宋元戏曲史·自序》，第1页。

②　（明）吴讷：《文章辨体序说》，人民文学出版社1998年版，第59页。

③　清人杨恩寿有曲话《词余丛话》、《续词余丛话》。

④　（明）徐师曾：《文体明辨序说》，人民文学出版社1998年版，第164页。

⑤　词源于隋唐时期流行的燕乐，以描写闺阁艳情，相思离别为主要内容，被定位为"艳科"，有"诗余"之称。

⑥　（清）李渔：《闲情偶寄》卷一《词曲部·结构》，国学研究社1936年版，第2页。

⑦　（清）李渔：《闲情偶寄》卷一，《词曲部·戒讽刺》，第4页。

⑧　王国维：《宋元戏曲史·自序》，第1页。

中国古代散文的民族特色[*]

——关于中国散文史写作的一点思考

散文是中国古代最早发生、最具有民族特色的文体形式之一，与诗并称为中国古代两大雅正体式。从先秦的历史散文、诸子散文到汉代的辞赋，六朝的骈文，唐、宋的古文，明代的八股文，清朝的骈、散之争，散文无论是在语言表达、文体形式，还是审美内涵和文体功用上都经历了悠久的历史发展过程。如果说，中国古代诗歌是由实用逐渐走向审美，更多地表现主体情性，倾向于成为纯文学，那么，古代散文则始终徘徊于实用和审美之间，承载着"文以载道"的创作宗旨，成为具有中国民族特色的"杂文学"。

一　兼具审美维度与实用维度

中国古代散文的民族特质突出表现在：散文在追求形式美的同时，始终没有脱离实用之域。从字源学而言，"文章"二字与形式美有着密切的关联。《周礼·冬官考工记》云："青与赤谓之文，赤与白谓之章。"①《释名·释言语》云："文也，会集众彩以成锦绣，会集众字以成辞义，如文绣然也。"②"文章"最初被训为文饰与错杂，是对文字的雕饰。《文心雕龙·原道》从天

---

* 本文原载《中国社会科学报》2013 年 9 月，今据原文增加有关引文注释。

① （汉）郑玄注，（唐）贾公彦疏：《周礼注疏》卷四十，上海古籍出版社1990 年版，第 622 页。

② （汉）刘熙：《释名》卷四，中华书局 1985 年版，第 51 页。

文、地文、动物文、植物文推及人文、文章,认为"心生而言立,言立而文明"①,文章具形式美是符合"自然之道"的。古人以雕缛成体,极重对语言形式美的追求,这在骈文体式的对声韵、偶对、典事、藻采的讲究中达到了极致。虽然唐、宋古文运动打破了骈文形式的束缚,但许多古文家运骈于散,自觉吸收骈文体式之优长,追寻辞章美仍是散文的重要特征之一。从实用维度而言,先秦散文就已与哲学、政治、历史结下了不解之缘。魏晋以后,散文虽从经、子、史类中独立出来成为"文章",但无论是碑志文、议论文、公牍文,还是书牍文、哀祭文等都关乎现实政治,有着直接的功用目的,是"经国之大业,不朽之盛事"②。唐、宋散文家复兴秦、汉古文,倡导"文者以明道"③,散文被赋予了经纬天地人伦之道、维系世道人心的崇高使命,即使是关乎亭台楼阁、花鸟鱼虫的山水小品,也往往被赋予隐微的人生含义。清代桐城派散文推崇"义理、考据、辞章",将文统与道统高度合一,散文再度被纳入儒家道统。

　　散文的"杂文学"性使其审美性显得不够纯粹,但这正是古代散文的民族特性所在,散文表现出关注社会政治和现实人生的审美品格。现代意义上的"散文"受西方文学观念的影响,更强调自由抒写个人的所见、所闻、所思、所感,范围较古代散文概念大大缩小。但若仅用现代纯文学观念观照古代散文,就可能割裂其完整形态,忽略许多重要的散文体式,诸如章、表、奏、议之类的公牍文,颂、赞、祝、封禅之类的祭祀文,铭、诔、碑、吊之类的哀悼文,书信体之类的书牍文,都被归入应用文体,不再属于文学,基本上不在现代散文史书写者的关注范围之内。虽然这些散文体式是与封建政治相关的类型,且今人很少使用了,但它们承载特定时代的社会历史和思想文化的内涵,且

---

① 范文澜:《文心雕龙注》,人民文学出版社1958年版,第1页。

② (魏)曹丕:《典论·论文》,见(南朝梁)萧统编,(唐)李善注《文选》卷五十二,中华书局1977年版,第720页。

③ (唐)柳宗元:《答韦中立论师道书》,载(清)董诰《全唐文》卷五百七十五,上海古籍出版社1990年影印本,第2575页。

极为追求语言的声韵藻采，是文人游走于现实政治与艺术审美之间的文字表征，也是古代文人常作的正宗散文体式。今天对散文史的书写，应返回中国古代独特的历史文化传统，在对古代散文原生态的完整把握中揭示其文化内涵和审美意蕴，如此才能真正触摸到具有中华民族文化底蕴的古代散文形态的特质。

二　文体类型众多的杂文学

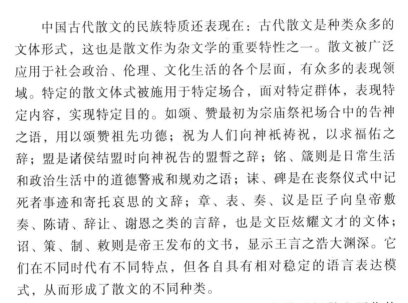

中国古代散文的民族特质还表现在：古代散文是种类众多的文体形式，这也是散文作为杂文学的重要特性之一。散文被广泛应用于社会政治、伦理、文化生活的各个层面，有众多的表现领域。特定的散文体式被施用于特定场合，面对特定群体，表现特定内容，实现特定目的。如颂、赞最初为宗庙祭祀场合中的告神之语，用以颂赞祖先功德；祝为人们向神祇祷祝，以求福佑之辞；盟是诸侯结盟时向神祝告的盟誓之辞；铭、箴则是日常生活和政治生活中的道德警戒和规劝之语；诔、碑是在丧祭仪式中记死者事迹和寄托哀思的文辞；章、表、奏、议是臣子向皇帝敷奏、陈请、辞让、谢恩之类的言辞，也是文臣炫耀文才的文体；诏、策、制、敕则是帝王发布的文书，显示王言之浩大渊深。它们在不同时代有不同特点，但各自具有相对稳定的语言表达模式，从而形成了散文的不同种类。

古代文人很早就有自觉的文体意识，十分重视散文写作体制。"文辞以体制为先"，不同的散文体式有不同的体制规范、语体要求和风格特点，这是文人写作时要仔细揣摩的。许多文人在写作某体之前，常撰序论其特征，如西晋傅玄作《七谟序》追溯七体源流，又作《连珠序》论连珠的名称含义和体制特点，显示其对自己写作的文体体制有较为自觉的认知。对散文体制问题的关注还较早地体现在古人有关文体分类和文体辨析的论述中，这散见于总集序论和文论中。三国魏曹丕《典论·论文》首开文体分类论，将"文"分为四科八体，"奏议宜雅，书论宜

文体观念与文化意蕴

理，铭诔尚实，诗赋欲丽"①，论及奏、议、书、论、铭、诔、赋等散文类型。陆机分"文"十体，其中精要地论述了赋、碑、诔、铭、箴、颂、论、奏、说诸散文文体的体制特点。《文心雕龙》"论文叙笔"二十篇，更是详尽论述了诗、乐府、骚、赋、颂、赞、祝、盟、铭、箴、诔、碑、哀、吊、杂文、谐、谶、史传、诸子、论、说、诏、策、檄、移、封禅、章、表、奏、启、议、对、书、记三十四种文体的源流演化和体制特点，其中除诗、骚、乐府等外，绝大多数属于散文体式。中国古代总集，自西晋挚虞《文章流别集》、东晋李充《翰林》，到南朝萧统《文选》，明代吴讷《文章辨体》及徐师曾《文体明辨》等，大多以时代为序，按体编排，并附序论诸种文体的流变史，对诸体典范之作进行评论，便于学者揣摩。《文章流别集》和《翰林》均不存，据辑佚文观，《文章流别论》辨析的散文类型有颂、赋、七、箴、铭、诔、哀辞、哀策、对问、碑、图谶等，《翰林论》辨析的散文类型有赞、表、驳、论、奏、盟、檄等诸体。《文选》分体三十七类，大部分为散文体式。至《文章辨体》、《文体明辨》，则将文章体制细分为一百余种，绝大多数仍是散文类型。可见，中国古代散文种类众多，这种分类虽不免有繁琐之弊，但文人对散文体制的辨析十分精细，不同的散文体式有不同的体制规范，承载着不同的社会功用和审美文化内涵。古人别集多按体编排，也见出重视文章体式的传统。文各有体，体自有别，这是古代散文又一重要特色。

今人散文通史写作大都以作家作品为线索编排，虽能呈现诸家的整体成就，但中国古代众多的散文体式及其源流演化的历史被分割在诸家创作中，显得有些模糊不清。甚至古代许多散文种类，因今人用之甚少，加上被论者所忽略，逐渐湮没无闻。散文史写作大体应揭示古代散文的本来面貌和特性，也应充分阐释古代散文观念的历史演化，因此，古人重视散文流别的观念及其尊体意识应受到高度重视。笔者认为，建构以流别为纲的散文通

---

① （魏）曹丕：《典论·论文》，《文选》卷五十二，第720页。

史，使中国古代散文特色得到鲜明呈现，是当今散文史书写者可以斟酌考量的写作思路。事实上，《文心雕龙》已建构了规模庞大的分体文学史，即以文体为主纲，以作家为辅线，追溯每种文体的源流演化史，并对每种文体体制及其所蕴含的文化意蕴进行阐释，这种写作思路对今天的散文史写作仍具有重要的启示意义。

文体观念与文化意蕴

六朝文体意识探微[*]

魏晋六朝是中国古代文体批评形成并趋于鼎盛的时期。至曹丕《典论·论文》始将"文"作为独立的对象来审视，提出"文气说"，并将"文"分成四科八体，文体批评遂以势不可阻之态繁茂兴盛起来。其后，陆机《文赋》分文十体，对诸体的特点作了精要的辨析，挚虞《文章流别集》、李充《翰林》、萧统《昭明文选》等既对各类作品进行条目分理，编撰成集，又对各类文体的源起、流变和体制加以阐释。而刘勰《文心雕龙》则更是体大思精，对文体体裁、语体、修辞及风格诸方面进行了精要而周详的研究，形成了较为严密的文体批评体系。

一 "体"的含义辨析

六朝人关于文体的观念趋于生成之中，虽然他们没有明确的对文体概念的阐释，但有关"文体"或"体"的范畴已经形成并被普遍使用。"体"作为整体范畴，其含义深邃精微、丰富复杂，富于暗示性与包孕性，其间多种意义相互联结又相互区别，它们之间的矛盾、悖论、张力也由此而生。

"文体"连用的情况在六朝文体批评中已经十分普遍，但意义各有差异。如刘勰《文心雕龙》中《风骨》篇曰："洞晓情变，曲昭文体"；《序志》篇曰："去圣久远，文体解散"；《体

＊ 本文原载《古代文学理论研究》第 21 辑，华东师范大学出版社 2003 年版。今据原文增改修订，并增加有关引文注释。

性》篇曰："才性异区，文辞繁诡"①；《时序》篇曰："中朝贵玄，江左称盛，因谈余气，流成文体。"其中"文体"二字意义不同，前二者指各体文章的基本体制和规格要求，后二者指与作家个体才性或与特定作家群相联系的文章风貌。钟嵘《诗品序》评论陆机、李充、挚虞等人的文体理论时说，"观斯数家，皆就谈文体，而不显优劣"②。这是广泛意义关于文体的概念，兼指体类与体貌等多种含义的综合。《诗品》评郭璞曰："宪章潘岳，文体相辉，彪炳可玩。"③ 评陶潜曰："文体省净，殆无长语。"④ 其中"文体"特指郭璞、潘岳、陶潜的诗体风格。再如萧纲《与湘东王书》曰："比见京师文体，懦钝殊常，竞学浮疏，争为阐缓。"⑤ 此处文体又指某一种类型风格形态的总称。

可见，在文体概念连用的情形下，"文"是"体"的修饰语，它大体规范了体的范围，从上述例举的情况来看，或泛指文章，或特指诗体，或指文章的某一风格类型，文体的界域各不相同；"体"的含义也有差异，体制、体貌、风格等复杂多样。

六朝人更喜欢单用"体"字表述文体及与文体有关的方方面面的含义，"体"作为独立范畴用于文体批评是对"体"的本义的引申。《说文》曰："体，总十二属也。"段玉裁《说文解字注》认为十二属即顶、面、颐、肩、脊、尻、肱、臂、手、股、胫、足⑥。可见，"体"的本义是对人的全身作为整体的称谓，后逐渐引申为人的体貌、事物的形状等含义，如《汉书·车千秋传》："千秋长八尺余，体貌甚丽，武帝见而说之。"⑦《荀子·富

---

① 范文澜《文心雕龙注》，人民文学出版社1958年版，第506页。黄云冯本校"文辞"为"文体"。本文所引《文心雕龙》文字均出范注本，后文只标篇名。

② （梁）钟嵘著，陈延杰注：《诗品注》，人民文学出版社1961年版，第4页。

③ 同上书，第38页。

④ 同上书，第41页。

⑤ （梁）萧纲：《与湘东王书》，载（清）严可均校辑《全上古三代秦汉三国六朝文》之《全梁文》卷十一，中华书局1958年版，第3011页。

⑥ （汉）许慎撰，（清）段玉裁注：《说文解字注》，上海古籍出版社1981年版，第166页。

⑦ （汉）班固《汉书》卷六十六，中华书局1962年版，第2884页。

国》："万物同宇而异体。"① 当六朝人将形容人的身体及其整体形貌的"体"字，借用于文学批评，用来隐喻文学本身作为整体的特征时，就具有了"文体"的含义。刘勰《文心雕龙·镕裁》曰："夫百节成体，共资荣卫。万趣会文，不离辞情。"《文心雕龙·丽辞》曰："体植必两，辞动有配。左提右挈，精味兼载。"这直接显示了由"人体"向"文体"含义的转化。《文心雕龙·附会》曰："夫才量学文，宜正体制：必以情志为神明，事义为骨髓，辞采为肌肤，宫商为声气"，此处，刘勰以人体结构比拟艺术结构，二者具有"异质同构"的特点。"首位周密，表里一体"，表明文学文本作为整体应具有首尾和表里相统一的特点。

"体"被六朝人运用于文体批评中，其意义不能尽数，笔者试图将主要意义列举如下：诸如指代某一特定文类，如"赋体"、"颂体"、"碑之体"、"论体"、"传体"；表明文类体制规范及其重要意义，如"立体"、"昭体"、"摹体"、"位体"、"体制"、"体裁"、"体势"、"大体"、"常体"、"体要"、"体义"、"解体"、"失体"、"体乖"；标示文体流变及其价值倾向，如"正体"、"变体"、"谬体"、"讹体"；指代修辞语体，如"兴体"、"丽辞之体"、"隐之为体"；凸显个体风格，如"体气"、"体性"、"仲宣之体"、"刘公幹体"、"陶彭泽体"；表现时代文风，如"建安一体"、"永嘉平淡之体"、"正始余风，篇体轻澹"；区别风格类型，如萧子显评时文"三体"，刘勰总括文章风格，数穷"八体"等②。

可见，"文体"与"体"已经成为六朝文体批评的重要范畴，其内涵多义混合，不能确指。意义与意义之间虽然有一定的差别，但并非或此或彼、非此即彼地对立，而是在相互区别中相互补充与渗透，共同构成充满张力而又多元并存的"体"的范

---

① 《荀子·富国》，（清）王先谦：《荀子集解》卷十，中华书局1988年版，第175页。

② 上述简短引言，皆出自南朝文学批评中，因引言短小且出处众多，故不一一注释。

畴。但是，无论六朝文体的含义多么复杂，它们都聚焦于对文章本体特性的概述，也就是说，批评家立足于对单一文本或文本群的研究而抽象出种种关于"体"的含义的阐释，这体现了六朝文学批评视角的重大转换，即从关注"文"的美刺讽谏的外在功用到关注"文"的内在本体特征，这也是文学批评走向自觉的重要标识。

即使这样，如果以现代人的眼光审视六朝文体概念，我们仍然可以将众多关于文体的含义大体归纳为两大类别，即体类，文类及文类的体制规范；体貌，文本与主体个性或主体群个性的关联域。事实上，本文在上述对文体含义的列举中已大致隐含这两大类别的区分。

应该申明的是，体类与体貌的划分只是大体而言，它们之间没有壁垒森严的界限和不可逾越的鸿沟。体类与体貌之间既有可能出现"你死我活"、"鱼死网破"的矛盾对抗情形，也有可能出现交叉相融、亲如一家的和谐一体状况，它们之间或矛盾或统一，或分离或聚合的情况促进了文体内部运动、变化、更新和发展。

二 体类的客观规范性

六朝人极为关注文类及文类体制，将各种文本聚类区分并建立各类文体的体制规范是六朝文体批评的重要内容。刘勰在《文心雕龙》中称文的体制为"大体"、"大要"、"大略"、"纲领之要"、"体要"等，强调"立体"、"昭体"、"位体"的重要性。在刘勰看来，每一种文类都有其特定的体制规范和写作要求，其中积淀着特定的表现对象和表现方式，这是长期写作实践与历史文化发展的历代相承及变化发展的结果。因此，原文之体制，明文之纲领，释名以章义，敷理以举统成为刘勰文体批评的主要方面。刘勰在"论文叙笔"二十篇中对所论列文类的体制特点作了精要阐述，诸如《诠赋》曰："立赋之大体"则"丽辞雅义，符采相胜"；《颂赞》曰："原夫颂惟典雅，辞必清铄"；

《哀吊》曰："原夫哀辞大体，情主于痛伤，而辞穷乎爱惜"；《诔碑》曰："标序盛德，必见清风之华；昭纪鸿懿，必见峻伟之烈：此碑之制"。可见，文之体制是对文类表现对象、表现方式及语言文辞等方面的客观要求，这是某一特定文类之所以能够与其他文类区分而得以确立，并保持自身独立性和纯洁性的重要方面。

刘勰进而专列《定势》篇以确定文类之体势。其论曰：

> 夫情致异区，文变殊术，莫不因情立体，即体成势也。势者，乘利而为制也。如机发矢直，涧曲湍回，自然之趣也。圆者规体，其势也自转；方者矩形，其势也自安：文章体势，如斯而已。

这段文字阐明了文章定势之旨。各种文类在其源起、发展过程中逐渐形成相对稳定的体制规范，写作者根据自身表情达意的需要选择文类样式并遵循文类规范进行创作，其创作出来的作品会相应具有属于特定文类形式整体态势的特点。故文章体势是指由特定体类所决定的客观态势[①]。譬如弓矢之箭笔直无曲，山涧溪流湍急回旋，天圆则势自转动，地方则势自安宁，不同事物受制于不同规范遂产生不同的运动趋势并形成不同的势态，这是"自然之趣"，"形生势成，始末相承"，不同文类具有不同的写作程式并形成相应的态势也是极为自然的事。由此，刘勰归纳了二十多种文体所具有的客观态势，其论曰：

> 是以括囊杂体，功在铨别，宫商朱紫，随势各配。章表奏议，则准的乎典雅；赋颂歌诗，则羽仪乎清丽；符檄书

---

① 对于《定势》的"势"字，前人有不同的解释，诸如文体风格；风格；标准、法度；规格形式；作品的气势、局势；修辞方法；语体等。范文澜注《定势篇》曰："所谓势者，既非故作慷慨，叫嚣示雄，亦非强事低回，舒缓取姿；文各有体，即体成势，章表奏议，不得杂以嘲弄，符册檄移，不得空谈风月，即所谓势也。"本文基本认同此说，认为"势"指受文类客观体制制约的特定文类整体形貌。

移，则楷式于明断；史论序注，则师范于核要；箴铭碑诔，则体制于弘深；连珠七辞，则从事于巧艳：此循体而成势，随变而立功者也。虽复契会相参，节文互杂，譬五色之锦，各以本采为地矣。

章、表、奏、议是臣子上呈给帝王的文书，故以典雅为准则；赋、颂、歌、诗为颂歌抒情之体，要以清丽为表率；符、檄、书、移为军中公文，故以明确决断为法式；史、论、序、注是陈述叙事和阐发议论之体，应核实精要；箴、铭、碑、诔是哀悼纪念的文字，要求弘大精深；连珠、七辞是闲暇娱乐之体，故追求巧妙艳丽。刘勰将文体分为六个大类，对每一大类客观具有的整体形貌进行描绘，这种对文类粗略概述方式实际上可以与他文体论二十篇"敷理以举统"部分更仔细的辨析相互参照。

每种文类各有体制或体势规范，虽然由于创作者个性差异或文类交叉等原因会出现种种变化，但无论怎样变化，都要基于客观体势制约，正如《文心雕龙·定势》所说"循体而成势，随变而立功"，《文心雕龙·物色》所说"因方以借巧，即势以会奇"，如果偏离于"大体"或"本采"，一味地"厌黩旧式"、"穿凿取新"，就可能产生"谬体"、"讹势"，甚至出现"文体解散"的局面。

文类体制与体势的客观性表明文类具有极强的"遗传"能力，它所形成的较为稳定的惯例既是作者的"写作模式"，又是读者的"期待视野"。

刘勰极为强调文类体制对于写作者的重要意义。《通变》曰："规略文统，宜宏大体：先博览以精阅，总纲纪而摄契；然后拓衢路，置关键，长辔远驭，从容按节。"博览精阅，宏大体，总纲纪是写作的前提和准备。《风骨》曰："洞晓情变，曲昭文体，然后能莩甲新意，雕画奇辞。"只有详尽各体文章的基本体制，才能凭情会通，负气适变，创造新颖、奇妙的佳作。《总术》曰："文场笔苑，有术有门。务先大体，鉴必穷源。"穷尽文之"大体"是"文术"的重要方面，只有"执术驭篇"，

文体观念与文化意蕴

才能"制胜文苑"。《体性》篇曰:"童子雕琢,必先雅制,沿根讨叶,思转自圆。"童子或初学者学习写作一定要从雅正的体制开始,只有这样,才能掌握写作的基本规范,做到运法于心,游刃有余。《镕裁》:"草创鸿笔,先标三准:履端于始,则设情以位体。"酝酿佳篇的三条准则之首要一条是根据情理表达需要安排通篇体制。

对于读者或批评家而言,文学鉴赏和批评的首要方面是《知音》所论的"观位体",即通观全篇的体制安排是否合乎规范。因此,能否遵循特定文类体制进行写作是文学批评的首要标准。如果作家创作的作品不符合读者对于特定文类的期待或不符合批评者关于特定体制的批评惯例,则会遭致非议。

如刘勰在《颂赞》篇中说:"班傅之《北征》《西征》,变序为引,岂不褒过而谬体哉!"班固《北征颂》、傅毅《西征颂》序言长而有韵,颂文短仅数语,这种序长颂短之篇,后世不乏祖述者。刘勰认为颂的体制在于"美盛德而述形容",不宜铺叙事实,如果喧宾夺主变颂为序、引之类的文字,则不合颂的体制。

《颂赞》篇又曰:"陆机积篇,惟《功臣》最显;其褒贬杂居,固末代之讹体也。"陆机《汉高祖功臣颂》主要褒扬汉高祖及其功臣的功德,但也杂有贬责,如称彭越为"谋之不臧,舍福取祸",称韩王信为"人之贪祸,宁为乱亡"。刘勰认为颂主颂扬,有美无刺,褒贬混杂之体只能视为魏晋颂体之讹变。

《铭箴》曰,箴"约文举要",用于警戒,而"潘勖《符节》,要而失浅;温峤《侍臣》,博而患繁;王济《国子》,引广事杂;潘尼《乘舆》,义正体芜",他们都不得为箴之体要。

诔是表彰死者德行并致哀悼的文体,《诔碑》曰:"陈思叨名而体实繁缓,《文皇诔》末,旨言自陈,其乖甚矣!"陈思王所作《文帝诔》全文约千余言,诔文结尾从"咨远臣之眇眇兮,感凶问以怛惊"以下百余言皆自陈,这有悖诔文体制。

《论说》曰,论为"弥纶群言,而研精一理"之体,而"张衡《讥世》,韵似俳说;孔融《孝廉》,但谈嘲戏;曹植《辨道》,体同书抄"。这些论体之作,或像滑稽文字,或谈笑戏谑,或堆积事例，"言不持正"，与论体体制相悖。

刘孝绰在《昭明太子集序》中说："孟坚之颂，尚有似赞之讥；士衡之碑，犹闻类赋之贬。"① 人们对写颂似赞，作碑类赋的作品也颇为贬责。

这表明读者或批评家对特定文类体制规范的认同往往成为一种较为稳定或具有普遍效应的心理定势制约着鉴赏与批评过程。这种情况甚至细微到要求写作者遣词造句也应该与特定文类体制或体势规范相一致，否则就被认为有可能损害艺术表现力。

刘勰《文心雕龙·指瑕》指摘曹植文章的瑕疵曰："陈思之文，群才之俊也；而《武帝诔》云'尊灵永蛰'；《明帝颂》云'圣体浮轻'。浮轻有似于胡蝶，永蛰颇疑于昆虫，施之尊极，岂其当乎？"在刘勰的期待视野中，献给帝王的文体应该庄重典雅，而曹植的颂、诔中却出现了"尊灵永蛰"、"圣体浮轻"的不恭字眼，这显然与典重体势不相符合而成为曹植文章之"白璧微瑕"。

《指瑕》曰："潘岳为才，善于哀文，然悲内兄，则云'感口泽'；伤弱子，则云'心如疑'。《礼》文在尊极，而施之下流，辞虽足哀，义斯替矣。"据《礼记·玉藻》："母没而杯圈不能饮焉，口泽之气存焉尔。"②《礼记·檀弓》：孔子观送葬者曰，善哉为丧乎！曰："其往也如慕，其反也如疑。"③ 故在《礼记》中，"口泽"、"如疑"是用于父母之丧的文辞，而潘岳却用以哀悼内兄、幼子等后辈之亡，这也不符合礼仪对体制的规范。

这些批评表现了体制惯例对于批评过程的干预，文学惯例是长期以来人们普遍认同的写作习惯，它也逐渐成为文学批评的准则。

由此，体制论成为中国古代文学批评中一个重要的美学论

① （南朝梁）刘孝绰：《昭明太子集序》，《全上古三代秦汉三国六朝文》之《全梁文》卷六十，第3312页。

② （汉）郑玄注，（唐）孔颖达等正义：《礼记正义》卷三十，上海古籍出版社1990年版，第565页。

③ 同上书，卷七，第129页。

题。《文镜秘府论·论体》曰："故词人之作也，先看文之大体，随而用心。遵其所宜，防其所失。故能辞成炼骤，动合规矩。"[1] 宋代严羽《答出继叔临安吴景仙书》曰："作诗正须辨尽诸家体制，然后不为旁门所惑。"[2] 倪正父说："文章以体制为先，精工次之。失其体制，虽浮声切响，抽黄对白，极其精工，不可谓之文矣。"[3] "夫文章之有体裁，犹宫室之有制度，器皿之有法式也。"[4] 体制问题在古人文学创作和文学批评中占有重要地位，往往具有被优先考虑的"特权"。

三　体貌的主观生成性

如果说"体类"概念显示了六朝人对文类及文类客观体制的审视的话，那么，"体貌"概念则表明六朝批评家们也极为关注文体与主体的关联域，即文体与作家创作个性的关系，换言之，这是作家独特的个性特点和主体因素对文本终极形态影响的问题。

六朝人关于"体"的最基本含义之一是单个文本的体，也就是凸显文体与作家个性关联域的"体"的概念。曹丕首先提出"文气说"，将文章写作与作家个性紧密联系起来。《典论·论文》曰：

> 文以气为主，气之清浊有体，不可力强而致。譬诸音乐，曲度虽均，节奏同检，至于引气不齐，巧拙有素，虽在

① 王利器：《文镜秘府论校注》，中国社会科学出版社 1983 年版，第 333—334 页。据王利器先生考证，《文镜秘府论·论体》乃隋朝刘善经《四声指归》之文。

② 郭绍虞：《中国历代文论选》第二册，上海古籍出版社 1979 年版，第 430 页。

③ （明）吴讷：《文章辨体序说》，于北山校点，人民文学出版社 1962 年版，第 14 页。

④ （明）徐师曾：《文体明辨序说》，罗根泽校点，人民文学出版社 1962 年版，第 77 页。

父兄，不能以移子弟。①

曹丕在此所谓"气"是指"体气"而言，即作家独特的先天禀赋，这是自然赋予的独特才能，不能力强而致，也非后天习染所成，故虽父子兄弟不能相传。"气之清浊"是时人普遍的说法，指才性高下昏明之别，曹丕以音乐为喻，说明由于引气不齐而导致巧拙有别的情况。曹丕亲历建安文风"慷慨任气"的情形，故能从理论上将"文"与"气"相连，张扬文学创作中创作个性的重要意义。作家的创作风貌多种多样，与其个性紧密相连，如"徐幹时有齐气"，"孔融体气高妙，有过人者"②，"公幹有逸气"③，他们各自显示了自己独特的风采。

刘勰《文心雕龙》则直接而且更为完备地提出"体性说"。刘勰专列《体性》篇详细讨论文体与个性的关系：

> 夫情动而言形，理发而文见，盖沿隐以至显，因内而符外者也。然才有庸俊，气有刚柔，学有浅深，习有雅郑，并情性所铄，陶染所凝，是以笔区云谲，文苑波诡者矣。故辞理庸俊，莫能翻其才；风趣刚柔，宁或改其气；事义浅深，未闻乖其学；体式雅郑，鲜有反其习：各师成心，其异如面。

这段文字大约包含三层含义。首先，刘勰提出了关于"体性说"的纲领，即情理隐内，言文显外，主客相应，表里必符。其次，阐述作家创作个性的形成及其对写作的影响。作家的才能、气质、学问、习尚各有不同，独特创作个性的形成是先天情性与后天陶染共同作用的结果，因而，在文学的园地里，作品千殊万别，如流云之变幻无穷，似波涛之翻滚不定。最后，具体论述体

① （魏）曹丕《典论·论文》，载（南朝梁）萧统编，（唐）李善注《文选》卷五十二，中华书局1977年版，第720页。
② 同上。
③ （魏）曹丕《与吴质书》，《文选》卷四十二，第591页。

文体观念与文化意蕴

与性的关系。无论如何，作品的文辞、风貌、用事、体式等都会打下了作家个性化烙印，它们各自不同，就如作家的长相面貌各不相同一样。"是以贾生俊发，故文洁而体清；长卿傲诞，故理侈而辞溢；子云沈寂，故志隐而味深；子政简易，故趣昭而事博；孟坚雅懿，故裁密而思靡；平子淹通，故虑周而藻密；仲宣躁锐，故颖出而才果；公幹气褊，故言壮而情骇……"他们个性各异，文风千差万别，而文体与个性之间具有某种对应的关系。

从曹丕的"文气说"到刘勰的"体性说"都试图表明创作主体与文本形态之间的内在一致性关系，由于作家个性千差万别，作品风貌也千姿百态。刘勰强调作家个性超越自然性的综合特征，并且直接阐述"性"与"体"之间的密切关系，这是他超越曹丕之处。我们且撇开"体"与"性"之间是否应该具有完全一致的对应关系①，也不论刘勰所例举的作家个性及其文风之间的关系是否可以得到确切的历史考证②，但文本体貌无限多样与主体个性化创作有着密切关系，这是无可辩驳的。

一千多年后，1753 年，法国的布封在《论文笔》中提出"文体即人"的观点，几乎与刘勰的"体性论"相互阐发。布封说：

> 只有写得好的作品才是能够传世的：作品里面所包含的知识之多，事实之奇，乃至发现之新颖，都不能成为不朽的确实保证；如果包含这些知识、事实与发现的作品只谈论些琐屑对象，如果它们写得无风致，无天才，毫不高雅，那

---

① "性"属于主体情性范畴，"体"则是文本的客体形态，从性到体的过渡必须经过诸多中介因素，如形象酝酿、语言物化等，可能出现"文不逮意，意不称物"的情况，也可能因"为文而造情"出现矫情的情况，还有可能产生心手不一，内形式化与外形式化的矛盾，况且作家的个性也不具有单一性，其中情形复杂多样，不可一概而论。刘勰之论是指艺术创作的理想状态。

② 《体性》所举例的十二位作家，大多属于汉代到魏晋作家，刘勰对他们的情性与文风之间关系的判断，大约依据史料或根据阅读经验进行推断，大体而言是符合历史事实的。

么，它们就会是湮没无闻的，因为，知识、事实与发现都很容易脱离作品而转入别人手里，它们经更巧妙的手笔一写，甚至于会比原作还要出色些哩。这些东西都是身外物，文笔却是人的本身。①

这段文字表明文体不朽的奥秘不在作家表现对象本身的丰富、新颖、奇特，而在作家与众不同的独创性写作方式，因为知识、事实与发现作为对象都是身外之物，都可以在另外的文本中找到，只有作家对这些对象的个性化处理方式才真正属于作家个体所有，这是独特而不能转移的，也是他人所无法替代的。因此，"文体即人"的观点具体而言是指"作者放在他的思想里的层次和气势"②。即作者遣词造句，表现思想所用的特殊方式，换言之，决定文体成功与否的关键因素不在表现对象，而在表现方式，没有主体化和创造性的写作方式，就没有真正的文体。布封凸显了文体与个性的关联域，触及文体的本质内涵。

上面的种种论述表明，文体形貌丰富复杂，无限多样，它们都是独特而不可重复的并且与作家的个性有某种密不可分的关联性。

四 体类与体貌的悖论

当六朝批评家谈论体类的规范性与体貌的独特性时，我们不难发现其中隐含着两大概念的矛盾性与对抗性、不相融性与悖论性，它们就像同一舞台上的两大斗士，彼此都试图迫使对方屈从于自己的观念，在行动与反行动的斗争中，戏剧冲突已经拉开了帷幕。

悖论之一：体类的一般性与体貌的独特性的矛盾。体类是从个别到一般的具有逻辑上升意义的抽象概念，纯粹的文类仅仅是一种理论的推导，对文类的体制界定也可能包含批评家在特定历史时期的主观价值评价，从而使文类体制带有主观化或理想化倾向。既存的单个文本由于包含作家个性化因素而很难绝对吻合某种特定文类规则，随着文本增殖，文类的内涵和外延将不断被修改乃至某种文类有被瓦解的危险。因此，关于文类的观念就如同空中楼阁或海市蜃楼，始终是虚幻的存在并随时都有被摧毁的危险。

对于这一问题，西方文论史上也有种种关于"文类谬误"的理论。

法国学者伏尔泰认为所谓艺术的规则是毫无意义的。他说："几乎一切的艺术都受到法则的束缚，这些法则多半是无益而错误的。""讨论作诗的著作有一百部，而创作出来的诗却只有一首。"① 特定的文学作品很难纳入既定的类型之中，况且类型本身也在发生变化，所以类型没有明显的、死板的界限。"在一切艺术中都必须提防谬误的定义，这种定义排斥了那个尚未经习惯定出标准的未知世界。各种艺术，特别是那些依赖于想象的艺术，跟物质世界的一切是不同的。"② 艺术创造有别于物质创造，后者的创造必须遵循特定规则，而有关艺术的一切定义或规则是对想象力的压抑和对未知艺术世界的约束，因此，对于诗人或创造者而言，这些规范是有害而无益的。

意大利的克罗齐则直接反对对艺术进行分类的做法。他认为艺术作为人类心灵直觉的表现，是一种特殊的认识活动，难以进行逻辑意义上的类别划分。克罗齐说："表现没有形态的分别。……直觉品（即表现品）的分类固可容许，却不是哲学的：有几多个别的表现的事实，就有几多个体，这些个体除掉同为表现品以外，彼此不能互换。用经院派的话来说：表现是一个种，

① ［法］伏尔泰：《论史诗》，见伍蠡甫《西方文论选》上卷，上海译文出版社 1979 年版，第 318 页。

② 同上书，第 320 页。

本身不能再作为类。印象或内容是常变化的：每一个内容与任何其他内容不同，因为生命中从来没有复现的事物；内容的变化无穷，正相当于表现的形式（即各种印象的审美的综合）也变化无穷，不可分门别类。"① 克罗齐承认直觉品的类别、名目在经验上有它们的方便，但否认它们在哲学上有任何价值。在克罗齐看来，直觉品只可划归类性，如"整一"、"变化中的整一"、"单纯"、"独创"等性质，但不能采取科学研究的方法，用逻辑推理来探求事物的共相，进行种类的划分。这是因为直觉包含表现的独特性，每一种艺术品都是直觉的一种状态，它意味着独创性和不可分割性，人们难以将之归入特定门类中，否则就超出了审美的范围而具有科学的意义了。"人的心灵能从审美的转进到逻辑的，正因为审美的是逻辑的初步。心灵想到了共相，就破坏了表现，因为表现是对于殊相的思想。"② 艺术是个性化心灵的表现，艺术表现一旦涉及共相，表现就会被破坏。"每一个真正的艺术作品都破坏了某一种已成的种类，推翻了批评家们的观念，批评家们于是不得不把那些种类加以扩充，以至到最后连那扩充的种类还是太窄，由于新的艺术作品出现，不免又有新的笑话，新的推翻和新的扩充跟着来。"③ 种类的观念是空洞的幻影，它们不断地追寻着新的艺术作品，就像甲壳虫爬着追赶大象那样感到精疲力竭和无能为力。因此，对于种类的规范既没有必要的，也毫无意义，文艺理论史上有关艺术体裁和艺术门类的理论都是有局限的。批评家要做的是叙述个别真正的文艺作品，而不是被种类的观念所陶醉。

这些论述说明了一个问题，即单个文学作品和作家的独特个性体验有关，它们难以机械并入批评家关于特定文学种类的划分中，因此，单个文本与特定文类的体制规范之间具有相对抗性，它以自身的个体性、不可重复性和完整性抗拒着种类共性观念所

① ［意］克罗齐：《美学原理》，朱光潜译，作家出版社 1958 年版，第 63—64 页。
② 同上书，第 32 页。
③ 同上书，第 34 页。

施之的粗暴割裂。

那么，中国古代的文体批评家是否也保持这方面的警惕呢？

应该说，六朝批评家已经注意到体类的一般性与体貌的特殊性之间有可能出现矛盾，但他们并不因此夸大这种矛盾或放弃对文类的研究，而是试图采取一种相对思维方式以谋求体类对体貌的全面覆盖。这种相对思维方式的重要表现是承认文类的相对性。

刘勰强调区分各种文类的不同体制特征，凸显文类的独特性，是为了"立体"的需要，这时，文类与文类之间的排斥性、不兼容性显得尤为重要。但是，实际上，在刘勰看来，文类与文类之间虽然有着一定的界限和区分，但它们之间也并非泾渭分明，不可逾越，而是相互渗透，相互兼容的关系，任何孤立的关于文类的概念都是不存在的。

首先，文类与文类之间具有源流承继和相互影响的关系。刘勰在《宗经》篇中提出"文源五经"的说法，他说：

> 论说辞序，则《易》统其首；诏策章奏，则《书》发其源；赋颂歌赞，则《诗》立其本；铭诔箴祝，则《礼》总其端；纪传铭檄，则《春秋》为根：并穷高以树表，极远以启疆，所以百家腾跃，终入环内者也。

在这段文字中，刘勰在一般性地将文体分为二十类的同时，又区分了五大文体种类，每一个大类中的各种文体具有共同的源头和大致相同的体制与体势特点以及类似的审美效果或功用，也就是说每一大类之下的文类与文类之间具有相互渗透、相互交融的关系。

这不禁让我们想起了维特根斯坦关于"家族相似"的理论，维特根斯坦说："我想不出比'家族相似'更好的说法来表达这些相似性的特征；因为家庭成员之间各种各样的相似性：如身材、相貌、眼睛的颜色、步态、禀性等等，也以同样的方式重叠和交叉。——我要说：'各种游戏'形成了家族。"① 各种文类也类似同一家族中的兄弟姐妹，它们具有"家族相似"的特点，换言之，文类与文类之间虽然存在着一定差异，但同样存在着各种各样的相似性，这就像家族成员虽然各不相同，但他们之间因具有共同的遗传和各种各样的亲缘关系而导致相似性一样，故"各种文类"也形成了家族。

刘勰在二十篇文体论中将这种理论具体化，如《诠赋》曰："赋自《诗》出，分歧异派。"这里承袭班固关于赋为"古诗之流"的观点，认为赋源出于诗，后虽与诗分流，蔚成大国，但两者"实相枝干"。

值得注意的是，刘勰论文体往往将两种文体合论，如《颂赞》、《祝盟》、《铭箴》、《诔碑》、《哀吊》、《论说》、《诏策》、《檄移》、《章表》、《奏启》、《议对》诸篇皆如此，且文体论中赞语部分为两者合赞，这说明合论的两种文体之间具有相互影响、彼此兼容的密不可分的关系。如赞为"颂家之细条"；祝、盟皆为告神之语；铭、箴"名用虽异，警戒实同"；诔、碑都要"写实追虚"；哀、吊都是有关悼伤之文；论、说是论述说理之体；檄、移"意用小异，而体义大同"；诏、策乃"皇王施令"；章、表为臣子敷献；启即"奏之异条"；对为"议之别体"。

其次，文类与文类之间具有交叉关系。文类之间的交叉地带往往产生丰富的过渡性和混合性形态或催生新的文类形式。刘勰《文心雕龙》对此多有论述。

《诔碑》篇论诔曰："详夫诔之为制，盖选言录行，传体而颂文，荣始而哀终。"诔文是叙述死者德行并致哀悼的哀祭文体，体制像传记，语辞多运用四言韵语，音律协调，又似颂体。

《诔碑》篇论碑文曰："夫属碑之体，资乎史才。其序则传，其文则铭。"碑文的写作，要具有史家的才能，它前面的叙述（即序）用散文，像史传，而后面的韵文像铭文。刘勰又曰"碑

① ［英］维特根斯坦著：《哲学研究》，汤潮、范光棣译，生活·读书·新知三联书店1992年版，第46页。

实铭器，铭实碑文，因器立名，事先于诔"，究其实，碑只是雕刻铭文之器物，铭文就是石碑上的文辞，碑这一文体之名目，是因石碑这个器物名称而确立的。范文澜注曰"彦和不以碑为文体"，并引纪昀评曰："碑非文名，误始陆平原。"① 故碑文实铭文。

《祝盟》论祝文中的哀策文曰："义同于诔，而文实告神，诔首而哀末，颂体而祝仪。"哀策的内容与诔相同，只是用于禀告神灵，以诔的形式开头，用表示哀悼结尾，像颂的体裁，有祝的仪式。也就是说祝文以祭祀礼仪的祝辞而得名，其文的体制像诔、像颂。

《颂赞》篇论颂体曰："原夫颂惟典雅，辞必清铄；敷写似赋，而不入华侈之区；敬慎如铭，而异乎规戒之域。"颂体追求典雅美好，与赋体、铭体既相区分又相交融：铺陈敷写像赋，但不入华艳侈靡之域；恭敬谨慎似铭，但无规劝戒惧之意。

《奏启》论启曰："自晋来盛启，用兼表奏。陈政言事，既奏之异条；让爵谢恩，亦表之别干。"启体兼有表、奏之体制，用于叙事陈政，是表的分支；用于辞让谢恩，是奏的别称。故启体是位于表、奏文体交叉领域新兴的文类样式。

《书记》论笺记曰："原笺记之为式，既上窥乎表，亦下睨乎书，使敬而不慑，简而无傲，清美以惠其才，彪蔚以文其响，盖笺记之分也。"推究笺记的体式，既与表相似，又与书接近，像表那样恭敬但不畏惧，像书那样简易但不傲慢，用清美表示才能，用文采修饰作品。

《哀吊》论吊曰："吊虽古义，而华辞末造；华过韵缓，则化而为赋。"② 吊是古老的文体，华丽的吊辞却是后世出现的；但是过分华丽，情韵和缓，就演化成赋了。这表明两种文类在一定条件下的相互转化关系。

---

① 陆机《文赋》云："碑披文以相质，诔缠绵而凄怆。"以碑为"十体"之一。纪评见范文澜《文心雕龙注》，第230页。
② 铃木云案："末"，"末"字之讹，载范文澜《文心雕龙注》，第241页。

《论说》曰："详观论体，条流多品：陈政，则与议说合契；释经，则与传注参体；辨史，则与赞评齐行；铨文，则与叙引共纪。"仔细推究论体，陈述政事，则与议、说相符；解释经书，则与传、注相参；辨述历史，就与赞、评同类；评论文章，则与序、引同法。

可见，在刘勰看来，文类与文类之间没有严格界域，它们彼此交叉、重叠、综合、分化，存在种种复杂关系。黄侃在《文心雕龙札记·颂赞》中进一步阐释、引申了刘勰的观点。他说：

> 又或变其名而实同颂体，则有若赞，彦和云：颂家之细条。有若祭文，彦和云：中代祭文，皆赞言行。有若铭，《左传》论铭云：天子令德，诸侯记功，大夫称伐。又始皇上泰山刻石颂秦德，而彦和《铭箴》篇称之曰铭。有若箴，《国语》云：工诵箴谏。有若诔，彦和云：传体而颂文。有若碑文，彦和云：标序盛德，昭纪鸿懿，此碑之制也。汉人碑文多称颂，如《张迁碑》名表颂，此施于死者。蔡邕《胡公碑》云：树石作颂。《胡夫人灵表》称颂曰。此施于死者。有若封禅，彦和云：诵德铭勋，乃鸿绩耳。其实皆与颂相类似。此则颂名至广，用之者或以为局，颂类至繁，而执名者不知其同然，故不可不审察也。①

黄侃借用刘彦和之语为证，说明颂体与赞、祭文、铭、箴、诔、碑文、封禅文等文体在表现内容和体制特点上有交叉或重叠之处。故黄侃认为"颂之谊，广之则笼罩成韵之文，狭之则唯取颂美功德"②，也就是说，从广义而言，颂可以笼罩上述众体；从狭义而言，颂又与众体相互区分而独立成体。

事实上，中国古代文体名目众多，从曹丕、陆机、挚虞、刘勰、萧统等人对文体的聚类区分及创建文类学的情况来看，文类

---

① 黄侃：《文心雕龙札记·颂赞》，中华书局1962年版，第69页。

② 同上。

名称的拟定或根据文章篇题，如赞、颂、七及刘勰"杂文"所列举到的文类，诸如"典诰誓问"、"览略篇章"、"曲操弄引"、"吟讽谣咏"；或依据器物名立体，如碑、铭；或据礼仪形式，如祝、盟、封禅、符命；或凭功用差异，如檄、移、诏、策、奏、议；或依体制特点，如连珠、对问。这些文类在表现内容及体式、体貌上都有一定的差异，但由于分类标准不尽统一，导致了文类混杂、名目繁多的情况。

这种情形颇遭后人非议。章学诚《文史通义·诗教》批评萧统《文选》立名繁杂时说："若夫《封禅》、《美新》、《典引》皆颂也，称符命以颂功德，而别类其体为符命，则王子渊以圣主得贤臣而颂嘉会，亦当别类其体为主臣矣。……七林之文皆设问也，今以枚生发问有七，而遂标为七，则《九歌》、《九章》、《九辨》亦可标为九乎？《难蜀父老》亦设问也，今以篇题为难，而别为难体，则客难当与同编，而《解嘲》当别有嘲体，《宾戏》当别为戏体矣。"① 这些批评虽然有些刻薄，但也点中了刘勰、萧统等人在建立文类学中的某些弊病，即不顾及文章的实际体制，而以文章功用不同或篇章名目相似而设立文体名目。

黄侃的批评较为圆通，他说："详夫文体多名，难可拘滞，有沿古以为号，有随宜以立称，有因旧名而质与古异，有创新号而实与古同，此唯推迹其本原，诊求其旨趣，然后不为名实玄纽所惑，而收以简驭繁之功。"② 他从历史与现实两个维度具体分析文体名目繁多的原因及其变化发展的实际情况：有的沿袭旧名，但文类体制却出现了新的变化；有的创立新名，但却与已有旧名相重叠；有的是根据需要来创立名称。面对种种复杂情况，人们应该立足于文体本身特点，探本求源，追寻文体旨趣，而不能被名实关系所迷惑。显然，黄侃对古代文体分类杂碎、混乱的情况也是有微辞的。

应该说，与萧统比较，刘勰在文类辨析方面显得更为全面、

---

① （清）章学诚：《文史通义》卷一《诗教》，中华书局 1985 年版，第 22—23 页。
② 黄侃：《文心雕龙札记·颂赞》，第 68 页。

深入。《文选》毕竟是一部文集，而不是文体专论，其中将众多文本聚类区分，按体编排虽然隐含了文体分类的问题，但萧统并没有展开对诸文体详尽而深入的辨析，这使我们不能确切地了解萧统类分诸体的真实想法，但可以推测的是萧统是出于编撰、安排文本的方便而区分诸体，并主要依据文章在内容、功用上所具有的较为明显的相似点进行编排，以便于览者之揣摩和赏析。刘勰《文心雕龙》则大体可以称为古代的文体批评专论。刘勰基本沿用了当时流行的文类名目，当然也无法避免通行文类名目使用所带来的弊端，但他对文类及文类之间的复杂关系进行了细致而精微的辨析，诸如关于各种文类的源流演化，每种文类的体制、纲领及与其他文类的差异，文类与文类之间的交叉、重合、转化等情况。可见，刘勰并非没有注意到文类繁多的情况，但在他看来，既然每一种文类在渊源、功用、体制、体貌等方面存在差异，就应该对它们加以类分且逐一辨析，甚至连艺文之末品也被网罗无余。这种细分文体，包举纤宏的做法与他力图以文类的全面细致概括、包罗众体的冲动是分不开的。

同样的努力也见于刘勰的"八体"说。刘勰区分了八种基本的文章体貌形态，但却试图以"八体"网罗"众体"，"八体说"进一步阐述了文本体貌不可穷尽性的特点。刘勰《体性》认为由于主体个性差异，文体风貌也千差万别，但是"若总其归涂，则数穷八体：一曰典雅，二曰远奥，三曰精约，四曰显附，五曰繁缛，六曰壮丽，七曰新奇，八曰轻靡"。"八体说"是对文章体貌形态的高度抽象和总结。但是，这不是简单、机械地将体貌划分为八大区域就万事大吉，而是试图通过八体的既区别又关联的关系建立起了关于体貌的阐释系统，以求穷尽文章体貌的所有形态。刘勰曰："雅与奇反，奥与显殊，繁与约舛，壮与轻乖，文辞根叶，苑囿其中矣。""八体"两两相对，相反相成，典雅与新奇相反，远奥与显附不同，繁缛与精约相异，壮丽与轻靡有别，文章的不同风貌大致可包容在这个范围里。故"八体"构成了刘勰关于体貌的八大基点，以此联系体貌之间的种种过渡形态，而形成关于体貌的完整系统。刘勰又曰："八体虽殊，会通合数，得其环中，则辐辏相成。"八种体貌虽然各不相同，但自有法则融会贯通于其间，就像车轮之有轴心，辐条自能聚合。

《文心雕龙》受《周易》的影响是显而易见的①。刘勰"八体说"虽未明言与《周易》"八卦"的关系，但这种联系也为后人所洞察②。《易传》以阴阳两爻作为万事万物的基本因质，所谓"一阴一阳之谓道"，"八卦"以及由此而推演的六十四卦就是"观变于阴阳"的符号系统，从而涵盖了对所有事物运动变化的阐释。阴阳作为万物的基点，既互相对立，又相互补充，并在一定条件下相互转化。阴阳生八卦，八卦生万物，万物运动变化就是阴长阳消或阳长阴消的结果。刘勰"八体"说也是建立了四组相反相成的组列，"八体"的相互组合、运动、变化可以产生众多的体貌形态。这就犹如七色光芒可以谱写色彩斑斓的缤纷世界一样，刘勰也试图通过对"八体"的阐释达到对变化无穷体貌形态的完整把握。

事实上，单一文本的独特性完全不意味着它们之间不存在任何内在联系或文本与文本之间不表现出共同原则和倾向。文类学中的共同体是建立在关注文本与文本之间的内在联系和共同倾向的基础上，但这并不意味着它们要取消或排斥单一文本的个别性和特殊性。正如赫拉普钦科所言："文学中的类型学的统一体，不是统计学的，而是动力学的共同体。这不是一根由相同环节构成的闭合链条，更像是某种由处于一定相互关系之中的不同颜色组成的光谱。"③ 也就是说文类学遵循的是同一性的基本原则，这是文学研究方式，因为只有这样，才能在比较

---

① 詹锳《文心雕龙的风格学》、周振甫《文心雕龙注释》之《体性》篇也表明了这种联系。

② 童庆炳先生说："刘勰关于风格类型及其变化的构思，显是受《易经》八卦图的影响。"童先生还提供了关于文体风格"八体"的"八卦阵势图"。参见《文体与文体的创造》，云南人民出版社1994年版，第36—37页。

③ ［俄］赫拉普钦科：《赫拉普钦科文学论文集》，张捷、刘逢祺译，人民文学出版社1997年版，第173页。

中获得结果，也才能将各种文本聚类区分并从整体上把握它们的特征。但这种方法绝不像统计学那样精确、严格地将文本分门别类，而是建立在承认文本独特性和文类的相对性的基础上。换言之，文类与文类之间的区别不是具有形而上学色彩的唯一特征差异，而只是在整体特征上的差别，它们之间可能存在着重叠和交叉现象。具体而言，文类具有相对稳定的中心质及可塑多变的边缘质，一种文类的某些质素（尤其是边缘质）也可能以某种方式存在于另一文类之中，反之亦然。文类与文类之间具有相互阐发和相互补充的关系。故刘勰讨论文类体制是基于对无数具有某些相似性的独特文本的归纳和抽象，他所说的文类之"大体"、"大略"、"大要"、"大较"等无不从大概、大约的意义上界定文类的体制，而不是一成不变、僵化冻结的终极判断。

悖论之二：体类的客观性与体貌的主观性之间的矛盾。各种文类都具有在长期历史发展过程中逐渐形成的客观体制规范，它们往往成为一种较为稳定的写作模式，既规范作家写作，又制约作家主体性的发挥，乃至于禁锢、扼杀作家的创造性；作家作为个性化主体具有一种强烈的冲动试图颠覆文类体制，实现个体化的创作方式。此时，体类与体貌之间的"战争"已经悄然地拉开了序幕。

我们且看六朝的批评家如何处理矛盾和实现矛盾的转化。

毋庸质疑，六朝文论家是张扬文类体制规范性的重要意义的。中国古代的文体往往也具有实用性，它们被运用于一定的场合，面对特定的对象，实现一定的功用目的，这决定了它们必然会有一定的体制要求与体势规范。《文心雕龙·定势》举例说，章、表、奏、议是呈现给朝廷的文书，要求"典雅"而不能轻俗；符、檄、书、移作为公文，以"明断"为楷式，而不求繁缛；箴、铭、碑、诔作为哀悼性文体，则体制于"弘深"，不能流于巧艳等。如果失文之"大体"，则会出现文之"讹势"，"势流不返，则文体遂弊"。但如《文心雕龙·体性》所说，作家"才性异区"，如王粲"躁锐"，刘桢"气褊"，阮籍"俶傥"，稽康"俊侠"，潘岳"轻敏"，陆机"矜重"等，这决定了他们的文章写作各自带有个性化色彩。当作家的个性特点与文类体制所要求的体势形态相悖时，矛盾则为不可避免的了。

刘勰调和矛盾的重要方式是，提倡写作者"惟才是安"，"随性适分"（《文心雕龙·明诗》），"摹体以定习，因性以练才"（《文心雕龙·体性》），即谋求作家个性与体类及其体势的吻合。也就是说，作家在从事写作的过程中，应该明确各种文类体制的写作规范和体势要求，慎重选择学习和模拟对象，并根据自己性情特性来锻炼写作才干，以选择适合于自己写作的方向，譬如根据自己的个性特点确定自己适合写作什么样的文类形式或体势类型，并沿着这个方向努力，这是刘勰所确定的"文之司南"。对于初学写作的人而言，这显得尤为重要。刘勰反复强调"童子雕琢，必先雅制"（《文心雕龙·体性》），"才量学文，宜正体制"①，这类似后来宋人严羽所说的"夫学诗者以识为主：入门须正，立志须高"②，即童子或初学者应该从雅正体制开始学习写作，领悟写作规则和体制体势要求，寻求自己写作方向，不能不顾个体特点，迷惑于旁门左道，或一味趋新求异，追逐时尚，这种"违才妄为"的写作方式可能导致个性与体类矛盾的激化而导致讹滥之体的出现。近人洛鸿凯《文选学·读选导言》曰："学古人文，宜取性之所近，斯可收事半功倍之效。若性质恬旷而务求华艳，才情绮丽而强拟沈郁，始虽效颦，终失故步。"③这也是强调学习写作应懂得"度材准性"，注意个性与体势形态的趋同性和相似性，就近似者模仿之。如果漫无目地模仿或一味追逐时尚，如个性恬旷而强求华艳之势，才情绮丽而追求沉郁之态，则不免闹出"削足适履"的笑话。

因此，六朝批评家大都承认作家性情与文才各有所偏美。应

---

① 《文心雕龙·附会》。王利器《文心雕龙校证》校"才量"为"才童"。
② （宋）严羽：《诗辨》，载郭绍虞：《沧浪诗话校释》，中华书局1961年版，第1页。
③ 洛鸿凯：《文选学》，中华书局1989年版，第331页。

璩《百一诗》说："人才不能备,各有偏短长。"① 曹丕《典论·论文》说:"文非一体,鲜能备善","四科不同,能之者偏也"②。葛洪《抱朴子·辞义》说:"夫才有清浊,思有修短,虽并属文,参差万品。或浩瀁而不渊潭,或得事情而辞钝,违物理而文工。盖偏长之一致,非兼通之才也。"③ 刘勰《文心雕龙·明诗》说:"诗有恒才,思无定位,随性适分,鲜能圆通。"刘孝绰《昭明太子集序》说:"属文之体,鲜能周备。"④《文心雕龙·定势》引曹植语曰:"世之作者,或好烦文博采,深沈其旨者;或好离言辨白,分毫析厘者:所习不同,所务各异,言势殊也。"

故曹丕《典论·论文》曰:"王粲长于辞赋"⑤;《与吴质书》曰:"孔璋章表殊健,微为繁富","公幹有逸气,但未遒耳。其五言诗之善者,妙绝时人","元瑜书记翩翩,致足乐也。仲宣续自善于辞赋,惜其体弱,不足起其文"⑥。刘勰《文心雕龙·才略》曰:"孔融气盛于为笔,弥衡思锐于为文,有偏美焉",潘勖"绝群于锡命",王朗"致美于序铭"。文人各有所长,很难众体兼善,这是普遍现象。因此,对于文人而言,重要的是要善于"自见",充分挖掘和发挥自己的才性,写出个性与体制密合的佳作。如果"暗于自料,强欲兼之,违才易务,故不免嗤也"⑦。也就是说,写作者不顾及或违背自己的才性强行从事某一文类的写作,则有可能写出非驴非马、不伦不类之作而遭人嗤笑。曹植在《与杨德祖书》中批评孔璋则为一例。其论曰:"以孔璋之才,不闲于辞赋,而多自谓能与司马长卿同风,

① 逯钦立辑校:《先秦汉魏晋南北朝诗》之《魏诗》卷八,中华书局1983年版,第471页。

② (魏)曹丕:《典论·论文》,《文选》卷五十二,第720页。

③ (晋)葛洪:《抱朴子》,中华书局1954年版,第182页。

④ (南朝梁)刘孝绰:《昭明太子集序》,《全上古三代秦汉三国六朝文》之《全梁文》卷六十,第3312页。

⑤ (魏)曹丕:《典论·论文》,《文选》卷五十二,第720页。

⑥ (魏)曹丕:《与吴质书》,《文选》卷四十二,第591页。

⑦ (晋)葛洪:《抱朴子》,第182页。

譬画虎不成反为狗者也。"① 孔璋擅长章表而非辞赋，时人已有定评，但孔璋却不自量力，非要跻身于辞赋之列，乃至要与司马相如媲美，这种悖才妄为之举，不免遭人讥笑。同样，对于鉴赏者和批评者而言，"各执一隅之见，欲拟万端之变"（《文心雕龙·知音》），"各以所长，相轻所短"② 也是极不明智的做法。

"因性以练才"使作家能够在文类体制的限制下充分发挥自己的文才而创作出佳篇丽制，这不失为一种解决体类与体貌矛盾的策略。但是，即使在这种情形下，作家的创作仍然是带着镣铐的舞蹈，他们的情性与特定体制吻合无痕而跳出优美又自由的舞蹈的情形是极为少见的，在更多状况下，体制外在于他们的情性而成为情性表现的羁绊。这时，作家往往要在既有文类规范基础上创造新的表现形式，以使自我情性得以淋漓尽致地表现。这样一种通过个性化的创作方式突破体类限制，促进文类变化或催化新的文体类型发生也是文体发展的重要规律。

应该说，六朝批评家也认识到了文类体制的历史演化规律，他们也十分关注文类的更新和发展。如刘勰《明诗》篇阐明诗歌体制从"四言正体"向"五言流调"的变化；《颂赞》篇论述"雅容告神"之颂体，如《鲁颂》、《商颂》，向颂人、颂物颂体体制的变化，如《橘颂》、《安丰戴侯颂》；《哀吊》篇论吊体，作为古老的文体，其体制特点是"体周而事核，辞清而理哀"，其后则出现了"缛丽"、"文繁"的华丽吊辞。文类体制的古今之变表明作家的创作往往能突破旧的文类体制规范，以自身个性化的创造促进文类的更新变化。陆机在《文赋》中说："虽离方而遁员，期穷形而尽相。"③ 也就是说，文章虽有方圆规矩，但作家在创作中穷形尽相，有时可以突破规则，进行新的创造。这表明陆机对规则与超越规则的双重肯定。而张融则表现出对文类规范的大胆叛逆。他在《门律自序》中曰"夫文岂有常体，

① （魏）曹植：《与杨德祖书》，《文选》卷四十二，第593页。
② （魏）曹丕：《典论·论文》，《文选》卷五十二，第720页。
③ （晋）陆机：《文赋》，《文选》卷十七，第241页。

但以有体为常，政当使常有其体"，表明对"常体"的怀疑和对因循守旧、寄人篱下写作方式的不屑，认为作家应该保持自己独特个性和风格并自成一体，才能真正做到以"有体为常"。张融自谓作文"无师无友"、"不文不句"，有"孤神独逸"之情致，又曰："吾文体英绝，变而屡奇。既不能远至汉魏，故无取嗟晋宋。""文章之体，多为世人所惊。"戒子曰："汝可师耳以心，不可使耳为心使也。""汝若复别得体者，吾不拘也。"① 可见，张融张扬文体的变化，风格的奇特，表现出对个性化写作方式的高度自信和对他人以及子辈写作自由化的鼓励。《南齐书·张融传》称齐太祖素奇爱融，见融常笑曰："此人不可无一，不可有二。"② 史称张融"文辞诡激，独与众异"③。钟嵘《诗品》评张融诗歌为"纡缓诞放。纵有乖文体，然亦捷疾丰饶，差不局促"④，都肯定了张融的独创性创作方式。

综上所述，在六朝文体意识中，体类与体貌具有同等重要的意义。体类显示规范化，是对规律的把握；体貌凸显个性化，是对主体性的张扬。体类与体貌之间的区别、对立乃至于矛盾、对抗显然是存在的，但也是可以调和和相互转化的，它们之间具有的张力性关系显示了文体内部运动、变化和发展的规律。

---

① （南朝齐）张融：《门律自序》、《戒子》，《全上古三代秦汉三国六朝文》之《全齐文》卷十五，第 2875 页。

② （南朝梁）萧子显：《南齐书》卷四十一，中华书局 1972 年版，第 727 页。

③ 同上书，第 725 页。

④ 陈延杰：《诗品注》，第 71 页。

六朝"文"的观念辨析[*]

魏晋六朝是中国古代文学观念趋于演进的时期，自曹丕《典论·论文》将"文"作为独立对象来审视，遂标志着文学批评具有了自觉的意义。六朝人对"文"的观念辨析包含对文的外延界定和对文的内涵探讨两方面的重要内容。外延无限扩大的泛文学论与外延相对缩小的纯文学论之间具有内在张力性，但都表现出对纯审美内核的追求。

一 "文"的观念的历史演化

关于"文"的最初含义可追溯至先秦时期。《周易·系辞》曰："道有变动，故曰爻；爻有等，故曰物；物相杂，故曰文。"《周易·贲卦》："观乎天文，以察时变；观乎人文，以化成天下。"② 《国语·郑语》："物一无文。"③《周礼·冬官考工记》："赤与青谓之文，赤与白谓之章，白与黑谓之黼，黑与青谓之黻，五彩备谓之绣。"④ 故最初之"文"被训为文饰与错杂。这种"文"的本义在后来的文字学中被强调，《说文解字》曰：

＊ 本文原载《首都师范大学学报》2003 年第 1 期，今据原文修订并增加有关引文注释。

① （魏）王弼，（晋）韩康伯注，（唐）孔颖达等正义：《周易正义》，上海古籍出版社 1990 年版，第 177 页。

② 同上书，第 64 页。

③ 载（春秋）左丘明《国语》卷十六《郑语》，上海书店 1987 年版，第 186 页。

④ （汉）郑玄注，（唐）贾公彦疏：《周礼注疏》卷四十，上海古籍出版社 1990 年版，第 622 页。

"文，错画也，像交文。"① 《释名·释言语》曰："文也，会集众采以成锦绣，会集众字以成辞义，如文绣然也。"② 可见，"文"以黼黻锦绣、藻绘成章为本训。

先秦时期"文"的范围无所不包。有以隆礼兴乐，制度繁缛为"文"者，如《论语·泰伯》："巍巍乎其有成功也，焕乎其有文章。"③ 有以文章典籍、文化学术为"文"者，如《论语·颜渊》："子曰：君子博学于文，约之以礼，亦可以弗畔矣。"④ 有以文饰雕镂、黼黻五采为"文"者，如《庄子·胠箧》："灭文章，散五采。"⑤ 《荀子·礼论》："雕琢、刻镂、黼黻、文章，所以养目也。"⑥ 总之，当时"文"是具有"泛文"、"大文"意义的"文化"概念，笼括一切礼仪制度、文章学术。正如刘师培所言："中国三代之时，以文物为文，以华靡为文，而礼乐法制，威仪文辞，亦莫不称为文章。推之以典籍为文，以文字为文，以言辞为文。"⑦ 这些含义是对"文"的本义的广泛引申。

时至两汉，人们关于"文"的认识逐步演进，先秦时期多义混杂的"文"的含义被较为明确地划分为"文学"与"文章"两大部分，以"文学"指称学术，而以"文章"指称以诗赋为代表的具有文采的言辞，又称"文辞"。《史记·儒林列传》曰："及今上即位，赵绾、王臧之属明儒学，而上亦乡之，于是招方正贤良文学之士。"⑧ 此处"文学之士"指精通儒学五经的人士，文学属于经学范围。《史记·三王世家》曰："然封立三王，天子恭让，群臣守义，文辞灿然，甚可观也，是以附之世

① （东汉）许慎撰，（清）段玉裁注：《说文解字注》，上海古籍出版社1981年版，第425页。

② （汉）刘熙：《释名》卷四，中华书局1985年版，第51页。

③ （魏）何晏等注，（宋）邢昺疏：《论语注疏》卷八，上海古籍出版社1990年影印本，第71页。

④ 同上书，卷十二，第108页。

⑤ （清）郭庆藩：《庄子集释》，中华书局1961年版，第353页。

⑥ （清）王先谦：《荀子集解》卷十三，中华书局1988年版，第347页。

⑦ （清）刘师培：《论文杂记》，人民文学出版社1959年版，第118页。

⑧ （汉）司马迁：《史记》卷一百二十一，中华书局1959年版，第3118页。

家。"① 此处之"文"不指学术，而指带有词章意味的文章。可见，汉人已经从无比宽泛的"泛文"概念中划分出带有一定文饰意义的文章范畴，表明他们对"文"的审美意义有了一定的认识。

六朝所谓"文"大致有三种含义，刘勰在《文心雕龙》中所述之"文"具有一定的代表意义。最广义之"文"是对"文"的本意的阐释，包括天文、地文与人文，从日月叠璧、山川焕绮到龙凤呈祥、云霞雕色，再到人纪物序、文章辞采，凡属经纬错杂、繁缛可观者，皆曰文；一般广义之"文"是从"文"的本意引申而获得，指人们用文字写作并具有文采的文章；而狭义之"文"则是指"文笔对举"的带有纯文学意味之"文"。从天地之文进而论到人文；再由人文论及文章、文学，这是从应场、阮瑀《文质论》到刘勰《文心雕龙》论文的基本思路。然而，有关"文"的"文章"意义在六朝获得了全面凸显，将文章作为独立对象来审视和研究成为时代新风气，"泛文"中的"泛文学"观念终于在六朝被定为一尊。

泛文学观念的建立与目录学发展、文学批评家论文、选家选文及史家列文苑传等因素有密切关系，它们共同促进标志着泛文学观念的"集部"形态的形成。

宋文帝时期，在京师设立儒、玄、史、文四学，将文学与儒学、玄学、史学并列，《南史·宋文帝本纪》载：元嘉十五年，"立儒学馆于北郊，命雷次宗居之"。元嘉十六年，"上好儒雅，又命丹阳尹何尚之立玄素学，著作左郎何承天立史学，司徒参军谢元立文学，各聚门徒，多就业者"②。这显示了文学与儒学、玄学、史学的区分，也标志着文学独立地位被官方正式认可。史书编撰也显示了文学的逐步独立。刘宋之前，正史中文人事迹多杂叙于《儒林传》，说明当时文章之学仍然隶属于儒学，没有获得独立地位。刘宋范晔著《后汉书》，在《儒林传》外别立《文

---

① 《史记》卷六十，第2114页。
② （唐）李延寿：《南史》卷二，中华书局1975年版，第45—46页。

苑传》，成为正史中的创例，清楚地表明文学与儒学的分别。

从目录学发展来看，《汉书·艺文志》将诗赋与儒家六艺、诸子、兵书、数术、方技等并列为六大图书类目之一，开创了我国最早的文学目录——《诗赋略》。诗赋略中包含屈原赋之属、陆贾赋之属、荀卿赋之属、杂赋、歌诗等诗、赋文类，是带有纯文学意义的目录形态，但不足以涵盖当时作家庞杂的创作实践成果，特别是将秦、汉具有文学性的散体之文排除在文学目录之外，界域过于狭窄。"文章"之类文学专科目录的兴盛，始自西晋荀勖《文章叙录》和挚虞《文章流别集》。荀勖在《中经新簿》中首创不同于《七略》体例的四部分类目录，在甲、乙、丙（经、子、史）部外，以丁部总汇诗赋和其他难以归类的图书，如图赞、汲冢书等，其《文章叙录》"杂撰文章家集叙十卷"，编撰成为文集目录。其后，挚虞《文章流别集》以总集编撰方式汇编众体，并以"文章"之名笼罩众体，同时附以各类文体志、论，标志中国古代泛文学观念正式形成①。一方面，以"文章"取代汉代"诗赋略"可兼顾众制，符合古人文学创作实践；另一方面，将文章从经、子、史中独立出来单独汇编，划定了文章的确切外延。后来，东晋李充编撰《翰林》，宋目录家王俭编立"文翰志"，梁目录家阮孝绪"变翰为集"，正式开启《隋志》以后综合性书目中文学目录的基本形式"集部"。

《文选》作为现存最早的一部文学总集，在理论和实践上进一步支持和巩固了"泛文学"观念。萧统在《文选序》中明确阐述了选文范围不涉及"姬公之籍，孔父之书"，"《老》、《庄》之作，《管》、《孟》之流"以及"贤人之美辞，忠臣之抗直，谋夫之话，辨士之端"等属于经、子、史的著作，认为这些著作"事异篇章"②，不能割裂入选。萧统沿用总集编撰体例，清

---

① 郭英德先生在《中国古典文学研究史》（中华书局1995年版，第128页）中说："挚虞撰《文章流别集》，颇为世人所重，因为它除了是总集创始之作外，还实际奠定了集部的范围。"

② （南朝梁）萧统《文选序》，载（南朝梁）萧统编，（唐）李善注《文选》，中华书局1977年版，第2页。

楚地显示了中国古代集部形态。六朝其他文学批评家在论文体中同样表现出泛文学观念，他们所谓"文"大约包括诗、赋及各种散体、骈体文章。如曹丕《典论·论文》论"文"包括奏议、书论、铭诔、诗赋共"四科八体"，陆机《文赋》之"文"包含诗、赋、碑、诔、铭、箴、颂、论、奏、说"十体"，都已经排除经、史、子类而单独论"文"。

唯独刘勰《文心雕龙》论"文"再次打破"泛文学"观念，在更广泛意义上论列文体。刘勰所论文体包含近三十五种文章基本类型，以经书为"文"的源头与典范，将子书、史书与其他文类并列，这表明在刘勰视野中"文"的范围仍然包容已经被曹丕、陆机、萧统等人排挤于"文"外，在我们今天看来属于学术经典和历史书的经、子、史的内容。刘勰再次将文的界域从泛文学延展到了泛文化范围说明时人关于文的界域问题还没有完全达成共识。关于这一问题之孰是孰非，难以简单评判。事实上，对"文"的外延的界定在当时具有相当大的困难。将经、史、子排除于"文"外，以界定"文"外延，在当时具有重要意义，能较为清晰地确定文的范围，但从"文"的概念历史演化进程来看，这种方法不具有普遍有效性。如萧统《文选》不选经、史、子则有可能忽略文与经、史、子混同的历史阶段，而将经、史、子中的文学作品和具有文学性的文章排除在"文"外①。刘勰论"文"将经、史、子包容在"大文"范围内，可以保持古典之"文"的全貌，同时也能提高古典之"文"的地位，但却可能导致文与经、史、子的界限再次显得模糊不清。

即使是将经、子、史排除于"文"外的泛文学论，在对文的范围界定上仍然具有宽泛性，它将许多在我们今天看来属于非文学范畴的应用性文体，诸如公牍文、书牍文、碑志文、议论文等也纳入了文学范围。这颇遭后世学者疑议，有些学者认为六朝

---

① 如《诗经》是诗歌文学作品集，《庄子》、《孟子》采用寓言方式说理，想象丰富，具有极强的文学性，《史记》也被称为"无韵之离骚"，《左传》是早期的传记文学等。

人的"泛文论"表明他们没有形成文学观念,即使六朝文论典范《文心雕龙》也是一部文章学著作①。不能否认,"泛文学"论在对"文"的外延界定上与今人所谓"文学"范围有差异,但这并不意味着六朝人没有形成关于文学的观念,他们在对文的内质探讨中表现出对纯文学特质的追求。

二 重情重采:泛文学文体观念的审美内涵

六朝批评家所谓"文"不同于先秦、两汉及后世所说的"文",具有六朝时代所赋予它的独特意义。

首先,六朝的"文"是从"文"的原初含义中直接引申出来具有文饰性的文章,换言之,六朝之"文"或"文章"重"采",并且这种对"采"的追求具有不同于先秦、两汉的"自觉"意义,"采"几乎渗透于所有文章体式中。

在先秦诸子百家中,儒家重文饰,讲究"文质彬彬"②,但终究为先德行而后文饰,子曰:"巧言令色,鲜矣仁"③;墨家"蔽于利而不知文"④,主张"非乐";法家"好质而恶饰"⑤;道家认为"信言不美,美言不信,善者不辩,辩者不善"⑥,他们都从不同角度和不同程度否定了文饰的意义。"文"的文饰意义在弘丽华美的汉赋中获得极大的发展,《西京杂记》言汉赋"合綦组以成文,列锦绣而为质"⑦,扬雄《法言·吾子》曰:"雾縠之组丽"⑧,都是对汉赋穷极文辞之丽特征的描绘。但汉赋这

① 参见潘新和《还〈文心雕龙〉"写作学"专著之真面目》,《福建师范大学学报》1997年第2期。

② 《论语·雍也》,《论语注疏》卷六,第53页。

③ 《论语·学而》,《论语注疏》卷一,第6页。

④ 《荀子·解蔽》,载(清)王先谦著《荀子集解》卷十五,中华书局1988年版,第392页。

⑤ 《韩非子·解老》,载(清)王先慎《韩非子集解》卷六,中华书局1954年版,第97页。

⑥ (魏)王弼注:《老子道德经》,中华书局1985年版,第73—74页。

⑦ (晋)葛洪撰:《西京杂记》卷二,中华书局1985年版,第12页。

⑧ (汉)扬雄:《法言·吾子》,中华书局1985年版,第5页。

一特点颇遭汉代批评家们的指责，司马迁批评司马相如赋"虚辞滥说"①、"靡丽多夸"②；班固也说："竞为侈丽闳衍之词，没其风谕之义"③；连扬雄终以赋为"童子雕虫篆刻"、"壮夫不为"④；王充更是批评文人"徒调墨弄笔，为美丽之观"⑤。可见，两汉"文"的文饰本义在文章创作实践中的发展被儒学功利主义所压抑，文章最终要"劝百风一"、"曲终而奏雅"⑥，才能获取合法生存权利。

时至六朝，这种情况出现了变化，重视文章藻采意义，在创作实践中极力追求采饰成为时代新风气。魏初曹丕《典论·论文》明确提出"诗赋欲丽"⑦的美学主张，大胆张扬文辞华美绚丽。曹植也极为看重藻采的意义，从审美视角极大地提高了文章的价值，他说："君子之作也，俨乎若高山，勃乎若浮云。质素也如秋蓬，摛藻也如春葩。氾乎洋洋，光乎皓皓，与《雅》《颂》争流可也。"⑧文章只要内质素朴，文采蔚然，就可以与经典《雅》、《颂》并称。在《与吴季重书》中，曹植称扬吴质文章"文采委曲，晔若春荣，浏若清风，申咏反覆，旷若复面"⑨。表明对文章采饰声韵的欣赏。在创作实践中，曹植实现了自己的理论主张，他的诗歌以"骨气奇高，词采华茂"而卓然超群。钟嵘在《诗品》中盛赞曹植的文采云："譬人伦之有周、孔，鳞羽之有龙凤，音乐之有琴笙，女工之有黼黻。"⑩如果说曹氏还

① 《史记》卷一百一十七《司马相如列传》，第 3073 页。

② 《史记》卷一百三十《太史公自序》，第 3317 页。

③ （汉）班固：《汉书》卷三十《艺文志》，中华书局 1962 年版，第 1756 页。

④ （汉）扬雄：《法言·吾子》，第 5 页。

⑤ （汉）王充：《论衡》卷二十《佚文》，中华书局 1985 年版，第 220 页。

⑥ 《史记》卷一百一十七《司马相如列传》，第 3073 页。

⑦ （魏）曹丕：《典论·论文》，《文选》卷五十二，第 720 页。

⑧ （魏）曹植：《前录序》，载（清）严可均校辑《全上古三代秦汉三国六朝文》之《全三国文》卷十六，中华书局 1958 年版，第 1143 页。

⑨ （魏）曹植：《与吴季重书》，《全上古三代秦汉三国六朝文》之《全三国文》卷十六，第 1141 页。

⑩ 陈延杰：《诗品注》，人民文学出版社 1961 年版，第 20 页。本文《诗品》文字皆出此版本，后文不详注。

将"采"限于诗、赋文体的话，陆机《文赋》则将文采的美学规定推进到所有的文章样式，盛称藻饰之美。其论曰："其会意也尚巧，其遣言也贵妍。暨音声之迭代，若五色之相宣。"从语言优美、声韵和谐、文辞绚烂等方面论及"文"之具"采"的特点。又论曰："或藻思绮合，清丽千眠，炳若缛绣，凄若繁弦。"① 富有藻采的文章，清晰明丽，光采绚烂，如花团锦绣，繁弦动人。刘勰《文心雕龙》对文采的论述更为系统化。《序志》篇开宗明义阐释《文心雕龙》书名曰："古来文章，以雕缛成体岂取驺奭之群言雕龙也。"南朝宋裴骃《史记集解》引刘向《别录》说："驺奭修饰之文，饰若雕镂龙文，故曰'雕龙'。"② "雕缛成文"是刘勰关于文学观念的根本性表述。为此，刘勰专设《情采》篇论述"文采"。其论曰："立文之道，其理有三：一曰形文，五色是也；二曰声文，五音是也；三曰情文，五性是也。"③ 刘勰将"文采"分为形文、声文、情文三种由表及里的形式，认为"文"应具有语言文字造型之采、语言组合声韵之采，并且要用藻饰之言将内在丰富具有个性化的情感表现出来。《情采》之外，刘勰有《练字》、《声律》、《丽辞》等篇专论字型、声韵及文字之藻饰。刘勰又设《比兴》、《夸饰》、《事类》、《隐秀》等篇研讨用词造句和修辞手段，亦即所谓"文采"。《风骨》篇则将文采与风骨并列作为评价文学作品的重要标准，其论曰："若风骨乏采，则鸷集翰林；采乏风骨，则雉窜文囿：唯藻耀而高翔，固文章之鸣凤也。"在论文中，设如此大的篇幅专论文采，这在前论中是罕见的。可见，在刘勰看来，"文采"是作文必备的重要条件。

重采之风与南朝永明声律论和骈文的兴起及流行有密切关系。六朝人论文采的重要方面是语言抑扬顿挫、声韵和谐之采与文辞偶对骈俪、奇偶相生之采，即"异音相从之谓和，同声相

---

① （晋）陆机：《文赋》，《文选》卷十七，第241—242页。
② 《史记》卷七十四《孟子荀卿列传》，第2348页。
③ 范文澜：《文心雕龙注》，人民文学出版社1958年版，第537页。本文所引《文心雕龙》文字皆出此版本。

应之谓韵"（《声律》）与"丽句与深采并流，偶意共逸韵俱发"（《丽辞》）之追求。声律论代表人物沈约更是从声律美论文，其论曰：

> 夫五色相宣，八音协畅，由乎玄黄律吕，各适物宜。欲使宫羽相变，低昂互节，若前有浮声，则后须切响。一简之内，音韵尽殊；两句之中，轻重悉异。妙达此旨，始可言文。[①]

大意是说，诗文用字应该注重声调平上去入搭配错落有致，就像五种色彩组合而绚丽多彩，各种声音协调而优美动听，使读者产生"玲玲如振玉"、"累累如贯珠"（《文心雕龙·声律》）的视听审美效果。沈约以此衡量作品工拙，表明他对文采，特别是声韵之采的重视。沈约认为古来文章不乏"高言妙语，音韵天成"之作，但"皆暗与理合，匪由思至"[②]，对声律的追求至齐梁以后才具有自觉意味。

我们还可从六朝"文笔之辨"来证明六朝人极重文之"采"。刘勰在《文心雕龙·总术》中曾批驳颜延年关于言、文、笔论文的观点。"颜延年以为：笔之为体，言之文也；经典则言而非笔，传记则笔而非言。"颜氏将文分为言、文、笔三类，认为属于笔的文体应具有文采，而经书质木无文，只能称为言；释经之传记文辞比较丰赡，始得称笔。刘勰则反驳说："圣人书辞，总称'文章'，非采而何？"（《情采》）如"《易》之《文言》，岂非言文？若笔果言文，不得云经典非笔矣"（《总术》）。可见，刘勰对颜氏将传记归之于笔体的做法没有进行反驳，二人争论焦点在于经书是否也可以归之于笔，而问题实质则转化成了经书是否具有"采"。颜延之认为经书乏采，只能称为言；刘勰

① （南朝梁）沈约：《宋书》卷六十七《谢灵运传》，中华书局 1974 年版，第1779 页。
② 同上。

认为"圣文之雅丽，固衔华而佩实者也"（《征圣》），"精理为文，秀气成采"（《宗经》），不能屏之于文、笔之外。从上述论争可以看出，刘、颜二人都承认言、文、笔的分类方法，并认为除"文"之外，"笔"也应该具有采，也就是说文、笔都应该具有"采"，否则就只能称之为言。颜延之大胆将经书排除于"文"外表明他试图保持"文"审美独立性的冲动，刘勰则从宗经、征圣立场出发，不同意将他奉为文之始祖和典范的经书排除于文、笔之外，但他也不可避免地看到有些经书确实质朴少文，于是只能退而言之曰："经传之体，出言入笔，笔为言使，可强可弱。"（《总术》）这段文笔官司说明了六朝人以是否有采作为衡量文章的普遍标准。

从齐梁批评家对玄言诗和陶渊明诗的批评中也可证明上述观点。西晋末永嘉年间至东晋时期，玄风大盛，对文学产生深刻影响，玄言诗一时在文坛占据了统治地位。玄言诗推究玄妙义理，言辞枯燥乏味，缺少生动形象，不被南朝文人青睐。钟嵘将玄言诗大家孙绰、许询等人列为下品，《诗品序》批评他们的作品"理过其辞，淡乎寡味"，"平典似道德论"；沈约评玄言诗云："遒丽之辞，无闻焉尔。"[①]刘勰对玄言诗也有微词，论曰："江左篇制，溺乎玄风，嗤笑徇务之志，崇盛亡机之谈。"（《明诗》）陶渊明是东晋文坛的一颗璀璨的文学巨星，他的诗平淡自然、清新淳朴，艺术成就堪称一流，宋人苏轼评曰："外枯而中膏，似澹而实美。"[②]金人元好问曰："一语天然万古新，豪华落尽见真淳。"[③] 然而，这样一位大诗人在当时却默默无闻，没有获得应有的评誉。《文心雕龙》涉及作家面颇广，但唯独只字不提陶渊明，《隐秀》篇有一句提到陶诗，但属伪文。钟嵘《诗品》列陶渊明于中品，认为他的诗源出于"善为古语"的应璩，叹其诗

① 《宋书》卷六十七《谢灵运传》，第 1778 页。
② （宋）苏轼：《评韩柳诗》，载孔凡礼点校《苏轼文集》，中华书局 1986 年版，第 2110 页。
③ （元）元好问：《论诗三十首》，载郝树侯选注《元好问诗选》，人民文学出版社 1959 年版，第 10 页。

"质直"，为"田家语"。萧统对陶渊明评价较高，称其"文章不群，辞彩精拔，跌宕昭彰，独超众类"①。《文选》入选陶诗八篇，数量较多，但却远远无法与陆机、潘岳、谢灵运、颜延之等人入选数目相比。可见，在普遍重视辞藻、对偶和声律之美的南朝语境中，平典恬淡的玄言诗和质朴平实的陶诗，由于不事雕饰，缺少藻采而显得不合时宜，不为时人时论所重。

其次，六朝文章重"情"。六朝人言情与先秦、两汉"发乎情而止乎礼义"的抒情观念大相径庭，文学逐步走上了抒发个人情性的轨道。

曹丕《典论·论文》曰："文以气为主，气之清浊有体，不可力强而致。"②"文气说"首次显示了文学与个体情性的关联域，换言之，文学抒情的过程不是普遍社会化情感的表现，而是诗人具有个性特征的独特体验之表现。陆机在《文赋》中直接提出"诗缘情而绮靡"③，以"缘情"代替"言志"诗学理论的提出表明中国艺术精神的真正自觉和重视艺术情感时代的到来。朱自清在《诗言志辨》中说："'缘情'的五言诗发达了，'言志'以外迫切的需要一个新标目。于是陆机《文赋》第一次铸成'诗缘情而绮靡'这个新语。"④ 以"情"与"采"来描述诗的质素，是对诗的审美特性的全面确定。陆机在论文章的创作和构思中屡次提及文情的重要性。其论曰："伫中区以玄览，颐情志于典坟。遵四时以叹逝，瞻万物而思纷"、"情瞳昽而弥鲜，物昭晰而互进"，陆机认为作文源于情感的体验与激发，情感是贯穿文章构思的过程的重要因素。钟嵘《诗品序》认为诗歌是诗人"摇荡性情"的结果，当诗人受到"春风春鸟，秋月秋蝉，夏云暑雨，冬月祈寒"的自然感发与"楚臣去境，汉妾辞宫，或骨横朔野，魂逐飞蓬；或负戈外戍，杀气雄边；塞客衣单，孀

---

① （南朝梁）萧统：《陶渊明集序》，《全上古三代秦汉三国六朝文》之《全梁文》卷二十，第3067页。

② （魏）曹丕：《典论·论文》，《文选》卷五十二，第720页。

③ （晋）陆机《文赋》，《文选》卷十七，第241页。

④ 朱自清：《诗言志辨》，北京古籍出版社1956年版，第33页。

闺泪尽"的社会生活激荡时，往往陈诗展义，长歌骋情。钟嵘认为诗歌是抒情的产物，并提出"滋味说"，以"干之以风力，润之以丹采"为"诗之至"，表现出他对诗歌重视抒情和文采的纯美特质的并重。刘勰《文心雕龙·情采》直接将"情"与"采"作为文章构成的两大因素，并提出"情者文之经，辞者理之纬；经正而后纬成，理定而后辞畅"，以此作为立文之本源，而以"情采"合论为一个范畴，则显示了文情向文采转化而形成文章的动态进程。《文心雕龙》其他篇目也常常将情采连用或并用，如"三闾《橘颂》，情采芬芳"（《颂赞》），"因利骋节，情采自凝"（《定势》），"繁采寡情，味之必厌"（《情采》），"情理设位，文采行乎其中"（《镕裁》），"割情析采，笼圈条贯"（《序志》）等。这足以证明"情"与"采"已经成为刘勰论文的独立的批评范畴。萧统、萧子显、萧绎等人也同样表现出重情、重采的文学观念。萧统《文选序》将经、子、史排除在"文"外，认为它们"以立意为宗，不以能文为本"；但对史书中赞、论、序、述情有独钟，以其"综辑辞采"，"错比文华"，"事出于沈思，义归乎翰藻"，故"杂而集之"①。这表明在萧统看来，只要出于艺术沉思并且文采斐然者即可称为"文"。《文选》收录的各种不同体裁的文章，都具有声韵和谐，语言绚丽的视听审美特点和愉悦情性的功用，"譬陶匏异器，并为入耳之娱；黼黻不同，俱为悦目之玩"②。萧子显在《南齐书·文学传论》中说："文章者，盖情性之风标，神明之律吕也。蕴思含毫，游心内运，放言落纸，气韵天成。"③萧绎在《金楼子·立言》中认为"文"乃"吟咏风谣，流连哀思者"，须"绮縠纷披，宫徵靡曼，唇吻遒会，情灵摇荡"④。萧氏都是从抒情与采饰论文，但萧绎所谓"情"更多地指向作家个人情感和性灵的表现，乃至时常局限于日常生活中的闲情雅趣及与宫体诗创作有

---

① （南朝梁）萧统：《文选序》，《文选》，第 2 页。
② 同上。
③ （南朝梁）萧子显：《南齐书》，中华书局 1972 年版，第 907 页。
④ （南朝梁）梁元帝：《金楼子》卷四，中华书局 1985 年版，第 75 页。

关的男欢女爱之情。

可见，六朝批评家虽然在"文"的外延上遵循泛文学乃至泛文化观念，对"文"之外延的界定较为宽泛，包容了许多在我们今天看来不属于文学的实用文体和应用文体，但都立足于抒情和辞采两方面规定"文"的本质，表现出对纯文学审美内质的追求。

这种倾向也可在创作实践中得到验证，六朝文章普遍形成重情和自觉追求文采的风气。诗体作为纯文学文体以情采胜，自不必多论。但六朝五言诗和七言诗普遍讲究修辞和文采，追求纯艺术化审美效果是前代所无法比拟的。这样一种趋向在建安文人诗作中已初见端倪。曹丕主张"诗赋欲丽"，他的诗歌也极为讲究用语工整，如"悲弦激新声，长笛吐清气"①，"菱芡覆绿水，芙蓉发丹荣"②。与曹丕相比，曹植更为重视"摛藻"：这不仅表现在他对诗歌用字的精工锤炼，如"游鱼潜绿水，翔鸟薄天飞"③，"潜"、"薄"二字颇得韵致；而且表现在追求语言声韵协调，如"柔条纷冉冉，落叶何翩翩"，"明珠交玉体，珊瑚间木难"④，声韵节奏具有天工之妙，颇似唐代之律体。胡应麟《诗薮》评曰："子建《名都》、《白马》、《美女》诸篇，辞极赡丽，然句颇尚工，语多致饰。视东西京乐府，天然古质，殊自不同。"⑤齐、梁间的永明体诗和宫体诗更将对声韵藻采的追求推向极致。

赋体在六朝也出现了新的变化，汉代以大赋为主，虽然也有抒情小赋，但为数不多。汉末至建安年间，抒情小赋开始大量涌现，赋体由长篇铺陈宫殿、苑囿的应制之体逐渐转为具有浓郁抒情色彩的短小篇制。建安文人感念时乱，常借辞赋抒情，曹植于

---

① （魏）曹丕：《善哉行》，载逯钦立辑校《先秦汉魏晋南北朝诗》之《魏诗》卷四，中华书局1983年版，第393页。

② （魏）曹丕：《于玄武陂作诗》，《先秦汉魏晋南北朝诗》之《魏诗》卷四，第400页。

③ （魏）曹植：《情诗》，《先秦汉魏晋南北朝诗》之《魏诗》卷七，第459页。

④ （魏）曹植：《美女篇》，《先秦汉魏晋南北朝诗》之《魏诗》卷六，第431—432页。

⑤ （明）胡应麟：《诗薮》内编卷二，中华书局1958年版，第27—28页。

《前录序》中说："少而好赋，其所尚也，雅好慷慨，所著繁多。"① 沈约也说："子建、仲宣以气质为体，并标能擅美，独映当时，是以一世之士，各相慕习。"② 可见，这种借助辞赋抒发慷慨激情的倾向在当时具有普遍性。如王粲《登楼赋》描绘登楼所见之景，抒发一己忧思之情和怀才不遇之感，融情于景，景语即情思；曹植《洛神赋》极写洛水女神的风姿绰约，想象奇特，词采华茂，对仗精工，情感充沛，是美不胜收的抒情佳品，昭明太子将之收入《文选》的"情赋"卷内。至江淹《恨赋》、《别赋》更是将赋体铺陈与抒情融会一体，创造了南朝抒情小赋的新形式。

作为庙堂之制、奏进之篇的公牍文，如诏、策、章、表、檄、移之类是用于官府、军事或公共事务的文书，这样的官样文体样式本来不适合于抒情，但六朝文人却突破死板的文体形式写出情感浓烈，文采飞扬公牍佳文，这些文书在具有实用性的同时，也具有了一定的文学性而成为审美文本。如陈琳《为袁绍檄豫州》、钟会《移蜀将吏士民檄》语辞激昂，气盛情沛，具有强大的情感感染力。孔稚圭《北山移文》则是想象丰富、机趣横生的美文。曹植《求自试表》、孔融《荐祢衡表》、诸葛孔明《出师表》等都是志尽文畅、气扬采飞的表中佳作，读之令人荡气回肠。实际上，在这样一个普遍审美化时代，文人对扬王庭，既要昭明心曲，倾诉衷情，也要显耀自己的文气才情，因此，即使是公牍之文也具有了"华实相胜"（《章表》）、"体宪风流"（《诏策》）的特点。

书牍之文，包括书札、笺记等，是文人之间往复的文字，这类文体本来在体制上限制较少，写作者往往能够融叙事、描写、抒情和议论于一体，痛快淋漓地表情达意。六朝时期，这种文体更多地成为文士间展示才华、驰骋文采、心声献酬的文学样式，

---

① （清）严可均校辑：《全上古三代秦汉三国六朝文》之《全三国文》卷十六，第1143页。

② 《宋书》卷六十七《谢灵运传》，第1778页。

表现出"散郁陶，托风采"，"条畅以任气，优柔以怿怀"（《书记》）的审美特点，颇多佳篇丽制。如曹丕《与吴质书》、曹植《与杨德祖书》或诉友情，或评人物，或品文章，或述怀抱，率真任气，情感真挚，表现出"清俊"、"通脱"的文风。刘宋鲍照《登大雷岸与妹书》、梁代陶弘景《答谢中书书》、梁代吴均《与朱元思书》都是以骈体书信文体描写山水图景，形象生动具体，语语如在目前，音韵和谐，对仗工整，辞藻华丽，意境深远，几乎偏离了书牍文体的应酬交际功能，而成为具有纯粹审美性的山水抒情小品。

碑、诔、墓、铭等碑志文并不都用于朝廷政事，部分施用于文人间的交际事务，部分是对亲朋好友死丧的哀悼之辞，这些文类易于指向个体情感的抒发。六朝碑志文往往分为序言和正文两部分，散、韵结合，将叙事、议论、追思、赞美辉映一体，大都是发自肺腑，感人至深的美文。如《文选》所录曹植《王仲宣诔》，潘岳《哀永逝文》，颜延之《陶征士诔》、《祭屈原文》等哀悼逝者修德而不能永年，都是深情无限，哀思缠绵的声情俱备佳品，这些情哀辞富之作足以使人产生"观风似面，听辞如泣"（《诔碑》）的审美效果。

议论之体，如论、说、序、对问、史赞之类是以说理为主的文体，要求逻辑性和精确性，但六朝的议论之体大都具有浓厚主观化色彩和鲜明审美化特点，诸如生动的形象、激越的情感、丰富的事类，藻饰的言辞等。如刘峻的《辨命论》灌注了深厚感慨之情；陆机《文赋》以赋体论文，铺陈论述，对仗工整，举体华美；刘勰《文心雕龙》全书用精美的四六骈语写成，形象生动，文采翩翩；梁元帝《郑众论》情意贯通，借古抒怀，是感人肺腑的抒情小品。

这种文体发展的审美化情形还集中表现为文体形式的普遍骈化，即在写作中极度追求语言的声韵、偶对和藻饰，大量使用典故、隶事等。这样一种写作方式直接导致了文字型文学的出现，即写作者关注文字使用技巧，致使文学文字本身具有直观化审美效果，诸如声韵顿挫，句式工整，对仗精巧，五色相宣，形象生动，能够提供读者视听感官上的均衡和谐和绚烂缤纷之美感。这使文学作为语言艺术的特征得以充分发扬①。六朝，特别是南朝骈体盛行，一切文体几乎走向骈化，上至皇帝诏令，官府公文，下至文人奏折序论，日常应酬之体，诗赋文体，凡为文章，必以骈体出之。这使各类文体写作普遍具有文字性审美化效果，如果主体特定情感体验与这样一种艺术形式相契合，就能写出情气相谐、形式华美的艺术佳品。范文澜品评六朝骈文曰："句法整而兼有疏散，色采淡而兼有华采，气韵静而兼有流荡，声调平而兼有抑扬，大自论说，小至柬札，都具有独特的风格，境界之高，难可追攀。"②

可见，六朝非文学性实用文中确有许多属于情文并茂、美轮美奂的文学作品，它们出于实用目的而创造，但却采用了审美化表达方式，从而具有了极高的审美价值，它们实际上可以被誉为"实用美文"。

总之，六朝之文具有重情、重采的特定含义，文的审美内质几欲渗透至所有的文章体式中，这无限地扩大了"文"的外延，巩固和发展了"大文学"的概念；但另一方面，六朝人又力图逐步缩小"文"的范围，尝试在"泛文"的范围内划分出一部分更为纯粹的文学。这种看似二律背反的现象，恰恰表明了六朝是一个极重审美精神与艺术形式的时代，他们对于"文"的内质和外延的探讨显示了六朝文学批评的自觉与独立。

三　文笔之辨：纯文学文体观念的建立

纯文学文体观念产生于六朝人关于"文"与"笔"的辨析之中。

---

① 莫道才在《骈文通论》（广西教育出版社1994年版）中将文学分为文字型文学与语言型文学两大类。其区别在于，前者更关注具体技巧，如用字的精练，对仗的工整，声韵的谐美，典事的恰当；后者更关注整体技巧，如结构布局，形象性格，个性化的语言等。

② 范文澜：《中国通史》卷二，人民出版社1963年版，第526页。

文笔之称较早始于东汉，王充《论衡·超奇》已有文笔连用、对举的例子。其论曰："长生死后，州郡遭忧，无举奏之吏，以故事结不解，征诣相属，文轨不尊，笔疏不续也。岂无忧上之吏哉？乃其中文笔不足类也。"① 其中"文轨"指文学之道，"笔疏"指奏疏之类的公文，"文笔"连用，意义偏于实用性笔疏。这段文字重在论笔和笔体写作情况，文、笔之分显得含混、模糊。明确分辨文、笔始于刘宋。《宋书·颜竣传》说："太祖（宋文帝——引者注）问延之：'卿诸子谁有卿风。'对曰：'竣得臣笔，测得臣文。'"② 颜延之以"笔"与"文"对称，明确代表两类不同文体。范晔《狱中与诸甥侄书以自序》曰："手笔差易，文不拘韵故也。"③ 意谓"笔"体不拘于用韵，写作较易，这是对"笔"体特性的进一步阐释。至刘勰《文心雕龙》大量出现有关文、笔的议论。其中有文、笔对举情形，如《时序》曰："庾以笔才愈亲，温以文思益厚。"《才略》曰："孔融气盛于为笔，祢衡思锐于为文。"也有文笔连用情形，如《风骨》曰："若风骨乏采，则鸷集翰林；采乏风骨，则雉窜文囿；唯藻耀而高翔，固文笔之鸣凤也。"《章句》曰："是以搜句忌于颠倒，裁章贵于顺序，斯固情趣之指归，文笔之同致也。"《总术》明确阐述了区分文、笔的标准，其论云："今之常言，有文有笔，以为无韵者笔也，有韵者文也。夫文以足言，理兼诗书：别目两名，自近代耳。"刘勰所指"近代"是指南朝刘宋之后，这表明时至南朝，人们已将有韵与无韵作为区分文体的一般标准，视"文"为有韵之体，"笔"为无韵之体。刘勰大约沿用当时普遍习用的文体分类方法，其文体论"论文叙笔"，《明诗》至《谐隐》十篇述"有韵之文"，《史传》至《书记》十篇述"无韵之笔"，囿别区分，纲领分明。从刘勰论文体看，他所论"有韵"、"无韵"之"韵"仅指押尾韵而言，所谓"异音相从谓之

① （汉）王充：《论衡》卷十三，中华书局1985年版，第149页。
② 《宋书》卷七十五，第1959页。
③ 《全上古三代秦汉三国六朝文》之《全宋文》卷十五，第2519页。

和，同声相应谓之韵"，"属笔易巧，选和至难；缀文难精，而作韵甚易"（《声律》）。以诗为主体的"文"要求押尾韵是不言自明的，而"笔"体求"和"则是声律论产生和骈文形式发展的新现象。因此，刘勰"文笔之分"仅仅是从外在形式的明显特点划分文体类型，带有诗文二分的痕迹。

以有韵、无韵区分文体，虽然简便易行，但随着人们对韵的理解的延展，这种辨析文体方法显得越来越不具可操作性。刘勰虽然明确地区分"韵"与"和"，以"和"指代句中之宫商，但这个新名称没有获得时人的普遍认同①。永明声律论代表人物沈约将"韵"的押尾韵意义延伸扩展至阐释句中之声律，所谓"宫羽相变，低昂互节"，"前有浮声，则后须切响"，"一简之内，音韵尽殊；两句之中，轻重悉异"②。又曰："韵与不韵，复有精粗，轮扁不能言之，老夫亦不尽辨此。"③ 沈约在此以"韵"指代句中宫商律吕的和谐。因此，阮伯元《文韵说》曰："梁时恒言所谓韵者，固指押脚韵，亦兼谓章句中之音韵，即古人所言之宫羽，今人所言之平仄也。"④ 这种说法是有道理的。由于骈文盛行，时文大都讲究声韵藻采，"韵"的广义被普遍使用，因此以有韵、无韵的区分文、笔方法显得笼统而缺乏有效性。其后，萧绎论文、笔时则放弃了以有韵、无韵区分文笔的外在标准，着重从文笔的性质上进行考察和辨析。《金楼子·立言》曰：

> 然而古人之学者有二，今人之学者有四。夫子门徒，转相师受，通圣人之经者谓之儒；屈原、宋玉、枚乘、长卿之

---

① 郭绍虞先生在《文笔说考辨》［见《照隅集古典文学论集》（下编），上海古籍出版社 1983 年版，第 312—313 页］中说："一般人所谓'韵'，都是指押脚韵而言的，刘勰所谓'韵'即指此，所以《声律篇》说：'同声相应谓之韵'，而对于调和句子中的声律，则称之为'和'。"

② 《宋书》卷六十七《谢灵运传》，第 1779 页。

③ 《南齐书》卷五十二《陆厥传》，第 900 页。

④ （清）阮元：《揅经室集》，邓经元点校，中华书局 1993 年版，第 1064 页。

徒，止于辞赋，则谓之文。今之儒，博穷子史，但能识其事，不能通其理者，谓之学。至如不便为诗，如阎纂；善为章奏，如伯松；若此之流，汎谓之笔。吟咏风谣，流连哀思者，谓之文。①

萧绎所论"古之学者"是指通圣人之经的儒者与擅长辞赋的文人；"今之学者"指时人中"守其章句"的学者，"扬榷前言，抵掌多识"的学者，文者、笔者。萧绎采取了时人通行做法，明确区分了儒者与文人，这在本质上是将儒学排除于文学之外，明确了文、笔的共同界域。在此基础上，萧绎进一步从外延和内质上辨析"文"与"笔"。"至如不便为诗，如阎纂；善为章奏，如伯松，若此之流，汎谓之笔。"这句话是对笔的外延的界定，诗不属于"笔"，章奏之类的公文是"笔"的主要形式，同时隐含的意义是，"文"的主要体裁形式是诗。"吟咏风谣，流连哀思者，谓之文。""文者，惟须绮縠纷披，宫徵靡曼，唇吻遒会，情灵摇荡。""文"的特质是强烈的抒情色彩，藻采华丽，声韵和谐，具有强烈的视听审美效果和情感渲染力。"笔退则非谓成篇，进则不云取义，神其巧惠，笔端而已。""笔"类文体，相对于"文"类抒情作品而言，虽然也讲究偶对声采，但不具有浓厚抒情色彩和严格声韵规范，故不能与之媲美；另一方面，笔又拘于篇翰，难以表现儒者之义理，只是笔头灵巧慧智之作。这样，萧绎既划清了笔体与儒者之体的界限，又区别了文学中"笔"体与"文"体的不同。

萧绎的文、笔之论力图在泛文学的范围中划分出一部分更为纯粹的文学，并且从性质和界域上加以界定。与刘勰文笔之分比较而言，他们在对狭义之"文"的定义具有大体趋同性，但对"笔"的外延确定上却相距甚远。刘勰所谓"笔"包括经、子、史及公文，显得庞大、宽泛、厚重，而萧绎论"笔"仅仅指公文。而实际上，刘勰虽区分文、笔，但只是借用了当

① （南朝梁）梁元帝：《金楼子》卷四，第75页。

时流行的诗、文体之分以安排和建构其文体论，并没有对文、笔进行严格辨析或在严格意义上使用文、笔概念。章太炎先生说："《雕龙》所论列者，艺文之部，一切并包，是则科分文笔，以存时论，故非以此为经界也。"① 刘师培也认为："当时世论，虽区分文笔，笔不该文，文可该笔，故对言则笔与文别，散言则笔亦称文。"② 黄侃在《文心雕龙》中找到"以笔目为文辞"的三条证据，进一步认为文、笔"散言有别，通言则文可兼笔，笔亦可兼文"③。与刘勰相比，萧绎则具有自觉追求文学纯粹性的强烈冲动，他毫不留情地将经、子、史请出文笔之外，又将相对寡情少文的具有实用性的公文排除在狭义之"文"外。

在萧绎的表述中我们不难发现他隐约包含的重文轻笔倾向。笔体既不能与儒家经传和著作相提并论，也不具有抒情篇章之纯美，仅仅是笔端之作而已。这种倾向在南朝具有一定的普遍性。如范晔《狱中与诸甥侄书以自序》曰："吾思乃无定方，特能济难适轻重，所禀之分，犹当未尽。但多公家之言，少于事外致远，以此为恨，亦由无意于文名故也。"④ "公家之言"是指书记章表之类的笔体，"事外致远"之文是指脱离事务实用性而表现高情远趣的抒情文体，范晔因公务缠身，多作笔体，少有诗赋，没有文名，并以此深为遗憾。又据《南史·任昉传》载："昉尤长为笔，颇慕傅亮才思无穷，当时王公表奏无不请焉。昉起草即成，不加点窜。"时人赞曰"任笔沈诗"，而"昉闻甚以为病"

① （清）章太炎：《文学总略》，载《章太炎学术史论集》，傅杰编校，中国社会科学出版社1997年版，第44页。

② （清）刘师培：《中国中古文学史讲义》，上海古籍出版社2006年版，第97页。

③ 这三条证据是：《事类》篇"事美而制于刀笔"；《镕裁》篇"草创鸿笔，先标三准"；《颂赞》篇"相如属笔，始赞荆轲"。见黄侃《文心雕龙札记·颂赞》，中华书局1962年版，第210页。

④ （清）严可均：《全上古三代秦汉三国六朝文》之《全宋文》卷十五，第2519页。

文体观念与文化意蕴

乃至于"晚节转好著诗"①，但用事过多，属辞不得流便。可见，"笔"虽与经国之大业密切相关，但诗赋之类的"文"在时人心目中的地位绝不亚于"笔"。如果说曹丕重奏议之类的经国之文，曹植以辞赋为"小道"，还表现出重笔轻文倾向的话，刘勰"论文叙笔"则文笔并重，至沈约、萧绎、萧纲等人则明显表现出重文轻笔的特点。这种从重笔向重文发展的轨迹表明"文"在文笔中地位的日益被凸显。

萧绎对文笔的辨析进一步缩小了文的范围，几乎接近我们今天所说的文学范畴。"文笔之分"虽然仅仅是六朝进行文体划分的方法，但对文与笔的辨析，特别是从形式和性质上界定和区分文与笔，则促进了六朝纯文学文体意识的发展，并充分显示了六朝人对"文"的审美特征愈来愈明确的认识，这标志着六朝狭义之"文"的正式形成。

这样，泛文学文体观念和纯文学文体观念都被戏剧性地定位于六朝了，外延无限扩大的泛文学文体论与外延相对缩小的纯文学文体论之间具有内在张力性，然而，在对文的内涵的理解上批评家们却表现出大体一致性倾向。正如黄侃所论"文辞封略，本可弛张"，"拓其疆宇，则文无所不包，揆其本原，则文实有专美"②。这较确切地阐明了六朝人关于文学文体的基本观念。

① 《南史》卷五十九，第1453—1455页。
② 黄侃：《文心雕龙札记·原道》，第8页。

从目录学、总集编撰到文体分类学[*]

古代文体众多，这些文体大都起源于先秦，成熟于汉代，繁荣于六朝。但古人关于文体分类的初步意识却产生于对总集或文集的编撰之中。当编撰者面对众多的文本并试图对它们施行有序编排的时候，如何对文本进行聚类区分，采取什么样的类的标准进行区分则成为首要问题。显然，这首先是出于目录学编排的方便而施行的类分，但有关文体分类的意识则已经萌生和隐含于这种具有目录学意义的编撰之中了。

一 先秦两汉：文体分类学的孕育时期

先秦时期，人们已经有了模糊的文体分类意识，其中所表现出来的隐约文体观念对古代文体分类学产生了极大的影响。如上古古老的记言、记事的史书《尚书》按照历史年代先后分为虞夏书、商书、周书三部分，但在对具体的单篇文章标目时却显示出了典、谟、训、诰、誓、命等六种不同的文章类型。典，《说文》释为五帝之书，如《尧典》是记叙尧、舜事迹的书。谟，谋也，如《大禹谟》、《皋陶谟》，为君臣之间关于政事的谋划和对话。誓，古代帝王在征伐之前告诫将士的誓词，如《甘誓》、《汤誓》、《牧誓》。诰，告诫。如《康诰》、《酒诰》皆为周公告诫康叔治民之道的诰辞。命，命令，嘱托，如《顾命》记录了

＊ 本文原载《文学前沿》第9期，学苑出版社2004年版。今据原文修订并增加有关引文注释及小标题。

成王临终前的遗嘱、太子钊在先王庙接受册命的仪式及朝见诸王的言辞；《文侯之命》为周平王表彰、赏赐、嘉奖晋文侯的册命。训，教导，如《伊训》是伊尹教导太甲的话。这些文章都是史官所记录的官方文辞，大都是对帝王在不同场合言辞的记载，或君臣之间关于国家重大事务的对话，在文章体式上大致相似，都采用散体写作。但编撰者所标示的上述每一名目类型都具有特定表现内容和实施对象，并且能实现不同的政治功用和目的。这表明了在《尚书》中已经隐含了编者隐约的文类意识，虽然还是相当朦胧和不具有自觉性，但对后世的公文分类产生了很大的影响。

《诗经》是中国最早一部诗歌总集，共收入自西周初年至春秋中叶大约五百年间的诗歌三百零五首，编者将所收诗歌分成风、雅、颂三个大类。关于《诗经》的编集，汉代学者有采诗、删诗的说法。班固说："孟春之月，群居者将散，行人振木铎徇于路，以采诗，献之大师，比其音律，以闻于天子。"[1] 司马迁《史记·孔子世家》曰："古者诗三千余篇，及至孔子，去其重，取可施于礼义……三百五篇孔子皆弦歌之。"[2] 可见《诗经》是乐官将各地的诗歌搜集在一起，或是孔子删订而形成诗集的。不论上述说法是否可信，《诗经》是一部通过采集而来的诗歌总集则应是无疑问的。问题的关键在于编者如何对至少是三百零五篇以上的诗歌作品进行有序的编排？唐代孔颖达说："《风》、《雅》、《颂》者，诗篇之异体。"[3] 将《诗经》分成风、雅、颂三个部分，这已经具有了文体分类的意义，但这种分类究竟是依据什么样的标准？对于这个问题，后世学者有不同的看法：《毛诗序》认为这种分类是依据《诗》的表现对象和功用效果的不同；朱熹《诗集传》认为是按《诗》的作者身份及《诗》的内

① （汉）班固：《汉书》卷二十四《食货志》，中华书局1962年版，第1123页。

② （汉）司马迁：《史记》卷四十七《孔子世家》，中华书局1959年版，第1936页。

③ （汉）毛公传，（汉）郑玄笺，（唐）孔颖达等正义：《毛诗正义》卷一，上海古籍出版社1990年版，第18页。

容的差异；郑樵《六经奥论》认为是根据音乐的地域和属性的不同来区分的。笔者认为这三种观点都有一些道理，但从《诗经》的采诗来源来讲，编者依据采集诗歌的地域来进行分类是比较自然和方便的一种编排方法，风、雅、颂的分类方法与音乐和地域有关也是没有疑问的。郑樵说："风土之音曰风，朝廷之音曰雅，宗庙之音曰颂。"①"风"是来自京城镐以外十五个地区的乐歌，如齐风、郑风、魏风；"雅"是西周、东周王城及附近地区的乐歌，又分为小雅、大雅，属于文人的自觉创作，是正声；"颂"是各地的宗庙、祭祀乐歌，如周颂、鲁颂、商颂。以这三类诗歌在表现对象、语言体式、艺术手法和风格形态诸方面都具有明显差别。"风"是"闾巷风土男女情思之词"②，"雅"多言"王政之所由废兴"，"颂"乃"美盛德之形容，以其成功告于神明③；"风者，出于土风，大概小夫、贱隶、妇人、女子之言。其意虽远，其言浅近重复，故谓之风。雅出于朝廷士大夫，其言纯厚典则，其体抑扬顿挫，非复小夫、贱隶、妇人、女子之言能道者，故曰雅。颂者，初无讽诵，惟以铺张勋德而已。其辞严，其声有节，不敢琐语亵言以示有所尊，故曰颂。"④可见，风、雅、颂的区分方法虽然是依据诗歌的地域所作的自然类分，但以此分类的诗歌在表现内容、表现方式和风格形态上都有着明显的差异，这已经暗含了文体学关于文体分类的意义。

两汉时期，有关文体分类的意识仍然隐含在对于古籍的整理和目录分类之中。汉代是我国古代学术文化十分繁荣的时期，从汉初到汉成帝的一百多年的时间里，几代帝王广搜天下藏书，古代典籍的数量已经相当可观。西汉末年，由刘向、刘歆父子参与校书，由刘歆编成了我国最早的综合性古籍目录《七略》。《七

---

① （宋）郑樵：《通志·昆虫草木略序》，载《四库全书》第374册，上海古籍出版社1987年版，第559页。

② （宋）朱熹：《楚辞集注》卷一，上海古籍出版社1979年版，第2页。

③ 《毛诗正义》卷一，第20页。

④ （宋）郑樵：《六经奥论》卷三《风雅颂辨》，通志堂本，第8页。

文体观念与文化意蕴

略》已亡佚，但它的基本内容被保存在东汉班固的《汉书·艺文志》中，我们今天仍可见出刘歆对古籍进行分类的情况。《七略》将所有的典籍分为七大类：辑略、六艺略、诸子略、诗赋略、兵书略、数术略、方技略。在七大类中，已经出现了属于文学性质的类目：诗赋略。这表明诗赋类文学作品已经取得了与六艺、诸子并列的地位，在古代学术和文化体系中占有了一席之地。在《七略》的分类中，《诗经》作为儒家经典被列入"六艺略"中，小说和诸子散文被列入"诸子略"中，它们都没有被归入属于文学的目录中。"诗赋略"共收录一百零六位作家的一千三百一十八篇作品，如何对它们进行目录编排，这实质上已经涉及有关文学文体分类的问题了。《汉志》将"诗赋略"分为屈原赋之属、陆贾赋之属、荀卿赋之属、杂赋、歌诗五类。这显然是将赋与诗两种不同的体裁区分开来了，而赋分为四大类，前三类在每类之下都录有赋家和作品篇数，杂赋依据题材的不同类分为"客主赋"、"杂行山及颂德赋"、"杂四夷及兵赋"等十二种。至于如何要进行这样的类分，分类的依据和原则是什么？《汉志》没有明言，但我们从中可以发现的问题是，《汉志》将屈原的楚辞也纳入了赋体，这表明汉人还未能将楚辞和赋区分开来，而是将两者混同了。另外的问题是"屈原赋之属"是否表明隶属于屈原之下的赋家都与屈原的辞赋有相似的特点或相承的关系？顾实《汉书艺文志讲疏》认为屈原赋之属，"盖主抒情者也"；陆贾赋之属，"盖主说辞者也"；荀卿赋之属"盖主效物者也"[①]。这种观点存在一些漏洞，如就屈原本人而言，他的作品就不仅仅限于抒情，我们更也不能把隶属于他之后的二十位赋家的作品都概括为抒情性赋作。虽然我们暂时无法确认《汉志》对"诗赋略"进行分类的标准，但从中我们可以见出汉人已经在尝试着对文体进行聚类区分并加以初步辨析了。

① 顾实：《汉书艺文志讲疏》，上海古籍出版社 1987 年版，第 173—181 页。

二 魏晋六朝:集部形态的确立和
文体分类学的勃兴

　　魏晋六朝,文体分类学勃然兴起,众多的批评家开始关注文体问题,他们自觉地对各类文章施行聚类区分,并表现出强烈的辨体意识。这样一种新风气的出现与目录学中集部形态的确立,以及文人总集编撰活动有着直接的关系。

　　《汉书·艺文志》中的"诗赋略"虽然是文学性质的专科目录,但却只包括诗、赋文体,没有兼顾众制,不足以涵盖当时作家庞杂的创作实践成果,特别是将秦、汉具有文学性的散体之文排除在文学目录之外,界域过于狭窄。魏晋时代,有关文章的专科目录开始被建立起来。西晋荀勖在《中经新簿》中首创不同于《七略》体例的四部分类目录,在甲、乙、丙(经、子、史)部外,以丁部总汇诗赋和其他难以归类的图书,如图赞、汲冢书等,《隋志》史部簿录类著有其《杂撰文章家集叙》十卷,是文集目录类书。刘宋目录学家王俭在《七志》中将"诗赋略"改为"文翰志",其书已佚,我们无法知道《文翰志》所收为哪些书目,但通过"文翰"这一类目名称可以推断当时的文学目录不再仅仅限于诗、赋文体,已把其他文章类型包含其内了。至梁目录家阮孝绪编撰《七录》,始将"文翰志"的文学专科目录改为"文集录",其中包括楚辞、别集、子集、杂文等子目录,这正式开启了《隋志》以后综合性书目中文学目录的基本形式"集部"。集部形态的确立为古代的文体分类学界定了基本的文章总集编纂和分类的范围。

　　《典论·论文》是中国文学批评史上开新的文学批评风气的重要文学专论,曹丕首次将"文"从经、子、史中独立出来作为专门对象来审视,并确定了文章所包含的基本体裁范围。《典论·论文》曰:"夫文本同而末异。盖奏议宜雅,书论宜理,铭诔尚实，诗赋欲丽。"① 曹丕将"文"分成奏、议、书、论、铭、诔、诗、赋四科八体，奏议、书论、铭诔、诗赋分别连用则表明连用的两体之间具有某些相似的特点，如奏、议都求雅，书、论都求理，铭、诔都求实，诗、赋都求丽。曹丕所论之"文"将经、史、子排除在文的范围之外，又将被"诗赋略"所排除的许多重要散文类型，如铭诔、书论、奏议纳入文的范围之内，这样一种对文章外延的界定直接启发了目录学中集部形态的确定，在古代文体分类学中有着十分重要的意义。如果说在汉代之前人们进行文体分类往往是出于目录编排的需要的话，这一次则是批评家首次在自觉的意义上对文章文体进行单独的分类和辨析，这表明了时人已经具有了较为清醒的体裁意识和文体观念。将"文"分为四科八体，这显然不是对当时所有文体的类分，而是以例举方式来区分当时重要和流行的文体类型，并且按照作者所认为的重要程度来排列，依据的原则是文体的实用性和有效性。其后，陆机《文赋》论文也将文体分类学纳入其中进行专门探讨。其论曰："诗缘情而绮靡，赋体物而浏亮。碑披文以相质，诔缠绵而凄怆。铭博约而温润，箴顿挫而清壮。颂优游以彬蔚，论精微而朗畅。奏平彻以闲雅，说炜晔而谲诳。"② 陆机分"文"为"十体"：诗、赋、碑、诔、铭、箴、颂、论、奏、说，并对每种文体的特征进行了精要阐释，这显然是在曹丕"四科八体"基础上发展起来的关于当时流行文体的更为精细的分类。但与曹丕不同的是，陆机的"十体说"将诗、赋文体提到文体类型的首位，透露了诗、赋成为"文"主流形式的信息。

　　总集编撰对文体分类学的兴盛起着推波助澜的作用。《隋书·经籍志》说："建安之后，辞赋转繁，众家之集，日以滋广，晋代挚虞，苦览者之劳倦，于是采摘孔翠，芟剪繁芜，自诗赋下，各为条贯，合而编之，谓之流别。是后文集总钞，作者继

　　① （魏）曹丕：《典论·论文》，见（南朝梁）萧统编，（唐）李善注《文选》卷五十二，中华书局 1977 年版，第 720 页。
　　② （晋）陆机《文赋》，载《文选》卷十七，第 241 页。

轨，属辞之士，以为覃奥，而取则焉。"① 《四库全书总目》云：
"文籍日兴，散无统纪，于是总集作焉。一则网罗放佚，使零章
残什，并有所归；一则删汰繁芜，使莠稗咸除，菁华毕出。是固
文章之衡鉴，著作之渊薮矣。"② 这两段文字解释了魏晋以来文
学总集产生的原因，其一，魏晋齐梁以来，属文之士日增，文籍
日兴，文人创作实践成果需要总结和归纳。其二，文籍繁杂，览
者随其所爱，采摘杂钞，促进了分体文集的出现，如三国应璩编
有《书林》③ 专收书记之体，傅玄《七林》④，专收七体之文，
陈寿编有《汉名臣奏事》、《魏名臣奏事》⑤，专收奏章之体等，
这些为总集编撰奠定了基础。这些分体文集后被视为总集的一
种。其三，文籍庞杂，菁华与莠稗并存，零章残什没有归属，故
总集撰者采摘孔翠，芟剪繁芜，网罗放佚，追溯著作之渊源，确
立文章之衡鉴。这既解除了览者之劳倦，又确立了鉴赏和习作的
范本，使鉴赏者和写作者能够窥其全貌，得其菁华。

　　《隋志》认为挚虞《文章流别集》是最早的总集形态。由于
总集汇聚众家众体，编撰总集的首要任务是对各类文体进行聚类
区分，然后才能按体将众多的作品进行有序编排，因此，文体分
类学伴随着总集孕育而生。《隋书·经籍志》总集类云虞撰
"《文章流别集》四十一卷（梁六十卷，志二卷，论二卷）"⑥，
其中，《集》选辑各体文章，《志》为文人小传，《论》原本附
于《集》，后又摘出别行，成为文体专论。《文章流别集》已亡
佚，据现存辑佚文，编撰和论及的文体有颂、赋、诗、七、箴、
铭、诔、哀辞、哀策、对问、碑、图谶等。东晋李充著有《翰
林》，这是与挚虞《文章流别集》相仿的总集。《隋书·经籍志》

　　① （唐）魏徵：《隋书》卷三十五，中华书局1973年版，第1089—1090页。
　　② （清）永瑢、纪昀等：《四库全书总目》卷一百八十六，中华书局1965年
版，第1685页。
　　③ 《隋书·经籍志》曰："应璩《书林》八卷，夏赤松撰。"
　　④ 《艺文类聚》卷五十七引挚虞《文章流别论》："傅子集古今'七'而论品
之，署为《七林》。"
　　⑤ 《隋书》卷三十三，第973页。
　　⑥ 《隋书》卷三十五，第1081页。

总集类载："《翰林论》三卷。"注云："梁五十四卷。"① 疑原总集本称《翰林》，《翰林论》是其中的论述各类文体的部分。《翰林论》大约在赵宋以后亡佚，今仅存十数条，严可均《全晋文》有辑佚本。从辑佚文看，论及文体有赞、表、驳、论、奏、盟、檄、诗诸种。可见，无论是《文章流别集》还是《翰林》都是规模宏大的总集编撰工程，可惜大都亡佚，但从辑佚文观其片断，其中都选入了当时十分流行的各体文章，并对各类文体进行了精细的辨析，显示了文体分类学的意义。

萧统《文选》是现存最早一部总集，编者网罗众家，搜珍剪秽，自谓"略其芜秽，集其清英"②，选录东周至南朝梁代约八百年间的诗文七百余篇，分为三十九类，作者一百三十余人。《文选》以"文体编次"，选录赋、诗、骚、七、诏、册、令、教、策、表、上书、启、弹事、笺、奏记、书、移书、檄、难、对问、设论、辞、序、颂、赞、符命、史论、史述赞、论、连珠、箴、铭、诔、哀文、碑文、墓志、行状、吊文、祭文等三十九类文体。③ 其中，"诗赋体既不一，又以类分"，赋分子目十五，如京都、郊祀、耕藉、畋猎、纪行、游览、宫殿、江海、物色、鸟兽、志、哀伤、论文、音乐、情，诗分子目二十四，如补亡、述德、劝励、献诗、公宴、祖饯、咏史、百一、游仙、招隐、反招隐、游览、咏怀、哀伤、赠答、行旅、军戎、郊庙、乐府、挽歌、杂歌、杂诗、杂拟等，大体依据题材类型加以区分。范文澜说："《文选》取文，上起周代，下迄梁朝。七八百年间各种重要文体和它们的变化，大致具备，固然好的文章未必全得入选，但入选的文章却都经过严格的衡量，可以说，萧统以前，

① 《隋书》卷三十五，第1082页。

② （梁）萧统：《文选序》，《文选》，第2页。本文《文选序》文字均出自此版本第1—2页。

③ 《文选》的文体分类有三说。李善注《文选》和六臣注《文选》，皆分为三十七体；近世研究者黄侃、骆鸿凯认为《文选》分为三十八体，加入移体；当代学者褚斌杰、游志诚、傅刚等认为《文选》分为三十九体，再加入难体。本文采取第三种说法。

文章的英华，基本上总结在《文选》一书里。"① 这样一部规模宏大、精华荟萃的诗文总集所留给后人的文献价值是毋庸讳言的②，单从文体分类学的价值而言，它不仅保留了从上古到中古各种重要文体样式的经典文本，呈现了各种文体演变发展的历史轨迹，而且通过对各种文体进行聚类区分而显示了不同文体的体制形态差异性。值得关注的是，《文选序》明确规定了集部选文的标准：单篇的文章；成部的经、子、史著作均不割裂入选；史书中的赞论序述，"综辑辞采"，"错比文华"，"事出于沉思，义归乎翰藻"，故"杂而集之"。这为后世集部编撰提供了范例，也大体划定了古代文体分类学关于文章体裁研究的范围。萧统对古今文体进行全面、系统的聚类区分和辨析考察，在完成总集编撰的同时也形成了较为完善的古代文体分类学。

刘勰《文心雕龙》是古代第一部文学批评专论，从文体学意义而言，它具有极为重大的价值。这表现在刘勰创立了十分周密而完善的文体批评体系，诸如文体分类学、文体源流论、文体发展史、文体体制论、文体风格学都达到了集大成的高度。章学诚评曰：《文心》"笼罩群言"，"体大而虑周"③。孙梅曰："探幽索隐，穷形尽状。五十篇之内，百代之精华备矣。"④ 鲁迅曰："篇章既富，评骘遂生，东则有刘彦和之《文心》，西则有亚里斯多德之《诗学》，解析神质，包举洪纤，开源发流，为世楷式。"⑤ 称誉之词，溢于言表。刘勰所论文体类型，封域极广，《明诗》至《书记》二十篇"论文叙笔"共论列了诗、乐府、赋、颂、赞、祝、盟、铭、箴、诔、碑、哀、吊、杂文、谐、谶、史传、诸子、论、说、诏、策、檄、移、封禅、章、表、

① 范文澜：《中国通史》第二册，人民出版社1994年版，第528页。
② 诸如唐代"选学"之兴，后世英髦，奉《文选》为准的。士子曰："文选烂，秀才半。"
③ （清）章学诚：《文史通义》卷五《诗话》，中华书局1985年版，第167页。
④ （清）孙梅：《四六丛话》，人民文学出版社2010年版，第626页。
⑤ 鲁迅：《题记一篇》，见《集外集拾遗补编》，《鲁迅全集》第8卷，人民文学出版社1981年版，第332页。

奏、启、议、对、书、记三十三种文体，如果加上《辨骚》篇所论骚体，则为三十四种。大类之下还细分小的类别，如刘勰在有韵之"文"中设"杂文"体，无韵之"笔"中设"书记"体，以求穷尽所有未尽之文体类型。"杂文"体中除纳入"七体"、"对问"、"连珠"三种尚处于发展中的文体类型之外，还包括典、诰、誓、问、览、略、篇、章、曲、操、弄、引、吟、讽、谣、咏等众多品名，这些品名自汉代开始流行，刘勰未对它们加以详尽讨论。范注曰："凡此十六名，虽总称杂文，然典可入《封禅》篇，诰可入《诏策》篇，誓可入《祝盟》篇，问可入《议对》篇，曲操弄引吟讽谣咏可入《乐府》篇，章可入《章表》篇；所谓'各入讨论之域'也。（览，略，篇，或可入《诸子》篇。）"① "书记"除了"书札"和"笺记"之外，还囊括谱、籍、簿、录、方、术、占、式、律、令、法、制、符、契、券、疏、关、刺、解、牒、状、列、辞、谚等"随事立体"之"艺文之末品"，纪昀评曰："此种皆系杂文。缘第十四先列杂文，不能更标此目，故附之书记之末，以备其目。"② 刘永济云："二十四品，既不足以设专篇，复不宜略而不论，乃附之《书记》之末，亦犹杂文篇末附及者十六类也。"③ 故"书记"体与"杂体"有着异曲同工之妙，它们分别详备有韵之文和无韵之笔之未尽之名目，力图使文无遗类，笔无遗品。刘勰几欲将古代文体名目搜罗殆尽，如加入子类，总计论列文体达七十九种之多。可见，刘勰的分体分类系统，规模宏大，无论巨细，包罗无遗，大至史传、诸子等学术著作，小至"艺文之末品"都被纳入文体分类的体裁范围。刘勰将次文类置于主文类下进行讨论，所论文体虽多，但却有条不紊，层次清晰，其论文体的详实性与完备性，是前人所无法比拟的。值得提出的是，刘勰绝不仅仅止于细分文体，而且对各类文体的名目、源流和体制详加辨

① 范文澜：《文心雕龙注》，人民文学出版社 1958 年版，第 269 页。
② 詹锳《文心雕龙义证》引，上海古籍出版社 1989 年版，第 942—943 页。
③ 刘永济：《文心雕龙校释》，中华书局 1962 年版，第 97 页。

析，在自觉的意义上创立了真正完善和系统的古代文体分类学。

题为梁代任昉撰的《文章缘起》是中国古代一部文体论专著，专门探讨各类文章的起始之作。据《隋书·经籍志》集部总集类："《文章始》一卷，姚察撰。梁有《文章始》一卷，任昉撰……亡。"① 这说明编撰《隋志》时实存姚察《文章始》一卷，梁代任昉首撰《文章始》一卷，但有录无书。《旧唐书·经籍志》、《新唐书·艺文志》子部杂家皆著录《文章始》一卷，任昉撰，张绩补。北宋王得臣撰笔记《麈史》也出现关于此书的记载，其"论文"节云："梁任昉集秦汉以来文章名之始，目曰《文章缘起》，自诗、赋、离骚至于艺，约八十五题，可谓博矣。"② 今本《文章缘起》共著录了八十四种文体：三言诗、四言诗、五言诗、六言诗、七言诗、九言诗、赋、歌、离骚、诏、策文、表、让表、上书、书、对贤良策、上疏、启、奏记、笺、谢恩、令、奏、驳、论、议、反骚、弹文、荐、教、封事、白事、移书、铭、箴、封禅书、赞、颂、序、引、志录、记、碑、碣、诰、誓、露布、檄、明文、乐府、对问、传、上章、解嘲、训、辞、旨、劝进、喻难、戒、吊文、告、传赞、谒文、祈文、祝文、行状、哀策、哀颂、墓志、诔、悲文、祭文、哀词、挽词、七发、离合诗、连珠、篇、歌诗、遗、图、势、约。《文章缘起》大约搜集了秦汉以来古代文体的所有名目，收录之全，分体之细，前无古人，后却不乏续者③。但《文章缘起》关于文体的分类虽然完备，但却存在明显的问题，如将主文类与次文类并列而论，三言、四言、五言、六言、七言、九言、离合诗、歌诗等本为诗的细类，却与其他主文类并列，表与让表，书与上书，章与谢恩，骚与反骚，檄与露布，歌与乐府等并论也同样存在主次文类并列的弊病。这使得文体名目在类分和排列上显得繁杂细密而缺乏逻辑性，无法与刘勰文体分类学的严密性和系统性

---

① 《隋书》卷三十五，第1081页。

② （宋）王得臣：《麈史》卷中《论文》，中华书局1985年版，第38页。

③ 如明代吴讷《文章辨体》分文体五十九类，徐师曾《文体明辨》分体一百二十七类。

相提并论。

　　总之，古代文体分类学萌生和发展于目录学编排和总集编撰的活动中，而后才在魏、晋至齐、梁间逐渐成为独立的理论问题为批评家所热烈探讨。众多批评家搜罗古今文体名目，力图兼备众体，这使古代文体分类学的系统工程在齐梁之际被红红火火地建构起来了。分体细密而且周全虽然是当时普遍的风气，但也颇遭后世批评。如萧统《文选》曾多次遭受攻击，苏轼评曰"编次无法去取失当"①，姚鼐讥曰"分体碎杂"②，章学诚论曰"淆乱芜秽，不可殚诘"③。这些批评虽然显得有些过于严厉，但古代文体分类由于过于细密而有杂碎之嫌却是事实。如此庞大的文体分类学也存在着分类标准并不完全统一的问题，其文类名称的拟定或根据文章篇题，如赞、颂、七及刘勰"杂文"所列举到的文类，诸如"典诰誓问"、"览略篇章"、"曲操弄引"、"吟讽谣咏"；或依据器物名立体，如碑、铭；或据礼仪形式，如祝、盟、封禅、符命；或凭功用差异，如檄、移、诏、策、奏、议；或依体制特点，如连珠、对问。但其中贯穿于大多数文类的基本区分标准是实用标准。许多在我们今天看起来属于同一类型的文体，由于施用对象和功用目的差异，则被六朝人分成了不同文类。如六朝以前颂体、铭文大多用四言韵体写成，但颂、铭、诗功用各不相同，故成为不同文体类型。又如奏记、笺记、书本来都是书信体，但由于奏记、笺记是臣子上呈帝王之书，遂与普通书信区分成为单独文类。议、对之体本质上是论说文，同样由于"议对"为王庭之"策问"和"对策"，而与论说体相分。这样，文类增生则成为不可避免的事实了。但事实的另一面却是，当时所论列的所有文体都是十分流行的和实用的，它们各自有着显著的名目，各类文体针对不同的对象，有着不同的表现内容，也有着体制程式和语体形态的差异性。因此，在文章名目下对这

从目录学、总集编撰到文体分类学

------

　　①　（宋）苏轼：《论〈文选〉》，载《仇池笔记》，上海书店1990年版，第5页。

　　②　《古文辞类纂·辞赋序目》，载（清）姚鼐《古文辞类纂》，中国书店1986年版，目录第22页。

　　③　（清）章学诚：《文史通义》卷一《诗教下》，第23页。

些文体进行区分和辨别也是有必要和有意义的。

三　六朝文体分类学的影响

六朝的文体分类学极大地影响了后世文体批评理论的发展，唐、宋、元、明、清诸代的关于文体的分类大都沿袭六朝，基本上没有超出其樊篱。

如北宋李昉、徐铉等人编纂的总集《文苑英华》分体五十五类，姚铉纂成的《唐文粹》分体二十二类，南宋吕祖谦的《宋文鉴》分体六十一类，元代苏天爵《元文类》分体四十三类，明代吴讷《文章辨体》分体五十九类，徐师曾《文体明辨》分体一百二十七类。文体名目及类别大体沿袭六朝，只是局部地增删了一些文体类型，特别是加入了一些新出现的文类形态。其中所新增的文体，部分为新列，部分为细分。如吴讷《文章辨体》所分列的原、说、解、判、题跋、律诗、律赋、排律、绝句、近代词曲等都是六朝以后新出现的文类形式，墓碑、墓碣、墓表、墓志、墓记、埋铭等都是新增的墓碑细分类目。六朝以后文体分类的特点是分类日趋繁琐，日趋细密，达到了不厌其繁，不厌其细的程度，但对于文体的辨析却没有达到六朝批评家那样精密的程度。《四库全书总目》批评吴讷《文章辨体》："大抵剽掇旧文，罕能考核源委，即文体亦未能甚辨。"① 又批评徐师曾《文体明辨》："千条万绪，无复体例可求，所谓治丝而棼者欤。"② 这种批评虽然过分激烈，但又不无道理。此后，直到清代姚鼐编纂的《古文辞类纂》才出现了以简驭繁的分类方法，其基本做法是先将文体分成大类，大类之下再细分小类，达到纲举目张的效果。《古文辞类纂》选录了战国至清代古文七百零六篇，是代表"桐城派"散文观点的一部选本，书首序目分古文文体类型为论辨、序跋、奏议、书说、赠序、诏令、传状、碑

---

① （清）永瑢、纪昀等：《四库全书总目》卷一百九十一，第1740页。
② 同上书，第1750页。

志、杂记、箴铭、颂赞类、辞赋类哀祭等十三类。其中又将原、论、议、辨、解、说等归入"论辨"类，将表、奏、疏、议、上书、封事等归入"奏议"类。这种分类比较符合古文发展的实际情况，为时人所称赞。姚鼐关于古文的分类受到刘勰文体分类的影响是非常明显的，两种相似的文体并论，文类下再分细类，所标文体名目也基本沿袭刘勰的文体论。但是，清代仍然有批评家将文体分类的繁琐性和琐碎性推向了极致，如清吴增祺《涵芬楼古今文钞》分文体一百二十七类，清张相《古今文综》竟然将文体分为六百四十多类。

六朝以后的文体分类仍然沿袭六朝以诗、文为文学文体范围的做法，对诗、文进行了极为细密的类分，但仍然没有将小说、戏曲纳入文学文体的范围。尽管在明清以后，小说、戏曲已经极为繁荣，但是由于人们对于俗文学的偏见，始终没有在集部中为其标目。这种情况一直到五四以后才得到改观，在现代文学的文体分类观念中，人们才真正将小说、戏曲作为与诗、文并列的体裁纳入文学文体之中，形成了诗歌、散文、小说、戏剧的文学体裁四分法。而中国古代文人所热衷于写作的"文"的诸多类型，如公牍文、书牍文、碑志文、论说文之类，则被划入应用性实用文体之中，不再成为文学所关注的文类形式了。

从目录学、总集编撰到文体分类学

六朝文体批评视域中的小说[*]

　　魏晋六朝是文体批评大盛的时代，时人所谓"文"大体是具有纯审美内核的泛文学文体，以诗、赋为中心，也包括公牍文、书牍文、碑志文、议论文等众多实用性应用文体。虽然有与"笔"对举的狭义"文"的概念，但纳"笔"于"文"仍然是普遍通行的做法。"文"的范围泛大，"文"的种类繁多，批评家对文体的辨析也颇为精细，但其中显著而令人费解的问题是，在众多的文体种类中却没有小说的一席之地。

　　事实上，古代小说体式发展至六朝已经获得长足进步，各种记叙神怪和述说人事之短小篇章已初步具有小说的形式，鲁迅称此时小说"粗陈梗概"①，学界将其目为"志怪小说"和"志人小说"两大类。但时人对小说形态的理论阐释却明显处于滞后状态，小说具其实却未获其名。从现存六朝文学批评文献看，尚没有批评家专门涉及有关小说概念的论述，"小说"字眼出现频率也是微乎其微。曹丕《典论·论文》分文为"四科八体"，陆机《文赋》论文之"十体"均不见小说踪影；挚虞《文章流别集》、李充《翰林》搜罗古代文章，按体编排，并对各类文体加以辨析，虽遗佚不能窥全貌，从辑佚文观，没有论列小说文体；萧统《文选》是现存最早的一部文学总集，编者网罗众家，共编辑三十七类文体，但唯独将小说一体排除于文集之外；刘勰

---

* 本文原载《中国文学研究》2004 年第 1 期，今据原文修订并增加有关引文注释。

① 鲁迅：《中国小说史略》，人民文学出版社 1952 年版，第 75 页。

《文心雕龙》"笼罩群言"，"体大而虑周"，穷尽古今所有文体且分而论之，于"有韵之文"中设《杂文》，"无韵之文"中设《书记》，以备众体，即使对"艺文之末品"也逐一论列，但也遗漏了小说。批评家视野中小说的缺席表明小说在六朝尚没有成为独立的文体学概念。

一　小说观念的历史演化

从小说理论演化历史来看，最初的小说是泛文化概念，而且被排挤在正统意识形态的边缘。"小说"一词最早见于《庄子·外物》，其曰："饰小说以干县令，其于大达亦远矣。"唐人成玄英疏云："夫修饰小行，矜持言说，以求高名令闻者，必不能大通于至道。"① 故"小说"指与"大达"、"至道"相对立的小言，它一开始就被定位于二元对立的价值体系中成为受鄙视和被贬责的对象。又《荀子·正名》曰："知者论道而已矣，小家珍说之所愿皆衰矣。"② 其"小家珍说"之称与庄子论"小说"之意大致相似，是与荀子所谓的"道"相对的小论。

汉代论及小说的首推桓谭，其《新论》曰："若其小说家，合丛残小语，近取譬论，以作短书，治身理家，有可观之辞。"③ 桓谭以小说为文辞短书，与庄子小说之论相比较，内涵大致相似，外延有所缩小。小说是内容丛杂，形式短小的"小语"、"小论"，不能与治国平天下的鸿言大论相提并论，但也具有"治身理家"的可观性。其后，班固《汉书·艺文志·诸子略》列诸子为十家，而云："其可观者，九家而已。"诸子九家具有重大社会价值，所谓"观此九家之言，舍短取长，则可以通万方之略矣"④，而小说家居十家九流之末，是所谓"不可观者"。

---

① （清）郭庆藩：《庄子集释》卷九，中华书局1961年版，第925—927页。

② 王先谦：《荀子集解》卷十六，中华书局1988年版，第285页。

③ 江文通《杂体诗三十首·拟李都尉从军诗》李善注引《新论》，载（南朝梁）萧统编，（唐）李善注《文选》卷三十一，中华书局1977年版，第444页。

④ （汉）班固：《汉书》卷三十，中华书局1962年版，第1746页。

班固之论显然是先秦关于小说是小言的延续，在文化价值层面上，小说始终处于受压抑的地位。班固进一步论曰："小说家者流，盖出于稗官。街谈巷语，道听涂说者之所造也。孔子曰：'虽小道，必有可观者焉，致远恐泥，是以君子弗为也。'然亦弗灭也。闾里小知者之所及，亦使缀而不忘。如或一言可采，此亦刍荛狂夫之议也。"① 小说是街谈巷议，道听途说之言，刍荛狂夫之议，具有杂语性、通俗性和民间狂欢性等特点。虽然为"小道"、"小知"，不入主流，君子不屑为之，但"如或一言可采"，以广视听，亦可略备一体。班固从史家角度定位小说的史料价值和目录学意义，没有涉及小说文体本身的问题，但从他所列举的十五种小说中我们大约可以窥见他对小说内涵的理解。被班固列入小说的作品或记事或记言，内容十分庞杂，如鲁迅所言："托人者似子而浅薄，记事者近史而悠缪。"② 其中《伊尹》、《鬻子》在《艺文志》中又见于道家类；《师旷》又见于阴阳家类；《宋子》注称"言黄老意"；《青史子》注称"古史官记事也"③，鲁迅《中国小说史略》称"皆言礼"④；吴国薛综注《虞初周说》为"医、巫、厌祝之术"⑤；《百家》乃汇集诸子百家书中"浅薄不中义理"⑥ 的片段材料而成。如此看来，班固所谓"小说"没有固定的内涵，也不具有稳定的文体特点，凡是不入九流者皆入小说家之流，故班固常在作品后注引"其语浅薄"、"其言浅薄"、"似依托也"、"迂诞依托"⑦ 等字眼，表明小说者乃杂语、浅薄之语、迂诞不实之语。至东汉张衡《西京赋》也涉及"小说"语，其云："匪唯玩好，乃有秘书，

① 《汉书》卷三十，第 1745 页。
② 鲁迅：《中国小说史略》，人民文学出版社 1952 年版，第 17 页。
③ 《汉书》卷三十《艺文志》，第 1744 页。
④ 鲁迅：《中国小说史略》，第 32 页。
⑤ （汉）张衡《西京赋》李善注引，《文选》卷二，第 45 页。
⑥ （汉）刘向：《说苑叙录》，（清）严可均校辑：《全上古三代秦汉三国六朝文》之《全汉文》卷三十七，中华书局 1958 年版，第 334 页。
⑦ 《汉书》卷三十《艺文志》，第 1744 页。

文体观念与文化意蕴

小说九百，本自虞初，从容之求，寔俟寔储。"① 称小说为"秘书"，也兼有"玩好"特性，进一步从知识性、娱乐性阐释"小说"概念。综观汉人有关小说的理论可知，小说在汉代尚不是具体的文体概念，它被排挤于子、史之边缘，乃为杂语、小论、虚诞之言的汇编，具有非系统性、不完整性，因浅薄悠谬而处于子、史末流。

六朝文体批评大盛，但有关小说的理论却极为稀少，小说几乎没有从正面意义上进入文学批评家的视野。我们从批评家所涉及的与小说有关的只言片语中大略能窥见时人关于小说的观念。

六朝最初直接涉及有关小说议论的是曹植。他在《与杨德祖书》中说："夫街谈巷说，必有可采；击辕之歌，有应风雅。匹夫之思，未易轻弃也。"李善注："崔骃曰：窃作颂一篇，以当野人击辕之歌。班固集曰：击辕相杵，亦足乐也。"② 曹植没有对来自街巷草野的艺术流露出鄙夷神情，而是以十分积极的态度从正面肯定它们的存在价值，认为街谈巷议与民间之歌也能应和风雅，必有可采，这与班固所言"如或一言可采"，在语气、语调上都有不同。又据《三国志·魏书·王粲传》裴松之注引《魏略》载："太祖遣（邯郸）淳诣（曹）植。植初得淳甚喜，延入坐，不先与谈。时天暑热，植因呼常从取水自澡讫，傅粉。遂科头拍袒，胡舞五椎锻，跳丸击剑，诵俳优小说数千言讫，谓淳曰：'邯郸生何如邪？'于是乃更著衣帻，整仪容，与淳评说浑元造化之端，品物区别之意，然后论羲皇以来贤圣名臣烈士优劣之差，次颂古今文章赋诔及当官政事宜所先后，又论用武行兵倚伏之势。"③ 如果说在前论中曹植还主要是从观政教得失之功利视角评述小说的话，那么在这段文献中，小说则被曹植视为名士之间交往和娱乐的方式。邯郸淳是三国时期名士，性情滑稽，博学多才，曾著《笑林》三卷，曹植初次与之见面，就自现身

① （汉）张衡：《西京赋》，《文选》卷二，第45页。
② 《文选》卷四十二，第594页。
③ （晋）陈寿：《三国志》卷二十一，中华书局1959年版，第603页。

法表现出对民间娱乐与艺术的喜爱和欣赏。在此，"俳优小说"与胡舞五椎锻、跳丸、击剑之类的游戏节目并论，不仅具有谐趣、娱乐的特点，也成为名士风度的表征方式。曹植以侯王之尊自诵俳优小说数千言，显示了小说自身的魅力和它在上层社会中地位的逐渐变化。但是，在这段文献中，我们可觉出曹植前后判若二人，开始"澡讫，傅粉"，"科头拍袒"，嬉戏娱乐，不拘礼节，显然为名士风范，其后"更著衣帻，整仪容"，谈论天人之道与经国大业则俨然政治家气度。在曹植看来，"俳优小说"与"浑元造化之端"、"古今文章赋诔"、"武行兵倚伏之势"等不能相提并论，前者为娱乐、游戏之列，后者则关系军国大略。可见，俳优小说没有进入到曹植关于"文章"的范畴。

曹丕论文没有涉及有关小说的论述。但据《隋书·经籍志》载："魏文帝又作《列异》，以序鬼物奇怪之事。"《列异传》被《隋志》收入史部杂传类，书名下题曰："三卷，魏文帝撰。"[①]这说明曹丕不仅读过大量的小说类作品，而且他本人还曾尝试写作过序鬼物奇怪之事的小说，但是在曹丕的文学批评中却只字没有关于小说的论述。从《典论·论文》所论列的"四科八体"来看，奏议居首，其次则是书论、铭诔，而以诗赋居后，这是以"文"在社会政治生活中的重要性程度为依据所进行的文类排列。大约在曹丕看来，志怪小说之类既非"经国之大业"，也非"不朽之盛事"，故不足为论。

刘勰《文心雕龙》虽然没有直接论列小说文体，但在《谐讔》、《诸子》、《史传》、《论说》等篇中却隐含着他的小说观念[②]。《谐讔》篇提及"小说"之语，其论曰："文辞之有谐讔，譬九流之有小说，盖稗官所采，以广视听。"[③] 刘勰认为谐讔是俚俗不雅之体，它在诗、文中的地位就像小说与诸子九流的关系

---

① （唐）魏徵：《隋书》卷三十三，中华书局1973年版，第980—982页。

② 吴圣昔在《刘勰小说观探微》中将谐讔文体的特征归纳为通俗性、戏谑性、蕴藉性、讽诫性四个方面。见《江海学刊》1992年第6期。

③ 范文澜：《文心雕龙注》，人民文学出版社1958年版，第272页。本文所引《文心雕龙》的文字皆出自此版本，后文只注篇名。

一样，卑微低贱。刘勰沿袭《汉志》之说，将"小说"归入诸子，又视小说为区别于诸子九流之末类。刘勰以"小说"隐喻"谐谑"颇有深意，这说明小说与谐谑具有某些相似性，如"辞浅会俗，皆悦笑也"，"遁辞以隐意，谲譬以指事"，"本体不雅，其流易弊"，"会义适时，颇益讽诫"等。

《诸子》篇详论诸子九家，如"孟、荀所述，理懿而辞雅；管、晏属篇，事核而言练；列御寇之书，气伟而采奇；邹子之说，心奢而辞壮……"唯独于小说家仅举一例，即"青史曲缀以街谈"，且无任何评说。据《隋志》著录"梁有《青史子》一卷"①，可知当时《青史子》尚存，刘勰所谓"青史"显然就是《汉志》著录的十五家小说之一的《青史子》。《诸子》篇中还提到《伊尹》和《鬻子》，但所指是道家著作还是小说家作品无法确认②。刘勰袭班固之说，认为小说为街谈缀辑，杂言小论，言辞俚俗，不具有"理懿"、"事核"、"气伟"、"心奢"与"辞雅"、"言练"、"采奇"、"辞壮"等特点，故不足以详论。值得关注的是，刘勰论及近世子书发展情况，曰："迄至魏晋，作者间出，谰言兼存，琐语必录，类聚而求，亦充箱照轸矣。"魏晋时代，子书作者不断涌现，但倾向于"谰言"、"琐语"的表述方式，这表明当时子书写作已偏离了经国大论的鸿裁巨制，具有诸如妄言、杂论、逸事的"小说性"特点。但是，刘勰更倾慕战国以前的"越世高谈"，他认为诸子"本体"乃"述道言治，枝条'五经'"，故"其纯粹者入矩，踳驳者出规"：即只有"入道见志"之高论才是子书之"纯粹者"，反之，"混洞虚诞"者，如《列子》"移山跨海之谈"，《淮南》"天倾折地之说"皆子书"踳驳者"之类，是子书流入歧途的表现。刘勰对魏晋子书写作的小说化倾向持批判态度，在他看来，这些荒诞不经的"谰言"、"琐语"，只能归入"踳驳者"之类，成为文士"壮

　①　《隋书》卷三十四，第1011页。
　②　《汉书·艺文志》录《伊尹》五十一篇，属道家；又有《伊尹说》二十七篇属小说家。录《鬻子》二十二篇，属道家；又有《鬻子说》十九篇，属小说家。

观"中"弃邪"之对象。

类似观念也表现在刘勰对史传文体的论述中。《史传》篇中论及干宝《晋纪》但未涉及其《搜神记》，这表明刘勰并非没有注意到志怪之类的小说，只是对它们不予重视。刘勰认为史传文应该"表征盛衰，殷鉴兴废，使一代之制，共日月而长存；王霸之迹，并天地而久大"，是"体国"大文，并应"务信弃奇"、"事信而不诞"。但"俗皆爱奇，莫顾实理。传闻而欲伟其事，录远而欲详其迹，于是弃同即异，穿凿傍说，旧史所无，我书则传，此讹滥之本源，而述远之巨蠹也"。正史之外的"传闻异辞"，迎合世俗趣味，采用奇异传闻，穿凿不实传说，成为史书之蠹虫。列入史部的志怪小说搜记鬼神，广录异闻，不表征国家重大事件，虽自称实录，但实属于"少信"、"难征"之类，故刘勰不屑于将之在史传中论列。

还值得一提的是，刘勰《文心雕龙·论说》论列了"说"体。刘勰云："说者，悦也，兑为口舌，故言咨悦泽。""说"通"悦"，有使人愉悦、娱乐之意，是战国至汉初辩士游说之辞，所谓"转丸骋其巧辞，飞钳伏其精术"，"说"是使用辨辞使人悦服的文体。说体常用寓言、譬喻、夸张等手法，如"伊尹以论味隆殷，太公以辨钓兴周"，也用一些欺诈术"谲敌"，具有巨大的鼓动性和渲染力。陆机《文赋》论列"十体"中也有"说"体，其曰"说炜晔而谲诳"[1]，意为说体言辞光采鲜明，有虚诈之语。"说"体与"小说"体有诸多相通处，诸如寓言、比喻的使用，语辞夸诞不经，具有使人愉悦的审美效果等，但"说"往往谈论经国大业，被时人目为大言，不同于小说的琐语逸事，因而刘勰没有将这两种文体混杂而谈。

这样看来，小说之所以没有进入刘勰文体论的主流文类中是因为小说中的一部分隶属于刘勰诸子中的小论，另一部分隶属于其史传中的杂史，它们都属于异类而成为被批评的对象，在子书和史书的"大道"、"征实"观念的压抑下，小说的本体价值，

---

① （晋）陆机：《文赋》，《文选》卷十七，第241页。

诸如虚诞不经、杂语俚俗，不能显山露水。故在刘勰的视野中，小说尚不是一种稳定或独立的文体形态。

二　小说没有进入文集的原因

六朝集部形态中没有小说类别，其中的重要原因是集部编撰体例所制。随着文人创作数目日增，文体愈富，出现了将各类作品按体编排的文学总集，史书编撰目录中的集部形态也逐渐清晰。从挚虞《文章流别集》、李充《翰林》至萧统《文选》都将经、子、史类作品排除于文集之外，奠定了较为稳定的集部选文范围。自《汉志》将小说之目归于诸子十家九流之末，后世史书遂都沿袭此法，将小说目录归于子部。六朝公私书目是否将小说单列一类，尚无确切证据。荀勖《中经新簿》在乙部记录诸子，李充《晋元帝四部书目》列诸子于丙部，王俭《七志》中有诸子志，阮孝绪《七录》中有子兵录，可能保留"小说家"一类，可惜书目不存，无法考察。从六朝现存文集中考查，不仅没有小说之文类目录，也没有收入实际属于小说的作品。可见，小说之名目与小说之作品皆没有进入集部的范围。

从当时小说家自身的写作观念来看，他们不具独立的小说文体意识，"亦非有意为小说"①。六朝的小说所记故事有真实的人，也有鬼神灵怪，其书有出于文人，也有出于佛教徒者。文人之作，虽不在神教，但他们虔诚地相信神怪异事与人间常事一样，皆为实有。干宝《搜神记序》称著《搜神记》乃"发明神道之不诬"，作者"考先志于载籍，收遗逸于当时"，"访行事于故老"，"采访近世之事"②，极力证明资料及其来源的可靠性。相传干宝"性好阴阳术数，尝感于其父婢死而再生，及其兄气绝复苏，自言见天神事，乃撰《搜神记》二十卷"③，可见干宝

六朝文体批评视域中的小说

---

① 鲁迅：《中国小说史略》，第47页。
② （晋）干宝著，汪绍楹校注：《搜神记》，中华书局1979年版，第2页。
③ 同上书，第50页。

搜著《搜神记》时对神道实存的认同。时人对干宝这种写实求真也赞不绝口，称之为"鬼之董狐"①。西晋郭璞也在《注山海经叙》中称："世之览《山海经》者，皆以其闳诞迂夸，多奇怪俶傥之言，莫不疑焉。尝试论之曰，庄生有云：'人之所知，莫若其所不知。'吾于《山海经》见之矣。"郭璞认为人类的认知能力有限，所谓"物不自异，待我而后异，异果在我，非物异也"②。因此，《山海经》中所载山川怪异之象，人以为迂诞，但实际并不虚妄。郭璞还举出大量具体实例，证明《山海经》所记于史有征。不仅志怪小说的编者强调所记之事真实不诞，记录现实人、事之书也以"实录"为准则。据《世说新语·文学》载："裴郎作《语林》，始出，大为远近所传，时流年少，无不传写，各有一通。"③ 又《世说新语·轻诋》第二十四条载：庾道季当面向谢安质对《语林》所载谢安曾说过的两句话，谢安矢口否认说："都无此二语，裴自为此辞耳。"④ 于此，《语林》遂废。这两则佚事记录《语林》从名噪一时到门庭冷落的过程，表明当时读者的审美期待中也十分强调逸闻的真实可征性。六朝小说编撰者与阅读者"征实"之论表明时人更垂青于史传之体，他们以史传的真实性要求小说，以小说为证史、补史之用。故《隋志》将被现代研究者视为志怪小说的魏文帝《列异传》、干宝《搜神记》、祖台之《志怪》等，著录在史部"杂传"类，视小说为"史官之末事"⑤，又以裴启《语林》、刘义庆《世说新语》、邯郸淳《笑林》等归入子部小说类，视为小论、杂语。直到《四库全书总目提要》将古代小说归为"叙述杂事"、"记录异闻"、"缀辑琐语"⑥，都表现了一脉相承的观念。

① （南朝宋）刘义庆：《世说新语》卷六《排调》，中华书局1954年版，第209页。

② 《全上古三代秦汉三国六朝文》之《全晋文》卷一百二十一，第2153页。

③ （南朝宋）刘义庆：《世说新语》卷二，第68页。

④ 同上书，卷六，第222页。

⑤ 《隋书》卷三十三，第982页。

⑥ （清）永瑢、纪昀等：《四库全书总目》卷一百四十，中华书局1965年影印本，第1182页。

可见，小说名目一开始就隶属于诸子，其后又有一部分小说作品荫附于史统之下。六朝文集已明确排除子、史之作，因而，小说之体无论如何也无法纳入集部范围了。小说既不容于集部，又尴尬地处于子、史的边缘，它们不是正宗的子类或史书，而为子、史之邪宗，性质杂而不纯。这种特殊的位置和地位使它们有可能逃逸正统意识形态的控制而获得相对自由发展的空间。它们逐渐稳定地具有"小言"、"杂论"、"逸闻"、"虚诞"等特点，只是这些特点在特定历史条件下尚处于被遮蔽状态。

三　小说没有进入文体批评的原因

小说终于没有能作为独立的文体进入六朝诸文学批评家的视野中，也没有能为当时文集所容纳，这显然不是某个文学批评家或文集编撰者的问题，其中有着普遍的历史文化原因。就六朝人而言，当他们面对大量小说文本的出现，却仍然沿袭了历史的观念，这也不能不追究到时人独特的文学观念。可以说，阻碍小说进入六朝文学文体批评的原因是时人雅正为文的审美观念。

这首先表现在六朝人仍然十分强调文章经世致用的社会功用，因而，他们所论及的文体形式大多适合于表现重大的社会政治内容，乃至成为直接关涉统治阶级意识形态的文类形式。曹丕《典论·论文》将"文"作为独立对象来审视，标志着文学具有了自觉的意义，而曹丕提升文的地位的重要方面是将文章与治国大业联系起来，视文章为"经国之大业，不朽之盛事"[1]。陆机《文赋》用赋体形式对文学创作过程的审美特点作了详细论述，但仍然将"文之为用"归结为"济文武于将坠，宣风声于不泯"，"被金石而德广，流管弦而日新"[2]，强调文章的政治教化作用。挚虞《文章流别论》对各类文体进行分类阐述，认为文章"所以宣上下之象，明人伦之叙，穷理尽性，以究万物之宜

①　（魏）曹丕：《典论·论文》，《文选》卷五十二，第720页。
②　（晋）陆机：《文赋》，《文选》卷十七，第244页。

者也"①，突出了文章的人伦和王泽宣化功能。刘勰《文心雕龙·序志》曰："唯文章之用，实经典枝条，五礼资之以成文，六典因之致用，君臣所以炳焕，军国所以昭明。"宣扬文章在君臣关系和军国大事中的重要作用，强调文士应该培养优良的品质和军事政治才能，写出可以"纬军国"的文章。萧统编撰《文选》，虽然极为强调文章的"入耳之娱"、"悦目之玩"②的审美娱乐功能，但他在《陶渊明集序》中又认为陶渊明之文"有助于风教"，譬如"驰竞之情遣，鄙吝之意祛，贪夫可以廉，懦夫可以立"③。颜之推《颜氏家训·文章篇》则更为直接地谈到文章具有"朝廷宪章，军旅誓诰，敷显仁义，发明功德，牧民建国"④等多种用途。可见，在文人普遍追求审美化的时代，文章的社会价值并没有因此被摒弃，反而在与以萧纲为代表的新变派的斗争中被凸显⑤。

从六朝批评家所论列的文体来看，众多文体都与封建政统紧密关联。挚虞《文章流别论》曰："王泽流而诗作。"刘勰《明诗》曰："诗者，持也，持人情性；三百之蔽，义归'无邪'，持之为训，有符焉尔。"范文澜注引郑玄《诗谱序正义》曰："然则诗有三训：承也，志也，持也。作者承君政之善恶，述己志而作诗，为诗所以持人之情，使不失队，故一名而三训也。"⑥挚虞、刘勰等人都认为诗歌与君王政事密切关联，颂扬君王美德，承载君政得失，还具有持人情性的教化功用。从萧统《文选》所编选的诗歌看，诸如述德、劝励、献诗、公宴、咏史、

---

① （晋）挚虞：《文章流别论》，载《全上古三代秦汉三国六朝文》之《全晋文》卷七十七，第 1905 页。本文所选《文章流别论》均出此页。

② （南朝梁）萧统：《文选序》，《文选》，第 2 页。本文所选《文选序》文字均出自此页。

③ （南朝梁）萧统：《陶渊明集序》，载《全上古三代秦汉三国六朝文》之《全梁文》卷二十，第 3067 页。

④ （北齐）颜之推著，（清）赵曦明注，（清）卢文弨补注：《颜氏家训》，中华书局 1985 年版，第 81 页。

⑤ 新变派崇尚丽丽靡艳发之辞，讲究声韵婉转动听，多写艳情，文风轻靡。

⑥ 范文澜：《文心雕龙注》，第 68—69 页。

招隐、反招隐、赠答、军戎、郊庙等诗歌题材类型都表征重大社会事件或表现忠君孝亲之情。可见，诗歌在六朝仍然是具有重大社会意义的文体形式。赋体也不例外，挚虞《文章流别论》曰："赋者，敷陈之称，古诗之流也。"大赋铺陈京都、宫殿、苑囿、畋猎，记述行旅，抒写情志，"曲终奏雅"，不失为"体国经野"之大制，"符采相胜"之雅文，"鸿裁之寰域"（《文心雕龙·诠赋》）。小赋描绘草区禽族，庶品杂类，虽为"小制"，但也为文人之间附庸风雅、显露才情之雅文。颂、赞、铭、诔等文体为颂美神明、圣王功德之作。挚虞《文章流别论》曰"成功臻而颂兴，德勋立而铭著，嘉美终而诔集。"刘勰《颂赞》云："容德底颂，勋业垂赞。"萧统《文选序》曰："颂者，所以游扬德业，褒赞成功。"箴、铭、戒等文体具有警戒意义而成为德行之轨范。刘勰《箴铭》曰："美终而诔发，图象而赞兴"，"铭实器表，箴惟德轨"。《文选序》曰："箴出于补阙，戒出于弼匡。"祝、盟均为告神之辞，祝体为人们向神祇祷祝，以求福佑之辞。盟体是诸侯与诸侯之间会盟时向神明祝告之盟辞或盟约，以保证盟誓双方能够信守约辞。祝祷和盟誓要求"立诚在肃，修辞必甘"（《文心雕龙·祝盟》），是与祭祀大礼和军礼有关的文体。封禅之文"封勒帝迹，对越休天"，是直接记录帝王封禅大典经过和颂扬帝王勋业之鸿笔（《文心雕龙·封禅》）。萧统《文选》将封禅文归在"符命"一类，意谓天降瑞应，以为帝王受命之符。诏、策、檄、移、章、表、奏、议等或为皇王施令，或为臣子陈辞，都是有关军国大事之"大手笔"。刘勰《定势》云："章、表、奏、议，则准乎典雅。"这些文类虽不能与经、子、史之类相提并论，但直接关系重大社会生活，属于雅文之枢辖，为封建文人所青睐。

六朝文体批评视域中的小说

　　小说来自街谈巷议，搜神寻逸，爱广尚奇且夸诞难征，与上述文类相比较，既不能颂扬圣王之鸿业，又难以表征重大社会事件。虽然也包含寓劝戒，广见闻，资考证之类的社会功用，但毕竟为小道、杂论，故难以被正统文人纳入雅正文类之范围。

　　六朝的雅正审美观念的另一含义是指文辞雅丽。雅者为正不仅指文体表现内容之重大，也指言辞声韵之纯正。据章太炎先生考证，"雅"的文字学意义是周声①，亦即正声。《诗经》风、雅、颂的分类方法与音乐密切关联，"风"是来自京城镐以外十五个地区的乐歌；"雅"是西周、东周王城及附近地区的乐歌；"颂"是宗庙、祭祀乐歌。钱穆先生认为："十五国风所载各诗，凡以登之庙堂，被之管弦，则殆已经王朝及各国士大夫之增润修饰，非复原制。"② 也就是说，十五国风其实是经过一番雅化工夫化成雅言，谱成雅乐才能与雅、颂之诗乐并列成为雅文经典。六朝人极为讲究文辞雅正，挚虞、刘勰等人有"四言正体"说。《文章流别论》曰"古诗率以四言为体"，五言者"于俳谐倡乐多用之"。"雅言之韵，四言为正；其余虽备曲折之体，而非音韵之正也。"《文心雕龙·明诗》云："四言正体，则雅润为本；五言流调，则清丽居中。"《章句》云："诗颂大体，四言为正。"颜延之《庭诰·论诗》云："四言侧密"、"五言流靡"③。四言诗之所以被视奉为诗歌正宗体式，是因为四言诗音韵纯正，用语典雅，结构雍容，主要用于表现宗庙祭祀和庄严礼仪的重大内容，故在挚虞、刘勰等人看来是雅正润泽之体。五言诗最初多为民间乐府诗，魏晋文人五言诗也受到民歌的深刻影响，甚至带有某些民歌俗韵俗调的痕迹，故被贬为音韵不够纯正的"流靡"、"流调"。

六朝文学逐渐趋于精雅化的贵族文学，上至帝王将相，下至普通文人无不爱好文学或热衷于从事诗文写作。而其中文学雅化的重要方面表现为文体的普遍骈化：丰赡华丽的辞藻、极尽工整的偶对、和谐抑扬的音节、精工贴切的隶事。这种对形式的极度追求表明了六朝文人自觉推动文体雅化的努力。正如胡适所言："六朝的文学可说是一切文体都受了辞赋的笼罩，都'骈俪化'了。论议文也成了辞赋体，纪叙文（除了少数史家）也用了骈

俪文，抒情诗也用骈偶，纪事与发议论的诗也用骈偶，甚至于描写风景也用骈偶。故这个时代可说是一切韵文与散文的骈偶化的时代。"① 当时公私文翰无不以骈俪行之。文体的普遍骈化及文人对语言形式的极度追求使骈体与散体的区分愈来愈明显，六朝人关于"文"的外延在逐步缩小，即以骈文的审美标准为准则，将非韵、非骈、少采之"言"、"语"排除于"文"之外。时人文集编撰不选经、子、史类文章，与他们视"文"为骈俪偶对之美文有关。六朝"文笔"之称也是相对于"言"或"语"而言②。当时文人写作十分讲究对语言文字的修饰，据《晋书·乐广传》载："广善清言而不长于笔，将让尹，请潘岳为表。岳曰：'当得君意。'广乃作二百句语，述己之志。岳因取次比，便称名笔。"③ 这是"言"、"语"不同于"文"、"笔"的可靠证据："言"、"语"是不事修饰的清言，而"文"、"笔"则极为追求藻韵声采，才是真正的"文"。清人刘师培在《广阮氏文言说》中清楚阐释了六朝人所谓"文"的观念，其论曰："直言为言，论难为语，修词者始为文。文也者，别乎鄙词俚语者也。……言语既然，则笔之于书，亦必象取错交，功施藻饰，始克被以文称。故魏、晋、六朝，悉以有韵偶行者为文，而昭明《文选》，亦以沉思翰藻为文也。"④

刘勰论文没有论列小说，却将在他看来属于"本体不雅"的"谐讔"列为一体单独论述，其中重要原因在于六朝的谐讔文多用韵体或赋体写成，颇有文采，具有辞藻华美、音韵和谐、对偶工整等语言美，顺应了骈体文学昌盛的创作潮流。而小说之体，大都以"语"、"记"、"说"、"传"等字眼命名，如《世说新语》、《搜神记》、《俗说》、《神仙传》等，不仅俚俗不雅，而

---

① 胡适：《白话文学史》，上海书店 1989 年版，第 121 页。

② 参见郭绍虞：《文笔说考辨》，载《文艺论丛》第 3 辑，上海文艺出版社 1978 年版，第 313 页。

③ （唐）房玄龄：《晋书》卷四十三，中华书局 1974 年版，第 1244 页。

④ 陈引驰编校：《刘师培中古文学论集》，中国社会科学出版社 1997 年版，第 183 页。

且承史学叙事传统，用单行散体写成，缺乏骈文的文采之美，只能称为"言"或"语"，而不能称为"文"。故不为刘勰所重。它们被文人排除于文集之外也就不足为奇了。

刘勰《宗经》清晰阐述了雅正为文的标准，其论曰："一则情深而不诡，二则风清而不杂，三则事信而不诞，四则义贞而不回，五则体约而不芜，六则文丽而不淫。"即情感深挚、风貌清明、叙事信实、思想纯正、体制要约、文辞华丽是雅正之文的特点，反之，虚诡、杂乱、荒诞、邪曲、芜杂、淫靡则为俗邪不正之体。小说来自街谈巷议，记事采言多浮妄，述鬼神幽昧之事，语多怪异，虽经文人搜集整理，但多为单语散体，既与儒家"不语怪、力、乱、神"① 的正统观念相距甚远，又与时人雅正审美标准不相吻合，故不为时论所重。

---

① 《论语·述而》，载（魏）何晏等注，（宋）邢昺疏《论语注疏》卷七，上海古籍出版社 1990 年版，第 62 页。

论"文源五经"的文体学意义[*]

"文源五经"是汉魏间发端、齐梁间形成的较为流行的关于各类文章起源的观念，即认为古代各类文章体制，如诗、赋、颂、赞、论、铭、诔、箴、祝、诏、策、章、奏、论、说发源于《诗》、《书》、《礼》、《易》、《春秋》五大经典和一部分释经之传，如《易传》、《礼记》、《春秋左传》等。或者说，古代各类文章形式及其体制形态都被较早地保留在儒家的五种经典中。

一 "文源五经"的观点的提出

汉、魏以来，有关"文源五经"的说法已零散地见于文人对各种文体的议论之中，在论及各类不同文章体制源头时，他们不约而同地上溯到了儒家五经。

汉代班固作《两都赋序》云："或曰：赋者，古诗之流也。"班固引或人之言，将赋的源头追溯到《诗经》，认为两者之间具有内在承继流变的关系，这表明在班固之前或与班固同时代的人持类似的见解。班固还从社会功用角度进一步阐发了诗、赋之间的源流关系。《两都赋序》云："或以抒下情而通讽谕，或以宣上德而尽忠孝，雍容揄扬，著于后嗣，抑亦雅颂之亚也。"① 这就是说，赋像《诗》一样，具有美刺讽谕，润色鸿业之功效。

　　＊ 本文原载《中国古代文艺思想国际学术研讨会论文集》，学苑出版社 2005 年版，今据原文修订并增加有关引文注释和小标题。

　　① （汉）班固：《两都赋序》，载（南朝梁）萧统编，（唐）李善注《文选》卷一，中华书局 1977 年版，第 21—22 页。

两汉时期，赋体文学得到了充分发展，班固肯定了赋体形式的存在意义和社会价值，他将赋溯源至诗则有力地提升了汉赋的地位。其后，有关赋源于诗的说法得到了文人的普遍认同。晋人左思《三都赋序》曰："盖诗有六义焉，其二曰赋。"① 晋人挚虞《文章流别论》曰："赋者，敷陈之称，古诗之流也。"② 清人陈廷祚《骚赋论》曰："声韵之文，诗最先作，至周而体分六义焉，其二曰赋。"③ 他们都认为赋出于《诗》"六义"之一。

魏人桓范作《世要论》，主要为论述治国理政之道的政论，其中有《赞象》篇论述到赞体文章的写作。在论及赞体的渊源时，桓范说："夫赞之象所作，所以昭述勋德，思咏政惠，此盖《诗颂》之末流矣。"④ 像赞是人物画像中的赞语，汉代宫廷有历史人物和宫廷人物的画像，并附有赞语，赞像得以兴盛而成为一种稳定的文类形式。萧统《文选序》曰"图像则赞兴"⑤，大体为此意。桓范认为赞像文体源于《诗经》中的颂，其作用在于昭示功德，裨补政教，具有颂美之意，为颂之支流。刘勰《文心雕龙·颂赞》谓赞"义兼美恶，亦犹颂之变耳"⑥，也将赞溯源至诗颂。后世赞辞，既有褒扬也有贬责，则是赞体之流变。

晋人刘寔《崇让论》将谢章推原于《尚书》，曰："原谢章之本意，欲进贤能以谢国恩也。昔舜以禹为司空，禹拜稽首，让于稷契及咎繇。……唐虞之时，众官初除，莫不皆让也。谢章之

① （晋）左思：《三都赋序》，《文选》卷四，第 74 页。
② （晋）挚虞：《文章流别论》，载（清）严可均校辑《全上古三代秦汉三国六朝文》之《全晋文》卷七十七，中华书局 1958 年版，第 1905 页。本文关于《文章流别论》的文字均出自此版本第 1905—1906 页。
③ （清）陈廷祚：《骚赋论》，载郭绍虞《中国历代文论选》第 1 册，上海古籍出版社 1979 年版，第 144 页。
④ （魏）桓范：《赞象》，《全上古三代秦汉三国六朝文》之《全三国文》卷三十七，第 1263 页。
⑤ （南朝梁）萧统：《文选序》，《文选》，第 2 页。
⑥ 范文澜：《文心雕龙注》，人民文学出版社 1958 年版，第 158 页。本文《文心雕龙》文字皆出自此版本。

义，盖取于此。《书》记之者，欲以永世作则。"① 谢章是古代臣子被策封时，向皇帝跪拜稽首、谢恩推让之辞，它由口头言辞逐渐发展成为书面陈奏而成为独立文体。刘寔认为唐虞时期臣子谢恩推让之辞是进贤让能，后世臣子即使不贤也不让贤，谢章更多地有虚情假意的成分，这显示古今风气的不同。有关谢章的体制最早被记录于《尚书》中，成为后世的写作谢章之范本。

晋人挚虞《文章流别论》是议论古代各类文章的文体专论，其中考察了各类文体的起源和流变，并将多种文体溯源到五经。如挚虞认为颂、赋、诗三种文体类型皆源于《诗经》。颂为诗之美者，赋为古诗之流也，诗的各种体制均可见于《诗经》中。其论曰："古诗率以四言为体，而时有一句二句杂在四言之间，后世演之，遂以为篇。"四言诗源于《诗经》，《诗经》的主要体制形式就是四言。后世其他各类诗歌体制也能在《诗经》中初见端倪，如"古诗之三言者，'振振鹭，鹭于飞'之属是也"，"五言者，'谁谓雀无角，何以穿我屋'之属是也"，"六言者，'我姑酌彼金罍'之属是也"，"七言者，'交交黄鸟止于桑'之属是也"，"古诗之九言者，'泂酌彼行潦挹彼注兹'之属是也"。挚虞还认为诔、哀辞、哀策之类文章最初没有定制，写法很多，但较早见于典籍者，《左传》有鲁哀公为孔子诔，这为诔体写作确立了基本的体制。

晋人傅玄论《诗》、《书》之体说："《诗》之雅颂，《书》之典谟，文质足以相副，玩之若近，寻之若远，陈之若肆，研之若隐，浩浩乎其文章之渊府也。"② 傅玄虽然没有具体论及各类文体与经典之间的派生关系，但从整体上明确地将经典视为文章的源头。《诗经》的雅、颂，《书经》的典、谟，浩大、深厚、文质相符，为后世的各体文章写作提供了典范而成为各类文章之渊府。

---

① （晋）刘寔：《崇让论》，《全上古三代秦汉三国六朝文》之《全晋文》卷三十九，第1684页。

② 《全上古三代秦汉三国六朝文》之《全晋文》卷四十九，第1740页。

至齐、梁期间，有关"文源五经"的说法得到了全面而系统的阐述，这主要是因为古代各种文类形式至此时已得到了充分的发展，文体批评也因之大盛，文人已开始自觉地关注各种文类形式及其源流演化和体制规范，而从经典中寻求文章体制源头的做法则显示了一脉相传的观念。

《文章缘起》是古代的一部文体论专著，它大约产生于齐、梁时代，《隋书·经籍志》认为是任昉作。这部书专门探讨各类文体的起始之作，作者自序云："六经素有歌诗谏箴铭之类。《尚书》帝庸作歌，《毛诗》三百篇，《左传》叔向贻子产书，鲁哀公孔子诔，孔悝鼎铭，虞人箴，此等自秦汉以来，圣君贤士，沿著为文章名之始。故因暇录之，凡八十四题，聊以新好事者之目云尔。"① 序文将古代多种文体的源头追溯到六经，认为歌、诗、书、诔、箴、铭之类的文章体制最早保留在六经中，如歌体见于《尚书》中的舜帝作歌，诗体见于《诗经》三百篇中，书、诔、铭、箴之类的文章体制都可见于《左传》，后世文体的名目及其体制由此而来。依据这种追根溯源的方法，《文章缘起》具体而微地考察了八十四种文体起始之作，作者认为，虽然八十四种文体都有着独立成篇的起始之作，但追溯名目和体制源头仍然可以上溯到六经，因而，他在总序中提出了文源六经的说法。

刘勰的《文心雕龙》是古代一部系统的文学理论专著，其中有大量篇幅论及古代各类文体的源头和体制。刘勰对"文源五经"的说法作了更为完备和充分的理论阐述，同时详尽地考察了各类文体与五经之间的渊源和流变关系。《宗经》篇曰："论说辞序，则《易》统其首；诏策章奏，则《书》发其源；赋颂歌赞，则《诗》立其本；铭诔箴祝，则《礼》总其端；纪传铭檄，则《春秋》为根。"这是刘勰关于文类起源的总的纲领，古代各种文体都可以从五经中分别找到其体制的基本雏形，它们

① （南朝梁）任昉著，（明）陈懋仁注：《文章缘起注》，中华书局1985年版，第1页。

与五经之间构成了源头与支流的关系。刘勰在"论文叙笔"二十篇中则具体深入地对各类文体施行"原始以表末"，追溯文类体制的源流。

其后，颜之推基本应和了刘勰的观点，也将古代各类文体上溯到五经，《颜氏家训·文章篇》："夫文章者，原出五经：诏命策檄，生于《书》者也；序述论议，生于《易》者也；歌咏赋颂，生于《诗》者也；祭祀哀诔，生于《礼》者也；书奏箴铭，生于《春秋》者也。"① 颜之推所论列文体形式与五经的渊源关系与刘勰所论不尽相同，如刘勰认为奏体源于《书》，铭体源于《礼》，颜之推则认为它们都生于《春秋》等，这表明在《春秋》中也保留了这些体制形式，但二者论文溯源至五经，且将诸体大体分配诸经的思路则是完全一致的。

自此，文源五经的说法得到了后世文人的普遍认同，后世论文之起源者也多承继此种说法。如明代吴讷《文章辨体序说》将文章分为著作、比兴两大类，谈到它们的源起时说，"著作者流，盖出于《书》之《谟》《训》，《易》之《象》《系》，《春秋》之笔削……比兴者流，盖出于虞夏之咏歌，商周之风雅"②，将文章各体溯源至五经。清代章学诚《文史通义·诗话》篇说："盖《文心》笼罩群言，而《诗品》深从六艺溯流别也。论诗论文而知溯流别，则可以探源经籍，而进窥天地之纯，古人之大体矣。"③章学诚也极为赞同钟嵘、刘勰等人从六艺追溯诗、文流别的做法。

二 "文源五经"的宗经征圣情结

"文源五经"的文学观念显然受到先秦、两汉以来儒家的"明道、征圣、宗经"思想模式的深刻影响，表现出强烈的宗经

征圣情结。

综观汉、魏以来的"文源五经"说大约包含两方面的内容。首先，五经博大深厚，全面而深刻地概括了远古社会生活方方面面的重大内容，这样一种覆盖面极广，表现力极强的古代文化典籍不能不包含后世众多文章样式及其体制的萌芽。

先秦儒学大师荀子对圣人经典作了高度的评价，开拓了后世宗经思想的先声。《儒效》曰："圣人也者，道之管也。天下之道管是矣，百王之道一是矣，故《诗》、《书》、《礼》、《乐》之归是矣。《诗》言是，其志也；《书》言是，其事也；《礼》言是，其行也；《乐》言是，其和也；《春秋》言是，其微也。"①荀子指出客观世界的一切规律以及历代君王的治国安邦之道都可归于圣人五经之中，如《诗》表达志向，《书》记载政事，《礼》规定道德，《乐》表现万物和谐，《春秋》呈现微言大义。汉武帝采纳了儒学大师董仲舒的建议，"罢黜百家，独尊儒术"，儒学遂成为中国封建社会的主流意识形态，儒家五经则被奉为圣人的最高典籍，而成为文人思想和行为的准则。董仲舒进一步发挥和完善了荀子的宗经思想，他在《春秋繁露·玉杯》中说："《诗》道志，故长于质；《礼》制节，故长于文；《乐》咏德，故长于风；《书》著功，故长于事；《易》本天地，故长于数；《春秋》正是非，故长于治人。"②董仲舒将荀子所论的"五经"扩大为"六经"，认为《易》本于天地宇宙变化的规律，也应列入圣人经典中。他对"六经"的特点作了进一步阐发：《诗》质直而真诚，《礼》文饰而雍容，《乐》具风化之功，《书》长于叙事，《易》穷究变化和规律，《春秋》明辨是非曲直。六经虽然风格各异、功用不同，但都完美地表现了圣人之道和万物之理。汉代扬雄早年喜爱文辞华艳的辞赋，晚年却推崇儒家的文学观念，建立了明道、宗经、征圣文学模式，《法言·寡见》曰：

---

① （清）王先谦：《荀子集解》，中华书局1988年版，第133页。
② （汉）董仲舒著，（清）凌曙注：《春秋繁露》卷一，中华书局1975年版，第34页。

"说天者莫辩乎《易》，说事者莫辩乎《书》，说体者莫辩乎《礼》，说志者莫辩乎《诗》，说理者莫辩乎《春秋》。"① 五经是人类无与伦比的最高圣典，它容纳"天"、"事"、"志"、"理"等无限广阔的内容，其理论深度和艺术造诣也是其他文本所难以媲美的，理应成为文学的楷模。在"明道、宗经、征圣"三位一体的思维模式中，虽然不同论者对"道"的理解各有差异，但他们都基于这样的假设，即"道"是客观存在的，体现着宇宙万物和人类社会之真谛，而有关"道"的真义又完美地表现于圣人经典之中。因此，所谓明道、宗经、征圣从本质意义上而言是相互吻合的，明道即要征圣，征圣即是宗经，圣人经典是关于一切自然事物和人类文化的真理性表述。这样一来，儒家经典就被认为能阐释自然和社会的客观规律而获得了普遍性的意义。

魏、晋统治者在获得政权的相对稳定之后，力图重新恢复儒学的统治地位，南朝梁武帝推举"三教并立"的文化政策，儒学再度被纳入统治者的主流意识形态之中，傅玄、挚虞和刘勰等人极力推崇和赞美儒家经典，并在文学创作中推崇儒家文学观念，这与当时的现实状况是相符合的。刘勰《文心雕龙》开篇即论"文之枢纽"，明确确立了"原道、征圣、宗经"的论文模式。刘勰指出，文章原于至高无上的"道"，圣人识鉴如日月遍照，入微通神，他们的文章能够完美体现天理神道，因此，"论文必征于圣，窥圣必征于经"，圣人制作的五经是人类文化的最高典范。刘勰极高地评价了经书的价值，《宗经》曰："经也者，恒久之至道，不刊之鸿教也。故象天地，效鬼神，参物序，制人纪，洞性灵之奥区，极文章之骨髓者也。"经书阐述天、地、人三者的永恒之至道，取象于天地，征验于鬼神，参究万物秩序，制定人伦纲纪，洞察人类心灵奥秘，极尽文章精髓。因此，无所不包的经书必然成为"群言之祖"和"文章之奥府"。事实上，五经确实涵盖着政治、经济、军事、道德、文化和社会生活的方方面面的内容，这为各类文体形式提供了它们各自侧重表现的领

论『文源五经』的文体学意义

---

① （汉）扬雄：《法言》卷五，中华书局1985年版，第19页。

域，也为后世文章的发展提供了广阔的表现领域和多样的表现方法。

其次，五经深厚的思想价值和杰出的艺术成就为后世文章写作树立了典范。文人论文推原五经，不仅因为儒家五经是包罗万象，囊括宇宙真谛的文化典籍，其高超的艺术水准和审美价值也成为了文章写作的范本。

当经学大师们从五经深厚的思想价值和真理性意义谈论它们，并将之奉为神明时，文学批评家则倾向于从审美视角阐发五经作为文章写作所具有的艺术效果和审美韵味。如扬雄《法言·问神》云："虞夏之《书》浑浑尔，《商书》灏灏尔，《周书》噩噩尔。"① 这是从经书的整体风格的不同品论之。傅玄论《诗》、《书》之体"文质足以相副，玩之若近，寻之若远，陈之若肆，研之若隐"②，评论了经书文质彬彬、含蓄蕴藉的审美特点。陆机《文赋》云："倾群言之沥液，漱六艺之芳润"③，立足于文辞和风格的角度阐述了经书的价值，要求文人写作吸取六经芬芳温润的特点。刘勰《文心雕龙》对圣人经典极富赞誉之辞，大都立足于审美的立场视角。《征圣》曰："圣文之雅丽，固衔华而佩实者也。……精理为文，秀气成采。鉴悬日月，辞富山海。"圣人文章温雅华丽，华实相称，不仅表现出精深的识鉴，而且富于文采，具灵秀之气。刘勰《宗经》着重对五经在文辞表现方面所表现出来的艺术特色进行了品论。如《易》"旨远辞文，言中事隐"；《书》"昭昭若日月之明，离离如星辰之行"；《诗》"辞藻讽喻，温柔在诵"；《礼》"采掇片言，莫非宝也"；《春秋》"观辞立晓，而访义方隐"。总之，刘勰指出，五经"根柢槃深，枝叶峻茂，辞约而旨丰，事近而喻远"，它们为后世文章写作树立了极好的表率，为各种文体的发展开拓了最广阔的领域。文人写作如果能"禀经以制式，酌《雅》以富言"，

---

① （汉）扬雄：《法言》卷四，第13页。
② 《全上古三代秦汉三国六朝文》之《全晋文》卷四十九，第1740页。
③ （晋）陆机：《文赋》，《文选》卷十七，第240页。

以五经为楷模，就能达到"六义"之美，即"情深而不诡"、"风清而不杂"、"事信而不诞"、"义直而不回"、"体约而不芜"、"文丽而不淫"。刘勰的"六义"说囊括了对文章写作的体制、风貌、言辞、思想、情感等诸多方面的要求，要求作家的情感深挚而不虚诡，风貌清明而不繁杂，叙事信实而不虚诞，思想雅正而不邪曲，体制要约而不杂芜，文辞华丽而不淫靡，这是从经书中概括出来的关于文章写作的较高审美批评标准。

"文源五经"体现了作为统治阶级意识形态的儒学对文学的深刻影响，被历代文人奉为圭臬。在文艺思想史上，"文源五经"由于宣扬文学依附于经学的观念，从而有使文学成为政治附庸的危险，在文学逐渐走向独立和自足的时代，这种观点由于其固有的局限性也遭受一些文士的谴责。如梁代萧纲就对当时文坛古体派诗文写作模仿儒家经典的做法极为不满，力图划清经学与文学的界限，其《与湘东王书》曰："若夫六典三礼，所施则有地；吉凶嘉宾，用之则有所。未闻吟咏情性，反拟《内则》之篇，操笔写志，更摹《酒诰》之作，迟迟春日，翻学《归藏》，湛湛江水，遂同《大传》。"① 他认为儒家经典各有所用，而诗、文则是吟咏情性的，不必步步宗经，不离窠臼。《内则》出自《礼记》，《酒诰》出自《尚书》，《归藏》为古《易》名，《大传》即《尚书大传》，"迟迟春日"和"湛湛江水"分别出自《诗经》和《楚辞》，萧纲将《诗》与其他儒家经典《书》、《礼》、《易》等分别开来，力图还原《诗》本来的文学面目，使文学从经学的桎梏中解放出来。

即使是古代的宗经论者，虽肯定"文源五经"为千古不变之理，但对刘勰所论五经与各文体之间的源流对应关系也提出了诸多疑问。如明代宋濂曰："呜呼！为此说者，固知文本乎经，而濂犹谓其有未尽焉，何也？《易》之《彖》、《象》有韵者，即诗之属；《周颂》敷陈而不谐音，非近于《书》欤？《书》之

① （南朝梁）萧纲：《与湘东王书》，《全上古三代秦汉三国六朝文》之《全梁文》卷五十三，第 3011 页。

《禹贡》、《顾命》，即序纪之宗；《礼》之《檀弓》、《乐记》，非论说之极精者欤？况《春秋》谨严，诸经之体又无所不兼之欤？错综而推，则五经各备文之众法，非可以一事而指名也。"① 《四库全书总目》也云："然文本于经之论，千古不易，特为明理致用而言。至刘勰作《文心雕龙》，始以各体分配诸经，指为源流所自，其说已涉于臆创。佐更推而衍之，剖析名目，殊无所据，固难免于附会牵合也。"② 他们都认为文源出五经，只是笼统而言，若要具体施行条分缕析，将诸体分配诸经则不免显得牵强附会。

三 "文源五经"的文体学考辨

从发生文类学的角度考察，古代众多的文类样式在发生之初并不具有纯粹的审美意味，它们往往是出于社会生活实用的需要而产生，而后才逐渐获得了较为稳定的审美品格。特定的文类往往有着特定的表现领域、体制形态和功能效用，并且与统治阶级的意识形态有着密不可分的关系，它们与作为主流意识形态的儒家五经有着千丝万缕的联系应是不足为怪的。儒家五经及其传论大致产生于春秋战国时代，在这样一个学术文化极为繁荣和发达的时代，古代各种文体类型都已经产生或开始萌芽，它们的体制被保留在五经之中，也是完全有可能的。因此，刘勰等人将众多的古代文体类型上溯到五经，固然不可避免地存在着宗经意识，但也不仅仅是宗经意识在作怪，"文源五经"之说大致上也有一定的历史和现实依据。至于刘勰论及各文体的名目、体制与五经之间具体源流对应关系，虽然显得有些机械化和简单化，但也并非纯属臆创，若略去细枝末节的问题，整体而言，还是比较合符实际的。况且，从刘勰本人而言，"文源五经"之说没有涉及他

① （明）宋濂：《白云稿序》，《宋学士文集》卷八《銮坡集》，商务印书馆1937 年版，第 149 页。

② （清）永瑢、纪昀等：《四库全书总目》卷三百三十一，中华书局 1965 年影印本，第 1746 页。

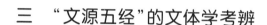

文体观念与文化意蕴

所论及的所有文体类型，关于各类文体与经典之间的源流对应关系也只是为了适应《文心雕龙》四六骈体形式写作的需要所作的大致论列，在具体考释中，刘勰并没有否定某些文体与其他经典之间所具有的源头流变关系。下文，我们逐一细考。

其一，"论说辞序，则《易》统其首"。《易经》是古代卜筮书，以卦为基本单位进行编排，每一卦由卦画、卦名、卦辞、爻辞四部分组成，辞是对卦画和卦名的解释，《易传》，如《系辞》、《说卦》、《杂卦》、《序卦》等是释经论理之作，刘勰提出"论说辞序，则《易》统其首"也不无道理。《文心雕龙·论说》曰："述经叙理曰论。"论是阐发经书述说道理的文体。"说"为"论"体中的一种，是"陈政"论辩之体。因此，论、说之体在《易传》中已初具雏形。辞、序二体主要用于解释，《文心雕龙》无专篇论述到这两种文体。但在《论说》篇中，刘勰曰："诠文，则叙引共纪。"其中，"叙"即序。范文澜注曰："序，如诗序、书序、序卦及班固《两都赋序》，皇甫谧《三都赋序》之属。"[1] 可见，序是评论文章的文体，属于"论"的一种。据李曰刚《文心雕龙斠诠》考辨曰："'辞序'之辞乃指孔子系辞及后世题辞若赵岐《孟子题辞》之类而言，与'序述'亦相同。"[2] 所以，辞、序之体都可以归入论、说之中而上溯到《易》。

其二，"诏策章奏，则《书》发其源"。《书经》为记言记事之古史，是史官关于王言的记载，包括君臣之间关于国家政务的对话，从题名来看大约包含典、谟、训、诰、誓、命等不同文章类型。典，《说文》释为五帝之书。如《尧典》是记叙尧、舜事迹的书。谟，谋也。如《大禹谟》、《皋陶谟》为君臣之间关于政事的谋划和对话。故典、谟之体为记载圣人言行和政绩的经典。誓，古代帝王在征伐之前告诫将士的誓词。如《甘誓》、《汤誓》、《牧誓》。诰，告诫。如《康诰》、《酒诰》皆为周公告

---

① 范文澜：《文心雕龙注》，第331页。

② 詹锳：《文心雕龙义证》引，上海古籍出版社1989年版，第79页。

诚康叔治国之道的诰辞。命，命令，嘱托。如《顾命》记录了成王临终前的遗嘱、太子钊在先王之庙接受册命的仪式及朝见诸王的言辞。《文侯之命》为周平王表彰、赏赐、嘉奖晋文侯的册命。训，教导。《伊训》为伊尹教导太甲的话。从《书经》所包含的文体类型来看，后世朝廷公文基本体制形式，如诏、策、章、奏之类都与此有着直接的渊源关系。故刘勰说"诏、策、章、奏，则《书》发其源"并非无据。诏、策是天子向臣民发布的文书，其起源可以追溯到唐虞时代的"命"，《诏策》云："其在三代，事兼诰誓。"《尚书》有五诰六誓，故诏书、策书的体制源于《书经》应是无疑义的。章、奏是臣下向帝王进言的文体。章是用以表示谢恩，奏论述政事。《尚书·尧典》记载，尧询问四方诸侯之长，谁能接替他的帝位，四方诸侯之长说：我们德行鄙陋，不配升任帝位。《尚书·舜典》记载，尧命舜即帝位，舜要谦让于有德之人，自己不肯即位。刘勰《章表》认为，这些臣子向帝王坚决推辞、再三谦让的言辞，虽然只是在朝廷上当面陈说，并没有形成文字，但已经具有"章表之义"。这些记载最早见于《尚书》中。《奏启》云："唐虞之世，敷奏以言；秦、汉之辅，上书称奏。"奏体也是由臣子口头进言发展到书面陈述而形成的文体。故章、奏也发源于《书》。

其三，"赋颂歌赞，则《诗》立其本"。《诗经》是中国最早的一部诗歌总集，共收入自西周初年至春秋中叶大约五百年的诗歌三百零五首。它不仅首创了四言韵体的诗歌样式，也涵盖了古代社会政治、经济、文化、军事等多方面的重大社会生活内容，蕴含了后世众多文体形式的萌芽。刘勰在《文心雕龙》中将赋、颂、歌、赞等众多文体形式的源头追溯到《诗经》，这是有根据的。《诠赋》篇云："赋也者，受命于诗人，拓宇于《楚辞》也。"赋本是《诗》之"六义"之一，赋体上承诗、骚之体，后来逐渐演化发展成为一种独立的文体形式。这种说法虽然是承继了班固等人所说的赋为古诗之流的观点，但班固则仅仅局限于从诗、赋的功用角度论述到二者的源流关系，而刘勰则更多地立足诗、赋本身的文体演化关系谈论到此。刘勰认为赋铺采摘文，体物写志，虽有别于诗，但承诗敷陈之义。赋体还从楚辞体中吸收了大量的营养成分，诸如错落的句式，华丽的辞藻，宏大的体制，从而开拓了赋体文学创作的新天地。这种说法大体上符合诗、赋体之间的内在演化逻辑，在《诗经》中不仅常用敷陈之法，而且也有敷陈为主的诗歌，如《七月》、《君子于役》、《无衣》等，这些诗中蕴含了赋体形态的某些特点。颂、赞之体也源于诗颂之义。诗之四始，颂居其首。颂体最初本意是"美盛德而述形容"，即歌颂人的功德，告之于神明。《颂赞》篇云："若夫子云之表充国，孟坚之序戴侯，武仲之美显宗，史岑之述熹后，或拟《清庙》，或范《駉》、《那》。虽浅深不同，详略各异，其褒德显容，典章一也。"《诗经》中的《周颂·清庙》、《鲁颂·駉》、《商颂·那》对后世颂美之作产生了深远的影响，基本奠定了颂体写作的体制规范，后世颂体虽然在表现对象上有所扩大，如由颂人到颂物，但往往沿用《诗经》的四言句式，文风雅正。赞是颂的分支，内容不限于歌颂，时褒时贬，有时则进一步总结、补充、说明，也承诗之义。刘勰所论之歌，即诗歌，如《乐府》云："乐辞曰诗，诗声曰歌。"刘勰认为《诗经》是诗的源头，这也是历代文人的共识。如沈约《宋书·谢灵运传论》认为历代诗、赋"原其飚流所始，莫不同祖《风》、《骚》"[1]。钟嵘《诗品》也将五言诗的源头追溯至国风、小雅、楚辞三条支流。除了在《宗经》中论及赋、颂、歌、赞四体源于《诗经》外，刘勰在"论文叙篇"的文体论中还论及其他文体也与《诗经》有着渊源关系。如《诔碑》篇云："若夫殷臣诔汤，追褒玄鸟之祚；周史歌文，上阐后稷之烈：诔述祖宗，盖诗人之则也。"《商颂·玄鸟》追颂上天的赐福，《大雅》中的《文王》、《生民》追念祖先的功德，都已经包含了"诔"文之体制。《哀吊》篇云："昔三良殉秦，百夫莫赎，事均夭横，《黄鸟》赋哀，抑亦诗人之哀辞乎！"哀辞是为夭折者悼伤之文，

① （南朝梁）沈约：《宋书》卷六十七《谢灵运传》，中华书局1974年版，第1778页。

《秦风·黄鸟》抒发了对"三良殉秦"的哀悼之辞，是诗人写作的哀辞，可视为哀体之始。

其四，"铭诔箴祝，则《礼》总其端"。《礼经》及释经之传《礼记》主要记载和论述先秦时期礼制、礼仪和君子的行为规范，大至国家典礼，君臣大义，小至君子揖让进退，迎来送往之具体礼仪和规矩无不得以陈述，铭、诔、箴、祝等文类形式被较早地保留在这些礼制或礼仪之中是可以考察的。《周礼》载大祝"作六辞以通上下亲疏远近：一曰祠，二曰命，三曰诰，四曰会，五曰祷，六曰诔"。郑司农注云：祠当为辞，谓辞令也；命，《论语》所谓为命裨谌草创之；诰谓康诰、盘庚之诰之属也；祷，谓祷于天地社稷宗庙主为之辞也；诔谓积累生时德行以锡之命，主为其辞也。贾公彦疏云：会，谓会同盟誓之辞①。可见，"六辞"是指与宗教祭祀有关的六种文体，皆为告神之言辞。刘勰所论的铭、诔、箴、祝都是与儒家礼教和礼仪有关的文体，它们与《礼》有着密切的关联性也是必然的。祝辞是向神祇祷告，以求福佑的文体。《礼记·郊特牲》记录了上古帝王伊耆年终合祭众神的祝辞，其辞云："土反其宅，水归其壑，昆虫毋作，草木归其宅。"②《周礼·春官》曰："大祝掌六祝之辞，以事鬼神示，祈福祥，求永贞。一曰顺祝，二曰年祝，三曰吉祝，四曰化祝，五曰瑞祝，六曰筴祝。"③ 可见，在《礼经》中已经有了关于祝体的完善体制。诔是称颂死者德行并致哀悼的文体。《周礼·春官》小史曰："卿大夫之丧，赐谥读诔。"④《周礼》大宗伯大祝作六辞，其六诔。《礼记·曾子问》还规定了诔文写作的礼仪等级规范，曰："贱不诔贵，幼不诔长，礼也。

---

① （汉）郑玄注，（唐）贾公彦疏：《周礼注疏》卷二十五，上海古籍出版社1990年版，第383页。

② （汉）郑玄注，（唐）孔颖达等正义：《礼记正义》卷二十六，上海古籍出版社1990年版，第500页。

③ 《周礼注疏》卷二十五，第382页。

④ 《周礼注疏》卷二十六，第403页。

唯天子称天以诔之。诸侯相诔，非礼也。"①《礼记·檀弓上》记载了鲁庄公在乘丘战败后给卜国等人作诔，诔文由此开始施用于士人。诔文的古式较早见于《左传·哀公十六年》，孔子去世后，鲁哀公作诔哀悼他。铭文也与宗教祭祀有关，《礼记·祭统》："铭者，论撰其先祖之有德善、功烈、勋劳、庆赏、声名，列于天下，而酌之祭器，自成其名焉，以祀其先祖者也。"② 这清楚地说明了最初的铭文表现的对象和功用。《礼记·祭统》录卫国孔悝《鼎铭》，《礼记·大学》载商汤《盘铭》，《大戴礼记·武王践阼》载，周武王曾作《户铭》、《席四端铭》等，这些铭文都是用以表示谨戒。箴是用以劝告和规劝的文体。《左传·襄公四年》载周文王的太史辛甲命百官作箴以纠正王的过失，其中只有《虞箴》一篇被保留下来，体制和本义都还完备。大约箴言和铭文一样具有警戒之意，是关于德行的轨范，故刘勰认为也应该发源于《礼》。

其五，"纪传铭檄，则《春秋》为根"③。《春秋》及《春秋左传》是编年体史书，记事、记人具有相当的艺术性，尤其写战争和外交辞令格外精彩，的确也包含着纪、传、盟、檄等文类体制的萌芽。南宋陈骙在《文则》中指出了《左传》中保存的春秋战国时期的八种文体，并分别描述了它们的体制风格："考诸左氏，摘其英华，别为八体，各系本文：一曰命，婉而当；二曰誓，谨而言；三曰盟，约而信；四曰祷，切而悫；五曰谏，和而直；六曰让，辩而正；七曰书，达而法；八曰对，美而敏。"④仔细考察，《左传》中确实多有古代各种文体之名目或体制的记载，如鲁哀公诔孔子，烛之武说秦伯，周襄王命重耳，子产与范宣子书，晏子之论"和同"，郑子产对晋人问陈罪，辛甲命百官作虞人之箴，正考父之鼎铭，鲁庄公使吊宋国大水，卫太子祷辞等。这包括了诔、说、命、书、论、对问、箴、铭、吊、祝等诸

① 《礼记·曾子问》，《礼记正义》卷十九，第377页。
② 《礼记·祭统》，《礼记正义》卷四十九，第836页。
③ 唐写本，"铭"作"盟"。
④ （宋）陈骙：《文则》，中华书局1985年版，第27—28页。

多古代文体的名目和体制。黄侃注释《文心雕龙·宗经》篇曰："纪传乃纪事之文，移檄亦论事之文耳。"[①] 刘勰所说的纪、传是指记载历史事件的文体。《史传》曰："古者左史记言，右史书事，言经则《尚书》，事经则《春秋》也。"《春秋》和《春秋左传》开创了后世史传体写作的先河，理所当然成为纪传体的源头。盟体是诸侯与诸侯之间会盟时向神明祝告之盟辞或盟约，以保证盟誓双方能够信守约辞。《左传》中所载盟辞极多，如襄公十年"骈旄之盟"、桓公元年"越之盟"、僖公九年"葵丘之盟"等。檄文是军队出师征伐前的文告，文中往往标明自己是仁义之师，揭露对方暴虐，摧毁对方锐气，以振奋军威，鼓舞士气，这是征战之前必行之义。《左传·昭公十三年》载晋国派人告诉周景王卿士刘献公，说齐国不肯来结盟，刘献公说："告之以文辞，董之以武师。"[②] 其中的"文辞"即具有檄文之义。《左传·成公十三年》载晋厉公讨伐秦国之前，派吕相奉辞先路，以言辞谴责秦国焚烧晋国的箕、郜两地。以文辞为征伐开路，这就是古代的檄文。

可见，"文源五经"并不完全是儒家宗经论者的妄言，我们确实从中找到了古代文学文体类型的发生与儒家五经之间的关联性和对应性。虽然古人所谈及的文体类型属于杂文学文体范畴，与现代意义的纯文学观念中的文学类型有着相当的距离，如包容了许多在今人看来仅仅属于应用性文体和公文体的非文学文体类型，但由于彼时这些文体写作都普遍讲究声韵藻采而被古人统之于"文"的名目之下了，这是古人关于文学的观念，也是我们现代人应该尊重的。五经作为中国古代社会政治、经济、军事、文化、社会风俗的集中表现，其博大深厚的内涵和深刻的表现力对后世文章写作产生了巨大的影响力，这是我们不能否认的。古代众多文体名目及其体制形态被保留在五经中，这也是可以逐一

---

① 黄侃：《文心雕龙札记》，中华书局 1962 年版，第 15 页。
② （晋）杜预注，（唐）孔颖达等正义：《春秋左传正义》卷四十六，上海古籍出版社 1990 年版，第 810 页。

考察的。从发生文类学视角而言，任何一种文类形式的产生，固然有着深刻的历史和现实原因，但是文体名目及其体制惯例的最初形态则是文类得以发生和存在的基本依据，后人争相仿效则使这样一种体制惯例得到了强调和巩固而直接促进了特定文体类型的形成。因此，文类形式的最初体制及其内在分化和演变发展过程是研究发生文类学不容忽视的重要因素。"文源五经"恰恰为我们呈现了中国古代文学文体类型与文化的紧密关联性及其从文化内部生发、分化和演化发展的进程。

论「文源五经」的文体学意义

论《文体明辨序说》的辨体观[*]

　　文学总集附论文体是中国古代文体批评独具特色的重要方式。文学总集汇聚众家众体，编者首先要对各类文体进行聚类区分，然后才能按体将众多作品进行有序编排，因此，在总集编撰中对文体类型加以辨别并进行分类则成为极为自然的事情。

　　中国最早的总集被认为是挚虞的《文章流别集》，《隋书·经籍志》总集类云：虞撰"《文章流别集》四十一卷"，"《文章流别志、论》二卷"①。其中，《集》选辑各体文章，"论"原本附于《集》，后摘出别行，成为文体专论，但可惜此书已亡佚，据现存辑佚文，文集中所编撰和论及的文体有颂、赋、诗、七、箴、铭、诔、哀辞、哀策、对问、碑、图谶等。东晋李充著有《翰林》是与挚虞《文章流别集》相仿的总集，其中《翰林论》是其中的附论文体的部分。《翰林论》大约在赵宋以后亡佚，今仅存十数条，从辑佚文看，论及文体有赞、表、驳、论、奏、盟、檄、诗诸种。萧统《文选》是现存最早的一部总集，编者以"文体编次"，网罗众家，搜珍剪秒，选录文体三十九类，但只在总序中简要论及集部选文的范围及文体分类情况，没有形成文体专论。到了明代吴讷的《文章辨体》和徐师曾的《文体明辨》依然承袭了《文章流别集》的总集编撰方式，一方面分体选文，一方面依体序说，其中《文章辨体序说》和《文体明辨序说》被今人于北山、罗根泽摘出别行，成为中国古代文体论

　　＊　本文原载《首都师范大学学报》2007 年第 2 期。
　　①　（唐）魏徵：《隋书》卷三十五，中华书局 1973 年版，第 1081—1082 页。

的集大成之作。徐师曾《文体明辨》"大抵以同郡常熟吴文恪公讷所纂《文章辨体》为主而损益之"①，分体更细，辨析更严，其中阐发了许多重要的古人关于文体的观念。自《四库全书总目提要·文体明辨提要》贬斥其"治丝而棼者"②，后人论及此书也多沿袭《提要》之说，认为全书分体杂碎，不足为法。今人罗根泽等在《文章辨体序说》和《文体明辨序说》的"校点前言"中，对其评价较为公允，他们认为全书关于古代文体的分类，固然有些流于繁琐，但"对文学体类的研究，不只需要提纲挈领，也需要条分缕析"③。王运熙等主编《中国文学批评通史》也认为《文体明辨》"或考订其源流，或辨析其古今应用的变化，条分缕析，实为文体论集大成之作。……广收博取，成绩是值得肯定的"④。但今人对于《文体明辨序说》的深入研究及其文体观念的价值阐发极为少见，除了在一些批评史可见简单的评说外，几乎见不到专文加以论述。

本文认为《文体明辨序说》是继刘勰《文心雕龙》议论文体之后，中国古代又一文体论集大成之作，在中国古代文体批评发展史中有着极为重要的意义。虽然它不及刘勰议论文体之"体大而虑周"，但也确实做到了分体愈细，辨析愈严，并全面总结了自先秦迄于明初的中国古代文体类型，特别是总结了齐梁以后新的文体类型，阐发了许多重要的文体观念，表现出鲜明的辨体意识，将中国古代的辨体批评再次推向了高峰。下文试初探《文体明辨序说》中所表现出来的辨体观念，希望以此抛砖引玉，引起学界对此论的足够重视和推动进一步的深入研究。

① （明）徐师曾：《文体明辨序说》，人民文学出版社 1998 年版，第 77 页。

② （清）永瑢、纪昀等：《四库全书总目》卷一百九十二，中华书局 1965 年版，第 1750 页。

③ （明）吴讷、徐师曾：《文章辨体序说 文体明辨序说》，人民文学出版社 1998 年版，第 2 页。

④ 王运熙、顾易生：《中国文学批评通史》（明代卷），上海古籍出版社 1996 年版，第 287—288 页。

一 "文章必先体裁"

古人论文体往往首先不是出于建构完整文体体系，而是为了一些实用的需要，诸如指导读者阅读和指示写作各体文学的准则，这是最常见的目的。刘勰《文心雕龙》用大量篇幅议论了文体，这是基于文章"去圣久远，文体解散，辞人爱奇，言贵浮诡，饰羽尚画，文绣鞶帨，离本弥甚，将遂讹滥"① 的文坛现状，即文人写作不遵循必要的文体规范，各类文体体制趋于瓦解，刘勰希望通过"立范运衡"来纠正当时文坛写作中混乱的局面，为各类文体写作建立基本的体类范式。文人编纂总集的目的也大多是为鉴赏者和写作者确立各体文学鉴赏和习作的范本，使他们能够窥文之全貌，得文之菁华，明文之体制。如《四库全书总目提要》所云："删汰繁芜，使莠稗咸除，菁华毕出，是固文章之衡鉴，著作之渊薮矣。"② 赵梦麟在《文体明辨序》中阐发了徐师曾编纂《文体明辨》的"用心良苦"在于"昭艺林之矩矱，标制作之堂奥，千古人文，一览具见"③。因此，在总集编撰中，既要精选各类文体的范本，还要考证各类文体的源流演化，总结归纳各类文章体制的基本规范，对于文体体制的关注始终是古人议论文体的首要问题和终极目标。刘勰在《文心雕龙》中称文的体制为"大体"、"大要"、"大略"、"纲领之要"等，强调"立体"、"昭体"、"位体"的重要性，如《总术》曰："文场笔苑，有术有门。务先大体，鉴必穷源。"④《镕裁》曰："草创鸿笔，先标三准：履端于始，则设情以位体。"⑤ 在"论文叙笔"二十篇中，刘勰通过"原始以表末，释名以章义，

----

① （南朝梁）刘勰：《序志》，载范文澜《文心雕龙注》，人民文学出版社 1958 年版，第 726 页。

② （清）永瑢、纪昀等：《四库全书总目》卷一百八十六，第 1685 页。

③ （明）徐师曾：《文体明辨序说》，第 73 页。

④ 范文澜：《文心雕龙注》，第 657 页。

⑤ 同上书，第 543 页。

文体观念与文化意蕴

选文以定篇，敷理以举统"① 的历史推演和逻辑演绎相结合的方法，对所论列文类的源流演化和体制特点作了精要阐述。徐师曾也自觉地将对文体体制的强调置于议论文体的显要位置，他在《文体明辨序》中充分发挥吴讷"文辞以体制为先"② 的观点，说："夫文章之有体裁，犹宫室之有制度，器皿之有法式也。为堂必敞，为室必奥，为台必四方而高，为楼必狭而修曲，为簹必圜，为筐必方，为篚必外方而内圜，为簋必外圜而内方，夫固各有当也。苟舍制度法式，而率意为之，其不见笑于识者鲜矣，况文章乎？"③《刻文体明辨序》中进一步阐发徐师曾的观点说："陶者尚型，冶者尚范，方者尚矩，圆者尚规，文章之有体也，此陶冶之型范，而方圆之规矩也。"④ 徐师曾将文章体裁比喻为制度法式，方圆规矩，这是写作者必须遵循的写作规范，如果写作者不懂作文法则，不遵循体裁规范，任意而为，则要贻笑大方了。《文体明辨序》又反复强调说："文章必先体裁，而后可论工拙；苟失其体，吾何以观？"⑤《文体明辨·文章纲领》引宋代倪思之言："文章以体制为先，精工次之。失其体制，虽浮声切响，抽黄对白，极其精工，不可谓之文矣。"又引明陈洪谟之言曰："文莫先于辩体，体正而后意以经之，气以贯之，辞以饰之。"⑥ 文学批评的首要标准是辨明文章体裁是否符合规范，然后才是看意气是否贯通，文辞是否工拙，如果"失其体"则无足可论了。体制论是中国古代文体批评中的核心理论，表明了古人自觉建构文体规范的努力。如果说刘勰还只是在"论文叙笔"中多次表现出对体制问题的关注的话，徐师曾则确实在全书的序言中将"体裁"作为一个核心观念来反复强调，并以此作为全书的基本构架方式。"文各标其体，体各归其类，条分缕析，凡

① 《序志》，范文澜：《文心雕龙注》，第 727 页。
② （明）徐师曾：《文体明辨序说》，第 9 页。
③ 同上书，第 77 页。
④ 同上书，第 75 页。
⑤ 同上书，第 78 页。
⑥ 同上书，第 80 页。

若干卷云。"① 文章各自按体编排，各类文体按类分辨。以文立体，以体辨文，这样一种以体选文的做法虽是总集编纂的一贯体例，但为各体单独序说，追溯文章各体之流变，并对不同的文体类型详加辨析则表明了徐师曾已经具有了较萧统《文选》更为清醒和自觉的通过总集编纂来建构文体学的意识。

二 "假文以辨体"

文体观念与文化意蕴

《文体明辨》对于文体的分类和辨析极为细密，全书广取博收，几欲穷尽秦汉到明初所有的文体名目，并逐一加以辨别。从文体分类的情况看，刘勰《文心雕龙》分体三十四类，大类之下还分小类，总计论列文体达七十九种之多，萧统《文选》分体三十九类，吴讷《文章辨体》分体五十九类，至徐师曾《文体明辨》则分体一百二十七类，其中正集分体一百一十一类，外集分体二十六类。若要论及细分文体的条目则更难以计数。《文体明辨》分体过于细密的做法遭到了后人的批评，《四库全书总目提要》曰："千条万绪，无复体例可求，所谓治丝而棼者欤。"② 从全书编目来看，分体杂碎固然是其弱点，但"条分缕析"对于辨别文体也当是极为重要的环节。徐师曾在《文体明辨自序》中说："盖自秦汉而下，文愈盛；文愈盛，故类愈增；类愈增，故体愈众；体愈众，故辨当愈严。"③ 文体分类之所以愈来愈细密是由于随着诗文的不断发展，文章的繁盛，新的文类或文体细类不断出现，因此对之进行分类和加以辨别是十分有必要的。徐师曾编纂总集和辨析文类的方法是"假文以辨体，非立体而选文"④。这就是说，编者不是先验地设定文类，然后选择范本，而是依据大量体类相似的文章进行总结归纳，从而确定文体的不同类型的名目。虽然徐师曾采纳了前人在总集编纂和议

---

① （明）顾尔行：《刻文体明辨序》，（明）徐师曾：《文体明辨序说》，第75页。
② （清）永瑢、纪昀等：《四库全书总目》卷一百九十二，第1750页。
③ （明）徐师曾：《文体明辨序说》，第78页。
④ 《文体明辨序》，《文体明辨序说》，第78页。

论文体中许多固有的文体名目，但他也从繁富的文章中提炼归纳了许多新的文体名目。从全书观，新增文类，部分为新列，部分为细分。新出现的文体名目有的是魏晋南朝以后新出现的文类形式，如题跋、律赋、文赋、近体律诗、排律诗、绝句诗、引、题名、诗余等。还有的是自古已有，但作者不多，没有被归纳成特定的文体类型，后世逐渐繁盛则被归纳成体，如，解，祖于扬雄《解嘲》，后人效之，作"解某"或"某解"；辩，原出于孟、庄，唐韩、柳始作，后人题作"某辩"或"辩某"；记，始见《禹贡》、《顾命》，其名则自《戴记》、《学记》诸篇，其盛自唐代开始。这些文体名目虽然魏晋之前已经出现，但在《文选》和《文心雕龙》都没有单独列体。《文体明辨》还新列了贴子词、上梁文、乐语、右语、道场榜、道场疏、表、青词、募缘疏、法堂疏等民间实用性文体，这些文体虽被视为文人鄙事，学者勿求，但民间普遍适用，因此，"采而不削，聊以备一体"①。细分的文类名目有：敕榜、谕告、御札、批答、玺书、铁券文等为新增的昭诰文细分类目；墓碑文、墓碣文、墓表、碑阴文、墓志铭等为新增的墓碑细分类目；解、辨、原、释、评等为新增论文细分类目；纪事为新增传记类细分类目；规为新增箴戒类细分类目等。

《文体明辨》分体细密，作者几乎穷尽古今出现所有文体名目，确实做到了条分缕析，对各种文体名目考镜源流，详加辨别。从《文体明辨》对文体的辨析可知，导致文体类别增生的原因大约可以分为以下几种情况。

（一）封建社会等级森严，尊卑有等，上下有别，同一文体由于写作群体和施用对象的差异而被细分为不同的类型。如"书"是文人之间往来之辞，同是书体，天子之书独称"玺书"，天子之札独称"御札"（宋代以后的新名目），人臣进御之书为"上书"，儒臣进讲之词为"说书"，名目繁多，显示了君臣上下之别。"谕祭文"本为祭体文，但天子遗使下之祭词，则别名为

---

① 《文体明辨序说》，第170页。

"谕祭文"，显示天子之极尊。墓碑、墓碣、墓表本是同一种文体，都是刻于墓碑上的文字，用以表达对先祖之悼念，但按照"唐碣制，方趺圆首，五品以下官用之，而近世复有高广之等，则其制益密矣"①。墓碣文以官阶之故，而别其名与墓碑区分。墓表"文体与碑碣同，有官无官皆可用，非若碑碣之有等级限制也"②。箴、规体本属同一文体，都是讽谏规劝之辞，但"箴者，箴上之阙；而规者，臣下之互相规谏者也"③，即箴文"箴王阙"，规则是臣子之间相互劝告，由此区分二体。

（二）文体名目古今有别，《文体明辨》"假文以辨体"，在选择古今的某种类型的范本的同时，为了便于览者翻阅和模仿等实用目的，沿用了古、今各自不同的文体名目，并在不同的文体名目之下各自选择范本。徐师曾将古体名目与今体名目并列，虽详加考镜源流和仔细辨别，客观上却导致了文体名目繁多的情况。如"命"是上古时期"王言"的统称，秦并天下，改"命"为"制"，遂有"制"的名目，汉代以后"王言"细分为四类：策书、制书、诏书、戒敕，功用各不相同，遂又有了更多的文体名目。"上书"是臣下敷奏谏说之辞之统称，汉代以后"上书"因其功用差异而细分为：章、表、奏、议等更为具体的文体名目。古歌谣辞是上古诗歌的统称，后世诗歌的演化则逐渐出现了四言古诗、五言古诗、七言古诗、杂言古诗、近体歌行、近体律诗、绝句诗等不同的诗歌文体类型。徐师曾细分文类，并考辨各种文体名目之间的源流演化情况，但没有很好地进行提纲挈领地归纳文体的总分主次，导致了文体名目繁多杂乱的情况。

（三）中国古代文体大多产生于实用的需要，特定的文体往往有着特定的表现对象，面对特定的人群，实现不同的功用目的，因此许多文体虽然体类相近，但往往有着不同的文体名目和写作格式，各有不同的体制规范。如章、表、奏、疏之类都是臣

---

① 《文体明辨序说》，第 151 页。

② 同上。

③ 同上书，第 141 页。

下敷奏谏说之辞，"章"在汉代专用以谢恩，后汉也用之论谏庆贺，唐以后此制亡。"表"在汉代主要用以陈请，后世则功用扩大，如用以论谏、请劝、进献、庆贺等。"奏"在汉代主要用以按劾，但也有其他的功能，并衍化了许多新的名目，《文体明辨》在"奏"的名目下罗列了奏、奏疏、奏对、奏启、奏状、奏札、封事、弹事八种名目，大体依功用差别而类分。

（四）文体名目细分导致文类增生。如论、说、原、辩、解、释等都是说理议论之文，《文体明辨》因其功用和写法稍别而加以区分。"论"是较早产生的文体名目，其立名出自《论语》，萧统《文选》分论为设论、史论和论三类，《文体明辨》则"广未尽之例，列为八品"①，分别为理论、政论、经论、史论（有评议、述赞二体）、文论、讽论、寓论、设论。在细分的名目中，前五类大致是由于议论对象的不同而加以区分，后三类则大体因议论方法的差别而加以区分，徐师曾将八大细目并列而立，"各录文于其下，使学者有所取法焉"②。其他一些文体名目也都出于对文章篇名的总结归纳，"说"出于《说卦》，是对经的阐释，"传于经义，而更出己见"；"原"为"推论其本原"之体，韩愈作《五原》，后人因之，遂有此名，"至其曲折抑扬，亦与论说相为表里，无甚异也"；"辩"为"执其言行之是非真伪而以大义断之"，后人作"某辩"、"辩某"；"解"为"辩释疑惑，解剥纷难为主，与论、说、议、辩，盖相通焉"，后人作"解某"、"某解"；"释"为"解之别名也"③，出于蔡邕《释诲》。这些文体名目本为"论"的分支，徐师曾也认为它们与论说体没有本质区分，但因后人大量使用这些名目命篇，且在写法上也有微小的差异，如"原"以溯源为主，"辩"以辩解为主，"解"、"释"以解惑释问为主，它们各自有论述的侧重点和方法，因而单独列出，并加以细分，便于后人仿效。

---

① 《文体明辨序说》，第131页。
② 同上。
③ 同上书，第132—134页。

三 "文有体，亦有用"

《刻文体明辨序》提出了"文有体，亦有用"①的观点，《文体明辨序》中也批驳了"文本无体，亦无正变古今"②的说法，提出了文有体，也有正变古今的观点，这些议论都涉及关于文体写作中的"体用"关系问题。

"文有体"，是指不同的文学类型有着不同的表现形态和较为稳定的体制规范，这是长期文学实践和理论总结的结果。《刻文体明辨序》曰："体欲其辨，师心而匠意，则逸辔之御也。"③诸如诗有诗之体，赋有赋之体，文有文之体，具体而言，四言古诗、五言古诗、七言古诗，近体律诗、绝句诗等，古赋，律赋、俳赋等，颂、赞、铭、箴、碑、论、说等也各自有着较为稳定的体制形态和写作秩序，这是一种文体类型之所以被命名、被区分和稳定存在的前提条件。文之"体"构筑了一种类似遗传基因的机制，文人在写作之前往往会自觉或者不自觉地考虑到"体"的问题，虽然"师心而匠意"，但仍然会在写作中遵循一定的体制规范，将神思拉回体制的大体限制之内；阅读者则在意识中对于既定的体制形态的予以潜在期待，并在阅读中由于期待的满足和受挫中不断更新视域。因此，对于不同之"体"的辨别是建立文体秩序的重要环节，也是使得各种文体不致于混淆的有效保障。徐师曾《文体明辨》反复强调"文有体"，全书的基本构架也是分体序说和分体选文，并对文体类型及其流变详加辨析。《文体明辨序》中批驳"或谓文本无体"的观点时说："《无逸》、《周官》训也，不可混于诰；《多士》、《多方》，诰也，不可同于训：此文之体也。"④《尚书》中的《无逸》、《周官》、《多士》、《多方》诸篇虽然都是史官记录的官方文辞，但前两篇

① 《文体明辨序说》，第 75 页。
② 同上书，第 77 页。
③ 同上书，第 75 页。
④ 同上书，第 77 页。

是训导之辞，后两篇是告诫之辞，它们在表现内容和写作方式上都有着差别，属于不同的文体类型，应该加以区分而不能随意混淆。徐师曾关于文之体类不是先验生成的，而是从大量文章写作中归纳和总结出来的，文愈盛，则类愈增，而辨当愈严，这是徐师曾的基本的"立体"观念。《文体明辨》虽分体细密，名目繁多，但十分重视对不同的"体"的辨别，徐师曾为各"体"分别序说，对众多的文体名目详加辨析，表现出鲜明的辨体意识。《序说》中对"文之体"的辨析大约包括以下的情况。

（一）对两种相近的文体进行辨别区分。如"七言古诗序说"中区分"五古"与"七古"的差别时说，七言古诗"其为则也，声长字纵，易以成文，故蕴气雕辞，与五言略异"①。这是从声调、字数、情气、辞藻等方面区分二体。又说"乐府歌行，贵抑扬顿挫，古诗则优柔和平，循守法度，其体自不同也"②。这是从声调韵律和体制结构方面区分了乐府歌行与古诗之体的差异。"表序说"中区分表体与笺记时说："然表文书于牍，则其词稍繁；笺记宣于廷，则其词务简：此又二体之别也。"③ 这是从文体的施用的不同场合和不同功用对二体进行区分。"近体律诗序说"中区分律诗与古诗时说："虽不及古诗之高远，然对偶音律，亦文章之不可缺者。"④ 这是从诗的风格、声韵、修辞等方面区分二体。正是因为文各有体，体各有异，故此应该严加辨析，才不会导致文体混淆，难以区分的现象。

（二）辨别文体之古今正变。文虽有体，但文之体不是恒定不变的，而是处于不断演化和发展之中，特定的文体类型在历史发展中不断演化生成新的形态，这是文体的历史演化观念。《文体明辨》对前人总集编撰中"混正变而未分"⑤ 的做法极为不满，因此《序说》中辨析文体有"正体"和"变体"之别，

① 《文体明辨序说》，第 105 页。
② 同上。
③ 同上书，第 122 页。
④ 同上书，第 107 页。
⑤ 同上书，第 78 页。

论《文体明辨序说》的辨体观

"正体"是文体的原初形态，"变体"则显示着原初形态的变化。如《文体明辨》中将赋分为四体：古赋、俳赋、文赋、律赋，而以古赋为赋之"正体"。"赋序说"曰："三国、两晋以及六朝，再变而为俳，唐人又再变而为律，宋人又再变而为文。"①俳赋、律赋、文赋都是古赋之变体，它们逐渐演化生成了新的赋体形式，显示了"赋"的古今正变过程。徐师曾受明代复古主义思潮的影响十分明显，在对待文体的古今正变的问题上，虽然承认古今文体的变化，但表现出以古为正，以今为变，崇古抑今的倾向。他极力推崇古赋，认为古赋"动荡乎天机，感发乎人心，而兼出于六义"，"丽以则"，为"赋之正体，合赋之本义"，俳赋"尚辞"而"失于情"；文赋"尚理"而"失于辞"；律赋"其变愈下"，工于声律，而"情与辞皆置弗论"②。因此，徐师曾倡导"文士学其如古者，戒其不如古者，而后古赋可复见于今也"③。又如"颂序说"曰："若商之《那》，周之《清庙》诸什，皆以告神，乃颂之正体也。至于鲁颂《駉》、《閟》等篇，则用以颂僖公，而颂之体变矣。"④ 颂体由颂神向颂人的变化，导致了变体的出现。"碑文序说"曰："其主于叙事者曰正体，主于议论者曰变体，叙事而参之以议论者曰变而不失其正。"⑤碑文因写法的变化导致了碑文之变体，而"变而不失其正"才符合碑体的基本体制规范。《文体明辨》承袭《文章辨体》的做法，将所录文体分为内集、外集加以编排，以内集"录古今之文入正体者"⑥，而以外集作为附录录入文之"变体"，诸如杂句诗、杂言诗、杂体诗、诙谐诗、诗余等都作为诗的"变体"录入附录，以其为"闾巷家人之事，俳优方外之语"⑦ 而加以轻

---

① 《文体明辨序说》，第 101 页。

② 同上书，第 101—102 页。

③ 同上书，第 102 页。

④ 同上书，第 142 页。

⑤ 同上书，第 144 页。

⑥ （明）彭时：《文章辨体序》，（明）吴讷：《文章辨体序说》，人民文学出版社 1998 年版，第 7 页。

⑦ 《文体明辨序》，《文体明辨序说》，第 78 页。

文体观念与文化意蕴

薄。《文章辨体凡例》曰："四六为古文之变；律赋为古赋之变；律诗杂体为古诗之变；词曲为古乐府之变。"律诗、律赋、词曲等被视为变体而置于"外集"①。

（三）辨别文体的名实关系。《文体明辨》中的文体名目大体依据篇名而确立，这些篇名相类的作品大体遵循较为稳定的写作程式而得以形成为体。如自唐代韩愈作《五原》，后人因之，作《原某》，或《某原》，皆为推论本原之作，遂有"原"体。因名立体的方法虽然简便可行，也便于学者阅览和模仿，但在文人写作中常常会出现文体名目与实际写作不相符合的情况，不能一味地依据篇名而归入体类，因此，《序说》对文体的名实关系也作了仔细辨别。如"问对序说"辨别了文体名实的三种情况："名实皆问者"，如屈原的《天问》；"名问而实对者"②，如柳宗元的《晋问》；未标问、对之名但实为问、对之体者，如宋代刘敞《谕客》，柳开《应责》等。"引序说"曰："汉班固虽作《典引》，然实为符命之文。"③"赞序说"曰："其（班固——引者注）述赞也，名虽为赞，而实则评论之文。"④上述二例都是名实不相符合的情况，只有详加辨析，才能真正确立某具体文章的体类。《文体明辨》还列"杂著"类，"杂著序说"曰："以其随事命名，不落体格，故谓之杂著。"⑤"杂著"之称不是出自篇名，而是对那些没有遵循固有的文体名目和写作规范写作，随事命名的文章的总称。

"文有用"体现了作者运主观之思于既定之体的过程，这既显示了既定之体的客观制约性，也能显示作者的主观表现性。《文体明辨序说》谈及文之用大体有两种情况。

（一）"体不诡用，用不离体。"⑥这是文之体与文之用吻合

---

① 《文章辨体序说》，第 10 页。
② 《文体明辨序说》，第 134—135 页。
③ 同上书，第 136 页。
④ 同上书，第 143 页。
⑤ 同上书，第 137 页。
⑥ 《刻文体明辨序》，《文体明辨序》，第 75 页。

的状态。作者在固有体制之内表现不同的内容，这进一步巩固和强化着文体规范，也是"文用"的最基本表现形式。如"释"体出自蔡邕《释诲》，后世有郤正《释讥》，皇甫谧《释劝》，束皙《玄居释》等，都是题为"释某"或"某释"之作。又如枚乘初撰《七发》，后世遂有傅毅《七激》、张衡《七辩》、崔骃《七依》、马融《七广》、曹植《七启》、张协《七命》等题为"七某"之作。正是因为有大量基于"文用"的效仿之作，才使这样一类文章能形成较为稳定的程式而被归纳成体。《文体明辨》的编撰也有着明显的"文用"目的，使后世文人能够尊其体而作文，故其在各体序说中常有"使学者有所取法焉"①、"亦以备一体云"②、"以垂式云"③、"以式学者"④ 等语，表明了编撰总集的目的是为文人写作提供基本范式。但徐师曾对拘束于体制之内，亦步亦趋的模仿者极为鄙薄，认为这可能会导致"蹈袭之陋"⑤。《刻文体明辨序》说："拘挛而执泥，则胶柱之瑟也"，"徒曰某体某体，模仿虽工，情神未得，是父老之拟新丰，而优孟之效叔敖也，奚裨哉？奚裨哉？"⑥"释序说"中批评后世的释体之作"词旨不过递相祖述而已"⑦，在选文中仅选录了蔡邕《释诲》和韩愈《释言》两篇作为范式。"七序说"中也批评大多数的七体之作"递相摹拟，了无新意，是以读未终篇，而欠伸作焉"⑧。

（二）"用欲其神。"文体体制虽然对作者有一些限制性，但作者如果能"神而明之，会而通之"，则能"得其变化"，达到"用欲其神"⑨ 的境界。赵梦麟《文体明辨序》说世之荐绅学

① 《文体明辨序说》第 109 页。
② 同上书，第 125 页。
③ 同上书，第 117 页。
④ 同上书，第 139 页。
⑤ 同上书，第 134 页。
⑥ 同上书，第 75—76 页。
⑦ 同上书，第 134 页。
⑧ 同上书，第 138 页。
⑨ 《刻文体明辨序》，《文体明辨序说》，第 75 页。

士，若能"启函而识体，因体而会心"，则能达到"蝈若掇、锯有神、斤成风、庖合舞者"①的出神入化境界，这是庄子所说的"养生"的最高境界，也可隐喻文学写作中守法而不拘泥于法，自由挥洒而不逾矩的自由审美创作境界。但徐师曾认为要达到这种理想的写作状态，首先应该能够"识体"，即能熟练地掌握各种文体的体制规范和写作要领。其次，应该"因体而会心"，即使得各种规矩、法则内化为一种主体可自由操纵和发挥的无法之法，而不是外在于主体的桎梏。徐师曾在"释序说"对唐代韩愈的《释言》大加赞赏，认为此作"别出新意，乃能追配邕文"②。"七序说"赞美《七发》、《七启》、《七释》三篇"辞旨闳丽，诚宜见采"，唐代柳宗元《晋问》："体裁虽同，辞意迥别，殆所谓不泥其迹者欤！"③ 可见，徐师曾认为只要领会神情，融会贯通者，就能以突破体制限制自由舞蹈，写出有新意的作品来。徐师曾引《易》曰："拟议以成其变化。"④《易》以六爻为体，六爻互动却导致无穷变化，文体的体用关系大体也若此。文有一定之体，这是在历史演化过程中逐渐生成的客观制约，而文之用则可因写作者个性的不同而变化无穷，在既定之体中演绎生成美文佳作。同时，在文之用中也可以促进新体的萌生。任何新体都基于旧体之用，由体到用，由用生新体，从而促进文体的更新演化。如徐师曾"楚辞序说"曰："其辞稍变诗之本体，而以兮字为读，则夫楚声固已萌蘖于此矣。"⑤ 楚辞本于诗而变于诗。"近体歌行序说"曰："盖即事命篇，既不沿袭古题，而声调亦复相远，乃诗之三变。"⑥ 近体歌行源自乐府诗而发生变化。可见，文之用往往能导致新体之生，中国古代文体类型由少渐多，由简趋繁大体源于"用欲其神"的过程。

①　《文体明辨序说》，第74页。
②　同上书，第134页。
③　同上书，第138页。
④　同上书，第75页。
⑤　同上书，第100页。
⑥　同上书，第106页。

总之，《文体明辨序说》虽仅仅是总集所附序论，但却是中国古代较为完整的一部文体批评专论，特别是序文中所表现的鲜明的辨体意识，所阐发的丰富的辨体思想是中国古代文体学中的宝贵资源，对于我们今人的文体写作仍然有启发意义。

谈文类和它的界限*

时下关于文体写作的新名词层出不穷，花样翻新，诸如"跨文体写作"、"超文体写作"、"无文体写作"、"模糊文体"等说法，大有消解文类界限，挑战文体规范的"文体革命"的意味①。如"跨文体"写作主张打破传统的小说、诗歌、散文、评论等的划分，将不同的文体类型杂糅到一起，从而形成新的文体形式；"超文体"写作则革命性地瓦解文学传统，张扬超越传统文体类型之上的新型写作方式；"模糊文体"倡导将小说的叙事，散文及诗歌的个人化感受，以及纪实文学的成分融汇在一起，使"纯文体"走向"杂文体"；"无文体"写作更是荒谬地将这种倾向推向极致，认为无需给文学作品归类或定型，文学只需要关注现实，写作是作家个人的行为，视文体规范为束缚个性的枷锁。无论是"跨文体"、"超文体"、"模糊文体"还是"无文体"等都对传统的文体类型及其界限发起了猛烈攻势，大力地摧毁文体类型的壁垒，打破文体规范的制约，追求不受约束的创新求异型的文学写作方式。文体写作中涌现的新名词确实让人耳目一新，甚至有许多人为之兴奋和激动，人们似乎满怀喜悦地期待着人类全新的自由的写作时代和阅读时代的到

＊　本文原载《中国文学研究》2010年第1期。今据原文修订。

①　这些提法较早出自期刊主编和批评家的评论中，并有一批作家从事着这样的文体实验。《莽原》杂志在1999年开设了"跨文体写作"栏目，《中华文学选刊》在2000年开设"无文体写作"栏目，《青年文学》倡导"模糊文体"的写作，2000年，评论家孟繁华评论莲子的长篇小说《宁静的盛宴》提出了"超文体写作"的说法。

来。但是，回头仔细反思，我们却不能不疑虑重重，文体真的没有边界了吗？文体类型真的消亡了吗？这种新型写作方式真的能实现吗？

一 我们是否需要文类？

事实上，许多看似新奇时髦的字眼却并不表明它确实包含了全新的观点。如"无文体写作"和"超文体写作"根本不承认文体类型的存在或者向人们宣告了文类的死亡，其中隐含的文体观点其实也是历来人们反复研讨的经典论题：文类有必要存在吗？我们需要文类的规范吗？在对这些问题的思考中，往往包含着理论与实践，个性与共性，独特性与普遍性等诸多问题的矛盾性和悖论性的探讨，不同的批评家和写作者也存在着分歧的意见。

文学类型从无到有，从少趋多，从简趋繁是长期文学实践的结果，历代文人在写作过程中逐渐形成了相对稳定的文类写作模式，当然，批评家对某类文学作品中的相似性、普遍性和共同性的形式特征的总结和归纳，进一步从理论层面强化了特定文类的体制规范性。中国古代的文体分类学早在魏晋至齐梁间就已经被较为完备地建构起来了，曹丕《典论·论文》首次将"文"区分为奏议、书论、铭诔、诗赋等"四科八体"。陆机《文赋》则更为细致地区分了十种不同的文学类型，诸如诗、赋、碑、诔、铭、箴、颂、论、奏、说，并对每种文体的特征进行了精要的阐释。至刘勰《文心雕龙》则既全面系统地提出"原始以表末，释名以章义，选文以定篇，敷理以举统"① 的议论文体的方法，并在"论文叙笔"二十篇具体论列了诗、骚、乐府、赋、颂、赞、祝、盟、铭、箴、诔、碑、哀、吊、杂文、谐、讔、史传、诸子、论、说、诏、策、檄、移、封禅、章、表、奏、启、议、对、书、记三十四种文体类型，这些文类是对中国先秦至齐梁以

① 《序志》，范文澜：《文心雕龙注》，人民文学出版社1958年版，第727页。

来的文学实践进行总结归纳和抽象演绎的结果。中国古代的众多的文体类型大体可以划归到诗、文两个大类型中，今人通用的文学类型四分法，即诗歌、散文、小说、戏曲文学，是近代西方文学观念影响的结果。中国古代的小说类型历来被纳入史部或子部，而没有被纳入文集范围，至于戏曲则走着诗、词的演化途径，被纳入诗的大类中。可见，文类概念不是批评家凭空幻想或者先验建构起来的文体规则，而是通过对文学作品进行历史推演和逻辑演绎所建构的关于文学活动的秩序。

然而，对于一个极力张扬个性化、独创性和异质性的写作方式的作家而言，既定的文类及其规范就犹如枷锁、镣铐之类的桎梏，束缚和压制着他们的灵性和激情。因此，作家对于文类往往有着天然的抗拒性，如法国浪漫主义作家雨果就针对古典主义戏剧创作中的"三一律"规则，提出了"艺术自由"的口号，他认为艺术创作"没有别的规则，只有翱翔于整个艺术之上的普遍的自然法则，只有从每部作品特定的主题中产生出来的特殊法则"[①]，因此我们要"反对体系、法典和规则的专制"[②]。雨果生活在张扬天才和独创的时代，作为一个热情洋溢的天才作家，他已经敏锐地感受到了文类规范对于诗人创作的桎梏性，犹如中国古代"削足适履"所寓言的那样，雨果感到如果要将所有的剧情都硬塞入"三一律"所要求的二十四小时以内，这对于诗人而言具有难以忍受的擎足意味。意大利批评家克罗齐则从理论层面直接揭示了单个作家的审美创造与艺术类型之间存在的矛盾性和悖论性，从而反对对文艺进行类别划分。克罗齐说："表现没有形态的分别。……直觉品（即表现品）的分类固可容许，却不是哲学的：有几多个别的表现的事实，就有几多个体，这些个体除掉同为表现品以外，彼此不能互换。用经院派的话来说：表现是一个种，本身不能再作为类。印象或内容是常变化的：每一

① ［法］雨果：《克伦威尔序言》，载柳鸣九译《雨果论文学》，上海译文出版社 1980 年版，第 58—59 页。

② 同上书，第 75 页。

个内容与任何其它内容不同，因为生命中从来没有复现的事物；内容的变化无穷，正相当于表现的形式（即各种印象的审美的综合）也变化无穷，不可分门别类。"[1] 克罗齐认为艺术作为人类心灵直觉的表现，是一种特殊的审美活动，难以进行逻辑意义上的类别划分。这是因为直觉包含着表现的独特性，每一部作品都是直觉的一种状态，它意味着独创性和不可分割性，人们难以将之归入特定门类中，否则就超出了审美的范围而进入科学的领域了。克罗齐的观点确实让我们进一步认识到文艺活动作为审美活动本身所具有的思维的完整性和独特性，作为这样一种思维结果的艺术作品也难以进行类别的划分。

如此看来，文类的存在确乎有着某些荒谬性，它无力也无法包容任何一部真正的文学作品所具有的独特性，作为一种既定的体制类型，它也常常压抑着诗人想象力，扼杀着诗人创造力，像一个专制的权威扼制了文学活动的自由空间。然而，任何事物的存在断然都是两面性的，文类的存在在文学活动中同样也具有"双刃剑"的意义。文类既是一种文学桎梏，也是一种文学秩序；文类虽然不能包容文学活动所有的独特性，但却概括了文学活动中的某些普遍性特征。文类的划分和界定在文学的演化和发展进程中具有不可估量的意义。想象一下，如果没有了文类的划分，文学作品因其各自具有的独特性而都被视为不能分类的无文体形式，整个文学史将变成毫无秩序和混乱无比的一锅粥。当我们承认文学活动作为审美活动的独特性时，并不意味着我们认为，依赖这样一种独特的审美活动产生的作品与作品之间没有任何的共同性和相似性。批评家对于文类的总结和规范，使我们能够真正感受到文学活动本身作为一个连贯性的整体所具有的内在承继性和演化发展性。十分显然，对于文类的建构往往是以牺牲每部作品的独特性为代价的，但这并不表明任何一个类的作品就不具有了自己的独创性，或者说有着作家个人独创性的作品就完

---

① ［意］克罗齐：《美学原理》，朱光潜译，作家出版社 1958 年版，第 63—64 页。

全超出了类的范围，成为空前绝后的"无文体"或者"超文体"的作品，这样的天才作家恐怕难以找到，这样的文学孤本也难以存在，如果它存在的话，也许人们根本无法辨认它到底是文学还是其他什么东西。

在谈到区分文类到底有没有意义的问题，克罗齐还谈论到文学批评活动和文学实践活动两者之间可能存在的距离或难以抹平的鸿沟，他说："每一个真正的艺术作品都破坏了某一种已成的种类，推翻了批评家们的观念，批评家们于是不得不把那些种类加以扩充，以至到最后连那扩充的种类还是太窄，由于新的艺术作品出现，不免又有新的笑话，新的推翻和新的扩充跟着来。"[1]克罗齐指出文学的类别及其界限实际上总是处于极为不稳定的状态，旧的类别总是随着文学实践的发展不断面临着新的危机，它们不得不通过扩张自我界限来获得存在的合理性。批评家们也不得不马不停蹄地追寻着新的文艺作品，然后去修正自己对于某一文类的定义，他们就像甲壳虫爬着追赶大象，不能不感到精疲力竭。由此可见，批评家关于文类划分和界定工作，看起来是徒劳无益和费力不讨好的。那么，既然文类的划分和界定那么麻烦和不确定，我们是不是可以取消文类的存在而倡导"无文体"写作呢？实际上，一个极为简单的事实摆在我们面前，它足以显示上述观点的荒谬性，这就是世界上任何事物都是处于永恒运动和变化发展中，我们是否因此就取消对事物的类别划分和命名定义呢？如果是这样，整个人类世界同样要陷入一片混乱和混沌之中。事实上，批评家也并不认为他们对某种文类的界定是一劳永逸和永恒不变的，文类处于不断的运动和变化之中，旧的文类趋于僵化，新的文类不断产生，这是文学的历史演化和更新发展的必然结果。对于批评家而言，有关文类的修正和重新命名是他们义不容辞的职责和乐于承担的工作，因为这种工作本身是十分有意义的。进一步而言，批评家也并不是完全匍匐于文学实践之后，他们往往能敏锐地感受文学观念的更新和文坛写作的微妙变

谈文类和它的界限

---

① ［意］克罗齐：《美学原理》，朱光潜译，第34页。

化，从而倡导一种新型写作方式，乃至对整个文坛写作有着导向作用。诸如我们今天所讨论的"跨文体写作"、"超文体写作"和"无文体写作"之类的命名就是出自某些刊物主编或批评家的倡导，这也激发了许多作家进行着这样的文体实验和试图演绎批评家们的文体观念。当然，这种倡导和实践是否可行，我们将在下文作进一步讨论。

二 "无文体"写作能否实现？

作家们真的能够从事"无文体"写作吗？"超文体"写作方式真的能实现吗？在许多作家看来，文体划分及其规范似乎是理论家一厢情愿的举动，这种划分对于那些具有独创性的天才而言是无意义的。"超文体"论者也倡导超越所有现成的文体类型，然后进行一种全新的创作实践。然而，我们仍然需要置疑的是，他们真的能够超越既存文体进行写作吗？

很显然，无论是"无文体"还是"超文体"的倡导者都有着严重的对于既定的文类的影响焦虑情绪，正如布鲁姆在《影响的焦虑》中所说："诗的影响已经成了一种忧郁症或焦虑原则。"① "取前人之所有为己用会引起由于受人恩惠而产生的负债之焦虑。"② 布鲁姆揭示了诗的影响可能产生的消极意义，强悍的前辈诗人对后来者将产生一种强大的威慑力量，使得后者体验到一种无法超越的痛苦。这就如同施舍与被施舍，前辈诗人的影响越深远，他就施舍得越慷慨，后辈诗人就越贫穷。这样一种情形同样也适应于文体写作的过程。既有的文体类型是历代作家实践所形成的关于各类文体的较为稳定的写作模式，批评家关于文类的命名和界定显著地强化了人们的文类意识，无论对作家还是读者都产生了不可估量的影响，文学的写作模式和阅读模式都建

文体观念与文化意蕴

---

① ［美］哈罗德·布鲁姆：《影响的焦虑》，徐文博译，生活·读书·新知三联书店1989年版，第6页。

② 同上书，第3页。

立在对既有文类模式的大体认同的基础上。"超文体"论者试图超越既有的文体类型进行创造，"无文体"论者完全否认文体类型的存在，强调所有文本的独一无二性，他们都有着一种强烈的创新冲动和难以创新的焦虑体验。但是，要真正超越文类或者否定文类进行全新的创造，这都是不切实际的幻想，这就如同我们说，一个历史的人想要超越历史，一个生活在地球上的人要超越地球那样，鲁迅说这些人"恰如用自己的手拔着头发，要离开地球一样，他离不开，焦躁着"①。历史留给后人的丰富的文学财富，是后人不能不接受的先验存在，因为前人的施惠是具有历史优先权的，因而是无条件的。无论作家愿意还是不愿意，无论是他有意识认同文类的存在还是在无意识中抗拒文类的存在，文类的概念依然会在他的显意识或潜意识中存在，他可以拒绝这种影响，如同"超文体"和"无文体"论者那样，但他注定了不能逃离这种影响和背负这种影响带给他的沉重压力。我们无法想象一个作家从来不去读文学作品或者从来不接触与文类有关的任何信息，或者与文学的历史世界和现实世界真空隔绝。事实上，前人的影响是无所不至和无法逃脱的现实，诸如诗、散文或者小说的概念总是显在或潜在地存在于作者的审美心理结构之中。况且，许多作家的写作是一种自觉的行为，如中国古代文人的写作大体都是从模仿开始的，由模仿而渐趋于创新，他们从前人的影响中有意识地吸收了许多积极而有益的成分，使之成为文学创新的有效资源。当然，也有的文人刻意标举创新，想背离前人的影响而达到求新求异的目的，但实际上他仍然是背负着前人深厚的影响的。退而言之，即使我们相信有天才作家，但当他兴会神至，挥毫泼墨而忘记一切规则和制度的时候，他大约也该知道自己是在写诗或者是在写小说吧。

文体的创新是不可能完全摆脱既有的文类而进行凭空创造的，新的文类形式总是与旧的文类形式之间有着难以分割的血脉

① 鲁迅：《论"第三种人"》，载《鲁迅全集》第4卷，人民文学出版社1957年版，第336页。

关系，王国维曾说："四言敝而有《楚辞》，《楚辞》敝而有五言，五言敝而有七言，古诗敝而有律绝，律绝敝而有词。"[①] 文体的兴衰更替是很自然的现象，一种文体形式发展到了极端，难以再有创新的可能性的时候，新的文体形式就要破土而出，孕育而生，这是一个很艰难然而却是充满激情的过程。但是，当我们欣喜于新的文类诞生的时候，我们是否可以完全否弃它与孕育它的母体之间的血肉联系呢？楚辞与四言，五言与楚辞，七言与五言，律、绝与古诗，词、曲与律、绝等之间，有着天然的血脉关系，这是谁也不能否认的事实。由此可见，那些张扬"无文体"和"超文体"的论者想要割断历史血脉，执意不肯认祖归宗，不免有些过于狂妄和无知了吧。

三　文类是否具有边界？

"跨文体"和"模糊文体"写作者表现出兼容并蓄的宏大气势，他们虽然承认既有文类的存在，但却不甘于亦步亦趋地遵循既有的文类规范进行写作，而是试图跨越文类的边界，突破文类的制约，集中文类优势，将多种文体类型的特点综合在一起进行大文体写作。在当前全球化语境下，学科与学科之间交叉融合和界限模糊的现象十分明显，诸如文学与艺术，文学与文化，文学与历史，文学与商业都开始相互纠缠，难分彼此，文学兼容、越界和跨界现象也日渐成为时尚，文类与文类的交叉融和似乎也是合乎潮流的举动了。

然而，"跨文体"写作在经历了刊物主编的倡导和部分作家的文体实验之后，最终以中途流产告终。"跨文体"现象的确留下了许多疑问需要我们去思考。如赵勇在《反思"跨文体"》中就"跨文体"现象提出了三点疑问，其一，现有的文体形式是否真的无法满足作家的写作要求？其二，作家是否可以放弃与某类文体相配套的道义责任？其三，在"跨文体"写作中，作家

---

① （清）王国维：《人间词话》，人民文学出版社 1960 年版，第 218 页。

如何才能建立起与艺术对象相适应的艺术思维？[①] 赵勇提出了"跨文体"写作是否必要和是否可能的问题，这是涉及"跨文体"写作是否有意义和"跨文体"写作方式能否实现的关键性问题。我们还可以进一步提问，"跨文体"写作的提法是不是一个有意义的命题？如果"跨文体"写作可以实现的话，它仅仅是作家进行写作的一种技巧或者创新策略，还是一场文体革命？"跨文体"作品是不是无法归入既有的文体类型中而需要单独命名新的文体类型？这些都是我们在对于"跨文体"写作进行理论思考和实践分析中不能回避的问题。

我们认为，批评家关于文类与文类之间的区分只是在整体特征上的差别，它们之间完全有可能存在着重叠和交叉现象。具体而言，文类具有相对稳定的中心质及可塑多变的边缘质，一种文类的某些质素也可能以某种方式存在于另一文类之中，反之亦然。例如，如果说诗歌的核心质是抒情和韵律的话，那么这样的文体特征也完全可以作为边缘质进入小说中，如中国古典小说中就有大量诗词渗入，增加了叙事文本的抒情色彩；而叙事作为小说的核心质同样也可以作为边缘质进入到诗歌中，用诗来吟唱故事本身就是诗歌的一种类型。又如散文诗既有诗歌的抒情特征，又有散体在表情达意中的自由性；诗化小说将诗歌浓郁的抒情特征带入小说，但仍然具有小说的故事性和情节性；纪实小说既有散文的写真纪实性，又有小说的虚构性特征：它们都是有着明显的"跨文体"特征的文体形式。但是，对于这样的作品我们仍然可以根据它的核心质进行文类划分，如大体而言，散文诗可以归入诗歌的类别中，诗化小说可纳入小说的细类，纪实文学可归入散文类别等。

可见，所谓"跨文体"写作实际上就是文类与文类之间的相互渗透的现象，因为文类与文类之间本来就不是壁垒森严的，而是可以相互交叉和交融的。但这么说，并不意味着我们就可以因此完全消解文类的界限。文类的界限固然可以移动、扩张或者

① 参见赵勇《反思"跨文体"》，载《文艺争鸣》2005 年第 1 期。

紧缩，但是文类的核心质却是不能取消的，否则这一文类就将被瓦解而不再存在了。因此，当作家在进行跨文体写作时，他大体应该明白自己写作的核心文类是什么，是傍着小说跨诗呢？还是傍着诗跨小说？还是傍着散文跨小说？还是傍着文学跨非文学？也就是说，他不可能完全忘记了自己的身份，最终该明确他到底是在写小说、写诗、写散文还是在写文学。实际上，跨文体写作并不是什么新鲜事物，倒是文体写作中的常见现象。古人写作中的"跨文体"写作的现象也并不少见，如杜甫"以诗为文"，韩愈"以文为诗"，李白"以古入律"、"以律入古"，苏东坡"以诗为词"等都是跨文体写作的成功范例，他们的写作打破了固有的文体规范，这样能够充分地表现主观情意，这也使他们的作品具有了新鲜的审美效果。但是，我们仍然可以辨认他们写作的文体类型，如杜甫用叙事的方法写诗，韩愈将古文的散体笔法纳入诗歌写作中，李白律诗中夹杂有古体，古诗中也不乏音律和谐之语句，苏轼则开拓了宋词中的豪放一派。如果说"跨文体"写作是出于主体在表达中天才横溢的激情突破了固有的客观体制的壁垒，这本身就是文学活动中的创新行为，也是促进文类更新的重要手段。但是，如果"跨文体"写作仅仅出自诸如当今评论家或作家的刻意的创新行为，乃至出于某些刊物市场运作的需要，倒是应该更加审慎了。正如赵勇说"小说有小说的思维，散文有散文的思维"①，如何解决各种艺术思维之间相互干扰的问题，这是值得当今作家反思的。刘勰《文心雕龙·明诗》说："诗有恒裁，思无定位，随性适分，鲜能通圆。"② 不同的文体类型各有不同的写作要求和体裁规范，这是写作者不能全然漠视的，而作家的性情文才各有所偏，有的擅长写诗，有的擅长作文，还有的擅长写小说，众体兼善的全能多面手毕竟是很少见的，今天的"跨文体"写作当然更不是一件简单轻松的事。因

---

①　赵勇：《反思"跨文体"》，载《文艺争鸣》2005 年第 1 期。

②　范文澜：《文心雕龙注》，第 67—68 页。

此，作家应该"惟才所安"①，"因性以练才"②，以使自己某方面的文才在某些体裁领域得到极致的发挥。古人这种严肃求实的写作态度是值得我们学习的。

无论如何，文类的界定在文学秩序的生成、演化和发展中有着重要的意义，文类及其界限虽然不是僵化不变的，但也是不能完全被取消的，新的文类不能从天而降，作家不能不戴着"镣铐"舞蹈，这是不能逃避的宿命。

读文类和它的界限

---

①　《明诗》，范文澜：《文心雕龙注》，第 67 页。
②　《体性》，范文澜：《文心雕龙注》，第 506 页。

孟子"充实之谓美"析[*]

孟子是我国先秦儒家继孔子之后又一伟大的思想家，在中国美学史上，孟子的重要贡献在于他继承和发展了孔子"尽善尽美"的美善统一论，提出"充实之谓美"的美学思想，认为美包含善并超越善，同时将儒家倡导的"仁义礼智"的伦理道德品性内化为人的内心需要，强调通过"养心"、"养气"等方式使人对理想人格的追求达到审美的境界。

一 "充实之谓美"的理论基础与美学内涵

孟子"充实之谓美"的思想见于《孟子·尽心下》所记载的孟子与浩生的一段对话中，"浩生不害问曰：'乐正子何人也？'孟子曰：'善人也，信人也。''何谓善？何谓信？'曰："可欲之谓善，有诸己之谓信，充实之谓美，充实而有光辉之谓大，大而化之之谓圣，圣而不可知之之谓神。乐正子，二之中，四之下也。'"[①] 孟子在此对乐正子进行了评价，并将对人物的品评分成由低到高的六个等级："善"、"信"、"美"、"大"、"圣"、"神"，其中"美"居"善"、"信"之上而次于"大"、"圣"、"神"。值得注意的是孟子将"美"与属于伦理范畴的"善"、"信"区分，并将"美"置于"善"、"信"之上。所谓

   * 本文原载《中国文学研究增刊》之《儒家文化与现代化》，中国文学杂志社1992年版。今据原文删改修订，并增加有关引文注释。

   ① （汉）赵岐注，（宋）孙奭疏，黄侃经文句读：《孟子注疏》卷十四，上海古籍出版社1990年版，第255页。

"善"是"可欲"的意思，也就是说个体的欲求必须合乎伦理道德。"信"是"有诸己"，即"存之于己"，"之"指代个体本身所具有的善性，就是说个体要使这种善性存于自身，并以此作为行为规范。美是通过"充实"而达到的结果，赵岐注曰："充实善性，使之不虚，是为美人也，美德之人也。"① 也就是说，个体将"善"、"信"的人格品性扩充到人的容貌、形色、行为等各个方面，这样的人就是"美人"，即具有崇高道德品质并将之充盈于内，表现于外之人，这样"美人"就超越了"善人"和"信人"，具有融合"善"、"信"德行并能使之充盈于个体生命之中，而使个体具有自足的道德人格的审美魅力，如朱熹注曰："力行其善，至于充满而积实，则美在其中而无待于外矣。"② 这样孟子就将"善"、"信"的伦理范畴内置于美学范畴之中，"美"包蕴着"善"、"信"特征的同时，具有了独立的审美意义。

孟子美论的基础是"性善论"。孟子认为人先天具有"善性"，"人之性善也，犹水之就下也，人无有不善，水无有不下"③。人性善就像水就下，是一种本能趋势，人的善性存于四心："恻隐之心"、"羞恶之心"、"恭敬之心"和"是非之心"，四心又称"四端"，孟子说："恻隐之心，仁之端也；羞恶之心，义之端也；辞让之心，礼之端也；是非之心，智之端也。人之有是四端也，犹其有四体也。"④ 这样孟子就将儒家倡导的"仁义礼智"的伦理道德品性内化为人的内心需要，成为人天生具有的生理需求而具有了审美特性，孟子明确地说："仁义礼智，非由外铄我也，我固有之也。"⑤ 然而，在孟子看来，"四端"仅为人之善根，具有审美意义的完美人格的形成还需要以"充实"的方式来进行自我修养。孟子说："凡有四端于我者，知皆扩而

① 《孟子注疏》卷十四，第 255 页。
② （宋）朱熹注：《孟子集注·告子上》，上海古籍出版社 1987 年版，第 113 页。
③ 《告子上》，《孟子注疏》卷十一，第 193 页。
④ 《公孙丑上》，《孟子注疏》卷三，第 67 页。
⑤ 《告子上》，《孟子注疏》卷十一，第 196 页。

充之矣，若火之始然，泉之始达。"① 存"四端"者，能将"四端"扩充为"四德"，此为君子；舍"四端"者，丧失人之本性，与禽兽无异，此庶民，故孟子说："人之所以异于禽兽者几希，庶民去之，君子存之。"② 孟子在此暴露了他的阶级偏见，但关于"存"与"舍"，是否能"扩而充之"则成为他评价理想人格的价值标准，正是在此意义上，孟子将其伦理学与美学联系起来。

孟子"充实之谓美"的思想正是以其"性善论"与理想人格的追求为哲学根基的。孟子的理想人格是能够发扬、恢复、光大人本身的善性，使其充实于体内，表现于体外的"美人"。充实的基点是人性本善，人天生存有四心和"四端"，充实之后达到的境界是"美人"的境界，即"仁义礼智"扩充于体而致善性饱满充盈，这种审美境界是伦理道德在美学领域中的升华。我们知道，"仁义礼智"属于外在伦理道德范畴，是人类在长期历史实践过程中形成的有利于群体和谐的社会规范，具有一定的约束性和强制性，而孟子则将之视为人天生品格，并内化为人的自然善性的需求，孟子说："理义之悦我心，犹刍豢之悦我口。"③孟子肯定人的感官快乐需求，犹如"刍豢"之美食能带给人感官快感一样，对"理义"的追求也能让人获得极大的心灵愉悦。这样，孟子就将具有外在约束性的社会伦理道德转化为了人内在的心性的自觉追求，使外在道德力量成为人心的内在需求而具有了更多的自觉性，更少的强制性。

孟子在其内在的哲学逻辑中较为自然地将其伦理学转化为美学，这是儒家伦理学的共同特征，但孔子、荀子更多地从人伦亲子关系论及"仁义礼智"，不及孟子从人性本体论论及的那样更直接地与审美相关联，儒家伦理学的审美意义在孟子"充实之谓美"的理论中得到了更为充分的体现，而孟子美学要义还在

① 《公孙丑上》，《孟子注疏》卷三，第67页。
② 《离娄下》，《孟子注疏》卷八，第146页。
③ 《告子上》，《孟子注疏》卷十一，第197页。

于其论及"充实"的途径和"充实"后达到的美的境界。

二　达到美的途径:"养心"与"养气"

孟子认为扩充"善性",使之充实于内的途径是"反求诸己"的过程,孟子说:"爱人不亲反其仁,治人不治反其智,礼人不答反其敬,行有不得者,皆反求诸己。"① "反求诸己"即自我反省,自我修养的过程。孟子十分强调主体精神的作用,他认为"仁义礼智"虽为人所固有,但如果不自觉地把握它们,扩充它们,那么它们就将丧失。孟子说:"耳目之官不思,而蔽于物,物交物,则引之而已矣。心之官则思,思则得之,不思则不得也。此天之所与我者。"② 思即心之功能,"反求诸己"即反求于心,这是一种神秘的直觉内省功夫。孟子认为主体的心具有先验的认识功能,即"思"的功能,主体应充分地发挥这种认识能力,从而保存善性和扩充善性,以达到"尽心、知性、知天"的境界。

"反求诸己"的具体过程表现为孟子的"养心论"和"养气论",这也是孟子的"美"的"充实"的过程。"养心"就是"求其放心",孟子说:"学问之道无他,求其放心而已矣。"③ "求其放心"即将被物欲引诱而丢失的本心收回来,为此必须"寡欲",所谓"养心莫善于寡欲,其为人也寡欲,虽有不存焉者寡矣;其为人也多欲,虽有存焉者寡矣"④。"寡欲"不是禁欲,而是将人的物欲克制在一定的道德伦理范围,使被遮蔽的善性呈现出来。因此,"养心"的过程是主体自我觉醒后的自觉意识,回归到善性本根,保存善性,即心不为欲所动的主体自由的精神境界。

除"养心"外,孟子还讲"养气",即"养吾浩然之气",

---

① 《离娄上》,《孟子注疏》卷七,第127页。
② 《告子上》,《孟子注疏》卷十一,第205页。
③ 同上书,第203页。
④ 《尽心下》,《孟子注疏》卷十四,第262页。

孟子所说的"浩然之气"首先是一种充塞天地之间的自然真气，"其为气也，至大至刚，以直养而无害，则塞于天地之间"①，其至大则无与伦比，其至刚则莫之能克，具有崇高美的性质。其次"其为气也，配义与道"，"浩然之气"是"道"、"义"持续不断地扩充于内心而形成的人格精神美的境界，要获得这样的道德人格需要有一个长期的"养气"的过程，也就是点点滴滴，日积月累地扩充善性的过程，"是集义所生者，非义袭而取之也，行有不慊于心，则馁矣"②，只有坚持不懈的自我修养，才能形成与自然之气相适宜的主体的"浩然之气"。主体具有了"浩然之气"的伟大、完善人格，就能"富贵不能淫，威武不能屈，贫贱不能移"③，具舍生取义，杀身成仁，浩气长存的崇高气节，这是孟子所称道的"大丈夫"，也是中国历来仁人志士所追求的人格精神美的境界。

可见，孟子的"充实之谓美"是崇高气节充实于体内而形成的高尚人格精神美，而对美的境界的追求是扩展善性，即"求诸于内"的"养心"和"养气"的过程，主体感受一种自我本性扩展（即善性扩展）而获得的自我价值认同的快乐。同时，"充实之谓美"还是一种天人合一的审美境界，孟子认为人之性善，善之四端，皆为天与，人若丧失善性，就会与天分立，遭受毁灭；而人若扩充其善性，使其充实于体内而达到美，则可与天地同流。故曰："顺天者昌，逆天者亡。"④ 又曰："尽其心者，知其性也。知其性，则知天矣。存其心，养其性，所以事天也。"⑤ "天"实质上是"心"外化的宇宙本体，因此，如果能充分发挥心之"思"的功能，就能自觉地把握主体精神的善性。当善性充盈，主体就能感觉天地之"浩然之气"充满于体，达到天人合一的无限快乐自足的审美境界。

① 《公孙丑上》，《孟子注疏》卷三，第55页。
② 同上书，第56页。
③ 《滕文公下》，《孟子注疏》卷六，第109页。
④ 《离娄上》，《孟子注疏》卷七，第128页。
⑤ 《尽心上》，《孟子注疏》卷十三，第229页。

三 "充实之谓美"的美学价值

孟子提出"充实之谓美",将善的内容纳入到美的界定之中,认为美包含善又高于善,突破了春秋时期的美善不分,美低于善,或美在形式,善在内容的观点,这是孟子论美的独创性和重要贡献。

较早明确为美下定义的是春秋末期的伍举,他说:"夫美者也,上下、内外、小大、远近皆无害焉。"① 这是一种以和为美的思想,美就是能够将上下、内外、小大、远近等对立因素的关系处理得当,从而达到协调的状态,"无害"是对统治者的一种政治要求,带有极强的功利性,即以善为美,若"目观则美"妨碍了"善",则"胡美之焉"②。又据《国语》,"灵王为章华之台,与伍举升焉,曰:'台美夫!'对曰:'臣闻国君服宠以为美,安民以为乐,听德以为聪,致远以为明。不闻其以土木之崇高、彤镂为美,而以金石匏竹之昌大、嚣庶为乐;不闻其以观大、视侈、淫色以为明,而以察清浊为聪。'"③伍举不仅将美的内容完全变成了善的追求,还将美的形式与善的内容对立,他不以"土木之崇高、彤镂为美",因为它不利于服宠安民,这样伍举就从政治功利主义出发,将善完全凌驾于美之上而将美的形式完全否定了。春秋时期的孔子较明确地区分了美与善,"子谓《韶》尽美矣,又尽善也,谓《武》尽美矣,未尽善矣"④。孔子讲的"善"是作品内容,思想情感上的善,"美"是对艺术形式美的肯定,《韶》、《武》在声音上都很美,但《韶》描写尧将王位禅让给舜的史事,故尽善;《武》描写武王伐纣,以武力征服天下的史事,故未尽善。孔子推崇《韶》这样尽善尽美的

---

① 《国语·楚语上》,上海书店 1987 年影印本,第 196 页。
② 同上。
③ 同上书,第 195—196 页。
④ 《论语·八佾》,(魏)何晏等注,(宋)邢昺疏:《论语注疏》卷三,上海古籍出版社 1990 年影印本,第 31 页。

完美音乐，以至"子在齐闻《韶》，三月不知肉味"①。但在善与美的关系上，孔子将"尽善"居于首要位置，"尽美"则其次，若如《武》乐"尽美"而未"尽善"，其审美价值就要打折扣了。

孟子"充实之谓美"不仅区分了"美"与"善"，而且认为"美"包容"善"且高于"善"，"善"只是"可欲"，即在伦理道德范围内可以追求到的东西，而"美"则是"善"的扩展，是善性经过"养心"和"养气"的具有审美意义的过程后达到的境界。"充实之谓美"包含的主要内容是充满"浩然之气"的人格精神美，同时也隐含着形式上的崇高之美，孟子是以充塞于天地之间的至大至刚之物来隐喻人格精神的崇高。孟子肯定形式美的存在，他说："目之于色也，有同美焉。"②但他并不提倡纯形式美，而是强调形式美中所表现出来的人格精神美，这是对孔子尽善尽美思想的继承。而孟子不同于孔子的地方在于，孔子重"尽善"，认为"尽美"还需"尽善"才是完美的，而孟子则直接将"善"纳入"美"之中，而以"美"高于"善"，这是他超出孔子的地方。孟子将伦理学与美学统一于一体，使得个体对伦理道德善性的追求成为一种自觉的心理欲求，这样其伦理学则获得了美学的意义，这是其美论的独特价值。

儒家学派的殿军荀子则提出了"夫不全不粹之不足以为美"③的观点，这同样是从道德的"善"来界定"美"，荀子又云："圣人备道全美者也。"④所谓"全美"就是全善，是圣人体悟天地之道而获得的道德的最高境界。如果"不全不粹"，即道德修养不全面、不深刻、不纯粹则不足为美。故荀子论美涉及人的道德完善之人格精神美，再次将美、善统一于一体，美是善的完备、集中的体现。但荀子是"性恶"论者，他强调美的获得

---

① 《论语·述而》，《论语注疏》卷七，第60页。

② 《告子上》，《孟子注疏》卷十一，第197页。

③ 《荀子·劝学》，王先谦著：《荀子集解》卷一，中华书局1988年版，第18页。

④ 《荀子·正论》，《荀子集解》卷十二，第325页。

的后天性和人为性，他说："人之性恶，其善者伪也。"① 这就是说人天性性恶，性善是后天进行道德修养的结果，因此要获得全善之"全美"就需要后天的人为努力，即采取求诸外，求诸伪，由外及内，因伪化性的方法抵达美境。荀子求美的方法与孟子"求诸内"，自我内省的方法路径相反，孟子是将外在的伦理道德转化为内在心性的自觉欲求，而荀子求美则带有一定的外在强制性，而求美过程中的审美快乐也就在一定程度上得到了削减。因此，荀子强调道德修养的实际磨练，讲求"行"、"积"，则与孟子"养吾浩然之气"旨趣不同，这是荀、孟二人的人性本体论和求美方法论的不同所致。

　　总之，孟子美论在先秦儒家中较多地涉及美的感性特点，他强调将"善"的内容升华为"美"的组成部分，这与孔子、荀子以"善"为主体的美学观不尽相同；他强调美的追求的内在自觉性，也与荀子"化伪为性"所强调的道德力量外在强制性有所不同。孟子最终将其道德伦理学升华成为了美学。

四　"充实之谓美"的东方美学特征

　　"充实之谓美"体现了中国乃至东方美学的审美特征，为形成独特的东方美学奠定了基础。中国古典美学多重主体精神的追求，与西方以物化形态为主流的美学传统大异其趣。

　　中国古典美学肯定人的感性欲求存在的合理性，如告子说："食、色性也。"② 孟子也云："口之于味也，有同嗜焉；耳之于声也，有同听焉；目之于色也，有同美焉。"③ 人的视觉、听觉、嗅觉、味觉等感觉器官的欲求都要得到合理的满足，美在一定程度上就是感官快乐。许慎的《说文解字》释美曰："美，甘也，从羊从大，羊在六畜主给膳也，美与善同意。臣铉等曰羊大则

　　① 《荀子·性恶》，《荀子集解》卷十七，第434页。
　　② 《告子上》，《孟子注疏》卷十一，第194页。
　　③ 同上书，第197页。

美，故从大。"① 美最初是与人的味觉快感联系在一起的。但另一方面，中国古人绝少对纯形式的感官快感追求，他们总是将五色、五声、五味的审美快感限制在"善"的范围之内，这就是儒家美学建构起来的美、善统一的美学传统，在这样的美学观念中，"美"以"善"为核心内容，对形式美的追求总是与道德完善有着密切关系，恰如孟子所论的"充实之谓美"。因此，在中国美学史上少有纯形式主义美学观念的出现，表现于艺术也少"为艺术而艺术"的倾向；反之，则往往因为对"善"的过分强调而出现美善不分，以善代美的倾向，从而掩盖了美的独立价值。如中国古代诗、乐之美常与其道德教化的礼教相关联，汉赋虽然铺张扬厉，追求形式华丽，但也要"曲终奏雅"才能纳入"雅文之枢机"，齐梁文学则因过分追求形式而遭到后世批评。中国古代的书法艺术讲求用笔的刚柔、动静、方圆、疾徐的对立统一，而这种对形式和谐的追求与主体的心性修养有密切关系。古代皇宫建筑在讲究外表的富丽堂皇的同时也能彰显出威慑庄严的精神内涵。

发端于古希腊美学的西方美学则不然，他们重对美的形式的独立观照。古希腊人受到海洋文明的影响，形成了天人分立，主客分离的思维模式，他们更多地将"美"与"真"联系起来，用科学认识观点去欣赏自然的感性和谐形式美，强调形式谐和带给人的生理感官愉悦。如毕达哥拉斯学派就力求从数学观点考察自然形式，诸如声音、色彩、形状、人体结构的和谐，亚里士多德则认为："美的主要形式'秩序、匀称与明确'，这些惟有数理诸学优于为之作证。"② 这与中国古典美学把感官形式美看成是道德精神的象征不同，是一种见物不见人的美学，影响所及，西方许多形式主义的美学流派，如唯美主义、俄国形式主义、新批评、结构主义等都关注形式的审美研究，故西方美学较为独立

① （东汉）许慎撰，（清）段玉裁注：《说文解字注》，上海古籍出版社1981年版，第146页。

② ［古希腊］亚里士多德：《形而上学》，吴寿彭译，商务印书馆1959年版，第265—266页。

地阐发了审美对象的形式美的特征。但我们也应看到，美的客观形式总是与人的主观心理体验相关联的，离开了人的精神维度的形式主义美学如无根之浮萍，最终丧失其生命活力。恰如庄子云："毛嫱、丽姬，人之所美。"① 孟子"充实之谓美"强调以善为内涵的美的形式的追求，建构了中国古典美学重视美的精神内涵和道德意味的美学传统，形成了东方美学美善统一的独特的美学价值观念。

孟子讲"充实之谓美"后，又论及了"大"与"圣"的境界。"充实而有光辉之谓大，大而化之之谓圣，圣而不可知之谓神。"当主体不仅将善性扩充于自身外，而且能德照于人，润泽于世则可称为"大"；"圣"境界与"大"有所不同，赵岐解释说："大行其道，使天下化之，是为圣人。"② 焦循则认为："此谓德业照于四方，而能变通之也。"③ "圣"的境界是以自身美德影响世人，而至天下人都有这样的对美德的自觉欲求。而"神"则是圣人所达到的出神入化的最高人格境界。孟子所说的高于"美"的"大"、"圣"、"神"的境界是"美"的境界的三度扩展，比"美"的境界更鲜明、更强烈、更广大，是一种辉煌壮观的崇高之美，恰如浩然之气不仅充盈于个体自身，而且充满于整个社会宇宙，至大至刚，无与伦比。孟子的崇高美与西方美学中的崇高美有所不同，西方美学史上最初讲崇高主要是从审美对象的体积的无限大，力量的无限强所带给人的感官和心灵的震撼，开始有痛感和恐惧感，继而则是惊奇和崇拜感，少有伦理道德意味。而孟子所说的"养吾浩然之气"则是将自然伟力与精神崇高相结合，使人油然而生敬畏之情。

充满浩然之气的人格精神美成为中华民族理想人格的写照。从屈原"路漫漫其修远兮，吾将上下而求索"，到文天祥"人生自古谁无死，留取丹心照汗青"，一直到鲁迅"我以我血荐轩

① 《庄子·齐物论》，（清）郭庆藩：《庄子集释》卷一，中华书局1961年版，第93页。

② 《孟子注疏》卷十四，第255页。

③ （清）焦循注：《孟子正义》，上海书店1986年版，第585页。

辕"，中国历史上一代又一代的仁人志士，为坚持真理与正义，在民族危亡之际挺身而出，表现出浩气长存的民族气节，当以孟子"充实之谓美"所倡导的崇高道德精神美为其根源。

嵇康音乐美学思想渊源论[*]

嵇康的音乐美学思想首开中国古代自律性音乐美学思想之先河，其《声无哀乐论》以执著于乐本之论，与先秦儒家以教化为中心的他律性音乐理论《礼记·乐记》相抗衡，在中国音乐史上独树一帜。汤用彤先生说："盖真正的学问不在讲宇宙之构成与现象，而在讲宇宙本体，讲形上学。"① 嵇氏之乐论讲"自然之和"、"常声"、"无声之乐"，视音乐为宇宙本体与自之道的体现，不再将音乐禁锢于政治、伦理、教化之外用，而追求音乐本体与诗化、音乐化、和谐化宇宙本体合一所获得的无限价值。其论究乐体自身，弃乐之外用，非为对一切文化之否定，主要表现为对先秦儒、道文化之扬弃，对其时儒家文化价值之反叛，本于深厚的历史文化根基与深沉的时代忧患意识。故其音乐美的境界乃是作为理想的至高审美境界与现实相抗衡，表现于哲学上为"名教"与"自然"的冲突，艺术上为"礼"与"乐"、"有情"与"无情"、"和"与"不和"的冲突。

一 名教与自然

"圣人贵名教，老庄明自然"②，名教与自然之论最初源于

---

* 本文原载《湖南师范大学学报》1993 年第 5 期，中国人民大学复印报刊资料《美学》1994 年 11 月全文复印。今据原文增改修订，并增加有关引文注释。

① 汤用彤：《魏晋玄学与文学理论》，载《理学·佛学·玄学》，北京大学出版社 1991 年版，第 319 页。

② （唐）房玄龄：《晋书》卷四十九，中华书局 1974 年版，第 1363 页。

儒、道两家，其后历经发展流变，至魏晋时代成为玄学的主要辩题。

"名教"一词较早见于《管子·山至数第七十六》："昔者周人有天下，诸侯宾服，名教通于天下，而夺于其下，何数也?"[①] 孔子继西周崇名教，讲正名和礼乐政教，子曰："必也正名乎!"[②] "夫民，教之以德，齐之以礼，则民有遁心；教之以政，齐之以刑，则民有遁心。"[③] 儒家名教将符合封建统治利益的政治观念和道德观念立为名分，号为名节，制为功名，以之进行教化，形成了一套完整的封建宗法等级制度，名教逐渐成为统治者实施政治统治和维护社会稳定的有力工具。

"自然"是道家提出来与儒家"名教"相对抗的概念，庄子激烈批判儒家名教之虚伪和对自然人性的扭曲，"礼者，世俗之所为也；真者，所以受于天也，自然不可易也。故圣人法天贵真，不拘于俗"[④]。老子说："人法地，地法天，天法道，道法自然。"[⑤] 道家"自然"乃是指宇宙本体，既包含自然本身，也包含宇宙万物的自然运转的内在规律。

人类社会大朴未化之时，无名教与自然之分，一切顺应宇宙本身的发展规律。"至争乱起，王者出，乃建伦常，设百官，谓名分；制礼法，和礼乐，以教万民，移风易俗，名教之风于兹而兴。"[⑥] 名教自其产生，则被赋予神圣性和永恒性，为圣人通天地之性，体万物之情而作，被视为不可更改之教化。然名教滋生

① （清）戴望：《管子校正》，《诸子集成》第 5 册，中华书局 1954 年版，第 368 页。

② 《论语·子路》，（魏）何晏等注，（宋）邢昺疏：《论语注疏》卷十三，上海古籍出版社 1990 年版，第 114 页。

③ 《礼记·缁衣》，（汉）郑玄注，（唐）孔颖达等正义：《礼记正义》卷五十五，上海古籍出版社 1990 年版，第 925 页。

④ 《庄子·渔父》，（清）郭庆藩：《庄子集释》卷十上，中华书局 1961 年版，第 1032 页。

⑤ 《道德经·道经第二十五章》，（魏）王弼注：《老子道德经》，中华书局 1985 年版，第 24 页。

⑥ 汤用彤：《读〈人物志〉》，《汤用彤学术论文集》，中华书局 1983 年版，第 204 页。

文体观念与文化意蕴

实为王权政治需要，自其滋生之日则已悖离自然之道，强为自然之说，必致名实不等。因此，名教的危机孕育于名教自身的矛盾，而名教与自然的矛盾乃名教自身矛盾激化之必然结果。钱钟书先生说："守'名器'，争'名义'，区'名分'，设'名位'，倡'名节'，一以贯之，曰'名教'而已矣。"① 守"名器"，以施名教，则朴散为器，名教始与自然分立；区"名分"，倡"名节"，设"名位"，则构筑等级差别，制定礼法来规范不同等级人们的行为举止；争"名义"则必为名分起争斗。可见，名教初兴就孕育着冲突与对抗，蕴含着对人的自然个性的制约，虽以师法自然自居，实为政治统治之术。

汉末魏初，名实分裂，窃名为实的现象日益严重，名教愈加远离自然之道，这预示着儒家名教的深刻危机。在统治阶级争权夺利的残酷战争中，儒家道德伦理和价值观念已经不足以维系世道人心，个体生命意识开始觉醒，文人始自觉地追寻个体价值，玄学由此孕育而生。玄学激烈批判汉末名教之虚伪，以追求个性自由和理想人格为主旨，倡导合乎自然之名教，这在客观上为名教摆脱危机提供了理论依据。王弼曰："守母以存其子，崇本以举其末，则刑名俱有而邪不生，大美配天而体不作。"② 天地父母为自然，尊卑君臣为名教，名教本于自然，守自然可存名教。《晋书·阮籍传》附阮瞻传云："见司徒王戎，戎问曰'圣人贵名教，老庄明自然，其旨同异？'瞻曰'将无同。'戎咨嗟良久，即命辟之。时人谓之'三语掾'。"③ "将无同"即认为名教与自然在本质上是同一的，玄学力图将名教统一于自然。然而名教至魏晋时代已然成为强弩之末，其与自然之间的矛盾已达到不可调和的地步，当时的社会布满各种名教网罗，名教成为司马氏集团篡夺王权，血腥屠杀的口实。魏晋名士于高压政治下多敢怒不敢言。有委曲求全者，以玄学为本，以"圣人虽在庙堂之上，

---

① 钱钟书：《管锥编》第 4 册，中华书局 1979 年版，第 1242 页。

② （魏）王弼注：《老子道德经》，第 37 页。

③ 《晋书》卷四十九，第 1363 页。

然其心无异于山林之中"① 为旨，只要得"意"，不在乎"市隐"或"朝隐"，既居庙堂之上，又存竹下之风，名利双收，山涛是也；有回避现实，口吐玄语，醉酒三月，迂回不与统治者合作者，阮籍是也；但也有直面现实，刚肠疾恶，轻肆直言，遇事必发，反对虚伪礼法，坚决不与统治者合作者，嵇康是也。嵇康先是不仕归隐，继而又疾呼"越名教而任自然"②，其叛逆之声为心灵震裂之产物。嵇康分"名教"为两种：一是"造立仁义"③，即儒家所谓"仁义礼智"，以此开利禄之途，为一己之私；二是出于自然本性的"仁义"，即所谓"宗长归仁，自然之情"④，非积学所致，乃自然而成。嵇康思想承庄子"游心于淡，合气于漠，顺物自然而无容私"⑤ 的自然人性论，反对礼教对人性之束缚，认为"元气陶铄，众生禀焉"⑥，即人当返乎自然。在他看来，尧舜唐虞时期是人类的理想时代，名教与自然统一于一体，君臣关系是合乎自然之存在，其诗云："二人功德齐均，不以天下私亲，高尚简朴兹顺，宁济四海蒸民。"⑦ 可见，嵇康并不否定以天下为公的君主，也不否定合乎自然之仁义教化。其又云："古人知情之不可放，故抑其所遁；知欲之不可绝，故因其所自。为可奉之礼，制可导之乐。"⑧ 刘勰所说的"可奉之礼"、"可导之乐"实出于人之本性的需要。嵇康所论"自然"与庄子之论"自然"有所不同：庄子的"自然"乃指宇宙本体，阴阳未分，大朴未化之太和，因而它是与"名教"相对立的概念；而嵇氏之自然外延更为宽泛，不仅包含宇宙本体，也包含符

---

① 郭象注《庄子·逍遥游》，（清）郭庆藩：《庄子集释》卷一，第28页。

② （魏）嵇康：《释私论》，《嵇康集校注》卷六，人民文学出版社1962年版，第234页。

③ （魏）嵇康：《难自然好学论》，《嵇康集校注》卷七，第260页。

④ （魏）嵇康：《太师箴》，《嵇康集校注》卷十，第310页。

⑤ 《庄子·应帝王》，（清）郭庆藩：《庄子集释》卷三，第294页。

⑥ （魏）嵇康：《明胆论》，《嵇康集校注》卷六，第249页。

⑦ （魏）嵇康：《六言十首惟上古尧舜》，《嵇康集校注》卷一，第41页。

⑧ （魏）嵇康：《声无哀乐论》，《嵇康集校注》卷五，第196—225页。本篇所引《声无哀乐论》文字均出于此。

文体观念与文化意蕴

合自然之道的理想社会，延及合乎自然之仁义礼乐，其"自然"不是与名教相抗衡的概念，而是包含着合乎自然之名教。"越名教而任自然"非自然与名教的对立，乃为理想与现实的对立。嵇康所要超越的不是名教本身，而是司马氏的虚伪名法和黑暗的现实。"越名教"的提出乃本于深沉的时代忧患意识，历经了内心痛苦裂变的过程。如鲁迅先生在《魏晋风度及文章与药及酒之关系》中所指出的那样，"表面上毁坏礼教者，实则倒是承认礼教，太相信礼教"①，嵇康实际上是希望重振名教，使之归于自然，他幻想着有圣人出现，将名教与自然重新统为一体。其诗云："为法滋章寇生，纷然相召不停，大人玄寂无声，镇之以静自正。"② 故嵇康并未打算做封建王朝的叛子逆臣，其叛逆之举实在谋求大忠大义，骨子里渗透着儒士之风。他在《家诫》中告诫儿子说，"不须作小小卑恭，当大谦裕；不须作小小廉耻，当全大让"，做真正的"忠臣烈士"③。为此，他不惜以自己的地位、名誉乃至生命为代价以维护名教的纯洁性，"向自己的真性情、真血性里掘发人生的真意义、真道德"￼．此乃嵇康毕生的追求，以至最终殉道是何等的果敢，从容和美丽。

"声无哀乐论"是嵇康"越名教而任自然"的思想在艺术领域的表现。其论曰："音声有自然之和，而无系于人情"，又云"声音自当以善恶为主，则无关于哀乐。哀乐自当以情感，则无系于声音。名实俱去，则尽然可见矣。" 这就是说音乐和人心是两个系统，音声本和，无关人心之哀乐，音乐应超越现实哀乐而达到太和之境。嵇康主声无哀乐，其批评锋芒主要指向儒家的教化音乐观。儒家乐论认为音乐与情感有直接的对应关系，"其哀心感者，其声噍以杀；其乐心感者，其声啴以缓；其喜心感者，其声发以散；其怒心感者，其声粗以厉；其敬心感者，其声直以

① 《鲁迅全集》第 3 卷，人民文学出版社 1981 年版，第 513 页。
② （魏）嵇康：《知慧用有为》，《嵇康集校注》卷一，第 42 页。
③ （魏）嵇康：《家诫》，《嵇康集校注》卷十，第 321 页。
④ 宗白华：《美学与意境》，人民出版社 1987 年版，第 196 页。

廉；其爱心感者，其声和以柔"①。又将音乐与礼乐刑政相联系，认为音与政通，"治世之音安以乐，其政和；乱世之音怨以怒，其政乖；亡国之音哀以思，其民困"②。音与礼通，"亲疏贵贱长幼男女之理，皆形见于乐"③。音与德通，"君子反情以和其志，广乐以成其教，乐行而民乡方，可以观德矣"④。因此，音乐成为儒家名教的有力工具。嵇康《声无哀乐论》以音乐与情感的分离来张扬礼乐分离，他说："声音以平和为体，而感物无常；心志以所俟为主，应感而发。然则声之与心，殊涂异轨，不相经纬；焉得染太和于欢戚，缀虚名于哀乐哉？"这是否定儒家教化论对音乐"和"的本体的污染，音乐以平和为体，其作用仅在用和声"发滞导情，故令外物所感，得自尽耳"。嵇康认为要抵于乐之"和"境，要摒弃一己之私。"和声无象，而哀心有主"，以悲哀之情聆听太和之声，其感觉唯哀而已；"乐之应声，以自得为主"，以欢乐之情聆听太和之声，其感觉唯自得，"自得则神合而无忧"，从而导向对乐体之体味；"乐之为体，以心为主。故无声之乐，民之父母也"。以平和之体聆听太和之声，自我与乐体融为一体，共归道本（宇宙本体），这是嵇康所追求的艺术欣赏的至高境界。《声无哀乐论》又云："古之王者，承天理物，必崇简易之教，御无为之治。君静于上，臣顺于下；玄化潜通，天人交泰。……和心足于内，和气见于外；故歌以叙志，舞以宣情。然后文之以采章，照之以《风》《雅》，播之以八音，感之以太和。"古代君王，君臣和顺，群生安逸，自有太和之乐，可见，只有"和心足于内"才能抵于乐本之"太和"。声无哀乐论本于时代反叛价值，是对司马氏集团借名教伐异己，口不应声，指鹿为马，心声轨异的虚腐之风的强烈抗议。这一方面是对音乐本体的特征的探讨，以求维护音乐的纯洁性与独立性，另一方面

① 《礼记·乐记》，（汉）郑玄注，（唐）孔颖达等正义：《礼记正义》卷三十七，上海古籍出版社 1990 年版，第 661 页。

② 同上。

③ 《礼记正义》卷三十八，第 678 页。

④ 同上书，第 680 页。

也为无法生存的人们开辟一块超哀乐的圣地，以摆脱现实的苦痛，同时保持自己出污泥而不染的高洁独立的人格。由此可见，"声无哀乐"不表现为礼乐矛盾，而表现为乐之与现实强烈不可调和性，是嵇康的理想与现实矛盾对抗的必然产物。

二 "有情"与"无情"

情感是艺术表现的重要内容，也是人类所独具的重要特点。在艺术表现情感的问题上，中国传统文化中有"有情论"与"无情论"之别。

儒家是有情论者。《乐记》云："情动于中，故形于声，声成文，谓之音。"① 《毛诗序》云："情动于中而形于言，言之不足故嗟叹之，嗟叹之不足故永歌之，永歌之不足，不知手之舞之，足之蹈之也。"② 艺术源于人内心情感的表现。但儒家又是抑情论者，不是所有的一己之喜怒哀乐之情都可以作为艺术表现的对象，应"发乎情，止乎礼义"③，也就是艺术抒情必须将情感控制在儒家礼教允许的范围内，艺术应抒发与社会政治、道德相关的"大情"，而一己之私之"小情"则不在艺术表现之内。随着汉代儒学礼教限于"三纲五常"，艺术对情感的表现也被囿于圣王之道，君子之情，而人类正常的喜怒哀乐之情反被视为禁区。如表现礼义之情的音乐为"雅乐"，而抒发个性情感，表现世俗之情的音乐则被视为"淫乐"。子曰："郑声淫"、"放郑声"④，"恶郑声之乱雅乐"⑤。故儒家"有情论"抑情于礼，严重束缚人的个性，则又表现出"无情"的一面。可见，礼乐结合的儒家文化既重情又抑情，蕴无情于有情。

嵇康音乐美学思想渊源论

---

① 《礼记·乐记》，《礼记正义》卷三十七，第661页。

② 《毛诗序》，（汉）毛公传，（汉）郑玄笺，（唐）孔颖达等正义：《毛诗正义》卷一，上海古籍出版社1990年版，第15页。

③ 同上书，第19页。

④ 《论语·卫灵公》，《论语注疏》卷十三，第137页。

⑤ 《论语·阳货》，《论语注疏》卷十七，第156页。

道家是"无情论"者，主张人类应抛弃社会现实中的喜怒哀乐之情，进入去滋味，超哀乐，与道为一的"无情"的精神自由的境界。庄子曰："吾所谓无情者，言人之不以好恶内伤其身，常因自然而不益生也。"① 庄子主张人要顺应自然之情，不要纵情肆欲，也不要受虚伪礼教的束缚而伤神劳精，以至泯灭性灵，伤害自然赐予之形体。道家艺术"无情"论具有强烈的现实批评意味，表现出对人自然形体的关爱和对精神自由的向往，是对现实的"有情"。道家哲人多能敏锐而深刻地洞察礼法制度对人性的摧残，庄子曰："牛马四足，是谓天；络马首，穿牛鼻，是谓人。"② 礼法制度就像马笼头那样套住了人类，使人不得自由。庄子一针见血地指出"窃钩者诛，窃国者为诸侯"③，彻底揭露了统治阶级的礼乐刑法的虚伪；同时他们又能对时人的情感活动和精神现象进行深入观察和真切体验，主张人类当"无情"，以摆脱对礼法社会和生命生死的"有情"所造成的人生苦闷而获得精神的逍遥。音乐为道体的表现，当以"大音希声"④、"至乐无乐"⑤ 为至高追求。故道家"无情论"本于对社会、人生之痛苦体验以求解脱之道，表现于乐，则蕴有情于无情。

至魏晋时代，"有情"与"无情'成为玄学争论的焦点问题之一。其中心论题是关于理想人格的建构，表现为对圣人"有情"或"无情"问题的探讨。据何劭《王弼传》云："何晏以为圣人无喜怒哀乐，其论甚精，钟会等述之。弼与不同，以为圣人茂于人者神明也，同于人者五情也，神明茂故能体冲和以通无，五情同故不能无哀乐以应物，然则圣人之情，应物而无累于物者也。今以其无累，便谓不复应物，失之多矣。"⑥ 何晏主

① 《庄子·德充符》，《庄子集释》卷二，第221页。
② 《庄子·秋水》，《庄子集释》卷六，第590页。
③ 《庄子·胠箧》，《庄子集释》卷四，第350页。
④ （魏）王弼注：《老子道德经》，第40页。
⑤ 《庄子·至乐》，《庄子集释》卷六，第611页。
⑥ 《三国志·魏书·钟会传》注引，（晋）陈寿：《三国志》卷二十八，中华书局1959年版，第795页。

文体观念与文化意蕴

"圣人无情论"，认为圣人没有任情而发的喜怒哀乐情感，圣人之情符合自然无为之至道。王弼主"圣人有情论"，认为圣人"有情"，但圣人之情应物而无累于物，他们虽以哀乐应物，却能入其内而出其外，不为物所迷惑与困挠。何晏、王弼虽以"无情论"与"有情论"而分立，然而他们或以无情应有情，或以有情应无情，皆以情从"道"，将与有限事物相应接的"情"提高到"至道"的无限高度。

稽康论"有情"与"无情"，既以艺术为视角，也立足于理想人格的建构。在艺术上，稽康主"无情论"，认为"声无哀乐"，音乐要超越有限自我哀乐情感而达到无哀乐的境界。此论主承道家思想，道家以"道"观乐，道本无情，乐亦无情，稽康立足乐体本身，以"乐本"终归于"道本"。然而，他们都基于对现实的有情。据《世说新语·简傲》记载"稽康与吕安善，每一相思，千里命驾"①，足见稽康重视朋友情谊，追求人间真情。正因为此，他不能不对虚腐的现实，虚伪的礼教进行猛烈抨击。稽康"以诵讽为鬼语，以六经为芜秽，以仁义为臭腐"，认为"向之不学，未必为长夜，六经未必为太阳"②，不仅非汤武而薄周孔，大胆蔑视封建传统礼法，而且直接揭露封建统治者的丑恶面目："大人含弘，藏垢怀耻，民之多僻，政不由己"③，"凭尊恃势，不友不师，宰割天下，以奉其私"④。当稽康对现实进行无情批判时，正是他对现实最为有情的表现。然而，艺术的"无情"却是他赖以追求的精神寄托，以"声无哀乐"的无情境界来超越现实的有情（悲哀与疾愤），以求得内心的平和。在对理想人格的建构上，稽康主君子有情，且以情从"道"。其论曰："夫君子者：心无措乎是非，而行不违乎道者也。何以言之？夫气静神虚者，心不存于矜尚；体亮心达者，情不系于所

① （南朝宋）刘义庆：《世说新语》卷五，中华书局1954年版，第200页。
② （魏）稽康：《难自然好学论》，《稽康集校注》卷七，第263页。
③ （魏）稽康：《幽愤诗》，《稽康集校注》卷一，第28页。
④ （魏）稽康：《太师箴》，《稽康集校注》卷十，第312页。

欲。"① 君子必须超越对功名利禄、是非对错的思虑，才能气静神虚，体亮心达；通晓物情，却不为情所束；超越现实而与道为一。嵇康的理想人格的境界与声无哀乐的艺术境界是相一致的。

综上所述，嵇康艺术无情论是基于对现实的有情，也是对音乐本体特征的深刻探讨。对本体的审视需从对象自身特征出发，而不是首先将其纳入主流文化中究其外用。从音乐本体而言，它虽能表现哀乐情感，但哀乐情感属于人的情感体验，并不属于音乐本身的直接物质构成。就嵇康本人而言，他在对待艺术与情感的问题上也存在一定的矛盾性：嵇康虽主"声无哀乐"，但并未完全否定音乐之外用、音乐与情感的紧密联系，所谓"歌以叙志，舞以宣情"，音乐不可避免地成为人的情感志趣的表现。同时，作为一个在音乐上有极高造诣的艺术家，他在自身艺术实践中也是饱含情感的。据戴明扬考证，嵇康所喜爱的《广陵散》就是"痛魏之将倾，其愤恨司马氏之心，无所于泄，乃一寓于《广陵散》"②。故嵇康的矛盾是作为思想家与艺术家的矛盾，既执著于时代使命感，又执著于艺术自身规律。嵇康乐论的矛盾终于化解在其悲怆的琴声之中，这是艺术本身规律对其世界观的伟大胜利。嵇康临刑，"顾视日影，索琴弹之，曰：'昔袁孝尼尝从吾学《广陵散》，吾每靳固之，《广陵散》于今绝矣！'"③ 愤懑惋惜之情令人涕下。正是在这种饱含激情的艺术实践中，嵇康达到了一种生命的"大和"的境界：临刑自若，从容不迫。因此，声无哀乐论作为一种对艺术本体的探讨，作为对理想艺术境界和人格境界的追求则又具有合理性。

三 "和"与"不和"

中国传统文化追求和谐精神，儒家主个体与社会的和谐，以

① （魏）嵇康：《释私论》，《嵇康集校注》卷六，第234页。
② 戴明扬：《〈广陵散〉考》，《嵇康集校注》附录，第470页。
③ 《晋书》卷四十九，第1373页。

社会为本位，《论语·学而》曰："礼之用，和为贵，先王之道，斯为美。"① 道家主个体与自然的和谐，求阴阳调和，以自然为本位，《庄子·天道》曰："夫明白于天地之德者，此之谓大本大宗，与天和者也。"② 而中国文化精神往往儒、道结合，主个体、自然、社会三位一体，以人的生理与心理、物质与精神、内在与外在、个体与群体达到高度和谐统一为最高理想，然而此种和谐之中往往蕴含着"不和"因素的存在。如儒家文化的和谐精神表现于认识论为"允执厥中"③、"过犹不及"④，以兼听为明，偏听为暗；表现于道德观，则以"文质彬彬"⑤、"温柔敦厚"⑥ 为至善；表现于艺术，则以"乐而不淫，哀而不伤"⑦ 为至美。然而儒家以名教礼法约束人的思想情感，则难以避免地带来人与自然之和谐的破坏，儒家之"和谐"在此陷入了悖论之中。因此，中国传统文化在对"和"的主体精神的追求中，又有着冲破"和"的"不和"精神的存在。如屈原"发愤以抒情"⑧，司马迁"发愤"著书，韩愈不平则鸣，嵇康剑拔弩张，陶潜怒目金刚，可略见一斑。表现于艺术则为怒以怨、哀以伤、乐而不安。庄周虽以自然之"和"为至高之美，然其创作则以"非和"姿态出现，嬉笑怒骂皆成文。屈原《离骚》也以怨怒哀伤开骚体先河。然此种种不和谐皆生于和谐内部，其旨乃在以求和谐的至高境界。

嵇康以"和"为音乐本体。其乐本之"和"首先表现为一种艺术精神。"声无哀乐"即要超越现实哀乐，回归音乐本体之

---

① 《论语注疏》卷一，第 8 页。

② （清）郭庆藩：《庄子集释》卷五，第 458 页。

③ 《尚书·虞书·大禹谟》，（汉）孔安国传，（唐）孔颖达等正义：《尚书正义》卷四，上海古籍出版社 1990 年版，第 53 页。

④ 《论语·先进》，《论语注疏》卷十一，第 97 页。

⑤ 《论语·雍也》，《论语注疏》卷六，第 53 页。

⑥ 《礼记·经解》，《礼记正义》卷五十，第 843 页。

⑦ 《论语·八佾》，《论语注疏》卷三，第 29 页。

⑧ （战国）屈原：《九章·惜诵》，（宋）洪兴祖：《楚辞补注》卷四，中华书局 1985 年版，第 94 页。

宫商集比之和境，这是对音乐自身组合规律在形式上和谐的追求，也是对音乐的最高审美境界的追求。《声无哀乐论》曰："上生下生，所以均五声之和，叙刚柔之分也"，这是从音乐本体讲音声和谐规律。然嵇康对"和"的追求绝不止于纯形式，而且表现在为一种对境界的追求："和"既为艺术境界，亦为人生境界，还表现为一种对理想人格精神的建构。嵇康极重养生之学，其《养生论》主张形神兼养，"形恃神以立，神须形以存"，又以养神为主，"精神之于形骸，犹国之有君也"。养神需"清虚静泰，少私寡欲"，使"爱憎不栖于情，忧喜不留于意"；需超越世俗功名利禄之心，"知名位之伤德，故忽而不营，非欲而强禁也；识厚味之害性，故弃而弗顾，非贪而后抑也"，这样才能超躁竞之心，涉希静之途，达于"以醇白独著，旷然无忧患，寂然无思虑"[①] 之境界，这是嵇康的养生境界，也是他所追求的与"道"合一的理想境界。至"目送归鸿，手挥五弦"[②] 乃是嵇康艺术化、审美化的境界，也是通于理想人格及抵于"道本"的必经之途。越名教而任自然，独与天地精神往来，无为自得，体妙心玄，与"道"为一，这是嵇康所追求的理想人格境界。故嵇康对艺术的追求，也是对人生境界和理想人格的追求，此三者是统一的。嵇康之论"和"作为其乐论的美学范畴，不仅表现为对音乐本体的阐发，而且蕴含艺术的、人生的及理想人格的丰富内涵。"声无哀乐"是乐本之和，乐本之和只有汇入太和之中，才是艺术审美的最高境界。故"乐和"归于"太和"，"太和"为道，为宇宙本体，为万物之根。"乐和"为音乐本体，亦为境界之合一，精神之追求。总之，"和"为和谐，为平和，亦为太和；为宫商集比，为体妙心玄，亦与道通为一，始为美学范畴，终上升为哲学范畴。

然执著于"和"的嵇康于现实中则表现为非"和"的一面：疾恶如仇，剑拔弩张，强烈与现实不协调。嵇康虽努力想学阮

---

① （魏）嵇康：《养生论》，《嵇康集校注》卷三，第143—157 页。

② （魏）嵇康：《兄秀才公穆入军赠诗十九首》，《嵇康集校注》卷一，第16 页。

籍，"与物无伤"①，然终不得，频致怨憎，以致最终为司马昭以"言论放荡，非毁典谟"② 的罪名所害。嵇康以"和"为最高追求乃基于现实之不和，与现实之不和，"不和"是其求"和"的表现。嵇叔夜以其高洁一生实现了其对"和"境的追求，临刑面不改色，索琴而弹，从容自若，身死魂飞，"这是真性情，真血性和这虚伪的礼法社会不肯妥协的悲壮剧"③。

四 嵇康音乐美学思想与玄学的关系

魏晋时代，名教危机，儒学裂变，道学复兴，玄学应运而生。作为一种时代潮流，玄学主要承袭道家衣钵，首先表现出一种对理想人格本体的追求，即要求冲破儒学的伦理本位而追求人格独立与个体解放；作为一种统治术，玄学又表现为一种政治哲学，他们并没有完全否弃儒家名教，主张名教出于自然，再度将名教与自然统为一体，以图用曲折的形式保存名教。由此，玄学由上至下得以生存，成为魏晋时代的主导哲学。

王弼的玄学理论为"崇本息末"、"守母存子"、"得意忘言"。表现为对本体的追求，重在得意。"言者所以明象，得象而忘言；象者所以存意，得意而忘象"④，言、象虽能达意则不尽意，得意需忘言，忘象。表现于政治，则以自然为意为本，虽存名教，则需名教出于自然，可行无为而无不为之治。他说："守母以存其子，崇本以举其末，则形名俱有而邪不生，大美配天而华不作。故母不可远，本不可失。仁义，母之所生，非可以为母。形器，匠之所成，非可以为匠也。舍其母而用其子，弃其本而适其末，名则有所分，形则有所止，虽极其

① 《晋书》卷四十九，第 1371 页。

② 同上书，第 1373 页。

③ 宗白华：《美学与意境》，第 196 页。

④ （魏）王弼《周易略例·明象》，载郁沅、张明高编选《魏晋南北朝文论选》，人民文学出版社 1996 年版，第 68 页。

大，必有不周，虽盛其美，必有患忧。"① 以自然为本为母，以名教为末为子，执著于本体的追求，犹守母存子，可保持名教的存在。

嵇康的音乐美学发展了王弼的玄学理论。嵇氏以和为"本"，视一切破坏和谐的心物为"末"。在本末关系上，嵇论不同于王弼"末出于本"论，乃以本末不相经纬，将"太和之声"与为礼所束的"欢戚之情"截然分开。嵇康反对以欢戚之情染声之太和，实质在否定儒家礼乐一体，共为教化之具，他提出"越名教而任自然"，表现在音乐领域为"越末任本"，超越有限自我哀乐之情而趋于无限自然太和之域，则又与王弼"末出于本"异曲同工。这恰是嵇叔夜的矛盾，虽然他自言不堪礼法，托好老庄，然毕竟家世儒学，儒家观念对他有着根深蒂固的影响，因而，在他的理想的审美境界之中，本末仍然出于一体，"越本任末"非为本末之对立，而是理想与现实的对立。嵇康所处的现实世界表现为：名教（名实分裂）、有情（悲愤、悲哀之情）、不和（社会强烈动荡），因而他追求的理想境界则是自然（名教归于自然）、无情（超越现实哀痛之情）、和（心气平和，归于太和）。嵇康所追求的理想世界是与现实世界相抗衡的产物，也是其超越黑暗污浊的现实世界后，足以安身立命的精神净土，因而乃是对审美境界的追求。

综上所述，嵇康的音乐美学理论是执著于音乐本体的规律，其论的出现是历史发展的必然，也是艺术观念发展的必然。中国自古则有极为丰富的音乐作品且孕育了极为充实的音乐理论。然而长期以来，道家以"道"观乐，乐为"道"现，没有完备的乐论；儒家自孔、孟论乐，荀子《乐论》，直至乐论之集大成者《礼记·乐记》都将音乐拘泥于伦理范畴，以音乐之外用（政治、伦理、道德）为音乐之本，忽视对音乐本身规律的透视，不能对音乐本质作出全面、科学的认识。嵇康扬弃儒、道两家之

① （魏）王弼注：《老子道德经》，第 37 页。

论，以乐本论乐，体现对乐体的关注，对乐本的追求，标志中国音乐艺术的独立与音乐美学理论的成熟。嵇康之论基于对儒、道价值观念的反叛，对理想人格境界的追求，其乐本论的时代性与现实性亦当视为其论之要旨。

嵇康音乐美学思想渊源论

嵇康音乐美学思想及其价值新探[*]

  嵇康音乐美学思想涉及音乐本体特征、音乐与情感、音乐的功用、礼乐之分离、诗乐之分离、主客之分离等重要理论问题的讨论，其论一方面透视音乐自身规律，于破中立，讲音乐的"自然之和"、"体之自若"、"音声之无常"、"和声无象"，使音乐彻底从儒学政治教化束缚中解放出来，宣告了音乐的独立和自足，另一个方面则使审美主体从与审美客体的固定性、僵化性、束缚性关系中解脱出来，在审美领域开魏晋个性解放与自由之先声。因此，嵇康音乐美学思想是对传统乐论的大胆突破和变革创新，在中国古代音乐理论史和美学演化史中有着重要的意义。

一 乐体论

  本体论是探讨事物本身存在和发展的内在规律和普遍法则的理论，对本体问题的关注是使事物回归自身，获得独立意义的重要途径。先秦儒、道两家较早地涉及了对音乐的看法，但他们将音乐纳入哲学、伦理学、政治学等领域中进行阐释，探究乐之外用，而遮蔽了乐体自身的特点。嵇康精通音律，痛感音乐之体长期被蒙蔽歪曲，"斯义久滞，莫肯拯救。故念历世，滥于名实"^①，遂欲辨正乐之名实，使乐回归本体，获得独立意义和

  * 本文原载《文化与诗学》2013 年第 2 期，北京大学出版社 2014 年版。
  ① （魏）嵇康：《声无哀乐论》，《嵇康集校注》卷五，人民文学出版社 1962 年版，第 196—225 页。本篇后文所引未注文字均出自《声无哀乐论》此版本。

价值。

儒家认为音乐之和生于阴阳二气的调和，是对自然和声的摹仿。如《左传》昭公二十五年："则天之明，因地之性，生其六气，用其五行。气为五味，发为五色，章为五声。"[①] 同时，他们将音乐纳入礼乐政教体系之中，"是故先王之制礼乐也，非以极口腹耳目之欲也，将以教民平好恶而反人道之正也"[②]。先王作乐是为了教化民众，所谓"乐统同，礼辨异"[③]，礼乐相济，共同维护社会的等级秩序与和谐统一。道家以"道"观"乐"，"道"无形无名，超言绝象，音乐为"道"之体现。老子倡"大音希声"[④]，庄子主"与天和者"之"天乐"[⑤]，道家最完美的"乐"是与"道"合一的"大音"、"天乐"，即无声之乐，也就是"道"本身。因此，他们反对任何人为的音乐创造，老子愤恨地说，"五音令人耳聋"[⑥]，庄子偏激地说，"擢乱六律，铄绝竽瑟，塞瞽旷之耳，而天下始人含其聪矣"[⑦]，以为"人籁"不如"地籁"，"地籁"不如"天籁"[⑧]。道家乐论与其整体哲学观念密不可分，带有激进的文化反叛价值，是对当时统治阶级穷奢极欲，用礼乐文化束缚自然人性的批判。由此可见，儒、道两家各自立足于自身哲学观念论乐，尚没有自觉地从音乐本体谈论其审美特征。

嵇康乐体论受到道家关注"道"本身的影响，是对儒家以教化为中心的乐论的反叛，同时打上了魏晋玄学思潮的深刻印迹。汉末至魏晋是中国传统文化重大转型期：哲学上，从穷究宇

---

① （晋）杜预注，（唐）孔颖达等正义：《春秋左传正义》卷五十一，上海古籍出版社 1990 年版，第 888—889 页。

② 《礼记·乐记》，（汉）郑玄注，（唐）孔颖达等正义：《礼记正义》卷三十七，上海古籍出版社 1990 年版，第 663 页。

③ 《礼记正义》，卷三十八，第 682 页。

④ （魏）王弼注：《老子道德经》，中华书局 1985 年版，第 40 页。

⑤ 《庄子·天道》，（清）郭庆藩：《庄子集释》卷五，中华书局 1961 年版，第 458 页。

⑥ （魏）王弼注：《老子道德经》，第 9 页。

⑦ 《庄子·胠箧》，《庄子集释》卷四，第 353 页。

⑧ 《庄子·齐物论》，《庄子集释》卷一，第 45 页。

宙运行外用的宇宙论向探求天地万物真迹的本体论转变，儒学式微，道学复兴，玄学应运而生；社会意识上，由群体意识向个体意识转变，名教失落，个体觉醒成为时代必然。玄学黜天道而究本体，以虚无为本，万有为末，讲崇本息末，得意忘言，这直接促进了艺术领域的本末之辨。曹丕《典论·论文》首次单独审视"文本"，其论曰："夫文本同而末异。盖奏议宜雅，书论宜理，铭诔尚实，诗赋欲丽。"[①] 也就是说，不同体裁之"文"虽然各有不同的文体风格，但在本质上有着共同性，这种关注文学本体的做法开新的时代风气，标志着中国思想史上"文的觉醒"时代的到来。

稽康以其乐体论参与了魏晋时代以玄学为中心的审美变革，其论曰："夫天地合德，万物贵生。寒暑代往，五行以成。故章为五色，发为五音。音声之作，其犹臭味在于天地之间。"音乐是阴阳五行运动而产生的自然谐和，与天地万物合为一体。稽康继承了儒家以阴阳五行来阐释音乐来源的说法，但反对将之生硬地与礼教相联，力图将音乐从伦理本位拉回到自然本位，真正"求乐于自得之域"。稽康认为音乐"皆以单、复、高、埤、善、恶为体"，"声音之体，尽于舒疾"，这就是说音乐本体是音声的单复、高低、快慢、和谐与不和谐等，这是乐体自身的物质性特点。"五色有好丑，五音有善恶，此物之自然也。""其善与不善，虽遭遇浊乱，其体自若，而不变也。岂以爱憎易操，哀乐改度哉？"乐体具有自若性，其"善与不善"体现在乐音组合的"和"与"不和"，这样的乐体德性不因世事浊乱，人情悲喜而改变，这是乐的自足性。具体到器乐亦然。"琵琶筝笛，间促而声高，变众而节数"，"琴瑟之体，闻辽而音埤，变希而声清"，不同器乐由于结构和材质不同，在声调、音色等方面各自有不同的审美特点，这是由其物质性特征所决定的，这些特点不因弹奏者的工巧拙笨而改变，"琴瑟之清浊，不在操者之工拙"，"器不

---

① （魏）曹丕：《典论·论文》，（南朝梁）萧统编，（唐）李善注：《文选》卷五十二，中华书局 1977 年版，第 720 页。

假妙瞽而良，簫不因惠心而调"。嵇康嗜好弹琴，终生与琴瑟相伴，乃至临刑索琴而弹，神气不变，他写下《琴赋》论及琴德云："若论其体势，详其风声，器和故响逸，张急故声清，间辽故音痹，弦长故徽鸣，性洁静以端理，含至德之和平。"[1] 琴声变化多样，这是由琴弦结构决定的，诸如弦弛则琴音浑厚，弦紧则琴音激扬，离琴首远的徽音低沉，琴徽不按则音泛，但整体而言，琴德平和，本性洁静。故"声音以平和为体"，"曲变虽众，亦大同于和"，不同乐曲的曲调虽各不相同，但终究归于谐和之美。

嵇康强调"推类辨物，当先求之自然之理"，罢黜了儒家以政治、伦理等外在因素侵占乐体的做法，将音乐本体作为独立审视对象，指出乐体具自若性（不变性）、自然性（物质性）、平和性（心和、乐和）等内在形式特点，音乐不需要依附于礼法诗教而具有独立自足的价值，这显示了艺术审美思维从关注功用到关注本体的重大转变。同时，嵇康此论也有着时代反叛价值，包含着论者愤世嫉俗的主观价值取向。魏晋交替之时，艺术为名教之具，名教则行党同伐异，夺取王权之实，艺术堕落为黑暗现实之饰物，血腥屠杀之面具。嵇康嫉恶如仇，痛恨名教之虚伪，现实之污浊，艺术之异化，以"声无哀乐论"执著于乐体，坚决斩断音乐与政教礼法之关系，力图使之重返自身形式谐和的"伊甸园"，则又维护了音乐的纯洁性和神圣性。

二　乐情论

艺术与情感的关系历来是美学领域关注的问题，中国诗学开山理论云"诗言志"[2]，《毛诗序》释云"在心为志，发言为诗，

嵇康音乐美学思想及其价值新探

---

① （魏）嵇康：《琴赋》，《嵇康集校注》卷二，第105—106页。

② 《尚书·舜典》，（汉）孔安国传、（唐）孔颖达等正义：《尚书正义》卷三，上海古籍出版社1990年版，第44页。

情动于中而形于言"①,至西晋陆机提出"诗缘情"②,情感都被认为是艺术表现的重要内容。与诗有着密切关系的乐也被视为内在情感的外在表现,《乐记》云:"情动于中,故形于声,声成文,谓之音。"又云:"乐者,音之所由生也,其本在人心之感于物。"③圣人深知音乐对人心的感染力,唯恐音乐放纵人的情欲,因此对音乐表现情感作了严格的限定,"先王慎所以感之者。故礼以道其志,乐以和其声,政以一其行,刑以防其奸"④。这样儒家就将音乐纳入礼乐刑政的王道之轨,音乐抒情受到礼教政法的拘束和制约。

儒家乐论认为音乐旋律与情感表现具有直接对应关系,《乐记》云"其哀心感者,其声噍以杀;其乐心感者,其声啴以缓;其喜心感者,其声发以散;其怒心感者,其声粗以厉;其敬心感者,其声直以廉;其爱心感者,其声和以柔",并将音乐情感与伦理道德、政治教化相贯通,"乐者,通伦理者也","声音之道,与政通矣",所谓"治世之音安以乐,其政和。乱世之音怨以怒,其政乖。亡国之音哀以思,其民困",不同的音乐蕴含了不同的情感内容,有安乐之音、怨怒之音、哀思之音,它们分别对应政和、政乖和民困。他们甚至将音乐五声直接对应君臣民物等外界政务,诸如"宫为君,商为臣,角为民,徵为事,羽为物"⑤。儒家乐论又将音乐形象直接指涉某些有着教化意味的固定形象,认为"盛衰吉凶,莫不存乎声音矣",如"季子听声,以知众国之风;师襄奉操,而仲尼睹文王之容","师旷吹律,知南风不竞,楚师必败",音乐因此丧失了自身独立之审美特性,成为服务于政治礼教之工具,这极大地束缚了音乐的表现力。

──────────

① (汉)毛公传,(汉)郑玄笺,(唐)孔颖达等正义:《毛诗正义》卷一,上海古籍出版社1990年版,第15页。

② (晋)陆机:《文赋》,《文选》卷十七,第241页。

③ 《礼记正义》卷三十七,第661页。

④ 同上。

⑤ 本段《礼记·乐记》文字载《礼记正义》卷三十七,第661—663页。

嵇康批评儒家乐为礼用，歪曲了乐体自身特性，不能真正"识乐"，他从音乐本体论出发，惊世骇俗地提出了"声无哀乐论"，其论曰："声音以平和为体，而感物无常；心志以所俟为主，应感而发。然则声之与心，殊涂异轨，不相经纬；焉得染太和于欢戚，缀虚名于哀乐哉？"嵇康认为音乐与情感不相经纬，音乐以"平和"为体，只有"善"与"不善"（"和"与"不和"）之分，而无哀乐之别；哀乐情感是人心感于外物而形成的，则与音乐形式无直接关联。他批驳儒家乐论道：如果"文王之操有常度，韶武之音有定数"，即以音乐表现确定不变的对象和情感，那么"仲尼之识微，季札之善听"就是无中生有的事了。嵇康认为音乐表现未必有"常度"和"定数"，所谓"音声之无常"、"和声无象"才是音乐本体的审美特点。

这首先表现在"殊方异俗，歌哭不同"，由于各地风俗习惯之差异，抒情表意方式也不尽相同，于是有"形同而情乖，貌殊而心均者"，亦有"用均之情，而发万殊之声"，即表达相似的喜怒哀乐之情，赋予的声音形象未必完全相同；或声音旋律接近，表达的情感也未必完全相同。这表明主体情感与音声形象之间并非确定性的对应关系，不能简单地"观形而知心"。其次，从欣赏者而言，人们欣赏同一乐曲的情感反应未必完全相同，"夫会宾盈堂，酒酣奏琴，或忻然而欢，或惨尔而泣，非进哀于彼，导乐于此也。其音无变于昔，而欢戚并用，斯非吹万不同耶？"欣赏同一乐曲，有欢然喜者，有惨然泣者，这表明即使作曲者赋予了音乐特定情感，如"心戚者则形为之动，情悲者则声为之哀"，但哀乐情感已经隐匿在和声形式中，以"和"的声音形象出现，对他的听众并无直接鲜明的引导性。"哀乐自以事会，先遘于心，但因和声，以自显发"，这就是说，情感作为人的主观体验，是先在于音乐而蕴含于人内心的，一旦受到音乐"和声"之触发，则自我显现，因此，听者感于"和声"而抒发的是自我内心或喜或悲之情。"声音自当以善恶为主，则无关于哀乐。哀乐自当以情感，则无系于声音"，故"声之与心"则"明为二物"了。

嵇康明确区分音乐形式与情感为二物，显示了他力图排除审美主体因素干扰，独立审视音乐本体的努力。长期以来，儒家乐论强调音乐创造中主客体的僵化固定关系而使音乐成为了教化之具，从而掩盖了音乐本体面貌。在嵇康看来，音乐有其自身的审美特点，无论情感以何种形式参与音乐创造之中，它都不在音乐本体的和声形式中直接呈现出来，也不能引导欣赏者某种确定的情感体验和伦理观念。人们需要在"彼我异名"，主客区分情境下才能辨正音乐之名实，真正审视音乐的本体特征，而不至于将属于主体的因素强加于客体之上，而以为"哀乐皆由声音"。但这并不是说，音乐作为独立客体与审美主体的情感之间没有任何关系，事实上，嵇康认为音乐是"可感荡心志，而发泄幽情"①的，他说："和声之感人心，亦犹酒醴之发人情也"，"音声和此，人情所不能已者也"。音乐与情感至少在两个层面发生关系：首先是音声与心理感受的生理层面的联系，"盖以声音有大小，故动人有猛静也。琴瑟之体……听静而心闲也。……齐楚之曲多重，故情一；变妙，故思专。姣弄之音，挹众声之美，会五音之和……故欢放而欲惬"。随着乐曲旋律变化，人的心理感受也相应地发生变化，或体静，或思专，或欲惬，故音声"皆以单、复、高、埤、善、恶为体，而人情以躁静专散为应"。其次音乐具有"发滞导情"的作用，"令外物所感，得以自尽"，即音乐能触发审美主体的情感体验而使主体固有情感得以充分宣泄。嵇康自言"少好音声，长而玩之"，深深地感觉到音乐可"导养神气，宣和情志，处穷独而不闷者"②，主体在不同情感状态下聆听相同的琴音，感受是不同的，"怀戚者闻之，莫不憯懔惨凄，愀怆伤心，含哀懊咿，不能自禁；其康乐者闻之，则欤愉欢释，抃舞踊溢，留连烂漫，嗢噱终日；若和平者听之，则怡养悦愉，淑穆玄真，恬虚乐古，弃事遗身"③。这说明欢戚和平之

　① （魏）嵇康：《琴赋》，《嵇康集校注》卷二，第106页。
　② 同上书，第83页。
　③ 同上书，第106—107页。

情先蕴于心，遇"和声"自我显发，至和之乐感人至深具体表现于此。

嵇康以"和"为音乐本体的基本特性，剥离了音乐中固定的情感内涵，其实质是要疏离被强行捆绑在其内的政治道德内涵，这一方面符合音乐形式间接抒情的审美特点，另一方面则赋予了音乐自由表现的空间，从而深刻地揭示了音乐与情感表现之间的不确定性、非一致性的关系。反之，若以音声表达特定情感，以其为"偏固之音"、"一致之声"，则不能收到"兼御群理，总发众情"的审美效果，这将使音乐走向概念化、公式化而遮蔽其自身独立的审美价值。

儒家乐论从政治伦理视角审视音乐，将音乐与客观现实作简单、直接的联系，"今必云声音，莫不象其体，而传其心"，用音乐表现固定情感，固定形象以服务于政教之用，其论偏重于音乐表现的确定性一面。嵇康从音乐本体论出发，斩断音乐与情感的直接关联，试图将音乐从外在功利束缚中解放出来，追求音乐超越现实情感性、物象性而获得的本体和谐性，以音乐和谐达于"太和"为至高之美，其论执著于音乐表现情感的不确定性的一面。应该说，任何艺术都具有确定性和不确定性的双重属性，而不同艺术两种属性所占比例不同。就音乐而言，"心有盛衰，声亦降杀"，这是心之与声相对确定性的一面；但另一方面，音乐与其他艺术相比，其间接性、抽象性、不确定性程度更高，"笑噱之不显于声音"，音乐不直接言情，而是将情感隐匿于形式之中，通过"和声"来导情，所谓"克谐之音，成于金石；至和之声，得于管弦"，这就使得音乐具有了疏离现实的自由性。嵇康对音乐本体独立性特征的凸显，使主体与音乐之间的固定性关系得到了松绑，音乐作为一种和谐声音形式的表意模糊性使审美主体有了更多的想象空间和主动创造性，这是魏晋时期人的自觉和个性解放在嵇康乐论中的表现。

值得注意的是，嵇康是在诗乐分离的情境下来论及"声无哀乐"的，其"声无哀乐"论主要就无词之旋律和器乐而言。中国古代经历了漫长的诗乐共存时期，《尚书》中云："帝曰：

嵇康音乐美学思想及其价值新探

夔，命汝典乐，教胄子，直而温，宽而栗，刚而无虐，简而无傲。诗言志，歌永言，声依永，律和声。八音克谐，无相夺伦，神人以和。夔曰：於！予击石拊石，百兽率舞。"① 这是诗、乐、舞共生的较早原始资料，《礼记·乐记》也云："诗言其志也，歌咏其声也，舞动其容也。三者本于心，然后乐器从之。"② 这表明早期的诗与乐是在相互结合中共同表情达意的，诗的内容总是被纳入乐的形式中完成礼乐教化，即亦后来刘勰在论及乐府诗时所谓"诗为乐心，声为乐体：乐体在声，瞽师务调其器；乐心在诗，君子宜正其文"③ 的诗乐结合的情况。汉代以后，随着诗的经学化历程，诗歌逐渐从音乐中分离出来成为独立形式，但无论是诗还是乐都依附于经学，服务于政教，诗教乐教隆盛，人们仍然借助于歌词或曲名表意来理解音乐的具体内涵。《乐记》"审乐以知政"④ 的音乐观念都是在这样的背景下产生的。

在嵇康生活的魏晋之交，诗、乐逐渐从礼教藩篱中解放出来，获得了独立形态，诗、乐分离也渐成趋势，那时不仅有许多从音乐中分离出来的"徒诗"，也有许多无词之乐曲，据明钞本《琴苑要录》引《琴书》云："《秋声》、《渌水》、《幽居》、《秋思》、《坐愁》：以上蔡邕五弄。《长青》、《短青》、《长侧》、《短侧》：嵇氏四弄。通为九弄。"⑤ "嵇氏四弄"就是嵇康所作琴曲，嵇康临刑所奏《广陵散》也是无词古琴曲。嵇康深刻审视音乐本体特点，力图将音乐形态与语言形态相分离来阐释作为独立形态的音乐的特点。他说："言比成诗，声比成音。杂而咏之，聚而听之。心动于和声，情感于苦言。嗟叹未绝，而泣涕流涟矣。"诗、乐是两种不同的艺术，它们各自有不同的特点：乐以和声旋律打动人，诗以悲苦语言感染人。音乐是通过"声

① 《尚书·舜典》，《尚书正义》卷三，第44页。
② 《礼记·乐记》，《礼记正义》卷三十八，第680页。
③ 《文心雕龙·乐府》，范文澜：《文心雕龙注》，人民文学出版社1958年版，第102页。
④ 《礼记·乐记》，《礼记正义》卷三十七，第663页。
⑤ 转引自戴明扬《广陵散考》，《嵇康集校注》附录，第445页。

比"形成的谐和旋律的，与其他艺术相比，除少数模拟性音响外，音乐形象与外部现实形象、复杂思想情感等精神现象之间存在着间接性、隐蔽性、不确定性的表现特点。换言之，音乐本体作为审美对象对审美主体的限制相对较小，音乐以声音之"和"为主要特点，与主体情感之间无直接、固定性的表现关系。相对而言，诗则能通过语言表意直接摹物言情，诗人在诗中更容易表现悲喜之情，从而用特定情感感染他的读者。因此，当人们要通过音乐表达特定的情感内容时，总是要借助于诗的表意能力，所谓"托于和声，配而长之，诚动于言，心感于和"，"复之而不足，则吟咏以肆志，吟咏之不足，则寄言以广意"①，而从音乐本身形式而言，它并不直接呈现哀乐之情和具体事件。

18 世纪以前，西方人相信诗、音乐、语言是一起产生的，音乐来自旋律，而旋律来自语言，人们很少从音乐本身，反而从歌词中寻找理解音乐的途径，如法国的卢梭说："音乐在我们心中唤醒了它所表达的情感，通过音乐我们感受到了情感的意象。"② 直到 1722 年，法国拉莫提出"旋律来自和声"的思想，才逐渐使音乐从诗歌中解放出来。拉莫说："人们常常以为听音乐就只是听歌词里所讲的东西或者是根据自己的理解对歌词所作的解释。人们硬要音乐顺从那强迫给它的东西，然而这决不是人们据以能够评判音乐的方式和方法。"③ 这就是说，在独立的器乐没有产生之前，人们总是将乐音和声与歌词内容简单对应，认为音乐能表现确定的情感和生活图景，其实，这是音乐没有摆脱对歌词的依赖，没有走向独立自足的表现。音乐作为一种特殊的乐音符号，并不直接呈现外部世界具象、概念和情感，而是自然的感性抽象，它可以与诗结合来表情达意，也可通过独立的旋律

---

① （魏）嵇康：《琴赋》，《嵇康集校注》卷二，第 83 页。

② ［法］卢梭：《精神印象通常最活跃的情感》，卢梭：《论语言的起源兼论旋律与音乐的模仿》，吴克峰、胡涛译，北京出版社 2010 年版，第 87 页。

③ ［法］拉莫：《关于人的天性跟音乐及其原理暗合的观察报告》，转引自蒋一民《音乐美学》，人民出版社 1991 年版，第 8 页。

来表情。1800 年，交响乐的诞生标志着西方音乐的独立。与西方乐论相比，嵇康早在公元 3 世纪就从理论上宣告了音乐从诗歌中的独立，即音乐以和声为本体，与情感无直接关系，歌词则能直接呈现情感，若是纯粹乐曲，则以其和声激发人们不同的情感体验，这是对音乐本体的独立审视得出的合理结论。

三　乐用论

嵇康的"声无哀乐"旨在表明音乐本体特点在"和"，无系于人情，因此，音乐的功用不在外用而在内化，即以和乐泄导情感而至心和，从而超越有限现实哀乐而趋于无限宇宙自然的"太和"之境。嵇康乐用论是直接针对儒家乐为礼用的功利主义乐用观，以求音乐回归到本体之用。

儒家文化建构了礼乐相济的政教体系，音乐成为礼教之工具。《乐记》云："圣人作乐以应天，制礼以配地。"① 圣人顺应天地自然之道制礼作乐，并将礼乐与刑政结合，共为治国之道，所谓"礼乐刑政，其极一世，所以同民心而出治道也"②。礼、乐各有不同功用，"乐者为同，礼者为异"③，"乐由中出，礼自外作"④，这就是说，"礼"是从外部强制区分不同等级人们的礼仪举止，而乐则将礼制转化为和谐的艺术形式，从内心促进群体情感和谐。"乐者，圣人之所乐也，而可以善民心，其感人深，其移风易俗，故先王著其教焉。"⑤ 这样，先王就将礼教之亲疏、贵贱、长幼、男女之理皆形于乐，使音乐奇妙地与礼制结合在一起，发挥着教化民众，促进社会和谐的重要功用。

嵇康对儒家以乐为教的用乐观极为不满，他批评儒家礼乐文化将音乐、诗歌、礼器、仪容捆绑一体，服务于政教之用，使乐

---

① 《礼记·乐记》，《礼记正义》卷三十七，第 669 页。
② 同上书，第 661 页。
③ 同上书，第 665 页。
④ 同上书，第 665—666 页。
⑤ 《礼记正义》卷三十八，第 676 页。

丧失了自身价值，"丝竹与俎豆并存，羽毛与揖让俱用，正言与和声同发。使将听是声也，必闻此言；将观是容也，必崇此礼。礼犹宾主升降，然后酬酢行焉。于是言语之节，声音之度，揖让之仪，动止之数，进退相须，共为一体"，音乐被强行纳入政教礼仪轨道，赋予了移风易俗之功用。嵇康认为，从音乐本体而言，乐为"和声"，与"移风易俗"之教化没有必然联系，"古之王者，承天理物，必崇简易之教，御无为之治。君静于上，臣顺于下；玄化潜通，天人交泰。……群生安逸，自求多福；……和心足于内，和气见于外；故歌以叙志，舞以宣情"，音乐是"和心足于内，和气见于外"的自然表现，"心与理相顺，和与声相应"，"乐和"出于"心和"，两者结合则抵于乐之最高境界的自然"太和"，"移风易俗"之论则为子无虚有，故"风俗移易，不在此也"。

嵇康此论继承了先秦道家的礼乐观，庄子曰："中纯实而反乎情，乐也；信行容体而顺乎文，礼也。"[①] 庄子认为内心朴素，保持平和恬淡本性，怡然自得，这就是"乐"；仪容体态随心所欲，顺乎自然节律，这就是"礼"。若偏移自然礼乐，造立仁义礼智，则天下就会大乱。嵇康也认为"移风易俗"乃承后世之"衰弊"，"至至人不存，大道陵迟……造立仁义，以婴其心，制其名分，以检其外"[②]，后世礼乐文化盛行恰是礼乐偏离了自然之道，统治者"宰割天下，以奉其私"[③] 的社会风气败坏的结果。嵇康云："乐之为体，以心为主。故无声之乐，民之父母也。"乐之所以能以"心"为主，在于"心和"能导向"乐和"，"心和"则有"无声之乐"，"无声之乐"是"心和"抵达"乐和"音乐的最高境界。若统治者弃一己之私，崇简易之教，就能形成"万国同风，芳荣济茂"的太平盛世，抵于"乐和"的境界。

---

① 《庄子·缮性》，《庄子集释》卷六，第 548 页。
② （魏）嵇康：《难自然好学论》，《嵇康集校注》卷七，第 259—260 页。
③ （魏）嵇康：《太师箴》，《嵇康集校注》卷十，第 312 页。

嵇康强调音乐"以平和为体"，乐体本无哀、乐之分，雅、郑之别，更无移风易俗之用。"淫之与正同乎心，雅郑之体，亦足以观矣"，淫、正在心而不存于乐，人们往往以淫、正的主观感受强加于乐体之中，以为"郑声"本身就"淫"，故迷惑人心，败坏风俗。嵇康不以为然，他说："夫若郑声，是音声之至妙。妙音感人，犹美色惑志，耽槃荒酒，易以丧业。自非至人，孰能御之?"嵇康大胆地悖离了儒家"郑声淫"、"放郑声"① 观念，宣称郑声是"至妙之声"，就像美人美酒可使人获声色之悦，心淫之人自淫之，心和之至人则能驾驭郑声，不为妙音所惑。

　　嵇康不像庄子那样"绝圣弃知"、"殚残天下之圣法"②，极端地绝弃文化，他也绝不"擢乱六律，铄绝竽瑟"③，激烈地摧毁礼乐文化，他甚至是崇奉礼法的。他所反对的是司马氏统治集团"宰割天下，以奉其私"的虚伪礼法，以及将音乐服务于虚伪礼教的"移风易俗"，其实质乃造立仁义，束缚万民以服务于集团利益。以乐为礼用，是对音乐本体审美特性的漠视，将音乐变为虚伪礼教之附庸和工具，这是嵇康所不能容忍的。嵇康在理想与现实的矛盾之中痛苦地裂变，他一方面分离礼与乐，以维护音乐的独立自足性，但另一方面，又幻想着有"大人"出现，重振礼法，使其合乎自然之"大道"，这样才能抵于心和、乐和、太和高度统一的最高境界，这是嵇康所祈盼的合乎自然大道的礼乐文化，是乐之"无用"之大用。

四　小结：乐和论

　　嵇康音乐美学思想的主旨最终归为乐体和论，"和"是嵇康界定音乐本体的美学范畴，也是嵇康所追求的人生最高境界。

　　"和"是中国文化精神的基本范畴，远在殷商春秋时期就有

① 《论语·卫灵公》，《论语注疏》卷十三，第 137 页。
② 《庄子·胠箧》，《庄子集释》卷四，第 353 页。
③ 同上。

和同之辨，"夫和实生物，同则不继"①，"和"为多种不同事物的和谐统一，故"声一无听，物一无文，味一无果，物一不讲"②，音乐之美就在五音谐和，即老子所谓"音声相和"③。儒家将乐"和"导向政治、伦理范畴，《乐记》云："礼义立，则贵贱等矣；乐文同，则上下和矣。"④ 道家讲阴阳谐和，"万物负阴而抱阳，冲气以为和"⑤，追求"与天和者"之"天乐"。嵇康从音乐本体论"和"，将"和"从哲学范畴转化为美学范畴，其乐和论归于以下三点。

（一）从音乐发生而论，音乐之"和"源于天地自然之和谐生气。"律吕分四时之气耳，时至而气动，律应而灰移。皆自然相待，不假人以为用也"，音声之十二律吕出于四时节气的阴阳之气运动变化而形成的自然和声，音乐是人类模仿自然声律的结果，无论人情如何介入，最终要抵于声律之自然谐和，这是不以人的主观意志为转移的，故"音声有自然之和，而无系于人情"。

（二）从音乐本体规律而论，"声音以平和为体"，"宫商集化，声音克谐"之"和"是音乐本身的审美特征。音乐之和是通过乐音有规律地组合而形成的，"律有一定之声"，"上生下生，所以均五声之和，叙刚柔之分也"。所谓"上生"、"下生"是指十二音律上下相生，《吕氏春秋·音律》云："三分所生，益之一分以上生；三分所生，去其一分以下生。"⑥ 音乐就是用上下相生而形成的十二律吕来均匀五声，达到声音协调和谐之美，"音自满而无损"，这是乐体之自足性。

（三）从音乐审美功用而言，嵇康认为"乐和"可导向"心

① 《国语》卷十六《郑语》，上海书店 1987 年影印本，第 186 页。
② 同上。
③ （魏）王弼注：《老子道德经》，第 2 页。
④ 《礼记·乐记》，《礼记正义》卷三十七，第 665 页。
⑤ （魏）王弼注：《老子道德经》，第 41 页。
⑥ 《吕氏春秋·季夏纪》，（汉）高诱注：《吕氏春秋》卷六，上海书店 1986 年版，第 56 页。

和"，最终使人抵达与宇宙万物合一的"太和"境界。"曲变虽众，亦大同于和"、"随曲之情，尽于和域"，这是说音乐以和谐为本体，不同的乐器演奏的音乐不同，不同的乐曲曲调不相同，但它们都能抵达和境；不同的人在欣赏同一首曲子虽有不同的情感反应，但最终也能抵于和境。嵇康极重养生，"琴诗自乐"[1]是嵇康养生的重要方式，在嵇康看来，养生重在养神，使"爱憎不栖于情，忧喜不留于意"[2]，抵达精神上的"大和"[3]。音乐之和声可以使人摒弃世间烦忧俗累，体妙心玄，逍遥地遨游于宇宙太和之域。嵇叔夜在《与山巨源绝交书》中说："今但愿守陋巷，教养子孙，时与亲旧叙阔，陈说平生，浊酒一杯，弹琴一曲，志愿毕矣。"[4] 他所追求的是"理正声，奏妙曲，扬白雪，发清角"[5] 的与琴为友，与自然合一的至和人生境界，这是乐和抵达的至高境界。

① （魏）嵇康：《兄秀才公穆入军赠诗十九首》，《嵇康集校注》卷一，第19页。

② （魏）嵇康：《养生论》，《嵇康集校注》卷三，第146页。

③ 嵇康《答难养生论》云："以大和为至乐，则荣华不足顾也。"《嵇康集校注》卷四，第190页。

④ （魏）嵇康：《与山巨源绝交书》，《嵇康集校注》卷二，第126—127页。

⑤ （魏）嵇康：《琴赋》，《嵇康集校注》卷二，第93页。

论清代北京审美文化的特点[*]

清代北京审美文化是体现清朝北京地域历史和文化特点的综合审美形态，它界于现象描述的审美物态史与逻辑描述的美学思想史之间，包括诗、词、文、小说、戏曲、书画、建筑、园林、手工艺等多种艺术审美现象，也包括生活方式、社会习俗、时代风尚等生活审美现象，通过上述现象的历史描述和逻辑推演揭示出清代北京审美文化的基本特点和美学规律。清朝满族入主中原，定都北京。北京作为社会政治、经济、文化、学术中心，具有集天下之大成、荟萃四方之精华的天然优势，全国各地的才士精英聚集在北京，这极大地促进了北京审美文化的繁荣。清王朝定都北京之后即大兴科举，举博学鸿词科，开四库全书馆，这些文化政策极大地激发了汉族文人入仕清朝和进行审美文化创造的热情，为清朝北京审美文化的繁荣营造了良性发展的客观条件。北京作为帝王之都，皇权中心，清朝贵族审美趣味和政治策略也为北京审美文化带来了新的特点。清代北京审美文化孕育生长于特定的历史文化土壤之中，除了北京作为古老都城所具有的历史承继性，上述种种时代因素极大地影响了其基本形态的形成，下文试综合分析清代北京审美文化的特点及其成因。

一　集审美文化之大成的综合性

清代北京审美文化是一种满汉交融、古今结合、中西合璧、

---

* 本文原载《中国文化研究》2011 年第 3 期，今据原文增加有关引文注释。

京都文化与地方文化高度融合的综合文化形态。满族是一个善骑射，兼耕种的有着独特特点的游牧民族，他们定都北京后对博大精深的汉族文化仰慕不已，满汉文化在冲突碰撞和交融结合中构筑了具有满、汉风情的北京审美文化形态。以文学为例，《红楼梦》就是一部杰出的满汉文化交融的北京风俗画卷。曹雪芹生于满族内务府包衣世家，他幼年生活在有着浓郁汉族文化氛围的南京，回京归旗后又生活在京城旗人的生活圈内，受到满族文化的深刻影响。《红楼梦》中的京话融汇了满族语汇和北京本地方言，形成了满汉融合的京味语言特色。小说深刻地表现了清代的政治、经济、风俗、人情等多方面的社会生活，无论是语言描摹、形象刻画，还是小说中所描画的饮食、服饰、园林文化，都烙下了满汉文化交融的印记。清代满族词人纳兰性德也为满汉审美文化的交融做出了杰出的贡献。在清初词坛上，纳兰性德与汉族词人曹贞吉、顾贞观并称"京华三绝"①，纳兰性德是名副其实的京都词坛盟主，在他的别墅"渌水亭"聚集了一大批在当时享誉盛名的汉族词人，他们交游唱和，共同促进了"清词中兴"的出现。纳兰性德用汉词写满族风情和塞外风光，其词或凄婉缠绵，或苍凉悲壮，是满汉文化交融的结晶。民俗文化也见出满汉交融的特点，带有满族文化特色的曲艺，如八旗子弟书、太平鼓在京师民间盛行起来，其中八旗子弟书是满族子弟娴熟地运用汉语进行艺术创造的结果，子弟书以中原戏曲通用的十三辙为韵，在韵语中又往往掺杂了一些北京方言、俚语，兼有少量的满族词汇，满汉风味十足。满人所喜爱的骑马、围猎、冰嬉、放鹰也逐渐成为清代北京人所喜爱的娱乐活动。饮食文化更是完美地体现了满汉文化的精湛结合，清代宫廷将满族烧、烤、煮、涮等烹饪方式，与中原传统的煎、炒、炸、熘等烹饪方式互相补充结合，形成了代表清代北京饮食文化最高成就的"满汉全席"。

清代北京审美文化还集中华古今文化之大成，体现了古今结合的特点。中国传统的审美文化形式，如诗、文、词、曲、绘

① 参见严迪昌《清词史》，江苏古籍出版社 1990 年版，第 267 页。

画、书法、建筑等发展到清代已经积累了丰富的成果并形成了较为完善的艺术形式，清人面对硕果累累的前人审美文化遗产，已无力再攀高峰，他们在吸收、鉴别、总结、提炼、升华前代精华的基础上，结合自身情境进行创造，因此清代的审美文化创造中"旧瓶装新酒"的情况比较普遍，北京作为政治、文化中心，才人荟萃，集古今文化之大成的特点更加明显。以诗为例，清人写诗不得已面临着唐音、宋调之争，唐音情韵、意象、声律俱为高格，达于古典诗之巅峰；宋调另辟蹊径，以说理表意见长。清人写诗或宗唐，或宗宋，或兼宗唐、宋。清代北京诗坛群星璀璨，但终究难脱唐、宋诗之轨迹。清诗四大流派，诸如神韵说、格调说、肌理说、性灵说，其代表人物都曾经活跃于京师诗坛，其学说也曾占据京师诗坛主流，但考核其诗学观念，并非无所依傍，而是依据现实文学发展的需要，在对传统诗学范畴和观念的提炼和整合中形成的诗学思想。清人承继着前人留下的丰厚的审美文化遗产，也因此背负了沉重因袭的负担，这使得清代北京审美文化在创新性方面步履维艰。诗歌如此，书法艺术也不例外，清代在北京兴盛的帖学主要以模拟复古为特征，帖学大师在临摹古人书帖时也试图形成自我面目，但终究没有出现可以称雄于世的书学大家，即使是代表"书学中兴"的清代碑学的兴起，也只是在特定文化背景中复兴了千年以来被人们所遗忘的汉、魏、北朝碑书，这仅仅是以复古为创新的方式，其创新性是有限度的。

论清代北京审美文化的特点

　　清代北京审美文化还是北京文化和地方文化交融的产物。北京作为帝王之都，清朝的政治、经济、文化中心，吸引了来自全国各地方的文化艺术精英，他们或为谋生，或为科举，或为游幕，或为做官，从四面八方奔赴京城，同时将不同地域特色的审美文化形态带到京城，形成了北京地域特色与其他地域特色融合而成的清代北京审美文化形态。以京剧为例，京腔京韵的京剧虽然孕育、成熟于北京，但却集中了各地方戏曲的精粹，并经过综合、丰富、融合、提高和在北京本土化后得以形成。乾隆年间，各地方剧纷纷进京献艺，北京成了全国戏曲的中心。当时活跃于京师梨园舞台上的有昆山昆曲、江西京腔、山西和陕西的秦腔、安徽的徽调皮黄、湖北的楚调皮黄，京剧是在四大徽班进京后，在徽班内部孕育而成的，它广泛地吸收了汉剧、昆剧、梆子等声腔剧种的特点，形成了以皮黄为主要声腔，以北京语音为主要语言规范的新剧种。可见，京剧是南、北戏曲高度融合的产物，北京的戏曲舞台为这种融合提供了不可缺少的必要条件，清朝贵族的审美趣味和北京市民的审美需求则加速了徽调和各剧种之间融合以及与北京本地语言结合的进程，京剧由此成为积淀着深厚民族文化底蕴的"国粹"大戏。北京性和地方性的结合还有另外一种途径，那就是帝王南巡所带来的意想不到的收获。清代的皇帝，如康熙和乾隆都有数次下江南的经历，他们极为羡慕江南园林诗情画意般的精雅之美，因此在北京皇家园林的营建过程中，大量地吸收和借鉴了江南民间精湛的造园技术，这使得清代北京的皇家园林既具有北方园林因地制宜之恢弘气势，皇家园林富丽堂皇的气派，又具有江南园林山水写意的婉约风韵，是南北审美文化、皇家文化与民间文化高度融合的结果。

清代北京审美文化还是中西结合的产物。西学东渐比较早是从欧洲传教士入京开始的，在清代中期，有一大批欧洲传教士画家在清宫供职，著名的有意大利人郎世宁、法兰西人王致诚、波西米亚人艾启蒙、意大利人安德义、法兰西人贺清泰、意大利人潘廷章等。他们将西洋画法的技法和种类带到了宫廷之中，新的绘画形式如油画、铜版画、静物画以及焦点透视画法都在清代宫廷中出现了。为了适应东方皇帝的审美习惯，这些洋画家对他们的西洋透视法作了局部修正，如在大体遵循焦点透视画法的基础上，更多地以正面透视代替欧洲人常用的侧面透视，并用中国的纸绢、毛笔、颜料等绘画材料作带有西洋焦点透视特点的卷轴画，绘制了大量融合着中西绘画特点的新体绘画。西画之风也极大地影响了一些宫廷画家，如焦秉贞，冷枚、丁观鹏、王幼学等画家大胆地将西洋透视法的一些技巧纳入绘画中，与中国工笔重彩的画法相结合，形成了以中画为体，西画为用的独特画风。中西结合的审美特点在清中期皇家园林营建中也可见出。如圆明园中的西洋楼建筑群就是中西文化结合的园林艺术杰作，它的主体建筑仿效 18 世纪欧洲盛行的巴洛克风格而营建，但在建筑形式和植物搭配方面上体现出中西结合的特点，以东西轴线为主体布局的基础上安排了与之垂直的南北轴线，使景观产生了迂回曲折的审美效果。中西结合的景观为清代北京审美文化增添了新鲜血液和异域风采。

清朝末期，中国国门被西方列强铁蹄打开，思想领域的大门也由此被打开，许多有识之士都纷纷自觉地学习和效法西方的先进思想，以寻求救国救民的道路，这为清代审美文化的发展带来了新的活力和气息。如梁启超借鉴西方新思维，新方法，提出"诗界革命"、"文界革命"、"小说界革命"的三界革命，探求文学救国的新思路，使文学从清末文人的闲雅之物变为革命之急先锋。国学大师王国维将西方学术研究方法引入到中国古典文艺和美学的研究中来，其《人间词话》、《宋元戏曲考》等都是中西合璧的产物，这不仅对中国传统的美学思想作了集大成的阐释，也为中国古典文艺的发展开拓了新途径。

二　影响审美文化形态的帝都性

北京作为帝王之都、皇权中心，满族统治者的审美趣味和不同时期的文化政策也极大地影响了清代北京审美文化的基本形态。

清军入关之初采取的是武力征服，所到之处，无不烧杀掠夺，对汉人的反抗施行血腥镇压，因此清早期遗民审美文化如火如荼，兴盛繁荣，文人借助于艺术审美形式寄寓亡国之痛和故国之思。以遗民自居的文人拒绝入京仕清，而被迫入京仕清的文人则面临着屈辱变节的道德谴责和自我灵魂忏悔和拷问。在清早期北京审美文化中，入仕清朝的文人在矛盾、自责和裂变中痛苦吟唱，他们的"遗民心曲"构筑了早期京都审美文化的一道独特的风景线。如吴伟业、龚鼎孳等一批入京仕清文人在他们的诗歌中深刻地表现了痛失名节的悔恨悲情和铜驼荆棘的故国之思。孔尚任的《桃花扇》和洪昇的《长生殿》，是清代戏曲史上的"双璧",两部戏都得以在北京红火地上演,使已趋衰败的昆曲在清初的戏剧舞台上再度光彩夺目。这固然与他们二人"十年磨一剑"的精心构思和精湛娴熟的戏曲表现技巧有关,但真正使昆曲再度获得生命力的原因却是戏剧与现实的深刻碰撞。无论是《桃花扇》,还是《长生殿》,都表现了时人普遍具有的"遗民情结"。康熙年间,流行于民间的俗谚"家家收拾起,户户不堤防",其中"户户不堤防"就是出自《长生殿·弹词》一出中"南吕一枝花"的首句"不堤防余年值乱离"①,可见《长生殿》深入人心的影响。《桃花扇·余韵》一出,"离亭宴带歇指煞"一曲唱曰:"眼看他起朱楼,眼看他宴宾客,眼看他楼塌了。这青苔碧瓦堆,俺曾睡风流觉,将五十年兴亡看饱。"② 这些苍凉的悲歌都是"遗民"心灵的真实写照,二剧也由此获得了不朽的艺术魅力。

清人平定天下之后,为了长治久安和稳定人心,逐渐变武力征服为文化统治,顺治年间即大开科举,笼络汉族士子,康熙皇帝利用儒学的纲常伦理教化,制定了尊儒重道的治国方略,这极大地巩固了清朝的统治。汉族知识分子逐渐淡化了遗民情结,参加科举考试和入仕清朝之人渐渐增多,文人聚集京城交流切磋,使得清初北京审美活动逐渐呈雨后春笋之势繁盛起来。施闰章、宋琬、王士祯、朱彝尊、赵执信、查慎行有"国初六家"之目,分别被誉为"南施北宋"、"南朱北王"、"南查北赵",他们虽然来自南、北的不同之地域,但因赶考或做官先后聚集在京师,诗酒倡和,雅言清韵,使得清初诗坛呈现群星璀璨之势。康熙十七年(1678)、乾隆元年(1736),清朝两次举博学鸿词科,康熙诏曰:"一代之兴,必有博学鸿儒振起文运,阐发经史,以备顾问。"③ 这使得清代众多著名词人再次汇聚都下,如作为清词三大派别的词宗,阳羡派宗主陈维崧、浙西派词宗朱彝尊、性灵

① (清)洪昇:《长生殿》,徐朔方校注,人民文学出版社1983年版,第171页。
② (清)孔尚任:《桃花扇》,王季思等注,人民文学出版社1959年版,第260页。
③ 赵尔巽等:《清史稿》卷六《圣祖本纪》,中华书局1977年版,第196页。

派词宗纳兰性德曾聚会于京，填词倡和，编撰词集，对"清词中兴"起着推波助澜的作用。乾嘉年间，清朝进一步实施"稽古右文"政策，开《四库全书》馆，另一方面又实施文化专制政策，大兴"文字狱"，乾嘉考据之学大兴，文人噤若寒蝉，钻"故纸堆"成为普遍风气。影响所及，清代中期的京师弥漫着以考据为诗，以学为文的审美风气，以沈德潜为代表的格调学派和以翁方纲为代表的肌理派相得益彰，成为京都诗坛之主流诗派。文人以古雅为美成为普遍风气，嗜古好古，搜集鉴识古碑、古书、古玩、古画、古帖、古器成为文人雅趣，大量地下文物和碑碣文字被发掘出来，沉寂了千余年的汉魏篆隶之书和北朝碑文被重新发现，以研习和临摹碑碣墓志的碑学兴盛起来。清代北京的篆刻艺术和精美绝伦的器物制作更将这种对古雅美的追求推到了极致。

　　清朝统治者崇尚儒雅，追求"清真雅正"的审美趣味，雍正十年，晓谕考官，"所拔之文，务令清真雅正，理法兼备"①。"清真雅正"也成了清朝科举衡文标准。统治者的审美趣味极大地影响了整个社会的整体审美价值取向，清代北京审美文化也具有崇雅尚真的特点。如桐城派盟主方苞以义法论文，将文统归于道统，强调正统为文；浙西词派朱彝尊论词"归于醇雅"；王世祯提出"神韵说"，沈德潜倡导"格调说"，翁方纲的以"肌理"论诗，都推崇雅正的美学观念。清代书法受帝王的审美趣味的影响更直接，由于康熙皇帝喜欢董其昌（别号香光居士）书，故朝廷上下纷纷崇尚香光体，董氏书法风靡一时，成为书坛之正宗，出现了诸如高上奇、查昇、陈邦彦、姜宸英、张照、陈奕禧、何焯等一大批书家，书风学董其昌，趋于清雅秀逸，蕴含着雍容平和之气。乾隆皇帝酷爱赵孟𫖯书，圆润丰腴的赵体就在乾隆年间逐渐取代了董书，再次成为时代主潮，形成"香光告退，子昂代起"的局面。在戏曲舞台上，雅言清韵的昆曲一

　　① （清）素尔讷等编：《钦定学政全书》，霍有明、郭海文：《钦定学政全书校注》卷六，武汉大学出版社2009年版，第26页。

267

直作为雅部大戏占据着显著的地位，即使在昆曲日益衰落的情况下，花部诸腔也不断地从昆曲中吸收营养以求获得正统地位，京剧虽然最初孕育于花部，但它的声腔集徽、汉、昆、弋之优长，当其在清末成为国粹大戏之时已经过了深度雅化了。另外，清代绘画、雕刻和陶瓷器等无不以精工雅致为主要特点。

统治者的某些政治决策也极大地影响了北京审美文化形态。以藏传佛教寺庙的营建为例，可以见出治国方略对审美文化形态的决定性影响。有清以来继续推行元、明以来的崇佛治藏的国策，这一方面是为了安抚蒙古、西藏等信教的边疆少数民族，维护中央集权的政治稳定，另一方面，清朝许多皇室贵族崇信佛教，他们希望能得到佛陀福佑，使得清王朝江山永固，万寿无疆，因此藏传佛教就在清朝继续作为国教而兴盛繁荣。元、明以来，兴建佛寺蔚然成风，至清则踵事增华。清代从顺治到乾隆时期，在北京建立的佛寺达到空前的规模，据乾隆期刊行的《帝京岁时纪胜》记载，京城内外"庙宇不下千百，皆诵经聚会"①，藏传佛教寺庙在京以规模大、数量多而盛极一时，许多寺庙都建于皇家园林之中，如颐和园万寿山前山有大报恩寺，后山有一组大型汉藏式佛教建筑群须弥灵境和四大部洲，四大部洲外有八小部洲，还有代表佛教"四智"的红、白、黑、绿四座喇嘛塔；畅春园中有恩佑寺、恩慕寺；静宜园有宗镜大昭之庙，西郊香山有宝谛寺、梵香寺、宝相寺、方圆寺、长龄寺等，在紧邻紫禁城的北海附近有白塔寺、弘仁寺、仁寿寺、阐福寺等重要寺庙。城内外寺庙难以尽数，体现了皇权和神权相结合的特点。至清代中期，藏传佛教寺庙的营建达到了登峰造极的状态，寺庙佛塔远近相望，梵呗钟声断续相闻，金碧辉煌、壮丽庄重的藏传佛寺构成了独特的北京审美文化景观。在尊佛崇佛的佛事活动中，诸如白塔燃灯、喇嘛打鬼、腊八舍粥也逐渐成为了北京上自皇亲贵族，下到普通百姓都非常重视和普遍流行的民俗

① （清）潘荣陛：《帝京岁时纪胜》，北京古籍出版社1981年版，第15页。

活动。

整体而言，北京作为帝王之都以宏大气魄海纳百川，博采众长，逐渐形成了大气、雅正、精致、正统的审美文化形态。但另一方面，北京审美文化的创造受政治话语和主流意识形态影响较大，文人雅言酬酢、歌功颂德之作比较多，审美个性的自由化受到一定程度的约束。如性灵派诗人袁枚等人终究未能在北京占据主流，并被迫退居江南，这与他们反复古、崇世俗的趣味与主流文化不够协调有关。又如清初书法家王铎书法，墨气淋漓，有狂放不羁之气势，显示了个性解放和变革求新的意识，但却被斥为京都书坛之"野派"，这显然是他张扬个性的书风不符合清初统治者温雅的审美趣味的结果。他们被排挤在正统审美文化话语之外则是必然了。

三　从中心向边缘的渗透性

清代北京审美文化还具有从中心向边缘，从中央向地方渗透和发挥影响力的特点。一种审美形态当它以某种地域命名时，并不表明它就是完全隶属于某种地域的文化，在它产生、发展、流传的过程中往往具有了超地域性的特征。北京作为体现集团利益的政治、文化中心，其特定的文化优势，往往在某种地域审美文化的形成中起着重要的作用，这正是政治文化和权利意志发挥着潜在渗透性作用的表现。

如桐城派因桐城三祖方苞、刘大櫆、姚鼐都是安徽桐城人而得名，但桐城派却与北京地域有着密切关系。桐城派始祖方苞在京师为官长达三十年，历仕康熙、雍正、乾隆三朝，无论是在古文理论还是古文实践上都取得了杰出的成就，且这些古文的理论和实践活动大部分是在北京完成的。方苞以其显赫的社会地位和杰出的古文成就极大地影响了刘大櫆、姚鼐等一大批桐城籍古文作家的创作。雍正四年（1726），刘大櫆应北闱乡试，经吴荆山阁学推荐，拜见了当时在朝廷任武英殿总裁的同乡方苞，方苞见刘大櫆文，大惊，以为昌黎复出，与人说："如方某何足算邪？

邑子刘生，乃国士尔！"① 两位桐城派盟主就这样在京都相遇，刘大櫆师从方苞学习古文，切磋为文之义法。刘大魁与姚鼐之间是"再世"之交，姚鼐遂"受经学于伯父编修君，学文于先生"②。姚鼐曾六次赴京师参加礼部会试，乾隆十六年（1751），刘大櫆因应经学试至京师，姚鼐应礼部试也至京师，两人同时作客京华，"欢游穷日夕"③，度过了美好的时光。桐城派在清代文坛影响极大，时间跨度长，地域上也超越了桐城，遍及国内许多地方，但声势浩大的桐城古文却是从京师开始发端，并逐渐辐射到全国各地，乃至名声大作的。桐城三祖及其后学在北京的古文审美活动极大地推涌了桐城古文不断壮大的声势。另一方面，这样一种古文创造极为吻合来自中央集权的清代统治者所推崇的"清真雅正"的审美标准，桐城古文由此获得了正宗的地位而长盛不衰。又如浙西词派的形成也与其盟主朱彝尊等人在北京编纂《词综》等词学活动有着密切关系。康熙六年（1667）至康熙三十一年（1692），朱彝尊或游幕京城，或在京为官，他创作了大量的词作，他的词学思想也在《词综》编撰活动中逐渐成熟，并在多篇写给词友的词序中得到了充分的阐发。朱彝尊在清初词坛以崇尚"醇雅"的创作宗旨而独树一帜，他所开创的浙西词派的形成和发展与其在京师的词学活动密不可分。浙西词派的形成经历了从京师转移到地方，并逐渐获得声势的过程，可以见出京城审美活动对地方的辐射力量。

当然在这种渗透性也具有"互渗性"的特点，也就是说地方文化和京都文化的相互影响，而这种影响往往是以两种文化的相契合性为特征，特别是地方文化符合主流文化的审美趣味，因而在这种互渗性中显示出主流文化审美趣味的主导作用。如以王时敏、王鉴、王翚、王原祁、吴历、恽寿平为代表的"清初六

① （清）姚鼐：《刘海峰先生八十寿序》，刘季高标校：《惜抱轩诗文集》，上海古籍出版社1992年版，第114页。

② 同上书，第115页。

③ （清）刘大櫆：《寄姚姬传》，吴孟复标点：《刘大櫆集》，上海古籍出版社1990年版，第444页。

大家"，其中前四家又称"四王"画派，他们继承明末董其昌的文人画遗风，以复古摹古为宗旨，既讲笔墨精工，又求自出机杼，这极大地影响了清初北京宫廷绘画。"清初六大家"虽然都是江浙人，但他们之中的"二王"在清宫绘画中产生了极大的影响：王翚曾应诏至京，花了六年的时间完成了大型纪实性画卷《康熙南巡图》的绘制，从而获得了显赫的声名。王原祁则仕途畅达，官至户部左侍郎，由于画艺高超而得到了康熙皇帝的重用，画名大噪。"二王"摹古拟古的雅正画风与清廷的审美趣味和政治需要完全吻合，他们的绘画风格成为宫廷山水画的主潮，这也使得清初六家在江南的画名大噪，其绘画风格获得了清代文人绘画的正统地位。

　　总之，清代北京审美文化以北京地域的固有历史文化为核心，同时具有融合不同民族、不同地域、不同时代文化之精华的大综合的特点。满族统治者的文化政策和审美趣味极大地影响清代北京审美文化的基本形态。清代北京审美文化以其主流地位产生强大的辐射力，渗透到对地方审美文化形态的影响之中。北京审美文化逐渐形成了雍容大气、清真雅正、精工雅致、开放多元等特点，但审美文化的创新性受到了一定程度的限制，皇权意识对艺术个性的束缚也是难以避免的。

论清代北京审美文化的特点

后　记

　　本书收录了近二十年来我在中国古代文体学和美学方面发表的一些论文，归结成集大体是对自己治学的阶段性小结。

　　回顾自己早年求学和走上学术之路，也颇有感焉。1990 年我跟随杨安崙先生攻读美学，在岳麓山下的新至善村先生的住宅，先生沏上一壶清茶，点燃一根香烟，和弟子们侃侃而谈，从老子、庄子哲学到康德、黑格尔美学，先生循循善诱地将我们引入了玄思默想、智慧思辨的美学殿堂。1998 年，我又有幸拜于童庆炳先生门下，跟随先生攻读博士学位，当时正值西方文体学方兴未艾，先生率先编撰了一套文体学丛书，并写下专著《文体与文体的创造》，对中、西文体学问题作了全面、系统的研究，开拓了中国文体学研究的新的学术领域。童先生带领我们研读了刘勰的《文心雕龙》，在先生引导下，我遂以"六朝文体批评研究"作为博士学位论文选题，从此就对中国古代的文体和文体学生发了浓厚兴趣。徜徉于博大精深的中国文化的历史长河之中，尝试穿越历史隧道，努力揣摩古人心迹，无数次与古人交往，亦时时为古人的睿智、神思和风雅所折服，而自感适意。但也常叹学海无涯，自己才疏学浅，只是在心神会契之际，则研考文字，苦思精虑，不揣浅陋，撰稿成文。

　　本书取名《文体观念与文化意蕴》有两方面的意思，首先是任何一种审美形式都不是纯形式的感官愉悦，在形式背后凝聚着深刻的历史文化内涵，从而成为特定历史文化的审美表征。中国古代文体作为聚类区分的语言形式，其发生发展也与特定的历史文化语境有着密切的关系，是积淀着民族文化内涵的审美形式。其次，文体观念的生成不单纯与文体形式演化的内在规律相关，还关乎社会历史文化的诸多复杂因素，因此，文体学研究也并非单纯地探讨体裁范式历史演化的内在线索，还应涉及社会政治、哲学、伦理、宗教、审美风貌、士人心态、批评风气等文化的诸多关联域，诸如史官文化、目录学发展、儒家礼教文化、魏晋玄学、总集编撰文学批评观念都与中国古代文体学和文体观念的形成有着密切的关系。本书所收论文虽时间跨度较大，风格不尽相同，但大都立足于审美观念与文化意蕴的关系的研究视角，对古代文体、文体学、特定审美形式和审美观念进行了美学和文化学的阐释，力图探寻文化学因素作为潜在质素对美学观念的渗透和影响，以及两者之间的契合点和转化关系，涉及文体史与文体学史，文体观念与文体理论，审美形式与美学理论等研究领域。所收论文均曾公开发表，此次收入基本保持了论文发表时的原貌，未作大的改动，只是重新修订了文字，增设了一些小标题，并增加了部分引文的详细注释。

后记

岁月倏忽，转眼已至不惑之年，刘勰云："君子处世，建德树言。"虽不敢自比文圣，也愿这本小书能承载自己在中国古代文体学、美学研究领域的心路轨迹，为生命历程留下一些思想的印记。若偶能供人一阅，尚可抛砖引玉，也算余心有寄了。

本书的出版受到首都师范大学文学院专业建设经费的支持，被纳入文艺学学术文库。在本书清样校对之际，恩师童庆炳先生溘然仙逝，不胜悲痛，先生殷殷教诲犹在耳际，先生开拓的中国文体学领域让弟子受益无穷。哲人其萎，风范永存！愿先生在天之灵安息。

贾奋然
2015 年 8 月